哈哈哈！
啊呀！我的小心脏呀！我被吓到了~
真是胆小如鼠！一看就是猫咪，不可能是英雄！
他应该没发现吧？我演的这么像。
哪有啊！人家这是天生微笑唇~
孙权手里都是烂牌！
曹公，您笑的这么开心，想必手里都是些好牌。
曹操手里都是烂牌！
大猫在……
大猫在谁手里呢???
大…大佬们……让让我哈……
"一闪！一闪"

作者女儿小北手绘

青梅煮酒

三国群星闪耀时

吕航 著

国际文化出版公司
·北京·

图书在版编目（CIP）数据

青梅煮酒：三国群星闪耀时 / 吕航著 . -- 北京：国际文化出版公司，2023.4

ISBN 978-7-5125-1444-7

Ⅰ . ①青… Ⅱ . ①吕… Ⅲ . ①历史故事—作品集—中国—当代 Ⅳ . ① I247.81

中国版本图书馆 CIP 数据核字 (2022) 第 113407 号

青梅煮酒：三国群星闪耀时

作　　者	吕　航		
责任编辑	潘建农		
选题策划	品　雅		
出版发行	国际文化出版公司		
经　　销	全国新华书店		
印　　刷	固安县保利达印务有限公司		
开　　本	710 毫米 ×960 毫米	16 开	
	19.5 印张	292 千字	
版　　次	2023 年 4 月第 1 版		
	2023 年 4 月第 1 次印刷		
书　　号	ISBN 978-7-5125-1444-7		
定　　价	52.80 元		

国际文化出版公司
北京朝阳区东土城路乙9号　　邮编：100013
总编室：（010）64270995　　传真：（010）64270995
销售热线：（010）64271187
传真：（010）64271187-800
E-mail：icpc@95777.sina.net

自序

历史有情、人有义

随波逐流总是多数，知难而进尤显可贵。

君不见，曹操下令把袁谭首级悬挂示众，并恶狠狠说：“敢哭者戮及妻子。”贪生怕死一大片，舍生取义总有人。袁氏故吏王修昂首挺胸、大义凛然地回应：“生受辟命，亡而不哭，非义也。畏死忘义，何以立世？”言罢痛哭流涕，哀恸三军。当曹军执法队正要捆了王修行刑时，脸色凝重的曹操突然开口：“义士也，赦免！”

君不见，司马芝与母亲前往荆州躲避战乱，途中不幸遭遇强盗。同行众人都丢下老弱逃走，唯有司马芝默默守护在母亲身旁。强盗拔刀相向，司马芝边叩头边说：“你们杀我吧，但请放过我的老母亲。”强盗们面面相觑，不禁感叹：“此人孝子，杀之不义。”

君不见，胡昭养志不仕，辞袁绍、拒曹操，归隐山林、躬耕乐道，以研读经籍自娱，远近邻里无不敬爱，连叛乱贼寇都非常佩服，相互发誓约定：“胡居士是贤者，咱们不得侵犯他在的地方。”《三国志》为此赫然写下八个字：“一川赖昭，咸无怵惕。”

君不见，吕布拔出佩刀冲袁涣大喝：“为之则生，不为则死！”——要求写信辱骂刘备。袁涣面无惧色地笑道：“我只听说用德行羞辱别人，没听说用污言秽语。我先前跟随刘将军，正如现在跟随吕将军。假设有一天，我离开将军，也反过来骂你，这样行吗？”吕布瞪大眼珠，无言以对，只好宝刀归鞘。

君不见，战败誓死不降的贾逵，囚禁于土窖，性命朝不保夕。贾逵仰天长叹："难道要让忠臣死在这里吗？"看守祝公道心生恻隐，又钦佩贾逵在危厄中仍能坚守节操，冒死把他连夜放走。《魏略》所载祝公道救贾逵不足百字，然不能掩其侠气回荡千年。

君不见，郭淮毅然追回要去洛阳受刑的妻子，并写信转告心狠手辣、权倾朝野的太傅司马懿："我的五个孩子哀痛欲绝，舍不得他们的母亲。如果他们的母亲死了，我就会失去五个孩子。如果五个孩子没了，也不再有我郭淮。"司马懿久久凝视来信，只得作罢。

君不见，紧锁双眉的刘备，站在小沛城上，望着城外扶老携幼的逃难百姓，一筹莫展、忧心如焚。刘备非常清楚，烧杀抢掠、得胜而去的曹操大军，很快就会卷土重来，自己带领的散兵游勇绝非其对手！然而明知必败，还是决定留下，无数次跌倒又无数次爬起来的刘备，折而不挠、从不认命。

君不见，诸葛家的14岁少年，行走在哀鸿遍野的徐州大地上，目睹了鲜血染红的泗水，记住了造成这一切的罪魁祸首。十三年后，诸葛家少年长大成人，英姿飒爽、羽扇纶巾，直面黑云压顶的几十万残暴军队，笃定选择：与曾经屠杀徐州父老乡亲、当时挟天子之国贼曹操，在赤壁殊死一战。

君不见，军事战争史上神奇的一幕——围城叛军给被围将领磕头！受过傅燮将军厚恩的数千名匈奴骑兵，齐刷刷跪在城外，声泪俱下地恳求孤立无援的傅燮放弃抵抗，并承诺护送其回到家乡。傅燮喟然长叹："乱世更需要浩然正气，我既然守卫这片疆土，就一定要与此地共存亡。"傅燮率领士兵出城列阵，与含着泪的匈奴骑兵厮杀在一起，终于得偿所愿，尽忠报国、战死沙场。

是他们，这些英雄，在乱世沉浮里，演绎了可歌可泣、永不言败的人生；是他们，这些英雄，在跌宕起伏中，谱写了气势如虹、波澜壮阔的史诗；是他们，这些英雄，在诡异残酷的宫廷斗争、血流成河的无情疆场之外，凝聚起推动人类社会进步的无穷力量。

让我们走进这段群星闪耀的历史，让我们领略这个气象非凡的时代，让我们追随这些逆袭英雄的足迹，也让我们审视自己的理想、原则与底线……

本书中的人物和故事，来源于《三国志》《华阳国志》《三国志集解》等书籍，也来源于民间流传的传说和故事。因年代久远，有一些故事和人物，无可考证，不作为历史考证和研究的依据。谨序。

目录

第一章　英雄辈出

第二章　风云际会

第三章　逐鹿中原

第四章　重整山河

第五章　天下三分

第六章　千古风流

第一章 英雄辈出

作者女儿小北手绘

人，总要有一点精神。即便一团混沌，也要拨云见日；即便希望渺茫，也要奋力一搏；即便无力回天，也要飞蛾扑火。无论成败，英雄无悔。

第一节　赘阉遗丑

出身不能选择，能选择的是，自己今后的道路。

年少轻狂的曹操，夜色下手持双戟，站在人生的十字路口……

人这一生，智商很重要，情商更重要，但最重要的，还是格局与志向。是做吃喝玩乐的纨绔子弟，风流快活？是当溜须拍马的阉党高官，作威作福？还是成为中兴大汉的能臣，乃至一匡天下的英雄？曹操有了大致方向——他猛地攥紧双戟，不再犹豫，阔步走向宦官老大张让的府邸，决定改变自己的人生轨迹。

东晋孙盛《异同杂语》记载："太祖（曹操）尝私入中常侍张让室，让觉之；乃舞手戟於庭，逾垣而出。"就是说，曹操顺利潜入张让卧室，准备替天行道。但张让不白给，很快察觉出室内异样，连忙呼喊护卫队。曹操不想年纪轻轻跟一个阉人同归于尽，赶紧退到庭院，挥舞手戟阻止护卫靠近，飞身越墙而出。张让护卫队穷追不舍、狂喊乱叫，彰显了震耳欲聋的强大声势，因此消耗不少气力，步伐渐渐沉重，没能追上闷头狂奔的曹操。

刺客跑了？丢人丢到家的张让怒了！自从祸国殃民的汉灵帝登基后，跟主子性情相投的张让迅速升任中常侍，与另一个中常侍赵忠深得宠信。汉灵帝经常大言不惭地说："张常侍是我父，赵常侍是我母。"要风得风、要雨得雨的"汉灵帝干爹"张让，家门口哪天不排着若干求办事的官员？哪里受过这样的惊吓？甭说了，一定是受到宦官集团打压的"党人"（禁锢不能做官的士人）所为！

"满拧"！张让敲破脑壳也猜不到，刺客竟来自宦官阵营！曹操出身宦官之家，养爷爷曹腾是大宦官，入宫三十多年，历经四位皇帝变换而岿然不倒，封费亭侯，官至大长秋。曹腾不仅把皇帝、皇后伺候得很好，还擅长推荐贤能，他保举的张温、种暠等都位至公卿，给曹氏家族编织了极其深广的人脉网。老爸曹嵩也不㞞，本着多磕头少说话、逢年过节广撒钱的原则，与张让、赵忠等奸佞宦官沆瀣一气，确保了官运亨通。

按常理来说，曹操生在如此兴旺昌盛的权贵之家，只要养好身体别夭折，等着享福就行了。可是曹操偏偏不按套路出牌，非但不肯依仗家族荫庇，安享唾手可得的荣华富贵，还要与宦官集团一刀两断，开辟属于自己的道路。在常人看来，曹操放弃坦途选择险峰，简直得了疯病。但曹操认为，这是摆脱“腌臜不堪”出身，成为“超世之杰”的、无比正确的起点。

腌臜不堪的出身，犹如伴随曹操一生的梦魇。《楚国先贤传》记录，曹操年轻时，屡次拜访名士宗承，然而在清流雅士云集的会客厅，根本没人搭理他。有一次，曹操趁宗承起身离席，厚着脸皮冲上前，满怀期盼地伸出手，恳求指导关照。结果宗承瞥都不瞥，直接拂袖而去！大庭广众之下，身材矮小、其貌不扬的曹操沦为笑柄！

二十多年后，权倾朝野、贵为司空的曹操以为能把面子找回来，于是志得意满地问：“宗老师，现在咱们可以交往了吧？”没想到，宗承依旧霸气回应：“松柏之志犹存。”此时，握有生杀大权的曹操，一脸蒙圈地愣在当场。何止宗承！汝南名士许劭、陈留名士边让、鲁国名士孔融、平原名士祢衡乃至众多东汉太学生，都无不对曹操嗤之以鼻！

腌臜不堪的出身，也是激励曹操前行的不竭动力。既然低三下四的恳求没用，那就干一件惊天动地的大事，干一件高谈阔论的名士想干又不敢干的大事！曹操不干则已，干就干狠的，准备刺杀士人集团最痛恨的宦官老大张让！

斩首行动前，曹操很可能告诉了洛阳城内名士云集的反宦官团体——由青年士人领袖袁绍、南阳名士何颙发起成立的帝国精英小密圈。接到宦官之后要去刺杀宦官老大的通知，袁绍等人将信将疑。年轻时干过刺客的何颙，大概自告奋勇，尾随曹操前往核实情况。

《后汉书·党锢列传》记载：“初，颙见曹操，叹曰：‘汉家将亡，安天下者必此人也。’”虽然史书没有明确指出何颙在何时何地表扬的曹操，但何颙不是信口雌黄的相面先生，不会没有根据就武断某某能否安天下。一定是曹操干了让何颙都忍不住点赞的猛事，而这事极可能是——刺杀张让。何颙大抵很感慨：小密圈成员都遭到宦官迫害，可站出来刺杀宦官老大的人，竟是宦官之后曹操！

在何颙的强烈保荐下，曹操终于挤进名士云集的小密圈。通过这个人脉平台，与许多成员建立起很深或很神秘的感情。这些人有知遇提携的名士何颙，有慷慨解囊的恩公卫兹，有英勇献身的铁瓷鲍信，有夜色献计的许攸先生，有策马追随、最终分道扬镳的挚友荀彧，有莫逆之交、最终反目成仇的大侠张邈，更有一生恩怨情仇梳理不清的袁绍大哥。

曹操与袁绍，不只有官渡大战的金戈铁马、残阳如血，他们也曾在帝都洛阳把酒言欢、兄弟情深。别看袁绍年长八九岁，但曹操因从小缺乏父母教诲、游荡无度，飞鹰走狗、吃喝玩乐方面的造诣更深。哪有新开张特色饭馆，哪个酒楼酿制出新品好酒，哪又涌现出歌舞名妓，曹操几乎门儿清。《世说新语》宣称，曹操甚至开发出惊险刺激的游乐项目，比如拉着袁绍潜入举办婚礼的庄园，劫持新娘子！

丰富多彩又紧张炫酷的娱乐活动，不仅赢得袁绍的欢心，也使张邈、许攸喜欢上聪明伶俐能乱搞的小兄弟曹操。《魏略》指出：“攸字子远，少与袁绍及太祖善。”《三国志·张邈传》指出：“太祖、袁绍皆与邈友。”

曹操、袁绍、张邈、许攸，新丰美酒举起来，相逢意气为君饮。

四个好兄弟，都未曾料到，二十多年后，竟生死对决。

洛阳的美好时光，成为难以释怀的记忆。

人生若只如初见，该多好！

第二节　祸福相倚

没有人，从小立志做国贼。

没有人，不想做中流砥柱，不想青史留名。

没有人，愿意在千年以后被抹成戏台上的白脸，供世人笑骂。

熹平三年（174年），年仅20岁的曹操被举为孝廉，怀着对大汉王朝的无限忠心，踏上仕途。

孝廉是西汉设立的察举考核科目之一，后来逐渐成为汉代官员的重要选拔途径。孝廉本意是“孝顺亲长、廉能正直”，本意虽好，但只要涉及人事安排、岗位调动等利益分配，执行起来就难免走样。到东汉中晚期，孝廉名额已为权贵垄断，豪门世族互相吹捧，比如张三推举李四的儿子，李四反过来推举张三的孙子，最终搞成诸如此类的圈内繁殖。

曹操在圈内。凭借曹腾留下的深厚人脉，又有曹嵩的清脆铜钱穿引，年纪轻轻的曹操便获得孝廉资格，起步之快，一般士人子弟望尘莫及。据东汉帝国有关规定，举为孝廉将担任郎官，作为皇帝侍从在宫内考察三年左右，然后按表现授予相应职位。俗话说得好，金钱就是时间。所以，曹操的仕途之路，没有最快，只有更快。

熹平四年（175年），曹操只当了几个月郎官，便被委任为洛阳北部尉（相当于首都公安局城北分局局长）。平心而论，初入仕途可以分配在京畿要地做官，已是相当不易，不知曹嵩付出多少“清脆脆”的努力。然而曹操身在福中不知福，仍觉得官太小，四处托关系、找门路，一心想当洛阳令。

理想很丰满，现实太骨感。负责人事安排的选部尚书梁鹄不买账，作为士人集团精英以及儒学界和书法界的双料大咖，梁鹄压根儿看不起宦官之后的曹操。若不是尚书右丞司马防的强力举荐，别说洛阳令，恐怕洛阳北部尉能不能让曹操干，都不一定呢。

只是三十多年后，梁鹄先生追悔莫及——昔日待分配工作岗位的小曹，已摇身变成说杀谁就杀谁的曹大丞相。《四体书势》序言写道：“鹄惧，自缚诣门。”意思是说，梁鹄让人把自己绑起来，惶恐不安地登门谢罪。所幸宰相肚里能撑船，曹丞相没有难为人，而是温言细语地说：“老梁，知错能改就是好样的，过去的事不提了。听说您书法造诣很深，留在我身边写条幅吧。”

梁先生出洋相的事，年轻的曹操无法预见解恨，此时只能憋着一肚子不满上任。尽管曹操没干上拉风的岗位，但风必须拉起来。曹操很可能受祭祀社稷的五色土启发，制造出若干套五色大棒，挂在衙门口，号称不避豪强，有犯禁的一律棒杀。不过，五色大棒挂了大半年，渐渐落满尘土，却从来没动过。

出其不意，才能攻其不备。就在洛阳权贵以为五色大棒是装饰品时，曹操突然出手！汉灵帝宠幸宦官蹇硕的叔父，犯了不准夜行的禁令，曹操立即下令逮捕棒杀。蹇硕的叔父挨着五色大棒的一通好打，估计脑子混乱不堪：小曹不是自己人吗？都是宦官亲属啊，打错人了吧？很遗憾，蹇硕的叔父至死也料不到，宦官之后的曹操，竟要跟宦官集团决裂！

要想旗帜鲜明地与宦官集团划清界限，顺利摘掉“阉党余孽”的丑陋标签，曹操必须刺刀见血。可血怎么见？这是大学问。如果用五色大棒惩戒宦官集团小马仔，显然起不到轰动效应；如果用五色大棒干掉“汉灵帝干爹”、中常侍张让的近亲属，轰动是轰动，但必然给曹家带来巨大麻烦。曹操耐心等待大半年，最终选择抓捕蹇硕的叔父，用分量不重也不轻的宦官亲属开刀，既表明严肃认真的决裂态度，也不至于让曹嵩兜不住。

“京师敛迹，无敢犯者”——表面风平浪静，实际波涛暗涌。奸佞宦官咬牙切齿，迅速对“吃里扒外”的曹操反攻倒算。尽管曹操秉公执法，曹氏家族又树大根深，甚至与宋皇后家族都有联姻，但奸佞宦官有的是阴损招数。

奸佞宦官纷纷夸赞曹操德才兼备、精明强干，是帝国不可多得的栋梁之材，强烈建议提拔这样年轻有为的干部到基层锻炼——去远离洛阳的顿丘县（兖州东郡所辖）担任县令。很快，老辣狠毒的奸佞宦官用稀松平常又相当有效的明升暗降，回敬了稚嫩率真的曹操，给他上了东汉官场残酷斗争的第一课。

熹平六年（177年），曹操前往顿丘县的东行路上，会经过中牟县城北部一个名不见经传的小渡口——官渡。这里易守难攻的地势，给酷爱研究《孙子兵法》的曹操留下深刻印象。二十多年后，曹操选择在此迎接人生大考，开启巅峰之路。正所谓冥冥之中自有天意！人生失意的每一步，何尝不是明日辉煌的基石？

不经历风雨，怎么见彩虹？三十多年过去，时任大汉丞相的曹操，回忆起担任顿丘令的往事，仍然非常自豪，并以此勉励儿子曹植：“我为顿丘令，只有二十三岁，跟你现在的年龄一样。追忆当时所作所为，无悔于今。”曹操为什么自豪，是不是在任期间大有所为？史无明文，不得而知，但从曹操任职时间判断，他可能来不及做什么，因为他很快被免职了。

光和元年（178年），宋皇后遭到奸佞宦官诬陷，不仅丢掉皇后岗位，远近亲属也受到牵连。宋皇后哥哥的妻舅——顿丘令曹操，受到广大奸佞宦官的格外“照顾”，有关曹操与宋皇后哥哥来往甚密的奏章，一封接一封递到御前。曹嵩很可能及时拿出铺天盖地的“清脆脆”化解谗言，否则曹操恐怕不只丢官免职。

失之东隅，收之桑榆。光和元年（178年）冬，仕途坎坷的曹操悻悻回到家乡沛国谯县，却因此遇到他一生中最重要的女人，以卖艺为生、四海飘零的卞氏。貌若天仙、婀娜多姿的歌舞美女，曹操在洛阳城见得多了。然而，当面色蜡黄的倡家之女，在大疫横行、饿殍遍野的中原大地，舞出了与时代抗争的不屈，舞出了对多舛命运的不挠。落寞失意的曹操，突然心生涟漪。

留下吧！

第三节 黄龙见谯

熹平五年（176年），沛国谯县的天空，出现若隐若现的黄龙。

真龙天子在洛阳坐着呢，沛国谯县的黄龙是怎么回事？负责皇宫警卫的光禄勋乔玄非常忐忑，悄悄问主管天象的太史令：“这事您专业，帮忙分析分析，什么征兆？”太史令压低声音说：“此地有王者兴起，用不了五十年，黄龙还会再现。”乔玄的脸都绿了，因为他明白这是暗示大汉王朝进入垮台倒计时。

光和元年（178年），乔玄升任全国最高军事长官——太尉。尽管乔玄的个人仕途更上一层楼，但东汉王朝当真日益衰败，各地叛乱多如牛毛，天灾人祸此起彼伏。焦头烂额的乔玄，不禁时常想起沛国谯县的黄龙事件，越发惴惴不安。

乔玄正烦闷之时，曹操来求见！光和二年（179年）立春前，赋闲在家的曹操来到洛阳，借着给当朝大佬拜年之机，顺便看看有没有可以填补的空缺岗位。虽然乔玄的军政事务非常繁多，但依然热情接见了他——来自沛国谯县的曹操。

年近七旬的乔玄与二十岁出头的曹操年龄悬殊，却很投缘。他们同是孝廉出身，都担任过洛阳执法机关负责人，曹操是洛阳北部尉，乔玄是洛阳左部尉。他们也都崇尚法治，乔玄因抗拒权臣、不徇私情而闻名，曹操则用五色大棒干掉犯禁的当红宦官的叔父。

而且早在六七年前，乔玄已经关注到在太学进修的曹操。《续后汉书》记载："初，魏武帝为诸生，未知名也，玄甚异之。"之所以乔玄慧眼识珠，很可能是因为曹操与众不同。也许，在其他太学生勤奋背诵儒家经典时，曹操常常捧着《孙子兵法》爱不释手，或是抡起双戟一通狂舞。

除此之外，曹家和乔家在官场上似乎也有渊源，乔玄受到过司徒种暠的大力推荐，种暠得到曹腾支持当上司徒。相当于张三的爷爷帮过李四，李四帮过王五，如今丢官的张三孙子来找飞黄腾达的王五，请帮忙看看面相、提振声名，王五寻思：大家是圈里互相提携多年的老朋友，得办、得办。

当然，如果乔玄看不上眼，即便托关系来访的世交子弟，他也只会说点场面话，比如尊重老师、团结同学等。可乔玄与曹操深谈后，不禁赞叹："天下将大乱，唯有治国安邦之才才能拯救，能安天下的是你小子！"乔玄又说，"我见到的名士很多，都不如你，你要继续努力！我老了，愿意把妻子、儿女托付给你。"

乔玄和曹操的脾气秉性相投，又有人情在，二人越谈越真挚，甚至开起玩笑。年迈的乔玄说："我没了以后，你小子路过我的墓地，不拿好酒和烧鸡来祭拜，假装看不见过去，肚子疼了别怨我。”说罢，乔玄和曹操相视大笑。

二十多年后，统一北方步伐铿锵有力的曹操，没有忘记乔玄的玩笑，没有忘记乔玄关怀至深的勉励，亲自撰写了饱含敬意的祭文，以隆重礼数祭奠了去世多年的恩公：“吾以幼年逮升堂室，特以顽鄙之姿，为大君子所纳。增荣益观，皆由奖助，犹仲尼称不如颜渊，李生之厚叹贾复。士死知己，怀此无忘……”九泉之下的乔玄可以瞑目了，曹操不仅有安定天下的雄才伟略，更有感恩之心。

丢官免职的年轻人，能得到当朝太尉的赏识，实属幸运；叱咤官场的重臣，能找到值得相托的年轻人，更是不易。临别，乔玄主动给曹操出主意：“你应该去结交‘月旦评’的大当家许劭，得到他的评价，名声一定大振。”

可惜千人千面，不是每个人都愿意提携后辈，比如名士许劭。许劭先生是汉末风云人物，他和兄长开办了闻名遐迩、盛极一时的第三方评价机构——“月旦评”，常在每月初一发表对人物或诗文字画的品评。无论是谁，只要一经他们褒扬，身价就会蹭蹭上涨。

有利可图，趋之若鹜。为求一语好评，不仅一般士人官吏对许劭兄弟敬若神明，即便出身名门望族的袁绍，也是谨慎小心。史书记载，袁绍进入许劭任职的地界前，机敏乖巧地脱掉华丽服饰，散去车马随从，装作一副清心寡欲的贤德模样。比起这些表演系的青年才俊，宦官之后又不善造作的曹操，想获得许劭赞扬？难如登天！

人世间总是如此千姿百态，有看重实干能力的乔玄，就有计较家庭背景、第一学历的许劭。即使有太尉乔玄的引荐，曹操又客客气气送来超级大礼包，许劭也是板着脸不评价。曹操一看软的不行，那就翻脸来硬的吧，《后汉书·许劭传》记载：“操乃伺隙胁劭。”

具体怎么胁迫没说，估摸曹操十有八九是这么谈：“我说许先生，您知道宦官老大张让吧？当今皇帝都常说‘张让是我爸’，可我敢去找张让晦气。张府那么多护院兵丁，也没把我怎么着。敢问您是当今皇帝什么人？护院有多少？现在能不能痛快给个评价？”许劭作为消息灵通人士，想必早就风闻过曹操的逸事，心里难免咯噔好几下。

经过一番认真思考，许劭觉得品牌价值固然重要，但生命更可贵。许劭不得已做出评价：“君清平之奸贼，乱世之英雄。”除此以外，史书还记录了许劭的另一种评价：“子治世之能臣，乱世之奸雄。”两种说法虽大不相同，但均有所褒扬。

客客气气装大爷，翻脸要横立马㞞。如此戏剧性地获得评价，惹得曹操肆意大笑起来。曹操一生不爱用所谓名士，大概与年轻时的遭遇息息相关。求只言片语好评，又花钱又刷脸，最后玩起黑社会才办妥。在曹操看来，这些名士仗着出身好，道貌岸然装清高，着实可憎！放在太平年代还能装点下盛世辉煌，乱世一点用没有！上马不能打仗、下马不能治国，只会对别人指指点点、夸夸其谈。

许劭也是聪明人，听出曹操笑声中的诡异。许劭觉得，如今大汉王朝朗朗乾坤，曹操正是那清平的奸贼！待曹操笑声渐逝、背影渐稀，许劭突然一愣。

莫非世道要变了？

第四节　乱世能臣

世道也不是说变就变，全是慢慢“作”出来的。

东汉帝国坚持不懈地“作”了很多年，外戚专权、太后干政、奸佞宦官和士人集团斗来斗去，搞得各地叛乱层出不穷，黎民百姓苦不堪言。如此火烧帝国眉毛的紧迫时刻，却又迎来热衷卖官鬻爵、认太监当爹妈、不顾百姓死活的汉灵帝登基。日薄西山的大汉王朝，宛如一辆摇摇晃晃的破车，一会儿车窗碎一块，一会儿车灯灭一盏，一会儿轱辘掉一个……

看人要一分为二。汉灵帝于国家来说，是不折不扣的昏君；于个人来说，非但不昏，还很聪明，绝对配得上谥号“灵”。尤其在骄奢淫逸领域，汉灵帝极具天赋，在“千岁万岁喜难逾”的浪荡歌声中，与嫔妃、宫女淫乐在豪华“裸泳馆”，长夜饮宴、整日迷醉，好不快活！汉灵帝曾大发感慨：“使万岁如此，则上仙也。”

除了这些露骨刺激的活动，汉灵帝还研发出不少丰富多彩的游乐项目。比如，模拟人生这款游戏，就是汉灵帝的杰作。汉灵帝在后宫指导修建高仿洛阳街市，自己与扮成市集摊贩或街头行人的宫女玩起角色扮演。汉灵帝的身份视心情而定，一会儿是卖东西的张老板，一会儿是买东西的李富商，或是跑到仿造街市的酒店大吃大喝，故意找碴儿与假扮店主的宫女吵嘴、打架、厮斗，玩得不亦乐乎。

有什么样的主子，就跟着什么样的奴才。为了配合汉灵帝的奇思妙想，以张让、赵忠为首的奸佞宦官挖空心思，积极探索酷玩新花样。奸佞宦官先是弄来宫内没有的驴车，喜得汉灵帝如获至宝，每天驾车转来转去，搞得皇宫尘土飞扬。玩腻了没关系，奸佞宦官又研发出新项目——给狗套上朝服、顶上贤冠，扮成大臣模样上殿，逗得汉灵帝拍手大笑：“哈哈，好一个狗官！”

玩是玩高兴了，可银子从哪儿来？修建美轮美奂的淫乱花园，精心雕琢的高仿市集，价钱不菲的驴车，“狗官”的精美套装，哪个项目不花钱？叛乱遍地开花、赋税日益萎缩的东汉帝国，根本无法维持汉灵帝的高消费。不要紧，穷则思变嘛，聪明的汉灵帝与奸佞宦官一起开动脑筋，迅速找到搜刮钱财新路径——既然百姓榨不出油水，那就刺激大臣掏钱。

最能体现汉灵帝绝世聪明的创造性举措横空出世——卖官鬻爵。虽然买官卖官以前就有，但汉灵帝赋予了它全新内涵，并摸索出一整套有章可循的规则。刚开始卖官，汉灵帝多少有点扭捏，公开叫卖的主要有关内侯、虎贲、羽林等爵位和职务，像三公九卿等重点岗位只是偷偷卖，三公每个千万钱，九卿每个五百万钱。结果不卖不知道，一卖吓一跳，权贵子弟买官需求非常旺盛，财政收入得到显著增长。

受到供需关系影响，官位标价应声大涨。起初卖五百万钱的九卿，很快飙涨到两千万钱。尝到财源广进的甜头，汉灵帝索性放开手脚不要朝廷脸面，不仅把三公九卿等重点岗位加入公开售卖行列，连官吏的正常调动、晋升或新官上任都要支付卖官标价的三分之一或四分之一。为了确保卖官产业健康平稳有序发展，汉灵帝还创造性地发明出分期付款、打折优惠、竞标拍卖等多种模式，推动卖官鬻爵达到历史新高度。

眼看官位可以买，不缺钱财保驾护航的曹操，很快迎来复出机会。光和三年（180年），汉灵帝下诏让公卿推荐熟悉《古文尚书》《毛诗》《左氏春秋》《穀梁春秋》各一人，授予议郎职务。财大气粗的曹嵩果断出手，充分发挥善于花钱、敢于花钱的特长，迅速打通各个环节。奸佞宦官都是识钱财的“俊杰”，从来不跟“清脆脆”较劲，立即表示旧账一笔勾销，转而交口称赞曹操“能明古学”，是议郎当之无愧的人选。

用钱开路，无所不能，曹操顺利“竞聘”成功。议郎作为朝廷高级调研员，职级高于洛阳北部尉，但没有执法权，更没有威风凛凛的五色大棒。不过议郎有发言权、建议权，那就口诛笔伐吧。26岁的曹操，本着干一行爱一行的原则，满腔热忱地履行议郎的岗位职责，调查研究工作开展得一丝不苟，隔三岔五发表意见，对朝政数度切谏。

只可惜，曹操尽心竭力写的调研报告，如泥牛入海，杳无音信。曹操作为思想端正的好员工，工作没成效，没有怨老板，而是从自身找原因。也许行文不够流畅，或是角度不够新颖，还是证据不够确凿？曹操没有气馁，摩拳擦掌地积极找选题。

终于，写大文章的机会来了。光和五年（182年），汉灵帝下诏要求按百姓歌谣检举不法官员。本来是为民办实事，可在奸佞宦官的干预下，不出意外地搞砸了——检举出的“不法官员”，全是清官！受冤枉的官员及家属陆续跑到帝都告御状，司徒陈耽等正直官员满腔义愤，发表了恳切意见，强烈要求追查幕后黑手。

这事闹得沸沸扬扬，迅速成为社会舆论焦点。曹议郎怎能放过这么优质的选题？他立即进行仔细调研，掌握了大量一手资料，写出有关此事的翔实报告。曹操秉烛疾书的心血之作，终于打动近乎麻木不仁的汉灵帝，破天荒下发传阅，并对徇私舞弊的奸佞宦官，给予口头严厉批评。

工作有成绩，欣喜又若狂。对于曹操来说，领导赏识最重要，因为工资奖金无所谓，反正他家不缺钱。首次得到大老板肯定的曹操，跟大多数上班时间不长的年轻人一样，激动得热泪盈眶，燃起干事业的万丈雄心。曹操深感不能辜负皇恩浩荡，打算再接再厉，写出越来越多的精品报告，兴许年老退休，可以编出本《曹议郎建言献策集》呢。

铺好纸张、备好笔墨，曹操凝神静气，准备再写一篇深度跟踪报道，却获悉到不幸消息：前不久带头仗义执言，要求严惩幕后黑手的司徒陈耽，遭到奸佞宦官诬陷，蒙冤下狱了。

夜色灯光下，曹操拿起手中的笔，放下，又拿起，又放下……

这支笔上，洒满了悲伤的目光。

第五节　带头大哥

汉末三国，英雄会聚。

有想匡济天下的曹操，就有想改朝换代的袁绍。

建宁四年（171年），26岁的袁绍终于脱下孝服，结束了匪夷所思的六年丧期，从家乡豫州汝南郡来到帝都洛阳，发起成立反宦官团体——帝国精英小密圈，张邈、许攸、伍琼、刘岱以及曹操等人相继加入。

作为带头大哥，长得帅是必须的，《三国志》和《后汉书》均夸奖袁绍“姿貌威容”。袁绍大哥不仅形象好、气质佳，还特别有钱，出手阔绰，周济朋友、馈赠礼物十分潇洒。相比帅气的外表和花不完的钱财，袁绍的家族背景最是羡煞他人。

袁绍出身于东汉帝国中晚期最显赫的家族——汝南袁家。从袁绍高祖父到叔叔袁隗的四代人，每代都有人位列三公（太尉、司徒、司空），汝南袁家成为东汉时期第一个完成“四世三公”伟业的家族。袁氏家族成员担任的其他要职，以及受袁氏家族提携举荐的门生故吏，更是数不胜数，遍布天下。

如此名门望族的有钱帅哥想交朋友建群，能是难事吗？不仅毫不费力，而且应接不暇。当大家得知袁绍要组建帝国精英小密圈时，很快一传十、十传百，权贵子弟坐着缰绳镀金的高级马车，寒门才俊坐着简陋的柴车，蜂拥而至。一时间，袁绍豪宅被围得水泄不通，周边交通一塌糊涂，连史书都忍不住记录下这次堵车盛况，号称："辎軿柴毂，填接街陌。"

"士无贵贱，与之抗礼。"看到大家争先恐后来入群，袁绍大哥非常高兴，无论来访者的身份地位如何，都谦逊有礼地热情接待。看到袁绍大哥这么平易近人，来访人员感动得稀里哗啦，纷纷表示愿意跟着混社会。人帅、有钱、仗义、出身名门又深得人心的袁绍大哥，在鲜花和掌声中信心爆棚，认为自己必将成为引领时代的主角。

想当主角不容易，运气如何很重要。袁绍初始运气极差——虽然找对宅门，但进错了肚子。袁绍是小妾所生的庶子，家族地位与弟弟袁术等嫡子有天壤之别。袁家历来枝繁叶茂，嫡子也没全部载入史书，更何况庶子。眼瞅要湮灭在浩瀚无垠的历史长河中，袁绍运气却突然爆好起来——袁绍伯父去世，而且没有儿子。袁绍幸运地过继到伯父家，摇身变成嫡子。

康庄大道走起来！袁绍被顺利保送至东汉帝国最高学府进修。由于学习努力，成绩优秀，十几岁便当上郎官，二十岁担任兖州东郡的濮阳令，一时间风光无限。如果不出意外，按照袁绍二十岁当县令的速度，二十五岁就得当上郡太守，三十岁拿下州刺史，三十五岁大概率官居九卿之一。然后熬够年头，迟早位列三公，成功缔造袁氏家族"五世三公"的神奇。这种人生不是没有，但不属于袁绍。

跌宕起伏才是英雄的人生。年轻的濮阳令袁绍正准备大展宏图，运气忽地又衰弱了。由于奸佞宦官与士人集团的冲突愈演愈烈，袁绍作为士人领袖李膺的外亲（女婿或孙女婿），很可能要被卷入深不见底的政治斗争旋涡。恰在风云莫测之际，袁绍的继母（袁绍被过继给伯父袁成）去世，聪明的袁绍立即辞官跑回老家，宣称要服丧三年。

一晃三年过去，袁绍没等来东山再起的机会，却面临更加危险的处境——永乐少府李膺等百余名反宦官士人遭到抓捕，惨死黄门北寺狱，史称“党锢之祸”。奸佞宦官还以“党人”罪名，禁止反宦官士人及其家属乃至门生故吏做官。

好汉不吃眼前亏，聪明的袁绍于是乎突发奇想，声称要为二十多年前去世的过继之父袁成——补服丧三年。功夫不负有心人，长达六年的服丧，终于让袁绍完美躲过奸佞宦官与士人集团的流血冲突，还捎带手赢得了大孝子的赞誉。

然而没用，在张让、赵忠为首的奸佞宦官压制下，袁绍大哥不得不赋闲十几年，从意气风发的青年，忍到早生华发的中年。眼瞅袁绍又要湮灭在浩瀚无垠的历史长河中，运气突然再次爆好起来——在大疫横行、粮食歉收的天灾人祸下，吃不饱饭的几十万百姓不忍了，跟随着酷爱宣讲“致太平”的张角大师，把本不太平的东汉搞得更不太平。

凡事就怕比，有真刀真枪干仗的张角大师做参照，满嘴怨气的“党人”似乎也没多可恶。聪明的汉灵帝度德量力、从善如流，及时听取各方意见，果断取消“党人”不能做官的禁令，号召大家尽弃前嫌，先团结一致打倒叛军再内斗。于是乎，近二十年无官可做的小密圈成员，纷纷借机复出，担任了不少军政要职。长期志不得伸的袁绍大哥却不领情，谁耽误他的青春，他就要找谁算账。

东汉帝国欠账太多，得排队讨。张角大师奋勇争先地走在前头，吹响了埋葬东汉王朝的号角。张角为什么十几年如一日，坚持不懈地密谋推翻东汉王朝，他又靠什么凝聚几十万忠实信徒？在《后汉书》中以大逆不道、妖言惑众、非法行医等各种负面形象出现的张角，到底是怎样的人？

细细品味史书内容，即便从抹黑张角的文字中，也可以看出——张角能认字读书、能治病救人、能组织领导。如果换个说法，张角大师似乎称得上有文化、有爱心、有能力。只可惜，不同立场的表述取舍，让张角的真实面目扑朔迷离、无法还原。

能够确定的是，东汉帝国被揍得很惨。光和七年（184年），张角大师引领青、徐、幽、冀、荆、扬、兖、豫等八州的三十余万徒众，头裹整齐划一的黄色头巾，高呼“苍天已死，黄天当立，岁在甲子，天下大吉”的口号，从四面八方同时发难，史称“黄巾起义”。

一时间，黄巾军锐不可当，东汉的甘陵王、安平王先后被俘，众多刺史、太守相继战死，州郡失守，吏士逃亡，百姓响应，天下震动。

历史车轮，滚滚向前。

第六节 国士赴难

江山代代有忠臣。

东汉帝国生死存亡的关键时刻，涌现出张钧、向栩、吕强、曹操、孙坚、傅燮、卢植、朱儁、皇甫嵩、董卓……文臣不惜命、武将不怕死，大汉忠臣数不胜数。不幸的是，这些忠臣最强悍的对手，不是黄巾军，而是东汉王朝的皇帝——汉灵帝。

一个忠臣——郎中张钧让汉灵帝干掉了。黄巾叛乱爆发，张钧先生心急火燎，上奏说必须顺应民意，杀掉罪恶的十常侍（不止十个，士大夫为骂起来顺口，简称“十常侍”），只要这样做，不用出兵讨伐，黄巾乱军就可自行消亡。汉灵帝看完奏章，内心五味杂陈。一方面觉得张钧迂腐，难道现在杀掉十常侍，张角大师能投案自首？另一方面觉得张钧说得有道理，国家搞得这么乱，不能是皇帝的责任，宦官才是罪魁祸首。

汉灵帝把奏章给张让、赵忠等奸佞宦官传阅，吓得他们摘掉帽子、褪去靴子，一个劲儿磕头认罪，表示愿意出钱贴补剿匪军费。汉灵帝见钱眼开，气儿顿时消去一大半，又转头对张钧发怒道：“你太狂妄，难道十常侍没一个好人吗？”机灵的张让听出话里玄机，连忙私下指示阉党官员，诽谤张钧与黄巾叛军有来往。这么明显的打击报复能看不出来？汉灵帝愣是装糊涂，让张钧下到大狱，任由他死去。

前仆后继，侍中向栩又来了。汉灵帝听说向栩有奏章，没看就脑袋疼。向栩是出名的性格古怪，喜欢披头散发呆坐，往往一坐就是大半天，时不时放声长啸，陶醉于精神世界而不能自拔。坐累了，向栩先生便骑着毛驴去市集乞讨，或是邀请众多乞丐朋友到家里住宿吃喝。这种不着调的狂士，能有破敌良策?

奏章果然相当雷人。向栩表示：“大汉王朝以孝治天下，不要兴兵讨伐，只要派人宣读《孝经》，黄巾乱贼可以自己消失。”汉灵帝气炸了，明白向栩不是提建议，而是讽刺自己没有以孝治天下。看到“干儿子”不高兴，张让赶忙跳出来，诬陷向栩是黄巾乱军内应。还是“干爹”体贴，汉灵帝心领神会，把向栩扔进大牢，再后杀了。

知难而上，中常侍吕强挺身而出！吕强直言劝谏汉灵帝，表示只有杀掉贪腐官员、任用贤能人士，才能平息黄巾暴乱。为铲除宦官队伍的另类，“汉灵帝干妈”赵忠亲自出马，污蔑吕强不仅喜欢妄议朝政，还常常躲在阴暗角落里，偷偷阅读《汉书・霍光传》（霍光曾废立皇帝），绝对有不臣之心。

都是宦官，差距怎么这么大呢！汉灵帝早就烦透为人直率的吕强。既然“干妈”千辛万苦找到杀人理由，绝不能浪费，立刻下令抓捕。吕强看到来势汹汹的士兵，知道必然有去无回，怒目而视地大喝：“大丈夫尽忠国家，怎能受你们这些狱吏的侮辱！”说完愤而自杀！宦官吕强用实际行动表明，一个人是不是大丈夫，要看心有没有被阉割。

汉灵帝是昏君，但并不糊涂，知道无论杀忠臣还是杀贪官，或是读什么《孝经》，都不可能解决几十万黄巾乱军，唯一有效的办法，是比试大刀与战马。汉灵帝紧急派出四位能征善战的将领——北中郎将卢植、左中郎将皇甫嵩、右中郎将朱儁、东中郎将董卓，领兵出击讨伐。

北中郎将卢植，堪称文武全才，不仅平息过九江叛乱，还是通古今学的大儒。卢植率军对阵张角大师带领的十几万冀州黄巾军，虽一时难以速决，但已占据明显优势。眼看胜利在望，汉灵帝派来了不懂军事却能巡视战况的小太监。有人劝卢植拿钱打点小太监，免得生事，可卢植是大知识分子，给太监塞钱的龌龊事，干不出来！

战场胜败，往往不取决于战场。没捞到外快的小太监气愤不已，复命时一通诽谤，表示黄巾叛军毫无战力，之所以久拖不决，全怨卢植畏敌如虎、贻误战机。听了不懂军事的小太监汇报，不懂军事的汉灵帝怒火中烧，立即把懂军事的卢植革职问罪，由东中郎将董卓接任主帅。

董卓是不可多得的军事干将，不仅颇有谋略，而且勇猛善战，骑马飞驰时可以左右开弓。这项技能不得了，一是帅气，二是厉害。一般骑兵是左手持弓右手引弦，如果左、中、后方有敌人，相对好办；如果右边出现敌人，则需拨转马头调整方向。在时间就是生命的战场上，能够左右开弓的董卓，一直罕遇敌手。

史书记载，董卓纵横西北战场几十年，杀敌无数、屡受嘉奖，不夸张地讲，稳坐汉末军功第二把交椅。只要给董卓足够时间，不是不能战胜黄巾军。可惜汉灵帝一如既往没耐心，董卓上岗两个月没取胜，便也得到与卢植同样“减死罪一等”的重罚。

幸好还剩两名干将。右中郎将朱儁平定过交趾叛乱，军事经验丰富。讨伐黄巾叛乱中，朱儁带领孙坚等将领浴血奋战，功勋卓著。左中郎将皇甫嵩更厉害，出身名将世家，从小看惯行军列阵、血染征鞍，成年后担任与匈奴比邻的北地郡太守。在讨伐黄巾叛乱中，皇甫嵩带领曹操、傅燮等将领，大破颍川黄巾军，而后南征北战、连战连捷，最终剿灭十几万冀州黄巾军，并把病死的张角大师“剖棺戮尸，传首京师”，堪称平定黄巾之乱的最大功臣。

皇帝添乱、宦官弄权、战将蒙冤，在乱哄哄的状态下，九个月之后，还是把黄巾叛乱平息了。无论过程怎么烂，结果都是好的，汉灵帝很高兴，对皇甫嵩、朱儁、曹操、孙坚等立功人员加官晋爵。蒙冤入狱的卢植，也因皇甫嵩的美言获释，喜获尚书岗位的安慰大奖。

最倒霉的莫过董卓先生。直到年底，汉灵帝大赦天下，董卓才与其他偷鸡摸狗的罪犯一并释放。灰头土脸的董卓重见光明，酸甜苦辣一起涌上心头：老子与西凉乱贼有过大小百余战，保卫朝廷立下赫赫战功。临危受命讨伐黄巾军主力，两个月没分胜负就惨遭免职问罪，还有没有天理？如今黄巾叛乱平息，你们一个个加官晋爵，只有老子在牢里待着。不遇到大赦，我还出不来了！我呸，这等昏聩黑暗的朝廷，老子不保了！

历史反复证明，每一个王朝的覆灭，都不是缺少精兵猛将。

第七节 中平不平

为昭示天下重归安宁，汉灵帝改年号为中平。

沉浸在自欺欺人氛围中不能自拔的汉灵帝，迫不及待重操旧业——卖官鬻爵。

曹嵩是卖官政策的受益者。曹家钱财多，能用钱摆平的事，从来不叫事儿。中平四年（187年），主管财政工作的大司农曹嵩，也不知从哪儿搞出的一亿钱，以碾压性优势竞标成功，买下三公之首的太尉。赶上曹嵩这样愿意买官又不缺钱的金主，皇帝和大臣自然其乐融融，可朝廷主动任命的官员也强行收钱，画风就很难和谐了。

刘陶是卖官政策的受害者。朝廷任命刘陶为京兆尹，却要收取上千万钱的到岗费。刘陶两袖清风，没钱买官也耻于买官，气得称病不办公。由于刘陶是汉室宗亲，又在黄巾暴乱前举报过张角是恐怖分子，表现得很忠心，汉灵帝不好撕破脸皮。钱不交就算了，但京兆尹这种能卖钱的实权岗位得腾出来，那就让刘陶改任谏议大夫吧。

鉴于先到任后交钱有弊端，容易形成坏账。汉灵帝及时改变游戏规则，要求先交钱再上任。朝廷任命的巨鹿太守司马直，不幸赶上新政。清廉奉公的司马直气愤不已，斩钉截铁地表示，我没钱。朝廷表示，你是名士，给最大优惠，减免300万钱，可以吧？司马直仍旧表示，我真没钱。朝廷坚持表示，你是名士，让你分期付款，可以吧？司马直无奈表示，生病不能办公，官不当了。朝廷干脆无赖表示，你是名士，这官必须你当，不当也得当，卖定你了！

要么沉默，要么抗争，义愤填膺的司马直选择后者。司马直怀着对东汉帝国的赤胆忠心，写下一封抨击奸佞宦官乱政的奏章后，愤而吞药自杀。卖官竟把大臣逼死，一时间朝野震动，厚皮厚脸的汉灵帝都有些不好意思，下令暂缓催缴卖官款。然而司马直的壮烈死谏，并不能改变汉灵帝靠卖官鬻爵发家的决心。没过多久，汉灵帝的卖官铺重新开张，生意照旧。

司马直不能枉死！谏议大夫刘陶拍案而起、直言上书，列举朝廷诸多弊政，愤怒痛斥不法宦官。刘陶奏章的文采再好、论据再充分，也比不过张让等宦官的一句诽谤："尊敬的陛下，当年刘陶说张角是叛逆，他怎么知道？莫非与张角早有来往？"刘陶怎么也想不到，自己出于忠心的举报，反而成为通贼铁证。

面对如此不要脸、没有脸的对手，等待刘陶的只能是，阴冷、潮湿、血腥的黄门北寺狱。这所由宦官掌管的臭名昭著的监狱，从"党锢之祸"的士人领袖李膺，到黄巾叛乱后上书直言的张钧、向栩，不知多少忠臣惨死于此。刘陶泪如雨下、仰天长叹："恨不能成为伊尹、太公那样的功勋名臣，只得与死谏忠臣做伴了。"不肯受辱的刘陶，愤然绝食而亡。

司马直和刘陶的殉国消息，传到青州济南国。看着花大价钱买来的兖州东郡太守委任状，济南相曹操感到莫大羞愧，以及难以名状的悲戚。曹操很清楚，如果没有老爹拿出钱财铺路，自己怎能保送到东汉最高学府进修？年仅20岁怎能被举为孝廉？21岁怎能出任洛阳北部尉？打死蹇硕叔父怎能安然调任顿丘令？顿丘令被免没两年，又怎能出现在更高级别的议郎岗位上？没有任何军事作战经验，居然可以担任骑都尉，指挥帝国精锐骑兵？打败颍川黄巾军，其他战友继续奔赴前线，自己却能升迁为济南相？很明显，没钱万万不能。

但钱不是万能的。钱可以买来官位，却买不来理想抱负——"欲作一郡守，好作政教，以建立名誉，使世士明知之"。曹操是这么想，也是这么说，更是这么干！中平二年（185年），曹操就任济南相不久，便开始大刀阔斧革除弊政，一口气奏免辖区内的大部分县官，搞得贪污腐败分子"小大震怖，奸宄遁逃，窜入他郡”。

尽管县级小官不起眼，但谁没个二大爷或者三伯伯，保不准跟张让、赵忠都能勾搭上。果不其然，一时间控诉曹操的奏章，没完没了地涌到御前。为了帮儿子铲事，曹嵩估计又掏出大把人见人爱的“清脆脆”，买来东郡太守。见钱眼必开的汉灵帝很给面儿，既然曹操在济南国没处理好各方面关系，那换个地方，重新好好干吧。

不能改变现实，又不想向现实低头。曹操眼前的东郡太守委任状，既散发着令人作呕的铜臭味，又饱含父爱深情。曹操深知，自己的臭脾气改不了，汉灵帝的脾气也相当臭，如果在东郡太守岗位继续整顿吏治，很可能要连累老爹，一起去黄门北寺狱报到了。

曹操啃老有底线——可以坑爹钱，不能要爹命。努力工作得不到认可的曹操，决定采取广大伤心打工族的绝技：泡病假。曹操经过深思熟虑，托病谢绝赴任东郡太守，选择挂着议郎虚衔，以养病为借口，回到老家谯县。

曹操在县城东面五十里，找到一处山清水秀的地方，修建起乡间小别墅。春夏时节，曹操在这里静心读书，重温《孙子兵法》《史记》《汉书》《诗经》《易经》等经典著作。秋冬时节，曹操则约上曹仁、夏侯渊等哥们儿弟兄，纵马打猎、健身娱乐。

难得潇洒又惬意！曹操从20岁步入仕途，近半个世纪的奋斗历程，不是东征西讨，就是宫廷恶斗，只有在顿丘县令被免和托病不任东郡太守时，才得以短暂赋闲。虽说是闲下来，但实际收获比做官时还大。第一次赋闲，曹操遇到一生最重要的女人。第二次赋闲，这个女人为曹操生了一个有帝王气质的儿子。《魏书》记载得有声有色：“有云气青色而圜如车盖当其上，终日，望气者以为至贵之证，非人臣之气。”

不用当真，史书诸如此类记载，往往是后补。

当然，胜利者有权力完善历史。

第八节　臣节不坠

中平四年（187年）冬，曹操的第三个儿子，自带满满的祥瑞之气，诞生了。

不容易。曹操从第二个儿子到第三个儿子，足足盼了九年。

综合各类史料记载推断，曹操在20岁前迎娶丁夫人为妻，至迟在20岁迎娶刘夫人为侧室。刘夫人在熹平四年（175年）或熹平五年（176年）生下长子曹昂，随后生下长女和次子曹铄，于光和元年（178年）或光和二年（179年）去世。没有生育能力的丁夫人把曹昂等子女收养，视同己出、悉心抚育。光和二年（179年），曹操为了小家庭能继续添丁进口，纳卞氏为妾。

不知什么原因，卞氏来到曹家七八年，一直没能生出一儿半女。尽管曹操一生妻妾、儿女众多，有姓氏的妻妾至少十五人，有名字的儿子至少二十五人，女儿至少七人，但截至曹操托病回到谯县，家庭关系还很简单，只有一妻一妾及三个儿女。

直到中平四年（187年），卞氏的肚子终于有了动静，在年底产下一子。抱着大胖小子的曹操，心情肯定错不了，按说应该给孩子取个阳光灿烂、积极向上，甚至壮志凌云的响亮名。但曹操经过一番深思熟虑，竟取了有些古怪的——“丕”。曹丕？什么意思？听着就阴郁，与出生时的祥瑞气质，完全不符啊。

曹操作为开创建安文学的大作家，给孩子起名，大抵都有深意，不会随便乱来。比如，曹昂出生时，曹操刚刚棒杀当红宦官的叔父，名声大振，便取了含有“奋发向上”意思的“昂”。又如，曹铄出生时，曹操仕途受挫担任顿丘令，便取了含有“光亮”意思的“铄”。

曹丕出生时，曹操已在官场摸爬滚打十多年，鼻青脸肿的跟头摔了好几次，很可能有了新认知。正如二十多年后，曹操在《十二月己亥令》所言：“去官之后，年纪尚少……从此却去二十年，待天下清。”也许，有意韬光养晦、等待时机的曹操，给曹丕取名时，想到《易经》“否”卦的阐释：由安泰到混乱，由通畅到闭塞，小人势长，君子势消的黑暗时期。

面对黑暗混沌的朝廷，曹操选择隐忍，有人却沉不住气。老友许攸给曹操写来绝密信，抛出极不轻松的话题——再造乾坤。原来，冀州刺史王芬秘密纠集许攸等人，密谋趁汉灵帝回河间国（冀州境内）省亲时，废除汉灵帝，杀掉十常侍，拥戴合肥侯称帝。王芬等人估摸曹操郁郁不得志，又有军事才能，搞叛变用得上，便动了拉他入伙的想法。

冀州叛乱的始作俑者王芬，早有大名，是著名的“党人”，位列“八厨”之一（厨者，能以家财救济世人的名士）。按党人排名次序，先是“三君”，后面依次是“八俊”“八顾”“八及”“八厨”，这样算来，王芬在数以千计的党人里，排名高居第二十八名至三十五名之间。

主要帮手许攸的党人排名虽不靠前，却是关键先生。许攸冒着各地叛乱的刀山火海，不畏艰难地从洛阳跑到冀州，显然不是游山玩水，大概率是袁绍大哥及帝国精英小密圈的全权代表。许攸到场助阵，给王芬传递了明确的信号，你不是一个人在战斗！

尽管反叛班子强劲有力，但是曹操丝毫不为所动，态度坚定地表明立场：“废立皇帝是天下最不祥的事。”紧接着，曹操很有耐心地摆事实、讲道理，首先分享了两个废立皇帝的成功例子，“古代人权衡成败、计较轻重，然后施行成功，只有伊尹和霍光。伊尹是心怀至忠诚意，又有宰相权势，位列百官之上，废立才得以完成。霍光是受先帝托国重任，又凭借皇室宗亲地位，内有太后秉政的支持，外有群臣同心的大势，废立才可以摧枯拉朽。”

曹操下结论：“你们只见到古人成功的容易，却没有看清当前的困难。好好想想吧，你们结众连党的这点实力，有当年七国之乱的七国强吗？你们要立的合肥侯，比起七国之乱的吴王、楚王怎么样？都不如吧？他们都失败了，你们别扯了。”果不其然，王芬、许攸另立中央的企图，很快就被聪明的汉灵帝识破。王芬畏罪自杀，许攸等人上演大逃亡的戏码。

只要条件不成熟，就不动手。如果条件一直不成熟，就一直不动手。曹操在废立皇帝和代汉自立的大是大非上，始终保持了行动上的克制。曹操的前半生，自不用多说，一直热衷匡扶汉室，想尽办法、排除万难也要奉迎天子。虽然曹操挟天子以令诸侯后，渐渐对汉室缺乏了敬意，但是他在相当一段时间里，并不敢逾越红线。

史书记载，有位想拍曹操马屁的大臣，曾大肆散布改朝换代言论："承汉者魏也，能安天下者，曹姓也，唯委任曹氏而已。"曹操听闻后，赶紧派人转告那位大臣："天道深远，幸勿多言。"乃至曹操晚年受九锡、封魏王，位极人臣，自己仍是不兴禅让。

对于曹操一生不称帝，历来众说纷纭。有人说，曹操需要高举大汉的金字招牌，对外征伐不臣、对内安抚人心，有道理。有人说，名门世族看不起宦官之后的曹操，得不到广泛支持，有道理。有人说，曹操重实权轻虚名，至高权力在手，是不是皇帝不打紧，也有道理。还有人说，曹家世受皇恩，曹操大半生又在拼命高喊誓死捍卫大汉王朝，一会儿指责袁术"淮南弟称号"，一会儿嘲讽袁绍"刻玺于北方"，把图谋不轨的天下群雄蔑视好几遍，很可能讲着讲着，把自己讲出心理障碍来了。总之说法很多，各有道理。

也许，根源就是两个字——"时运"。从曹操拒绝王芬、许攸等人的答复中，可以清晰地看出，深入研究过史书里废立皇帝事件的曹操，主要是觉得时机不对。曹操是有追求、有理想的盖世英雄，希望水到渠成、实至名归。

如果时运到了，不是不可以；如果时运没到，那就罢了！

我就做周文王吧。

第九节　大厦将倾

冀州阴谋没得逞，凉州叛乱再燎原。

汉高祖十一年（前196年），一位花甲老人率军平叛得胜，途经故乡痛快酣饮，即兴唱道："大风起兮云飞扬，威加海内兮归故乡，安得猛士兮守四方！"谁能为我守住大好江山？汉高祖刘邦感慨发问。三百八十多年后，汉灵帝也在问，但语气一点不抒情，而是焦急万分——凉州又乱了。

凉州叛乱不是新鲜事。东汉中晚期以来，凉州已经爆发数次大规模叛乱，起起伏伏几十年。所幸东汉帝国祖坟喷火，同时涌现出三位特别能战斗的将军，并称"凉州三明"，总算勉强控制住局面。可惜好景不长，随着"凉州三明"相继离世，皇甫嵩、董卓等凉州精锐部队又调到中原讨伐黄巾乱军，凉州叛军趁势复起，攻城略地、愈演愈烈。

大厦将倾，总有英雄欲力挽狂澜。这个英雄不是平常之辈，就连汉灵帝也不敢惹。平乐观大阅兵时，汉灵帝指着旌旗招展、军容严整的数万军队，不解地问他："汉军如此威武势众，为何还有那么多反贼？"他没好气地说："还不是陛下宠信之人的子弟做的'好事'！"

汉灵帝不敢正面回答，敷衍道："我已阅兵提振士气，又赏赐财物，这样可以吧？"他直言不讳地说："臣只听说过炫耀德政，没听过比士兵多寡。"汉灵帝只好尴尬地笑道："说得对，你我相见恨晚，以前没有大臣像你这样说实话。"

放眼东汉帝国，狗熊脾气的汉灵帝怕过谁？说废皇后就废皇后，说骂太监就骂太监，说杀忠臣就杀忠臣，唯独面对他的挖苦，非但不生气，还得笑脸相迎。不是因为他长得帅，而是凉州对东汉极为重要，他对凉州又极为重要。这就是刚猛忠正、无所畏惧的凉州名士盖勋。

凉州叛乱复起时，盖勋担任凉州汉阳郡长史，虽然官不大，胆子却很大，敢和凉州刺史（凉州军政"一把手"）左昌先生叫板。左昌以为天高皇帝远，谁也管不了，大肆贪污数千万军费。凉州各级官吏都很识趣，睁一只眼闭一只眼，权当智商不够没发现。唯有盖勋气不过，屡次找到左昌，言辞激烈地要求他全部退赃。

理亏词穷的左昌先生，随即萌生借刀杀人的邪恶念头，下令盖勋驻守汉阳郡阿阳县，直面凉州叛军主力。左昌以为盖勋兵微将寡，必定城破身亡，不料盖勋通过数次英勇作战，愣是守住了县城。当然，由于盖氏家族显耀西凉百余年，一直厚待各族百姓，深得人心，不排除凉州叛军不忍痛下狠手。

凉州叛军离开汉阳郡，转而攻打金城郡。盖勋预料金城郡不能久持，赶紧请求左昌派兵救援。左昌正忙着继续贪污军费，哪有工夫顾及什么唇亡齿寒？结果金城郡失守不说，军事才能卓越的朝廷官员——凉州从事韩遂等人——也率部加入叛军，局面开始失控。

报应很快来了！韩遂率领叛军包围了汉阳郡冀县（今甘肃省甘谷县，左昌先生办公地点）。左昌没有御敌良策，脸皮倒有城墙厚，居然厚颜无耻地向盖勋求救。盖勋不计前嫌，急忙带领援军赶来，并把韩遂等人约到阵前，完全不顾敌众我寡，劈头盖脸就是一顿臭骂，责问他为什么背叛朝廷？

韩遂等人应该受过盖氏家族厚恩，挨骂也不敢还嘴，只能低三下四辩解道：“左昌要是早些听从您的建议，派兵救援金城郡，或许我们还能改过自新，如今罪孽深重了。”韩遂等人边说边叹气，立刻解除了对冀县的包围。

不久，汉军某部又被凉州叛军包围。盖勋再次奉命救援，途中不幸遭遇伏击，士兵伤亡惨重，仅剩百余人。盖勋也身负三处创伤，但依旧力战不退，组织士兵摆成鱼丽阵，做殊死抗争。眼见就要全军覆没，盖勋指着不远处的路标，视死如归地大喊道：“我战死后，埋在这儿吧！”

带队打伏击的叛军首领，深受盖氏家族厚待，见恩公誓死不逃，急得顾不上敌我立场，赶忙跳出来拦住叛军士兵说：“盖长史是贤人，若杀死他，会遭天谴！”盖勋确实不是常人，人家救他，不谢也就罢了，还破口大骂：“死反贼！你知道什么！快来杀我！”

“众相视而惊”——叛军士兵被盖勋的决意求死，吓得惊惧没了主意。好在领导就是领导，叛军首领没有慌张，二话不说、翻身下马，恳请盖勋骑乘。盖勋肯定不会骑叛军的马，估计又是一通声色俱厉的怒骂。迫不得已，叛军士兵只好把盖勋象征性绑起来，一路好吃好喝地护送回汉阳郡。

败仗打得如此风光霸气，引起朝廷的高度重视，火速提拔盖勋担任汉阳郡太守。干了一段时间，盖勋说要辞职回家，以便疗养身心。这哪儿行啊！汉灵帝赶忙下诏，把盖勋请到洛阳任职。汉灵帝很聪明，知道十几万凉州叛军大半是盖勋的拥趸，万一哪天洛阳被叛军包围，只要盖勋破口大骂就能解围，这绝对是“镇国神器”。

可惜盖勋只有一个，没有盖勋的凉州，要凉了！中平四年（187年），韩遂拥兵十余万向东汉皇家祖坟方向进犯。正是关键要劲儿时，凉州汉军发生哗变，诸多将领精神抖擞地加入叛军，凉州局势自此完全失控。人多势众、气焰滔天的叛军乘势追击，直扑汉军的凉州大本营——汉阳郡冀县。

大厦将倾，总有英雄要青史留名。只剩些老弱新兵的汉阳郡冀县，守是守不住了。既然守不住，那就死守吧——平定黄巾叛乱立下大功，却遭奸佞宦官排挤，来到凉州担任汉阳郡太守的傅燮，抱定成仁的决心。

其实，生的希望就在眼前。凉州叛军有数千匈奴骑兵，曾经受到傅燮的善待，不忍发起进攻。于是，军事战争史上神奇的一幕出现了——围城叛军给被围将领磕头。几千匈奴骑兵齐刷刷地跪在城外，声泪俱下地恳求孤军无援的傅燮放弃抵抗，并承诺护送其回到家乡。

傅燮俯视着跪在城下的几千血性汉子，感慨万分！这些懂得感恩的骑士，为什么成为叛军，凉州战局又怎到如今地步？！傅燮儿子劝道：“皇帝昏庸、宦官当道，我们与叛军兵力悬殊、无法抵挡，不如返回家乡征募勇士，再考虑拯救天下吧。”傅燮挥手打断，慨然长叹：“乱世更需要浩然正气，平时拿国家俸禄，遇到战乱怎能逃跑投降？我既然守卫这片疆土，一定与此地共存亡。”

为臣尽忠，死又何妨。开城门，迎战！最后时刻，傅燮不再坚守城池，率领士兵出城列阵，与含着泪的匈奴骑兵厮杀在一起，终于得偿所愿，尽忠报国，战死沙场。

得知英勇阵亡，历来没心没肺的汉灵帝都哀痛不已，下诏追封傅燮为“壮节侯”。

从此，曾经“汉秉威信，总率万国，日月所照，皆为臣妾”的大汉帝国，一去不复返。

第十节 多事之秋

人都死了，封侯又有什么用！

傅燮殉国的噩耗传到谯县，曹操含泪叹息！

三年前，曹操、傅燮响应朝廷从戎号召，与左中郎将皇甫嵩在颍川郡大破黄巾军，何等风发意气！傅燮所部还生擒三个黄巾首领，更是居功至伟。傅燮本可因此封侯，但由于抨击奸佞宦官，得罪了汉灵帝“干妈”赵忠，不仅没封侯，还被排挤到凉州。如今傅燮壮烈成仁，忠魂在天！哀哉痛哉，做忠臣怎么这么难！

其实，做昏君也挺难。自从凉州沦陷，各地叛乱分子备受鼓舞、风起云涌。张纯在冀州发动叛乱，杀死右北平太守和辽东太守；观鹄自称“平天将军”，率领叛军攻打桂阳；休屠各胡叛乱，杀死并州刺史；汝南葛陂黄巾军攻没郡县……

自中平四年（187年）夏季以来，不到一年时间，东汉各州郡长官岗位空出不少，却再也卖不掉。缺钱搞花活的汉灵帝为此非常苦恼，吃不好饭、睡不好觉，心情相当沉重。对于天下大乱、民不聊生，汉灵帝从不背锅，必须是太监捣乱或是公卿无能。于是，汉灵帝按照大老板的标准做法，愤怒罢免了名义上的军事领袖——太尉曹嵩。

其实，做奸臣也挺难。曹嵩不容易，从小过继给宦官，认了不阴不阳的曹腾为爹。曹嵩长大为官，也不得免俗，还得依靠奸佞宦官，与不阴不阳的张让、赵忠称兄道弟，逢年过节输出无数硬通货。得到奸佞宦官庇护的曹嵩，仕途倒是顺利，官至大鸿胪、大司农，又不惜花费巨资买来太尉，圆了位列三公的梦。

曹嵩的太尉瘾还没过够，半年不到便被找碴儿免职。曹嵩肯定不甘心做冤大头，估计通过与奸佞宦官的友好协商，在给曹操谋得都尉的基础上，又在即将组建的西园禁卫军中，争取到排名第四的典军校尉一职。别看只是典军校尉，但并不简单，因为西园禁卫军是汉灵帝亲手操办，是寄予无限希望的帝国新军。

其实，做大将军也挺难。表面上，组建西园禁卫军是为加强东汉帝国军事力量。实际上，根本目的在于制约大将军何进。这不是何进臆想，因为汉灵帝把排名西园禁卫军八校尉之首的上军校尉，授予了宠信的宦官蹇硕，并规定上军校尉可以节制其他七个校尉，甚至大将军何进都要听从指挥。

"一人之下、万人之上"的岗位，历来高危。即便没有风吹草动，大将军何进都时常如坐针毡，更何况汉灵帝明目张胆地削弱大将军权力。从小贩卖猪肉的何进先生会算账，知道自从妹妹何皇后与汉灵帝感情不和后，何家人便如同待宰的肥猪。只不过，杀猪无数的何家兄妹，不打算任人宰割。

其实，做皇后也挺难。《后汉书·皇后纪》记载："（何氏）家本屠者，以选入掖庭。长七尺一寸。"由此推断，没权没势的何氏，极可能以妙曼身姿和一双无敌大长腿，击败了万千佳丽，得到汉灵帝刘宏的宠幸，生下皇子刘辩。不久，宋皇后被废，母以子贵的何氏力压群芳，主宰后宫。

红颜尚未衰，恩宠却已断。才貌双全、聪慧体贴又出身名门的妃子王荣，凭借情诗无敌横空夺爱，成为汉灵帝的新宠，生下皇子刘协。心狠手辣的何皇后，气愤不已，立刻派人毒杀了王荣。这让情诗没听够的汉灵帝暴跳如雷，若非张让等宦官拼命磕头、好话说尽，何皇后十有八九会一命呜呼。

尽管何皇后保住了性命，但是彻底失去了汉灵帝的宠爱，连刘辩都不受汉灵帝待见。而王荣所生的刘协，在汉灵帝母亲董后的悉心抚养下，冰雪聪明、知书达理，还越长越像汉灵帝，恩宠日盛一日。虽说何皇后不太聪明，但也知道汉灵帝想干什么！何皇后只好悄悄翻出库存毒药，分好份数，准备铤而走险！

做什么都挺难，最难还是做忠臣。中平五年（188年），曹操接到典军校尉的任命，决定结束隐居，带着小妾卞氏以及襁褓中的曹丕，来到洛阳赴任。尽管对曹操有杀叔之仇的蹇硕是顶头上司，但曹操不担心他打击报复。因为黄巾叛乱后，东汉朝廷的格局已大变样，众多小密圈成员复出担任要职，奸佞宦官再也不能一手遮天。

特别是头顶"四世三公"家族光环的袁绍，得到大将军何进的全力提携，先后担任侍御史、虎贲中郎将等职，又成为西园禁卫军排名第二的中军校尉。袁绍组织成立的小密圈也蓬勃发展，吸纳了鲍信、荀彧、荀攸、淳于琼等众多俊杰，与王允、刘表等老牌“党人”建立起了紧密联系。

时隔四年，曹操再次回到洛阳，洛阳早已物是人非。一生致力于行贿受贿的曹嵩，终于决定金盆洗手，收拾好上百车金银财宝，打算回老家颐养天年。曹操望着白发苍苍的老父，一时心绪难平！曹操虽是不光彩的宦官之后，但好赖知道亲爹是谁。可老爹曹嵩呢？史书无奈地一句：“莫能审其生出本末。”曹嵩只能以宦官养子的身份，终其一生，留史千年。

老爹不容易啊！曹操记得，尽管父亲忙于贪污腐败，缺乏对自己的悉心指导，但只要自己身处险境，父亲总会毫不吝啬地掏出重金护航。曹操还记得，自己少时顽劣，惹得叔父总跟父亲打小报告，自己为了“离间”他们老哥俩，与叔父单独相遇时，装中风、吐白沫。等父亲赶来，曹操精神状态却无比正常。面对父亲的质疑，曹操很有可能痛苦地表示：叔父不喜欢我，我做什么都不对，吐口痰怎么就成了口吐白沫？曹操当时诡计得逞，可随着年龄渐长，得意之情渐去，倒是父亲焦急不安赶来的那瞬，挥之不去、越发清晰！

曹操拜别父亲，很可能要赶往袁绍大哥的府邸，参加小密圈举办的接风晚宴。曹操应该见到久违的老友何颙、张邈，幸会鲍信、荀彧、荀攸等新朋友。当然，还有殷勤敬酒的新同事——西园禁卫军右校尉淳于琼。此时，热情对饮的曹操和淳于琼都无法预知，哥儿俩十多年后，会在一个叫乌巢的小地方，以死敌身份重逢，左右历史走向。

人世间变幻莫测，常有几分说不清的神奇。自从汉灵帝组建起西园禁卫军，自封为“无上将军”后，东汉帝国好像转运了，各地平叛军队在战场上出奇顺利。北边，公孙瓒平定张纯叛乱；南边，孙坚镇压观鹄暴动；东边，西园禁卫军进剿汝南葛陂黄巾军；西边，皇甫嵩和董卓联手击退强大的韩遂叛军。

眼看东汉帝国中兴有望，谁料到，汉灵帝似乎因积劳成疾，突然与世长辞。

中平六年（189年）四月，汉灵帝匆匆走完歌舞升平又惊险刺激的一生。

第十一节　斩尽杀绝

尸骨未寒，婆媳开战。

经过一番尔虞我诈的腥风血雨，似乎早有准备的何皇后、大将军何进、车骑将军何苗以及中常侍张让（张让儿子娶了何皇后妹妹）取得胜利，成功拥立皇子刘辩继位，史称“汉少帝”。支持皇子刘协的上军校尉蹇硕被处死，骠骑将军、董太后的侄子董重被逼自杀，董太后也号称“因忧虑惊恐暴病身亡”。

如果宫廷恶斗的狗血剧情就此打住，何氏兄妹精诚团结、发愤图强，那么东汉帝国起死回生的希望犹存。只可惜，家家有本难念的经，帝王家如此，大将军家亦如此。何家五口人，很难一条心——何进是父亲何真和发妻所生，何太后（刘辩登基升级为太后）及何家小妹是何真与后妻舞阳君所生，何苗是舞阳君与其前夫所生。

何进最焦虑。面对炙手可热的最高权力，后妈和毫无血缘关系的弟弟打算干什么？况且何真已去世，舞阳君仍活蹦乱跳，何太后及何家小妹是不是与同母的何苗更亲近？看似风光无限的大将军何进，实则危机四伏。

有缝的鸡蛋，招苍蝇。渴望引领时代的袁绍大哥，果断抓住机会，迈出搅动惊天变局的第一步——挑动何家内斗！袁绍别有用心地对何进说：“宦官亲近至尊，权力很大，若不悉数清除，一定成为大患。”何进一点即通，打击何太后掌控的宦官势力，就是间接削弱何苗的威胁。

谁也不傻！何太后、何苗、何家小妹以及舞阳君跳着脚反对！家庭投票四比一。何进有些犯难，袁绍随即献出准备多时的馊主意：“以清除宦官为由，征调边疆野战军，假装进逼洛阳，吓唬何太后就范。”只是恐吓，不会发生流血冲突，真是好办法！何进对足智多谋又爱好和平的袁绍深深赞叹，点头应允。

就这样，何进的一只脚，不知不觉陷入了泥潭。其实，何进若铁了心清除宦官，根本不必如此大费周章。明明可以拿杀猪手段直接办，非要兜上十万八千里的大圈子。结果绕着绕着，何进把自己绕了进去，请了最不该请的逼宫大戏演员——董卓。

一方面，董卓与已故董太后，有些说不清的关系。史料记载：“（董卓）外有董旻、（董）承、（董）璜以为鲠毒”，“董承，汉灵帝母董太后之侄”。其中，董旻是董卓亲弟，董璜是董卓亲侄子。夹在这两位中间的董承，关系必不会太远，而董承又是董太后之侄。据此推断，董卓与董太后似乎有某种血缘关系。

另一方面，董卓在讨伐黄巾军叛乱中受到不公待遇，由此心怀怨恨，渐有不轨之心！董卓重新执掌兵权后，先后抗旨拒绝担任少府、并州牧等需要交出兵权的官职。何进邀请这样一位与何氏家族、东汉政权矛盾重重的“演员”，显然不太明智。不过，何进以为能收放自如，于是满不在乎地执意开演。

起初，打西边来的董卓先生，是按剧本演。董卓边赶路边上书弹劾宦官，点名道姓直指张让，要求杀之以谢天下。打北边来的丁原先生，很能抢戏，上书弹劾宦官的同时，在洛阳附近的孟津，放了一把大火，营造出浓烟滚滚的兵谏氛围。

腿长见识短的何太后见此很心慌，赶紧同意何进的建议，遣散包括张让在内的绝大多数宦官，让他们居家等候处理。张让、赵忠等宦官能屈能伸，立刻跑到何进府邸磕头认错，恳求留条活路。与此同时，何苗也主动找何进，共同追忆兄弟姐妹一起杀猪的美好时光，提出继续团结协作的良好愿望。

既然妹妹、弟弟以及宦官都服软，何进心满意足地表示：“宦官可以告老还乡，绝不再为难。”打算收场的何进没想到，亲手提拔的好兄弟袁绍，开始背地犯坏——假借何进名义伪造公文，要求各地官员抓捕宦官亲属！

误以为何进食言的宦官，惶恐不安！只听“扑通”一声，张让给儿媳妇、何太后妹妹跪下，一把鼻涕，一把泪，恳求回宫再看一眼何太后。公公跪在地上磕头，何家小妹还能怎么办，只好跟舞阳君说情，舞阳君又跟何太后通报。何太后也舍不得救过自己性命的张让等宦官，同意相见叙旧。可当张让等宦官见到何太后时，现场申请政治庇护，不肯再出宫了。

误以为宦官要赖的何进，怒不可遏！他火急火燎地进宫找何太后理论，号称要“诛尽宦官”。不料隔墙有耳，何进所言让张让等宦官得悉。宦官老大不白给，不像何进磨磨叽叽，张让当机立断，决定先下手为强。待何进从何太后的宫中出来，张让便派人跟何进诈称：何太后请您回去，再商议商议。

误以为何太后回心转意的何进，万分欣喜！很遗憾，何进见到的是张让等几十个手持武器的宦官，而平日里高喊“誓死保卫大将军”的虎贲中郎将袁术，以及数百名宫内禁军，也不知道哪里去了。“恩将仇报，你是不是欺人太甚？天下混乱，公卿大臣又有几个清白？”威风凛凛的大将军何进，来不及回答张让的质问，便在乱刀中，稀里糊涂地挂了。

哥哥死了，弟弟高兴。车骑将军何苗满心欢喜、神清气爽，在袁绍的盛情邀请和殷勤陪同下，兴致勃勃地赶到事发现场。何苗还未发号施令，何进旧部中有人突然大喊道：“杀大将军的是车骑将军何苗！为大将军报仇啊！”威风凛凛的车骑将军何苗，来不及找到是谁胡说八道，便在乱军中，稀里糊涂地也挂了。

情商跟岗位不匹配的何氏兄弟接连丧命，袁绍撇嘴冷笑、利剑出鞘，与突然现身的袁术，率领何进旧部和禁军攻打皇宫。对于宦官集团来说，这是历史上最黑暗的一天，包括汉灵帝“干妈”赵忠在内的两千多名宦官横尸宫中（不排除冤死一些刮胡子过于干净的郎官）。

老大就是老大，汉灵帝“干爹”张让不白给，趁乱带着汉少帝刘辩、陈留王刘协，从早有安排的路线，顺利逃出洛阳。只可惜，宿命福薄，已有定数——尚书卢植率领精干士兵穷追不舍，最终还是把张让等东汉帝国最后几十个宦官，困在小平津附近的黄河岸边。

张让看着瑟瑟发抖、不知所措的汉少帝，不禁老泪纵横。张让很可能觉得，尽管自己搜刮民财、极尽享乐，毕竟忠于皇帝，而很多道貌岸然的公卿大臣，从不把皇帝放在心上！尤其是袁绍等包藏祸心的“党人”，最可恨最可怕！大汉王朝迟早葬送在这些人手里！

说什么都晚了，输了就是输了。失败者张让能够预见，自己一定会在历史上留下诸如“侵夺朝威，贼害忠德，扇动奸党”的众多千古骂名。失败者张让依旧镇定，整了整衣冠，郑重其事地跪倒在大汉天子面前，悲恸万分地说：“老臣死后，天下即将大乱，请陛下保重！”

成王败寇，愿赌服输。张让凝视着身旁咆哮奔腾的滔滔黄河水，纵身一跃。张让不尿。

第十二节　自此败乱

种瓜得瓜，种豆得豆。

夜幕降临，董卓先生急匆匆挥动马鞭，汗水浸湿战甲。岁月不饶人，当年八块腹肌加人鱼线的猛小伙，现已是大腹便便。董卓仍在咬牙坚持，很可能得到董旻送来的消息——汉少帝和陈留王逃出洛阳，奔东北方向去了！老奸巨猾的董卓意识到，这是历史性机会，机不可失，时不再来，必须抓住！

汗水没白流，董卓在北邙山附近，找到汉少帝和陈留王等人。董卓驱马上前，趾高气扬地质问，怎么回事儿？14岁的刘辩得知，救驾将军是已故董太后的残暴远亲，自己母亲又是杀害董太后的凶手，吓得魂飞魄散，语无伦次。

9岁的刘协得知，救驾将军是已故董太后的和蔼远亲，从小被董太后养大的刘协，不慌不忙、气定神闲地叙述了事变过程。董卓大喜，觉得老董家养大的娃，就是聪明。董卓和颜悦色地伸手抱过刘协，爷俩同乘一马，缓缓向洛阳行进。

抓住机会，绝不放手。董卓护驾进入洛阳，赖着不走了，打算赌把大的——翻天！要说董卓胆够肥的，身边只有三千西凉步骑，算上董旻的千余人，也不超五千人马，跟其他赌友比，筹码差得远。袁绍及小密圈成员，掌握着西园禁卫军在内的上万精锐大军；逼宫大戏的另一位演员丁原，麾下也有万余凶悍的南匈奴骑兵；原何氏兄弟的无主旧部，更是多达数万精兵。

胆肥自然有手段！董卓极可能是在一天内，就搞定何氏无主旧部，并成功策反吕布杀死丁原。事后为镇住各位赌友，董卓让三千西凉步骑隔三岔五趁夜悄悄出城，白天再大张旗鼓回来，宣称援兵又到，唬得所有人一愣一愣的。

可话说回来，何氏旧部为何投靠董卓，吕布又为何刺杀老领导丁原？原因很复杂，但最重要的一点是——董卓出手阔绰。史书记载，董卓年轻时，不惜犯法宰杀耕牛（东汉的稀贵物）款待羌族首领，搞得大家相当感动。董卓领军打仗后，把打胜仗得到的赏赐（九千匹缣，可当货币），全部分给士兵和下属役吏，赢得将士们狂热拥戴。做人、做事很大气的董卓，深深懂得一个道理：财散人聚。

关键时刻不手软——用钱砸！大哥和大哥的比拼，比的是谁给的更大、更多，董卓大哥撒钱许愿的豪迈气度，让出手慷慨的袁绍大哥都落了下风。先输一阵的袁绍，立刻转变思路，既然比心胸不行，那就玩阴的吧。袁绍安排王允、何颙、荀攸、伍琼等亲密战友化身“墙头草”，呼啦啦投靠董卓，准备不花钱干大事。

以为掌控全局的董卓，心情大悦地研究起天气变化，表示近期天空没降雨，司空的责任很大嘛，是不是换个司空比较好？以太傅袁隗为首的朝廷大臣，数学知识很不错，大致算了下董卓部队的人数，也觉得天空没雨是司空不作为。于是现任司空火速下岗，董卓不负众望地顺利接替。

其实，换司空是小玩闹，董卓憋着大动作。为顺利推进颠覆时代发展的大计划，董卓向袁绍发出聚餐邀请，打算在酒桌上解决问题。袁绍如期赴约，酒宴在虚情假意的“友好”气氛中开始。袁绍盛赞董卓千里勤王、功不可没，董卓夸奖袁绍勇杀宦官、千秋传颂。

正在一团和气的气氛中觥筹交错，董卓看似不经意地说：“本初（袁绍的字）老弟，我觉得天下祸乱不断，都是皇帝没选好。你看看汉灵帝，无恶不作，想起来就让人生气。如今刘辩又蠢又笨，不如换陈留王刘协当皇帝吧。”

当真没有白吃的午餐！好在袁绍当大哥很多年，处变不惊的能力还算上乘，他冷静答道：“皇帝很年轻，也没干过坏事，您要废嫡立庶，大家不会同意吧？”董卓老脸一红，按着佩刀大声说：“现在天下大事，我说了算，谁敢不从！”袁绍不硬不软地说：“国家大事，我做不了主，等我跟叔叔商议后再定吧。”袁绍说得在理，袁隗又提拔过年轻时的董卓，搬出弹压正合适。

一时语塞的董卓蛮不讲理地喊开：“刘氏子孙不用留着了！”一点政治家的涵养也没有！袁绍懒得再周旋，厉声回应：“天下武力强悍者，不是董公一个人吧？”说着，袁绍把佩刀横过来，拱了拱手，直接离席而去。当日，袁绍带着淳于琼等文武亲信以及家眷兵丁，大摇大摆离开洛阳，奔冀州方向而去。

哎呀呀，袁绍早有跑路准备！恼得没在宴会厅安排刀斧手的董卓七窍生烟，号称要发通缉令。城门校尉伍琼等潜伏人员及时围住董卓劝道：“董公啊，废立皇帝是大事，只有您老人家做得出来，凡夫俗子怎能理解？袁绍不识大体，是恐惧而逃，没有其他意思。如果通缉，就会惹出不必要的麻烦，耽误您老人家废立皇帝的伟业。不妨赦免，再加官晋爵，袁绍必然欢天喜地，感谢您老人家的宽宏大量。”

《后汉书·袁绍传》记载：“卓以为然，乃遣授绍渤海太守，封邟乡侯。”一代枭雄董卓如此好蒙？口头吹捧两句就性情大变，从通缉令改委任状？不可否认，一通马屁下来，董卓先生的心情好很多，但真正促成改捕为抚的原因是现实情况。

洛阳城外，是河南郡地面。河南尹王允与袁绍渊源甚深，通缉令即便发出，也是白白浪费纸张。况且袁绍跑路前担任中军校尉以及司隶校尉等职，属下武装人员有大几千人，闹出事端不好收场。董卓盘算清楚，借着伍琼等人劝说，赶紧借坡下驴。

袁绍跑了，董卓以为没人再敢反对，趾高气扬地召集文武百官开会。董卓先生激情澎湃地说：“我觉得现在皇帝平庸，陈留王当当看，大家觉得怎么样？”以太傅袁隗为首的公卿百官没刀没枪，犯不着惹大老粗生气，全眯着眼讳莫如深。董卓得意扬扬地恐吓道：“谁敢反对，军法从事！”

士之楷模，国之桢干！明知反对无效，也要反对——尚书卢植声如洪钟：“皇帝岁数还小，没什么过失，轻言废立不合适吧？”董卓勃然变色，恨不得当场手撕了卢植！但卢植是海内知名大儒，学生成千上万，粉丝更是数不胜数，杀掉他一个，得罪几大片，着实不划算。董卓借着伍琼等人的劝说，再次借坡下驴，骂骂咧咧地把卢植免职了事。

第二天，董卓继续召集文武百官于崇德前殿，仍是老议题——废立皇帝。董卓先生怕节外又生枝，野蛮地直接公布结果：废皇帝刘辩为弘农王，立陈留王刘协为皇帝；弹劾何太后害死董太后的罪责，将其迁入永安宫。

刘辩神情落寞地走下皇帝宝座，刘协如木偶般坐上去，何太后的哀号淹没在群臣山呼海啸的“万岁”声中……

目睹这一切的骁骑校尉曹操，打定主意：与国贼誓不两立。

史书记载：汉室亦自此败乱。

第二章 风云际会

作者女儿小北手绘

浪费了无数次悬崖勒马机会的东汉帝国，终于跌跌撞撞地滑向万劫不复的历史深渊，但对于很多个人来说，波澜壮阔的人生，才刚刚开始。

第一节 人生几何

给谁打工，都不如自己创业。

话虽如此，但许多人创业，都是被逼无奈，比如曹操。

曹操本打算努力工作，争取获得诸如“大汉帝国功勋员工”一类的称号，然后荣归故里。去世时，墓碑能刻上“东郡太守”或者“征西将军”的职务，便心满意足。可惜天不遂人愿，东汉帝国越来越不景气，一年不如一年，一日乱过一日，眼见就要寿终正寝。

每一段凄凉历史，都不乏热血英雄，有人韬光养晦，就有人勇往直前。中平六年（189年），夏秋之交，曹操仿佛又一次站在人生的十字路口，回到手持双戟的那个深夜，思索着何去何从！十几年前，曹操没有退缩，毅然刺杀宦官老大，欲替天下除害；如今，曹操果敢依旧，执意回乡组织义军，誓要为国讨贼！

逞英雄容易，而做大丈夫太难。曹操可以拍屁股走人，但小妾卞氏和1岁多的曹丕，以及刚出生的小儿子怎么办？如果卞氏和孩子颠簸同行，必然大大影响跑路速度。有些烦闷的曹操，一时犹豫不决。从小走南闯北的卞氏有见识，明白曹操潜行东归是为伸张大义，非常时期怎能儿女情长？卞氏目光笃定地望向曹操，一时无声胜有声。

相知的感动油然而生，曹操看着从容不迫的卞氏，想到洛阳曹府还有众多亲信部下，心下稍安。临行前，曹操怀着对董卓祸乱朝纲的满腔愤怒，给卞氏怀中虎头虎脑的小家伙，取名为含有“宣扬正气”意思的“彰”。卞氏明白深意，心头一酸，把小曹彰又抱紧些，五味杂陈地目送夫君策马远去，望着空荡荡的街口尽头，久久伫立。

低调跑路——曹操更名改姓、乔装打扮，带着几名随从，偷偷从小路开溜！曹操计划得很好，沛国谯县距洛阳不算远，快马五六天就能到，而且据《汉书通志》透露，曹操可能还留下一位拖延时间的大杀器：“进刁蝉以惑其君（董卓）。”曹操觉得，等董卓从温柔乡反应过来，自己早跑没影了。

可惜天公不作美，《后汉书·孝灵帝纪》记载：“自六月雨，至于是月。”长达数月的降雨，搞得道路泥泞不堪，快马也快不起来。更倒霉的是，不知是董卓酷爱开会点名，还是想找曹操感谢进献美女之事，总之董卓发觉，曹操这小子跑了！

伤害性不大，侮辱性极强。前几日，名门望族的士人领袖袁绍跑了，碍于袁家门生故吏遍天下，董卓跳脚骂几句，只能算了。没两天，名满天下的大儒代表卢植也跑了，董卓派兵去追没拦着，跳脚再骂几句，只能再算了。如今曹操也跑了，董卓情何以堪！为拉拢年轻有为的曹操，董卓不惜放低身段示好，亲自上表拜曹操为骁骑校尉，可是该跑还是跑了！接二连三地跑人，搞得董卓先生相当没面儿，他暴跳如雷地发出加急文书，通缉曹操！

冒雨前行的曹操毫无察觉，仍旧保持乐观主义精神，奔向河南郡的成皋县，去找故交吕伯奢。曹操想得挺好，打算跟故交吕伯奢畅饮几杯，吃饱喝足继续上路。没料到，曹操以为很简单的操作，竟然阴差阳错，酿成了上千年说不清的谜案。

之所以谜，不是史书记载不清，而是记载很清却各不相同。一是《魏书》表示：“从数骑过故人成皋吕伯奢；伯奢不在，其子与宾客共劫太祖，取马及物，太祖手刃击杀数人。”二是《魏晋世语》表示：“伯奢出行，五子皆在，备宾主礼。太祖自以背卓命，疑其图己，手剑夜杀八人而去。”三是《异同杂语》表示：“太祖闻其食器声，以为图己，遂夜杀之。”无论具体情况如何，总之故交成为“故人”。

综合以上三个版本，一致的是：曹操杀了故交吕伯奢的家人；区别在于：杀人动机。其中，《魏晋世语》和东晋孙盛的《异同杂语》的观点接近，均与《魏书》有较大区别。

先看对曹操最有利的《魏书》，说是吕伯奢的儿子及宾客见财起意，企图暴力抢劫财物，曹操奋起反击杀人。这肯定属于正当防卫，无可指摘。但考虑到《魏书》作者的政治立场倾向曹魏，估计要曲笔回护，所以这种可能性并不大。

再看《魏晋世语》和《异同杂语》，尽管细节不同，但都是说曹操疑神疑鬼又跑路心慌，最终酿成杀人命案。不过这两种杀人说法，也存在颇多疑问点，难以定论。

《异同杂语》的说法：曹操在夜里听到厨房有动静，起疑杀人。不妨仔细品味：漆黑寂静的深夜，吕伯奢的儿子或仆人悄悄来到厨房，为曹操准备夜宵或是翌晨早餐，还不点灯，是想给曹操惊喜吗？谁能不起疑心？更何况逃亡路上的曹操！

《魏晋世语》的说法：由于曹操疑心太重，导致夜杀八人的惨案。不妨仔细品味：已经入夜，吃饱喝足的曹操想继续跑路，吕伯奢的五个儿子却依旧轮番敬酒，似乎要拖延时间。谁能不起疑心？更何况逃亡路上的曹操！

进一步细思恐极。吕伯奢是曹操故交，想必不是普通百姓，很可能担任成皋县的某种公职。曹操来到吕伯奢家前，吕伯奢应该收到朝廷转发到县里的抓捕文书。吕伯奢可能去召集亭长一类的联防干部开会，也可能以联防干部身份参会。总之，吕伯奢不在家，吕伯奢的儿子们不敢擅自抓捕或放走曹操，只好殷勤拖住，暗地里派仆人去找老爸定夺。

也许，吕伯奢不徇私情、秉公执法；也许，吕伯奢不忍下手、义释故友。总之，曹操命运很可能系于吕伯奢的一念。然而，超世之杰曹操，从不会把自己的命运交给别人。

谜案就是谜案，无论历史真相如何，能确定的只有曹操杀了吕伯奢的家人。

曹操也不想解释，坦坦荡荡地凄怆而语：“宁我负人，毋人负我！”

第二节　山重水复

曹操栽了。

人生往往如此，不管你以前多么威风，哪怕行刺过宦官老大、棒杀过权贵叔父、抨击过朝廷乱政、取得过颍川大捷、奏免过若干县官……到头来，却躲不过命运的捉弄，曹操最终栽在职位小得不能再小的一位亭长手里。《三国志·武帝纪》冷血地记录下八个字："为亭长所疑，执诣县。"与命运抗争的曹操，终于精疲力竭，被河南郡中牟县的某位亭长及联防队员抓获，押送到中牟县府衙。

想努力把握命运，但命运不一定能把握住，即便超世之杰的曹操，也是如此。不过苍天终究有眼，曹操这些年的作为——与阉党决裂、为百姓疾呼、战颍川浴血、治济南乱政，让他名望渐显、持续增粉。中牟县功曹史就是曹操的铁粉。见到偶像落难，功曹史赶紧挺身而出，力劝县令放人。县令不粉曹操，但站位比较高，不愿意掺和朝廷恩怨是非。于是，中牟县县令及主要下属对曹操和曹操画像，进行了认真比对，一致表示：太不像了，立即释放。

化险为夷，抓紧跑路。三四天后，曹操逃回老家——豫州沛国谯县。由于曹操在中牟县看守所耽搁了几天，董卓发出的通缉令必然早已到达豫州，豫州境内到处张贴着曹操的画像。曹操踏入豫州地界不久，便遭到官兵的围追堵截，只得仓皇向北逃窜。

按《军策令》记载推断，通缉犯曹操很可能已经身无分文，不得不躲到兖州陈留郡襄邑县的一家铁匠铺做帮工。由天入地，快如闪电！曹操放着好好的骁骑校尉不当，放着挥金如土的富豪阔少不做，非要为国家大义逃出洛阳挑事！关几天牢房也就算了，如今有家不能回，竟沦落到异乡打铁糊口。

人生总在山穷水尽时，开始柳暗花明。正当曹操如丧家之犬东躲西藏时，洛阳以东的很多州郡长官突然大换血：韩馥为冀州牧、刘岱为兖州刺史、孔伷为豫州刺史、张邈为陈留太守。这些人多是帝国精英小密圈成员，或是与这个团体有千丝万缕的联系。比如，刘岱是袁绍妻子的兄弟，张邈更是袁绍和曹操的好友。令人百思不得其解的是，这一系列眼花缭乱又非常不利于董卓先生的人事变动，竟然全部来自董卓的拍板。

没错，董卓先生的脑子短路了。从当时董卓母亲近90岁的情况估算，董卓很可能已是花甲之年。希望过上骄奢淫逸晚年生活的董卓，早已厌倦了马背上的打打杀杀，觉得你好我好大家好，社会稳定最美好。

为争取士人集团支持，董卓不计前嫌地任命袁绍为渤海郡太守，又听从城门校尉伍琼等人的建议，提拔重用一批士人精英担任州郡长官。董卓还与司徒、司空等高官，假装戴上刑具、号啕大哭，为“党锢之祸”中罹难的士人领袖鸣冤，上演了一出催人泪下的苦情大戏。

董卓天真地认为，饱读圣贤书的士人精英，必定感恩戴德、投桃报李，从此紧密团结在他的周围。可惜啊可惜，董卓不会理解士人的脑回路——出身已经决定，这辈子无法在一起。所以，无论凉州武人董卓怎么做，士人集团都不会买账。

只能是搬起石头，砸自己的脚。董卓先生寄予厚望的士人精英刚到岗，便开始阳奉阴违。比如，陈留郡太守张邈，非但不再通缉曹操，反而派出众多侠义朋友四处打探，及时找到了与铁匠师傅探讨如何打磨防身短刀的曹帮工。

出门在外靠朋友，张邈请出襄邑县大土豪卫兹（字子许），帮忙照顾曹操。卫兹不仅有钱，还非常豪爽，号称：“子许买物，随价雠直。”意思是说，卫兹买东西，喜欢就买，从来不还价。曹操也是亿万富翁的儿子，从小出手相当阔绰。两位花钱不眨眼的土豪一见如故，谈得非常投缘，围绕何太后遇害以及董卓厚颜无耻晋升丞相等时政热点，深入交换了意见。卫兹极为欣赏曹操的见识，心直口快地断言：“平天下者，必此人也。”

得到张邈、卫兹等人或暗或明的支持，曹操决定在襄邑县比邻的己吾县，组织讨伐董卓的义军。之所以曹操没选择在老家起兵，很可能因为谯县不属于陈留郡，张邈和卫兹不方便照应；而且曹嵩不看好曹操的自主创业，明确表示不会出钱风投。

在己吾县，曹操就有钱了？十有八九是这样。《后汉书·仲长统传》记载："井田之变，豪人货殖。馆舍布于州郡，田亩连于方国。"由此看来，东汉的亿万富翁很热衷投资田地产。长袖善舞的曹嵩也不会例外，极可能在距家乡不远的己吾县，购置了不少田产，兴许还有几套乡间别墅，住着些收租子的家丁。故而《三国志·武帝纪》才有这样的说法："太祖至陈留，散家财，合义兵，将以诛卓。"

曹操的自主创业，如火如荼开始了。谯县的穷哥们夏侯惇和夏侯渊，立刻慕名投奔。别瞅哥儿俩穷，但从小就是狠角色——夏侯惇少时怒杀过侮辱老师的人，夏侯渊则替年少犯事的曹操蹲过县衙大牢。除了两肋插刀的穷哥们，腰缠万贯的曹仁、曹纯以及曹洪等兄弟，也拉起队伍赶了过来。

曹操堂弟曹仁、曹纯的家世很盛，他们的祖父担任过颍川太守，父亲担任过长水校尉，一度还与皇后家族联姻。东汉王粲所著《英雄记》记载："（曹纯）承父业，富于财，僮仆人客以百数。"《三国志·曹仁传》记载："仁亦阴结少年，得千余人。"曹纯钱不多，能养得起几百名仆人和门客吗？曹仁钱不多，能笼络住一千多名社会青年吗？

比起曹仁和曹纯，曹操的族弟曹洪更是土豪中的土豪。《魏略》宣称，即便二十多年后，贵为司空的曹操，仍不得不服气地叹道："我家的财宝，真没曹洪家多啊。"

在哥们弟兄的带领下，两千多名谯县子弟兵与曹操会合，参与到这乱世纷争中。

中平六年（189年）冬，曹操在己吾县，首倡义兵，讨伐董卓。

第三节　我自西向

飘扬云会，万里相赴。

初平元年（190年）正月，以渤海郡太守袁绍为盟主的反董卓联军正式成立，亦称“关东联军”。

袁绍与河内郡太守王匡等部屯兵河内郡，冀州牧韩馥供应粮草物资，形成北路军；后将军袁术屯兵南阳郡，形成南路军；豫州刺史孔伷屯兵颍川郡，形成东南路军；兖州刺史刘岱、陈留郡太守张邈、东郡太守桥瑁、山阳郡太守袁遗、济北相鲍信等部屯兵陈留郡酸枣县，形成中路军。大约三十万人的关东联军，对洛阳的十余万董卓军队，形成半弧形包围态势。

洛阳城内，董卓先生黯然神伤、失望至极。这些士人精英赴任前，一口一个听朝廷命令、听董丞相指挥，喊天动地、感人肺腑，可刚坐稳位子，便隔空扇了董卓一记响亮的大嘴巴。董卓没想到啊，看上去文绉绉的儒雅士人，原来全都是道貌岸然，根本不讲诚信，翻脸速度比他这个西凉大老粗还快。

以牙还牙！极端愤怒的董卓，展开了一系列打击报复行为。董卓首先以治病为由，给刘辩送去毒酒，断掉关东联军为汉少帝复辟的借口；其次，杀掉乱出主意的城门校尉伍琼等小密圈卧底；再次，火烧洛阳，逼迫天子刘协及文武百官迁都长安；最后，下令把太傅袁隗家五十多口人，送上不归的黄泉路。

任董卓上蹿下跳，关东联军岿然不动。一方面，大家都希望别人拼命、自己分赃，没人愿意挑头干；另一方面，他们确实无能，只适合围而不攻。袁绍大哥的作战经验还不足，只打过小股黄巾军。袁术更不济，除了煽风点火，也就能搞搞宫廷巡逻。孔伷则被公认是“清谈高论，嘘枯吹生”能手，却于军事方面一窍不通。至于刘岱、张邈、袁遗、桥瑁等大佬，要么有才华，要么很仗义，要么爱读书，要么出身名门，但都不擅长打仗。

在兵圣孙武后人登场亮相前，作战能力可以端上台面的，只有取得过颍川大捷又热爱给《孙子兵法》作注的行奋武将军曹操。只是巧妇难为无米之炊，曹操和卫兹总共才几千人，还归拢在陈留郡太守张邈旗下，连独立投票权都没有。

诸军十余万，日置高酒会。曹操不仅不能讨贼，还得时常陪刘岱等大佬喝酒吹牛，要多郁闷有多郁闷。正在曹操苦于无力杀贼之时，小密圈好友、济北相鲍信主动找到曹操，表达了跟董卓干一仗的坚定态度："我看包括盟主袁绍在内，这些刺史、太守都不能成大事。只有孟德兄文韬武略，可以廓清寰宇、匡扶天下。"鲍信有态度更有实力，麾下两万多人，还有几百车军需物资。

得到鲍信的支持，曹操登时感觉硬气多了。没几日，刘岱先生又一次组织饭局，热烈畅谈胜利必将属于关东联军时，曹操借着多喝几杯大发雷霆道："大家举义兵讨伐国贼董卓，集结多日怎么还不进攻？如果说董卓挟持天子、据险而守，也还说得过去。如今董卓火烧洛阳，强迫天子西迁长安，海内震动、人心尽失，正是消灭国贼的绝佳时机，我们可一战安定天下！"

很可能按照事先沟通好的方案，鲍信当即应和，表示不能再忍了。与曹操有多年交情的张邈也表态，愿意派卫兹率几千人参与西进。主事中路军的刘岱先生会算账，觉得没必要跟醉鬼较劲儿，况且曹操打胜，大家可以跟着沾光分享战利品，打败也不要紧，正好给酸枣军营省点粮食。既然里外里都是好事，那就去吧。

向西！向西！西进兵团在曹操、鲍信、卫兹等人率领下，瞄准第一个目标——河南郡中牟县。几个月前，逃犯曹操还在中牟县看守所命运未卜，如今带领两万多大军兵临城下！人生真是千变万化！那位曾经放掉曹操的中牟县县令，史书没有交代他如何应对危机，估计是弃官逃跑了。顺利占领中牟县后，曹操、鲍信、卫兹等人深受鼓舞，期盼在讨伐国贼董卓、平定乱世中，能够联手力挽狂澜、匡扶社稷。

"十五从军征，八十始得归"，这句伤怀的诗文，也许不算最糟，因为多少人归无可归！正如曹操和卫兹的第一次并肩战斗，竟也是最后一次！卫兹倒在西进路上——荥阳汴水。曹操、鲍信、卫兹率领的新兵蛋子，遇到董卓麾下久经战阵、装备精良、以逸待劳的数万大军。从清晨厮杀到傍晚，西进兵团死伤惨重，卫兹阵亡、鲍信负伤。曹操也很糟，不仅自己中箭，坐骑还受伤了。此时，董卓军的追兵从四面八方拥过来。

千钧一发之际，曹洪率领总预备队掩杀上来，才暂时打退附近的敌兵。曹洪看到曹操的战马受伤，赶忙将胯下坐骑让出。曹洪这匹马不得了，是骏马中的骏马，公认的一代神骏——“白鹄”。据《拾遗记》宣称，这马奔跑时，马蹄似乎不着地，犹如乘风而行。曹操骑上跟飞机速度差不多的骏马，又在夜色的掩护下，总算带着残部艰难突出重围，逃回到酸枣军营。

鲜血染红汴水！古往今来，没有谁可以随随便便成功。曹操自主创业的第一仗，以刻骨铭心的惨败告终，数千将士的英魂留在这里，恩公卫兹也于此长眠。《三国志·卫臻传》留下充满温情与敬意的两句话：“（卫兹）从讨董卓，战于荥阳而卒。太祖（曹操）每涉郡境，辄遣使祠焉。”

曹操不仅感怀逝者，更造福生者。十几年后，曹操权倾朝野，对卫兹的儿子卫臻细心呵护、着力栽培。卫臻初为黄门侍郎，转任丞相府户曹掾，加封关内侯。魏文帝曹丕时期，卫臻封安国亭侯，任吏部尚书等职。魏明帝曹叡时期，卫臻出任尚书右仆射，封康乡侯。后来，卫臻还出任司空、司徒等高官，一生荣耀。

历史证明，只有前人栽树，后人才可以乘凉。

第四节　大浪淘沙

人生允许失败，倒在前进的路上就是英雄，如卫兹。

人生允许失败，跌倒后再爬起来也是英雄，如曹操。

“瞻彼洛城郭，微子为哀伤！”曹操百感交集！箭伤再痛，也远远不及心中的痛！曹操狼狈逃回酸枣军营，看到的仍是——刘岱等大佬喝得醉醺醺，高谈胜利必将属于关东联军的吹牛酒会。

不怕神一样的对手，就怕猪一样的队友！曹操和鲍信气得脑袋生青烟，再也无法忍受这些酒囊饭袋！鲍信率领余部投奔了驻扎在河内郡的袁绍盟主；曹操则带着败兵回到谯县，打算招兵买马、从头再来。

可是从头再来谈何容易，招兵买马又得砸钱。富甲天下、善于理财的曹洪觉得，尽管哥儿几个是大财主，但打天下的投资是无底洞，能省就省吧，尽量不花钱多办事。曹洪自告奋勇，表示可以去借兵——他担任过江夏郡蕲春县县令，与比邻的扬州各级官员搞得关系不错。曹洪风尘仆仆来到扬州丹阳郡，扬州刺史和丹阳郡太守相当仗义，给足老朋友面子，一共“与兵四千余人”。

曹操的希望重燃！算上本部千余士兵，转眼间又有五六千人！曹操计划再招募些新兵，去河内郡找鲍信会合，争取再说服袁绍盟主，与国贼董卓干到底！渴望成为大汉王朝救世主的曹操，渐渐走出汴水失利的阴影，在美好的幻想中，几个月来第一次彻底放松身心，怀着对未来胜利的期待，越睡越沉。

有想拯救天下的英雄，也有想保住性命的平凡人，大家的选择，都无可厚非。夜幕下的曹营，几千新兵躁动不安，他们并没有做好为大汉王朝献身的准备。这些来当兵的穷苦人，只想跟着强者在乱世混口饭、领兵饷，攒够钱娶媳妇，过上传宗接代的小日子。

当这些士兵得知，曹操不久前与西凉大军作战死伤过半，现在又要拉着他们上前线时，恐惧如瘟疫般迅速蔓延。他们不想也不敢与西凉大军争锋，于是他们逐渐达成共识：趁夜兵变，杀掉要带他们“送死”的曹操。

《魏书》记载：“兵谋叛，夜烧太祖帐。”一把突如其来的大火，把曹操从梦中的憧憬烧回残酷的现实。曹操猛地睁开眼，营帐已经起火，军营内杀声大作，乱成一团。曹操镇定地翻身起床，抽出宝剑，率领亲卫队砍杀了数十个叛兵。叛兵们顿时醒悟：原来被西凉大军暴揍的曹操不是软柿子，随即四散而逃。

第二天清晨，曹操在残垣断壁的军营，反复清点士兵人数，眼泪差点儿没掉下来——只剩五百多人，比不借兵还惨！刚从人生低谷爬起来的曹操，又跌入更深的低谷。从几千人到几万人，又从几万人到几千人，再从几千人到几百人，是坚持还是放弃？曹操咬紧牙关，选择继续坚持！大丈夫能伸能屈！没面子就没面子，去河内郡投奔袁绍大哥吧。

曹操以为酸枣军营诸将不足谋事，身为联军盟主的袁绍大哥，应该觉悟高一点吧。况且袁氏家族五十多人惨遭董卓下令杀害，血海深仇不能不报吧？还别说，袁绍的确有想法，但不是打董卓报仇，而是如何另立中央。

由于刘辩被董卓的毒酒夺去生命，关东联军失去为汉少帝复辟的有力号召，而袁绍又不愿承认董卓拥立的天子刘协，于是动了重打锣鼓另开张的心思。袁绍与冀州牧韩馥商议，希望汉室宗亲、幽州刺史刘虞当皇帝。不过，袁绍与韩馥的想法，响应者寥寥，还引来骂声一片，袁术甚至派人送来大义凛然的谴责信。不光没有支持者，连刘虞本尊也是坚决反对。虽说刘虞与袁绍交情不浅，但毕竟岁数一大把，犯不着因篡位搞得晚节不保，所以，始终不肯就范。

袁绍大哥正为另立中央的推进缓慢犯愁，听说鬼点子很多的曹操来了，顿时喜出望外，以为大事要成。在接风酒宴上，袁绍和曹操边喝边聊，渐渐情浓意厚。袁绍感觉谈正事的气氛烘托到位了，随即压低声音对曹操说："我告诉你个事，冀州牧韩馥夜观天象，发现时有四星会于箕尾，又见两日出于代郡，觉得幽州刺史刘虞有当皇帝的征兆。"

既然是韩馥说的，曹操就没必要留情面，直接反对道："董卓倒行逆施，名声臭遍全国，兴义兵讨伐国贼，这才是应该做的。况且咱俩都见过当今陛下，那是非常聪明的孩子，不过被国贼董卓挟持，本身没有过失。如果贸然另立皇帝，只会搞得天下大乱。"

袁绍大哥有点不悦，自顾自喝了几口闷酒，重新整理下情绪，从怀里神秘兮兮地摸出一枚刻有"虞为天子"的玉印，在曹操眼前晃来晃去。袁绍亲自暗示支持刘虞，曹操不能回绝得太生硬，只好借着醉意大笑说："这事我可不听你的。"

宴会结束，先前投奔袁绍的济北相鲍信悄悄找到曹操说："国贼董卓颠覆皇室，英雄豪杰愤然讨伐。袁绍身为盟主却只想为己谋私，关东联军恐怕要祸起萧墙，另一个国贼又要产生了。"曹操满怀忧虑地问："咱们怎么办？"鲍信说："目前对抗袁绍恐怕力不从心，但无论如何也不能同流合污。咱们不如暂且忍耐，找机会到黄河以南发展吧。"

正说着，袁绍大哥的说客也到了。袁绍大概以为没把自己另立新君的意思说透，或是曹操喝多没听明白，特意派人来重申态度。袁绍的说客很狂妄，根本不把潦倒失意的曹操放在眼里，半劝半吓道："袁公出身'四世三公'的百年世族，英雄豪杰都愿意为其效命，他的两个儿子也长大成人，天下早晚是袁公的！"曹操寄人篱下，部队的吃喝用度还得靠袁绍接济，尽管内心痛骂袁绍祖宗十八代，但面子仍得维持，只好沉着脸不作答。

志不同，道不合！曹操此刻已经确定，与国贼袁绍必有生死一战。

少年好友分道扬镳，人世间的哀愁何其多！

想起在洛阳一起任侠放荡的美好岁月。

曹操眼眶湿润了。

第五节　莫问出处

关东联军貌合神离、各怀鬼胎。

董卓丞相指挥若定，胜利一个接着一个。

大概是为了丰富战场之余的枯燥生活，董卓丞相积极开动脑筋虐俘。《资治通鉴》记载："卓获山东兵（关东联军士兵）以猪膏涂布十余匹，用缠其身，然后烧之，先从足起。"尽管空气中泛起阵阵令人作呕的恶臭，重口味的董卓却觉得倍给劲儿。开心之余，疯狂的董卓心中或许这样想：没想到人数众多的关东联军，竟然是一大群废物！

除了曹操像模像样打了一场败仗，其他将领的战绩更是惨不忍睹。河内郡太守王匡所部，一触即溃、全军覆没；擅长"清谈高论"的豫州刺史孔伷，一触都没有，直接身先士卒地病死；长沙郡太守孙坚也被揍得丢盔弃甲、狼狈逃窜，要不是跑得快，这会儿已经熟透！董卓深感自己的丰功伟绩与日月同辉，有必要继续升官！从司空到太尉，再到"入朝不趋，剑履上殿"的丞相，几个月连升若干级的董卓，又精神奕奕地自封太师。

董卓太师高兴得有点早，跌倒的孙坚将军会很快爬起来。孙坚不能轻易认输，毕竟祖宗是兵圣，《三国志·孙破虏传》记载："孙坚字文台，吴郡富春人，盖孙武之后也。”当然，这种给名人匹配显赫祖宗的做法，史书上屡见不鲜，不必当真。

比如，某人号称是西汉中山靖王之后，或是西汉相国曹参之后，都是相当不靠谱的。不过，最不靠谱的还是孙坚，为了给军事才能卓越的孙坚找到合适的祖宗，《三国志》作者陈寿不辞辛苦，一路狂奔回到春秋战国，总算让孙坚与“兵圣”孙武取得了联系。

大可不必如此。老爸是将军，不见得儿女会打仗；老爸是股神，不见得儿女会炒股；老爸是棋王，不见得儿女会下棋；英雄的儿女，不见得一定是英雄。反过来，儿女是英雄，更不见得祖宗十八代都得是英雄。据《宋书·符瑞志》《异苑》《富春孙氏宗谱》等书记载，军事才能卓越的孙坚，他的父亲只是老实本分的瓜农。

瓜农之后，英气勃发。建宁四年（171年），17岁的孙坚与父亲坐船来到钱塘，看到一伙海盗抢夺商人财物后，竟敢肆无忌惮地上岸分赃，猖狂得无法无天。勇猛刚毅的孙坚跟父亲说：“这些蠢贼好对付，去收拾他们吧。”孙坚父亲切瓜还行，砍人不在行，没好气地赶紧阻止：“你不要乱来，海盗不是你能对付的。”

既然不支持，那么废话不多说。孙坚倔强地只身持刀上岸，在远处装模作样比画，好像在指挥人马进行包抄。由于孙坚是县衙办事员，很可能穿着县吏制服，做贼心虚的海盗远远望去，以为官兵来围剿，吓得赶紧扔下财物逃跑。到此为止，孙坚智勇双全的英雄气概，展现得淋漓尽致。但是孙坚没有收手，居然提刀猛追，砍死了跑得最慢的海盗。过则不祥，孙坚的轻率鲁莽和杀气过重，也埋下其一生的因果报应。

孤身斩杀海盗的孙坚，一时名声大噪，引起地方政府的高度关注，被破格提拔为代理校尉。熹平元年（172年），会稽人许昌自称“阳明皇帝”，煽动数万人造反。年仅18岁的孙坚火线上岗，担任郡司马，紧急招募千余精壮兵勇，投入到平叛战斗中。

因剿匪立功，孙坚得到提拔，步入副县级领导岗位，先后在盐渎县、盱眙县和下邳县担任县丞。孙坚工作异常努力，政绩相当不错，史书赞道：

“坚历佐三县，所在有称，吏民亲附。”不过，干得再好也没用！一晃匆匆十二年过去了，瓜农之后的孙坚原地踏步，仍然停留在副县级。

东边不亮，西边亮。虽然孙坚官场失意，但家庭生活十分美满。大概在熹平二年（173年），孙坚迎娶了心仪的吴小姐为妻。熹平四年（175年）和光和五年（182年），吴夫人先后梦见月亮和太阳，随后分别生下长子孙策和次子孙权。

若换作一般人，也许会就此过上老婆孩子热炕头的美好生活。可想做大英雄的孙坚不甘心，《江表传》记载：“乡里知旧，好事少年，往来者常数百人，坚接抚待养，有若子弟焉。”就是说，胸怀远大志向的县丞孙坚，一直团结着数百名勇士，时刻准备着。

机会不负有心人。光和七年（184年），黄巾起义爆发，右中郎将朱儁上表朝廷，邀请有作战经验的扬州老乡孙坚，出任佐军司马。十几年了，孙坚终于等到战场立功的机会！孙坚立刻急如星火地换上戎装，带着数百勇士以及在淮、泗地区招募的千余士兵，迅速北上。

一步一个血脚印。十二年的县丞生涯使孙坚深刻认识到，世间没有绝对的公平，他只有把脑袋系在裤腰带上豁命，才可能搏出血色前程。有一次，立功心切的孙坚乘胜追击、单骑深入，遭到黄巾军暗箭突袭，重伤堕马。幸好孙坚的战马认识路，跑回军营一通嘶鸣，引着众将士来寻，才救起生命垂危的孙坚。养好伤的孙坚，很快就忘了疼，在宛城攻坚战中抢先登城，立下大功，换来职务更高的别部司马。

展现出卓越军事才能和打仗不要命精神的孙坚，得到急需平叛人才的东汉朝廷重视。中平二年（185年），孙坚担任参军事，跟随车骑将军张温讨伐凉州叛军。这是出身江南水乡的孙坚第一次踏上西北边疆，第一次见到飞扬跋扈的凉州名将——董卓。

初次见面，就没好印象。当时张温以诏书征召，董卓愣是拖延很久才来。在座的孙坚气不过，附在张温耳边建议下杀手，以此立威。行事稳健的张温觉得，要以平叛大局为重，没有采纳孙坚的意见。也许，张温做得有几分道理，只是不知数年后，张温让董卓太师无故找碴儿打死在长安市集的临终前有没有后悔。

中平三年（186年），南方叛乱又起。能征善战的孙坚再次披挂上阵，率领部队急速南下，连续镇压了长沙、零陵、桂阳等多处叛乱。中平五年（188年），屡立战功的孙坚，用一次次刀口舔血的豁命，换来职务更高的长沙郡太守，还有乌程侯的爵位。

人生的确变化万千，不开挂，副县长干十二年，不升迁。

一开挂，仅仅四年，升到郡太守，还封侯。

这算成功吗？不，孙氏家族刚刚上路。

第六节　无坚不摧

更大的机会，来了！

初平元年（190年）年初，讨伐董卓的关东联军成立，长沙郡太守孙坚积极响应，率军急速北上。与希望匡扶社稷的曹操、企图倾覆天下的袁绍都不同，孙坚想在为国效力的同时，也期望以盖世军功让家族显达。在孙坚看来，董卓废立皇帝、独霸朝纲，不仅关系到大汉王朝的兴衰成败，更是孙氏家族走向辉煌的历史机遇。

所以，孙坚认为谁不支持他讨伐董卓、去邪除害，谁就在阻碍孙氏家族的繁荣昌盛，谁就是必须消失的敌人。比如，与孙坚不相隶属且同级的南阳郡太守，没有无偿资助军粮，孙坚便以不肯讨伐董卓的莫须有罪名，设宴诱杀。又如，孙坚的上级领导荆州刺史，给讨伐董卓设置限制条件，导致孙坚心怀不满，居然率领士兵诈开城门，以“我也不知道什么罪，总之你得死”的无赖说法，逼得荆州刺史吞金自杀。

非黑即白的世界不存在，伟大与卑鄙可以共舞。正如《三国志》评价孙坚“勇挚刚毅”，同时也指出他“轻佻果躁”。一系列无道理的杀戮后，孙坚在鲁阳见到仰慕已久的后将军袁术，如愿加入关东联军的南路军。

没有背景的孙坚，迫切需要袁术。干了十二年县丞没升官的苦涩，九死一生才博得郡太守的艰辛，让孙坚十分清楚——没人帮忙真不行！名门望族的袁术，也需要孙坚。自从叔叔袁隗被董卓下令杀害，庶子出身的袁绍，三蹿两蹦成为关东联军盟主，俨然袁氏家族新一代领袖。嫡子出身的袁术，备感羞辱、气愤难平，幻想能够率军收复洛阳、营救天子，实现弯道超车。可董卓大军不是吃素的，袁术有心无力——没人帮忙真不行！

所以，当身经百战的猛将孙坚来了，袁术高兴得合不拢嘴，立刻表奏孙坚为行破虏将军、领豫州刺史。尽管袁术的表奏不能被董卓把控的朝廷批准，但对孙坚来说仍是个巨大鼓舞。孙坚慷慨激昂地表示，一切听袁术将军指挥，马上挥师北进，打垮董卓！

但事与愿违，首战不利！董卓大军的确厉害，骁勇善战的孙坚都抵挡不住。所幸孙坚历来不拘小节，身陷重围时，赶紧把要帅的红头巾摘掉，无私赠予贴身部将，得以吸引走董卓大军的追兵。吞下败仗的孙坚，没有气馁，爬起来再干就是了！孙坚积极收拢旧部，又得到袁术的物资兵粮支持，很快重整旗鼓，并抢占了阳城。

阴魂不散怎么行？董卓又派出军队，打算彻底解决掉孙坚。按理说，上回谁给孙坚揍得鼻青脸肿，这回继续派谁就行了。但当时董卓脑子可能抽了一下，偏偏要换帅。换就换吧，偏偏换了位不善团结同事的主帅，还配上喜欢内讧的吕布当副将。

这下好了，董卓大军的将帅互相拆台，未战先乱。孙坚抓住时机、主动出击，重创董卓军队，取得阳人之战大捷！孙坚的胜利，一举驱散关东联军接连惨败的阴霾，更让咬牙苦撑的董卓雪上加霜。

董卓太师看上去威风凛凛，实际苦不堪言。打仗不光比谁的战马更高大，谁的刀枪更锋利，还比谁的粮草更充足，谁的钱库更充裕。关东联军成立前，董卓挟天子号令天下，可以抽调全国赋税钱粮，供养洛阳、长安地区的十几万军队。但关东联军成立后，洛阳以东和以南的赋税遭到截留，西边的凉州为韩遂叛军占据，西南的益州牧刘焉也断绝与朝廷的联系。董卓控制的洛阳和长安区域，又祸害得百姓流离失所、鸟兽不居，要钱没钱、要粮没粮。

一年多来，董卓太师带领十万大军风餐露宿，与关东联军进行了艰苦卓绝的斗争，好不容易见到胜利曙光，却碰上难缠的孙坚。花甲之年的董卓有些吃不消，只好转变思路，从硬碰死磕变成春风化雨。董卓派遣部将给孙坚带去亲切问候，表达结成儿女亲家的良好愿望，并号称给老孙家准备了若干官职，随便挑。

董卓大哥的出手依旧豪爽，孙坚却不为所动。虽然孙坚想翻身，但不会为一时翻身，而永世不得翻身。孙坚拒绝和亲与高官厚禄的诱惑，果决地说："国贼董卓祸害天下、颠覆王室，我若不夷他三族，死不瞑目！"孙坚继续率军挺进，相继打败董卓和吕布的强力阻击，收复洛阳！

若问古今兴废事，请君只看洛阳城。城内一片废墟，城外无人家烟火，昔日繁华帝都，竟荒凉如此！孙坚不禁惆怅流涕，赶紧派人打扫汉室宗庙、修复损坏皇陵。与此同时，孙坚的先锋部队直抵函谷关——国贼董卓哪里逃！

窝里反最可怕，但也最常见。就在董卓即将垮台之时，关东联军却先分崩离析！袁术发来加急文书，让豪情万丈的孙坚，瞬时泪如雨下——兖州刺史刘岱杀死东郡太守桥瑁！袁绍盟主出兵袭取阳城！"有渝此盟，俾坠其命，无克遗育"（违背盟约，让他丧命，还会断子绝孙），各路群雄把如此恶毒的讨董誓词，都抛到九霄云外了！

功败垂成！孙坚热泪盈眶，唏嘘长叹："同举义兵为国家社稷，如今国贼董卓死期将近，可还有谁能与我并肩作战？"孙坚怒握双拳、西眺长安，泣不可抑地下达撤兵命令。

几个月后，孙坚奉袁术指令与刘表争夺荆州。又一次乘胜追击，又一次身中暗箭，威名赫赫的讨逆大英雄孙坚，不出意外地，果然没于黯淡的山间小道。

东南看——庐江郡舒县周家大院，受邀客居的青年孙策，得悉父亲阵亡噩耗，看着身边10岁的二弟孙权以及尚不懂事的三弟和四弟，一时万千重任压肩头。安葬父亲、报仇雪恨，任重道远！孙策不得不离开这里。

“伯符兄，来日方长！”17岁的周瑜，依依不舍。

“公瑾兄，后会有期！”17岁的孙策，抱拳相别。

待数年，豪杰再起。

第七节 人在江湖

人生总是变幻莫测。

丢失洛阳、夺路狂奔，满头大汗的董卓太师以为，这下完蛋了！

不料还没逃到长安，关东联军就已乱作一团，惊魂未定的董卓太师又笑了。

随着剧情离奇反转，董卓从兵败溃退，变成得胜还朝。既然胜利归来，那么排场就不能小，董卓要求文武百官到长安城外列队迎接，御史中丞及以下官员还要行跪拜礼。

董卓把御史中丞定成跪拜分界线，是因为皇甫嵩正担任此职。别看董卓太师虎背熊腰、满脸横肉，其实心眼有时小得很。由于皇甫嵩在平定黄巾起义、讨伐西凉叛军的战斗中屡立大功、风头无二，不仅是朝野上下公认的第一名将，还得到广大百姓的衷心爱戴，大家自发传颂着皇甫嵩的赞歌：“天下大乱兮市为墟，母不保子兮妻失夫，赖得皇甫兮复安居。”

长安城外，董卓太师看到跪拜在地的皇甫嵩，一吐郁闷之气。董卓趾高气扬地拉起皇甫嵩的手，不怀好意地问：“义真（皇甫嵩的字），你现在怕不怕啊？”皇甫嵩不愧是久经战场的名将，不亢不卑地说：“如果你能以德治匡扶社稷，这是大好事，我有什么可怕的？如果你滥用刑法以满足私心，那么天下人都会害怕，岂止是我独怕？”

《后汉纪》记载：“卓默然，遂与嵩和解。”就是说，皇甫嵩凭借满满正能量和耿耿直言，让杀人狂魔董卓太师不禁陷入对人生的深邃反思，最终决定：过去的就过去吧。董卓觉得，过不去就杀你，说过去一定过去，这是枭雄的洒脱人生。手被攥得酸疼的皇甫嵩觉得，过得去过不去，一切得听朝廷的，这是忠臣的无奈轨迹。

烈日秋霜，忠肝义胆。为了保卫东汉王朝，皇甫氏家族几代人尽心竭力、浴血奋战。皇甫嵩的叔叔官居度辽将军，在凉州平叛中立下赫赫战功；皇甫嵩老爸是直面北方游牧民族的雁门郡太守，仗少打不了。出身将门世家的皇甫嵩，从小学习行军打仗、排兵布阵的同时，更是受到良好的爱国主义熏陶。只可惜，忠没错，错在愚。

一切听朝廷的！打仗神出鬼没的皇甫嵩，做人不动脑子。汉灵帝健在时，朝廷曾要求董卓交出兵权，但董卓抗命不从。有人跟手握重兵的皇甫嵩说："天下治得了无赖董卓的，只有大人您，赶紧出手为国除害吧。"皇甫嵩摇头说："我听朝廷的！董卓违抗朝廷命令不假，但朝廷没命令我去剿灭，我不能擅作主张。"

后来，关东联军成立时，皇甫嵩带领三万军队驻扎在长安地区。董卓害怕腹背受敌，便以朝廷名义命令皇甫嵩到洛阳出任闲差。有人劝皇甫嵩说："朝廷调令就是董卓意思，将军去了小则受辱、大则丧命，不如与关东联军夹击，收拾无赖董卓吧。"皇甫嵩又摇头说："我听朝廷的！"皇甫嵩放弃兵权来到洛阳，立刻被董卓找碴儿扔进大牢，险些殁了。

再后来，董卓太师遭暗算身亡，朝廷任命皇甫嵩为征西将军，让他进攻郿坞，消灭躲在那里的董氏家族成员。坚决听朝廷的！汉末第一名将皇甫嵩二话不说，立刻率大军荡平郿坞，不仅杀死董卓的弟弟董旻等男丁，就连董卓的90岁老母亲以及尚未成年的孙女等老幼妇孺，也统统没有放过。

《后汉书》评价皇甫嵩为"舍格天之大业，蹈匹夫之小谅"，可以说总结得相当到位。皇甫嵩终其一生，热衷坚守小道德，始终不能明辨大是非。很遗憾，军事才能盖世无双的皇甫嵩，没有成为挽救大汉王朝的中流砥柱。历史一次次证明，有多大本事是次要的，脑子首先不能乱。对于脑子进水的皇甫嵩，董卓只是羡慕嫉妒，并不畏惧忌惮。

要说畏惧忌惮，董卓只怕一个人——这就是天不怕、地不怕的"镇国神器"盖勋。盖勋压根儿不理会董卓规定的什么跪拜规则，见面仅仅是很轻蔑地拱拱手。盖勋直至病逝前，也不曾给董卓好脸，留下遗言：“死后不得接受董贼的任何馈赠。”《后汉书》为此留下八个字的赫然赞评：“盖勋抗董，终然允刚。”

盖勋打仗一般，但擅长镇国降妖。董卓废立皇帝、毒害太后、奸淫公主、杀戮大臣等各种倒行逆施，公卿缄默不语，百姓道路以目。只有盖勋写了措辞极为严厉的声讨信，大骂董卓是不知廉耻的小丑，并恐吓道：“吊丧的人，已经到了你的门口！你最好还是小心一点吧！”这封信换个人写，必死无疑，可盖勋写了，董卓只有害怕的份儿——“卓得书，意甚惮之”。

盖勋“欺负”董卓不止一次。汉末名将朱儁与董卓讨论军事部署，提出个人看法。董卓不客气地说：“我百战百胜，自有谋略，你别乱出主意，免得弄脏我的刀！”盖勋当时也在场，登时甩脸说：“从前武丁这样的明君，都求他人提建议，你这样的人，反而想堵住他人的嘴吗？”董卓心里一哆嗦，赶忙红着脸辩解：“我刚才是戏言。”盖勋不依不饶追问：“我没听说过发怒的话是戏言！”没办法，董卓只好正儿八经向朱儁赔礼道歉，这事才算过去。

董卓对盖勋一点脾气也没有。在凉州长大的董卓很清楚，盖氏家族在西凉的威望不是闹着玩的，一直深受各族百姓爱戴；更晓得盖勋的威名不是虚的，十几万凉州叛军大半是他的拥趸，连叛军主帅韩遂都是——还是铁杆拥趸。董卓对付关东联军已是疲于奔命，哪敢再得罪凉州叛军和各族群众。所以，面对盖勋的轻蔑、质问乃至责骂，董卓就一个字——忍。

董卓能忍，盖勋忍不了。盖勋刚直不屈、疾恶如仇，眼见朝纲混乱、江河日下，天天生气，日日烦恼。不久，盖勋背疮发作不治，怀着对帝国未来的无限忧虑、不舍，离开了深爱并为之奋斗的大汉王朝。也许，所谓历史之苍凉，往往在于很多时候英雄即便拼尽全力，也未必能力挽狂澜。

皇甫嵩跪了，盖勋去世了，孙坚战死了，关东联军也散伙了，妖孽董卓忽地感觉，天地间只有自己最伟岸了。为了好好犒劳自己的不容易，董卓太师启动了梦寐以求的骄奢淫逸标志性工程——在长安城以西的郿县（今眉县）修筑坞堡，世称“郿坞”（又称“眉坞”）。

史书记载，眉坞高厚七丈，坞里存放着搜刮来的大量金银财宝，储存了不知够多少人吃三十年的粮食。眉坞建成典礼上，董卓志满意得地表示："我若能平定关东，即雄踞天下；若不能，也可以守在郿坞里活到老。"

当一代枭雄企图躲在城堡里养老时，离完蛋就真的不远了！

第八节 天道好还

出来混，迟早要还。

泡在眉坞里吃饱喝足、搂着美女睡大觉的董卓太师，尚未意识到，暗杀即将袭来。

关东联军四分五裂，肯定指望不上。潜伏在董卓阵营的何颙、荀攸等小密圈成员，决定启动应急预案——斩首。愿望很美好，实际不好办。因为董卓太师有自知之明，晓得自己恶贯满盈，所以警备非常严密，三步一岗、五步一哨，身边还跟着"膂力过人，号为飞将"的干儿子吕布。

世上无难事，只要有心做。"质性刚毅，勇壮好义，力能兼人"的越骑校尉伍孚，昂首挺胸地站出来，表示再难也得干！为了顺利送董卓离开人间，伍孚忍辱负重好多天，经常没事找事，积极向董卓汇报工作，低三下四与董卓侍卫套近乎，直到渐渐免除安检措施。

眼看时机成熟，伍孚又找好汇报事由，并在朝服里夹带了锋利短巧的佩刀。说来也巧，董卓太师刚好比较闲，听完汇报后，亲自送行，以示关怀。在阁道中，董卓轻轻抚摸着伍孚的后背，十分亲密地畅聊，充满友善的气息。

舍生取义，在所不惜！伍孚知道，即便在董卓府邸刺杀成功，自己也绝无生还可能，但他还是义无反顾地抽出佩刀，向董卓胸前猛刺！虽说近来董卓好吃懒做、骄奢淫逸，的确长了不少肥肉，但毕竟是征战多年的沙场老将，反应仍旧神速，连退几步闪开了。

董卓卫兵呼啦啦围上来，把伍孚制住。劫后余生的董卓青筋暴起：“你想造反吗？！”伍孚双眼喷火地厉声呵斥：“你不是天子，我也不是你臣子，何反之有？你乱国篡主，罪盈恶大，今日我是来杀贼的！恨不能把你车裂于市，以谢天下！”董卓不待伍孚再骂，抽出佩刀，伍孚血溅当场。

受到惊吓的董卓太师，立即指示严查伍孚同党。大概因何颙、荀攸等人与伍孚交往过密，全部光荣入狱。暗杀锄奸功败垂成，国贼董卓何日能除！性子直猛又上岁数的何颙，一时忧愤竟死于狱中。年轻的荀攸没着急，该吃吃、该喝喝、该睡睡，一如既往地沉着。《三国志》誉为“算无遗策”的荀攸，很可能掐指一算，感觉董卓会“走”在前面。

没错，针对董卓太师的新一轮刺杀，又来了！潜伏最深、极受董卓信任的人——王允——准备出手！按理说，资深“党人”王允与袁绍交情甚厚，不该得到董卓重用。开始的确如此，董卓对王允有所防范，把他从掌握武装力量的河南尹，提拔为没有兵权的太仆。道理是道理，但架不住王允能拍啊，尤其在士人精英都对董卓爱搭不理的情况下，王允的“跪舔”式马屁，简直是鹤立鸡群一般的存在。

随着王允曲意逢迎，逐渐赢得董卓的赏识。董卓在洛阳与关东联军对峙时，已经把“朝政大小，悉委之于允”，对王允相当信任。在长安主持朝廷政务的司徒王允，也没有辜负董卓的期望，坚决执行了处死太傅袁隗等袁氏五十多口人的命令，从此更是获得董卓的空前宠信，封温侯，食邑五千户。

董卓以为，浑身上下沾满袁家人鲜血的王允，与袁绍彻底掰了。其实恰恰相反，因为处死的五十多口袁家人，不仅有辈分最高的太傅袁隗，还有担任太仆的袁绍堂哥。这些袁家重要成员的离世，对袁绍成为新一代袁家领袖，才是实质大利好。

这正是，阴谋诡计，深不可测。正如谁也想不到，“马屁精”王允敢刺杀董卓；正如谁也想不到，王允不仅敢刺杀董卓，还敢拉上董卓的干儿子、贴身侍卫长吕布一起干！这似乎是着险棋，因为吕布杀了故主丁原投靠董卓，一直深受宠信，先是拜骑都尉，很快升迁中郎将，封都亭侯。董卓与吕布还号称“誓为父子”（董卓应该没儿子），大有让吕布成为西凉军接班人的意思。不过，王允了解并州老乡吕布，只要价码够大，一切皆有可能。

王允为吕布指出更加广阔的发展空间——杀掉董卓，可以担任奋武将军，进封温侯，享受假节、仪比三司等崇高待遇，并共同执掌朝政。吕布的眼睛亮了！这一系列超级优厚的条件，特别是共同执掌朝政，董卓无论如何也给不了他。如今董卓日益老迈，只顾往眉坞聚敛钱财和美女，也没按计划栽培吕布。不甘心只当高级警卫员的吕布，早已心怀不满！

虽然有史书记载说，董卓因小许失意向吕布掷过手戟，伤了吕布的脆弱心灵；吕布又与董卓婢女有染，害怕事情败露，时常不安；但这些都是次要因素，巨大利益才是驱使吕布刺杀董卓的根本原因。

人手齐了，机会来了。初平三年（192年）春夏之际，天子刘协大病初愈，按惯例要举行庆祝大会，百官恭祝龙体安康。董卓太师在眉坞吃喝玩乐得正有些厌倦，琢磨着借机到皇宫再挑些嫔妃宫女，于是决定亲自跑一趟。

人没文化，真不行——董卓不断挥霍苟活于世的机会。去长安的路上，董卓车驾行不远处，曾隐隐传来一首童谣："千里草，何青青，十日卜，不得生。"千里草合起来是"董"，十日卜合起来是"卓"，童谣意思显而易见——董卓要挂。

董卓没文化听不懂，继续大胆往前走。不一会儿，董卓车驾经过的道路两旁，又有道士举着写有"吕"字的布，不停晃来晃去，似乎暗示董卓，吕布立场不稳定！董卓没文化参不透，继续大胆往前走。

马都比董卓有文化，《英雄记》记载："马踬不前。"就是说，董卓的坐骑都明白了，前方危险应回避。可没文化的董卓冥顽不灵，继续大胆往前走，终于走进长安未央殿，听到吕布的大喝："奉旨杀贼！"董卓太师这才恍然大悟：一定有人开出更大的价码收买了吕布！

当冰冷无情的长矛刺及心口的一刹那，董卓太师在人生最后时刻，可能想起如今郿坞城堡内，数不清的金银财宝和成群的美女妻妾；可能还想起当年大胜西凉叛军得到朝廷赐缣九千匹，全部发给将士，听到将士们山呼海啸般的拜谢……

财散人聚，财聚人散。

董卓又想明白了。

晚了！

第九节　惺惺相惜

长安乱、关东乱，处处乱成一锅粥。

乱世要看真本事。自从关东联军内讧中兖州刺史刘岱杀死了东郡太守桥瑁，改派拍马屁出色的亲信部下接任，东郡地面就没太平过。黑山贼等盗寇趁势而起，可劲儿侵掠，在兖州东郡和冀州南部等地流畅切换抢劫地点。

黑山贼抢得很有收获，袁绍大哥很是恼火！刚刚通过威逼利诱等下三烂手段，抢来冀州牧大印的袁绍，亟须稳定冀州南部，以便专心对付来自北方的“白马将军”公孙瓒。一直不甘与袁绍同流合污的曹操，登时发现这个脱身良机，赶忙信心十足地表态：交给我吧，事儿能办利落。

曹操说到做到，率军抵达东郡不久，便在濮阳大胜黑山贼。曹操的优异表现，赢得袁绍大哥的满心欢喜，立刻装模作样遥奏朝廷，推荐曹操出任东郡太守。东郡太守岗位，曹操并不陌生。七年前，曹操拒绝朝廷任命的正儿八经的东郡太守，回乡隐居。但七年后，曹操对得不到朝廷认可的私相授受的东郡太守，欣然领命。

人生是场修行，很多人在变化中成长。如今，37岁的曹操日趋务实，已不再年少轻狂，不再天真地认为刺杀奸佞太监，就能天下清净；也不是21岁，不再幻想通过惩治权贵，就能恢复帝国秩序；也不是26岁，不再认为奋笔疾书、仗义执言，就能令昏聩帝王幡然悔悟；也不是30岁，不再相信平定黄巾叛乱，就能永保太平；也不是31岁，不再觉得罢免几个贪污腐败的县令，就能郡县清明；也不是35岁，不再指望振臂一挥、应者云集，一战击溃董卓大军，就能中兴大汉。

月朗星疏，顿丘曹营。再次击败黑山贼的曹操，心潮起伏！十五年前，曹操遭到宦官排挤，来到顿丘担任县令，也许是个人磨难；十五年后，曹操来到顿丘讨贼，无疑是国家不幸。彻夜难眠的曹操，静静站在大帐外，西望长安方向，若有所思。

曹操越来越清楚，天下已经大乱，廓清寰宇、重整山河，路漫漫其修远兮。举目望去，国贼何止董卓！叛乱已久的西凉韩遂；包藏祸心的袁术、刘表、公孙瓒、刘焉；还有最险恶的袁绍大哥！大汉王朝危机四伏！

帝国危难时刻，方显忠臣本色。不止曹操，还有出身名门望族的颍川郡奇才——荀彧。荀彧祖父以处事正直著称，名震当世，党人领袖李膺都持弟子礼。荀彧祖父的八个儿子，也全是社会精英，被誉为“荀氏八龙”。其中，最出名的荀爽是东汉著名古文经学大师，不仅学识渊博，还极富正义感，积极参与谋划对国贼董卓的刺杀。

在代代高风亮节的荀氏家族中，荀彧似乎很另类，因为他迎娶了当红大宦官的女儿，成为让清高士人鄙夷的阉贼女婿。然而荀彧不这么做，又能怎么办？只顾洁身自好，使家族陷入危险境地？或许荀彧觉得，如果污浊自己能换来家族平安，也很值得。

阉贼女婿的身份，不妨碍成为大汉忠臣。为了追寻匡扶汉室的梦想，荀彧毅然辞别待自己为上宾的袁绍大哥，马不停蹄南渡黄河，投奔势力弱小的曹操。当曹操见到小密圈好友荀彧来了，兴奋地直呼：“我的子房（西汉开国功臣张良）！”

得到赞誉的荀彧，心头一惊，没有丝毫愉悦，反而骇人寒意笼罩周身。荀彧见识远卓、心思缜密——如果自己是张良，曹操岂不自比西汉开国皇帝刘邦？荀彧忐忑不安，仔细端详着紧握自己双手、热情洋溢的老友曹操，一股股暖意又涌上心头。兴许只是一时高兴，善良的荀彧试着宽慰自己，把突悬的心慢慢放下。然而二十多年后，当荀彧在痛苦纠结中，打开曹操馈赠的空盒子，重新回首这段往事，恐怕只能一声苦笑。

无数兄弟分道扬镳，都是从心心相印开始。中平五年（188年）夏秋之际，曹操回洛阳担任西园禁卫军的典军校尉。中平六年（189年），荀彧被举为孝廉，担任守宫令（掌管皇帝的笔墨纸张等），哥俩大抵于此时期相识相知。只是没多久，曹操便因反对董卓逃离洛阳。也就是说，曹操和荀彧的密切交往，很可能不到一年。尽管时间短暂，但荀彧和曹操一见如故、惺惺相惜。

固然有同病相怜的阉党因素，更关键是，曹操和荀彧怀揣相同梦想——中兴大汉。名士何颙评价过曹操和荀彧，若把两条评价合起来，哥俩简直是天生一对。何颙说曹操："安天下者必此人也。"何颙说荀彧："王佐之器。"可惜后来，沧海桑田，有人仍在坚持梦想，有人却变了初心。

除了身份相近、志向相投，乱世还看真本事。纵观曹操戎马征战的一生，手下猛将如云、谋士如雨。众多谋士里，有五位堪称顶级，荀彧便是其中之一，而且最先进曹营，长期受到曹操器重。早在董卓废立皇帝、独断专行时，曹操就曾问计荀彧："您看未来什么走势？"荀彧果断指出："董卓残暴超出天理伦常，一定会因祸乱暴毙，绝不会有作为，咱们想辙跑路吧。"听了荀彧建议，曹操更加坚定潜行东归、兴义兵讨伐董卓的决心。

曹操成功跑路，荀彧也以担任地方官为由，顺利离开洛阳。但荀彧没有赴任，而是弃官回到颍川郡，苦口婆心地劝导家乡父老："颍川是四战之地，如果天下有变，最易为战火所扰，大家尽快离开吧。"乡人们大多怀恋故土，不愿离去。荀彧只得带领宗族老小，前往冀州投奔袁绍。没过多久，董卓军队果然跑到颍州大肆抢掠，很多乡人死于非命。年纪轻轻的荀彧，已成功预判董卓暴毙和颍川战乱，难怪当荀彧来投，曹操兴奋直呼"子房"。

正所谓，不是英雄不聚首。当年，骑都尉曹操率军救援颍川，击败气焰滔天的黄巾叛军，挽救了荀氏家族。如今，大汉忠臣荀彧怀着为国效力、为君报恩的心，策马渡河，追随曹操。

似乎一切尽有天意。

第十节　铿锵前行

曹操刚刚坐稳东郡太守，兖州刺史的岗位又空出来。

更大机遇摆在面前，意味着更大挑战随之而来——黄巾军余部暴乱愈演愈烈！尽管光和七年（184年）的黄巾起义惨遭血腥镇压，但黄巾军名号由此深入人心，受到众多后来叛乱者的青睐和喜爱，以至于四面八方都是黄巾军余部。

号称“聚众百万”的青州黄巾军，声势最浩大，“饭量”也最大。青州黄巾军把本州粮食搜刮干净，自然要去比邻的兖州“串门”。青州黄巾军率先拥入兖州泰山郡，不幸遇到相当不好惹的泰山郡太守应劭。吃了败仗的青州黄巾军饿着肚子，四处碰运气，终于在兖州任城国找到稳定饭辙。青州黄巾军干掉很好惹的任城相，就地开启痛快抢掠模式。

敢在兖州地面撒野，这还得了！关东联军讨伐董卓时，坚决不肯踏出营门半步的兖州刺史刘岱，也不知哪根筋搭错，突然勇敢起来，号称要“主动出击”。也许刘岱很英明，知道打不过董卓的百战之师；但刘岱又很愚蠢，以为可以收拾看似乌合之众的青州黄巾军。信心满满的刘岱，拒绝了济北相鲍信提出的坚壁清野、防守反击的建议，一意孤行地率军出战，结果兵败身亡。

刘岱一死，兖州无主，乱作一团。兖州下辖的陈留郡、东郡、泰山郡、山阳郡、济阴郡、济北国、东平国、任城国的八个郡守或国相（任城相刚阵亡，实际七个），谁能带领大家跟青州黄巾军继续战？非常时期的干部选拔，显然不适合按德智体美劳算总分，谁最能打仗，就是谁吧。

若以打仗能力论，东郡太守曹操和泰山郡太守应劭明显胜过其他候选人。曹操镇压过黄巾军，取得颍川大捷，虽然跟董卓较劲吃过败仗，但近来讨伐黑山军连战连捷、兵锋正劲。泰山郡太守应劭不遑多让，也是文武兼备，不仅写出《风俗通义》等诸多传世名著，时下难缠的青州黄巾军，正是他的手下败军。

能力差不多，还得看人脉。陈留郡太守张邈、济北相鲍信自不用说，与曹操交情极深厚。山阳郡太守袁遗与曹操交情也不浅，曾在洛阳一起探讨诗文辞赋，曹操在某次自我表扬时，也对袁遗大加赞赏："长大而能勤学者，惟吾与袁伯业耳。"东平相李瓒更是素来看好曹操，对子孙们说过："大乱将至，天下英雄没人比得过曹操。"

除了兖州各位实权派人物或明或暗的支持，东郡名士陈宫也非常看好曹操的雄才大略，不惜余力地四处打广告，说服了兖州众多官员。初平三年（192年），众望所归的曹操，很快迎来新职务——兖州刺史。

责任大，压力也大，官都不好当。曹操会合各郡赶来的增援部队，驻扎在东平国寿张县城的东郊，准备与盘踞在附近的青州黄巾军决战。为了摸清敌人虚实，做到知己知彼，曹操和鲍信率领千余步骑，悄悄来到前线观察情况。不料青州黄巾军的反侦察能力很强，很快就发现了曹军，随即对其展开围攻！

人少不敌，赶紧撤！曹操主持兖州工作的第一仗就败了，败得不惨却很痛——负责断后的鲍信血染疆场！事后，曹操悬赏重金也没找回鲍信遗体，只好让人用木头刻出鲍信模样，痛哭祭奠！是鲍信，不嫌我是宦官之后，坚信我能澄清天下；是鲍信，在我孤掌难鸣时，旗帜鲜明地支持我讨伐董卓；是鲍信，在我窘困无措之际，鼓励我寻机南渡黄河，终于立足东郡；还是鲍信，一如既往鼎力相助，使我得以主政兖州；仍是鲍信，为我断后，英年早逝！

先人已去，不忘后辈。二十年后，说一不二的曹丞相没有亏待鲍信的儿子，封鲍信长子为新都亭侯，加拜骑都尉，使持节；辟鲍信另一个儿子鲍勋为丞相府掾，并招为女婿。负责任地说，放眼汉末三国，曹操的报恩之心，没得挑。

若想有资格照顾恩公后代，必须渡过当下难关。面对倾巢而出、乘胜追击的青州黄巾军，兖州官兵人人自危，全盼着曹操赶紧下令各回各郡、坚壁清野。曹操深知，这一仗不仅事关兖州存亡，更关乎自己的命运，退却必是万丈深渊。拭干眼泪的兖州刺史曹操，只能选择继续战斗、坚持到底。

初战不利、士气受挫，士兵人数又不占优，还大多为新兵，有希望打赢吗？有，古往今来，只要自己不放弃，一切都有可能。曹操精神抖擞地披甲戴胄，亲自检阅部队，发表了慷慨激昂的战前动员讲话，《魏书》记载了受阅士兵的反应，“众乃复奋”。曹操说了什么？竟然让士气低落、不习战阵的士兵很快恢复斗志，坚定了必胜信心？

紧要关头，曹操做出最关键、最务实的选择——“明劝赏罚”。曹操没有畅谈东汉帝国的繁荣昌盛，也没有絮叨兖州百姓的安危荣辱，而是深通人性地直击士兵最关心的事情——奋勇杀敌奖无数、临阵退缩杀无赦。在有功重赏和有过狠罚的完美结合下，兖州官兵爆发出惊人的战斗力！经过连番恶战，曹操军队在寿张取得了决定性胜利，青州黄巾军败退到兖州东北部的济北国。

一手持大棒，一手捧胡萝卜。曹操率部痛击青州黄巾军的同时，也“数开示降路”，表示只要无条件投降，可以既往不咎。青州黄巾军有不少济南国的百姓，对曹操担任济南相期间的整顿吏治、破除淫祭，留下很好的印象，晓得他说话算数。无力再战的青州黄巾军盘算后，觉得既然打不过，曹操又靠谱，那就降了吧。

初平三年（192年）冬，曹操南渡黄河仅仅一年多，重创黑山军、扫荡黄巾军，从讨伐董卓败将到升任东郡太守，再到备受瞩目的兖州刺史，搞得风生水起。曹操事业蓬勃发展的同时，家庭工作也没耽误——第五个儿子出生。正值连战连捷，曹操为这个长得很像自己的孩子，不假思索地取了含有“继续生长”意义的“植”字。

曹操，意气昂扬。

第十一节　烽烟四起

山河，支离破碎。

长安，董卓旧将李傕、郭汜率军围城，赶走吕布、杀死王允，重新挟持天子；冀州，袁绍大哥与“白马将军”公孙瓒棋逢对手、激战正酣；凉州韩遂、益州刘焉、荆州刘表、徐州陶谦……各路军阀无不趁乱招兵买马、抢占地盘。刚刚平息青州黄巾军滋扰的兖州，也没能安稳多少日子，袁术军队打来了！

说起袁术，大有来头。袁术先生出身于东汉帝国第一个完成“四世三公”伟业的家族——汝南袁家。少年袁术很有些顽主派头，以侠气闻名，经常与名门望族的公子哥游山玩水、打猎娱乐。长大一些，袁术发觉瞎闹不是事儿，于是逐渐收敛心性，与士人精英谦逊有礼交往。成年后，袁术被举为孝廉，仕途顺风顺水，历任折冲校尉、虎贲中郎将、后将军等职。在讨伐国贼董卓的作战中，袁术凭借猛将孙坚的神勇发挥，一度收复洛阳。

衔着金汤匙出生的袁术，少时锦衣玉食，长大官运亨通、表现高光，多少人仰望羡慕而不得。可袁术志向远大，还想要更多，比如——天下。从哪儿开始自己的宏图霸业呢？袁术盘算来盘算去，认为刘表上岁数，应该好欺负。结果事与愿违，非但地盘没抢到，还折了大将孙坚和若干人马。袁术不得不蛰伏在南阳郡重新盘算，很快又找好新目标——兖州以及曹操。

从理论上讲，袁术先生的想法很妥当。一方面，袁术更有实力，比起曹操的残破兖州，袁术坐拥荆州最富庶的南阳郡，又掌控家乡汝南郡等豫州南部地区，兵马钱粮的供应更加充足。另一方面，袁术有帮手，不仅徐州牧陶谦答应一起攻击曹操、瓜分兖州，黑山军等部也嚷嚷着要找曹操报仇雪恨。

除此之外，袁术还有大旗，朝廷委任的兖州刺史遭到曹操驱赶，跑到袁术管辖地面，请求武装保护上任。袁术心里乐开花，这下师出有名了，立刻高举执行朝廷关于兖州刺史任免决定的旗号，理直气壮地杀向兖州。

相较气势如虹、有备而来的袁术，曹操有些底气不足。一方面，曹操军队连续征战，老兵需要休息，收编的青州黄巾军也需要整肃军纪、操练阵法。另一方面，陶谦在兖州东部的小动作不断，也让曹操很头疼，不敢轻易离开位置居中的大本营鄄城。曹操只能以静制动，放任袁术在兖州陈留郡横冲直撞，希望用空间换时间，寻找最佳反攻时机。

等待中，好消息接踵而至。南边，刘表悄悄集结大军，准备切断袁术军的粮道。北边，袁绍大哥权衡轻重，觉得应该集中力量先收拾可恶的弟弟袁术，于是深明大义地接受朝廷特使建议，表示愿意与“白马将军”公孙瓒停战。处于下风的公孙瓒更是求之不得，立刻顺水推舟，满嘴仁义道德，表示也愿意与袁绍共创冀州和平等。

袁术先生对国内局势变化浑然不觉，仍然沉浸在所向披靡、天下无敌的喜悦中。由于陈留郡太守张邈在打仗方面半窍不通，使得军事能力有限的袁术，瞬间化身战神。袁术指挥大军如入无人之境，先头部队迅速挺进至陈留郡腹地的匡亭。张太守除了集中兵力固守住陈留郡治所陈留县（张邈的办公地点），其他县城都顾不上，任由更换旗帜。

初平四年（193年）春，正当袁术陶醉在辉煌战绩中时，曹操开始了雷霆反击！曹操率领养精蓄锐的军队，长驱近百公里，以迅雷不及掩耳之势，包围了盘踞匡亭的袁术军。深通用兵之道的曹操，没有强攻，而是与秘密来到黄河以南的袁绍大军会师，先击败了袁术军的救援部队，然后才向孤立无援、军心动荡的匡亭守军发起进攻，将其悉数歼灭！

袁术见到可恶的哥哥袁绍来帮助曹操，立刻启动应急预案，鼓动黑山军直扑冀州，并联合袁绍内部叛乱分子，取得重大战果——攻占了袁绍大本营邺城。老巢被端可不是闹着玩儿的，袁绍大军将士的家眷都在邺城呢。估计袁绍匆匆勉励曹操几句，诸如你很能干，有没有我都能赢等，便率军急速北返。

逼退袁绍，袁术又觉得胜利在望，但袁术显然低估了曹操的军事才能。在随后的封丘大战中，再度损兵折将的袁术终于意识到，有没有袁绍军队不重要，曹操本身就很猛。要说袁术还是有两下子的，打仗不行逃跑行。趁曹操军队未及合围，袁术赶紧夺路狂奔，一口气向南跑到几十公里外的陈留郡襄邑县。

赖在兖州怎么行？！曹操挥师追击，又打得袁术军丢盔弃甲。袁术脑子活，这次调头向东窜。曹操不离不弃追过来，在太寿地区撵上袁术军，又是一顿暴捶。兖州待不下去了，袁术快马加鞭，逃到豫州梁国的宁陵县。曹操觉得此地离兖州还是近，继续跨州境追击，打得袁术军依旧鬼哭狼嚎、横尸遍野。

袁术先生办事过脑子，掰着手指算了下，匡亭、封丘、襄邑、太寿、宁陵，短短个把月，已连输五把。作为一名有素质的赌徒，袁术觉得点背不适合再赌。为了摆脱曹操没完没了的尾随追击，袁术下定决心，发誓要跑出一劳永逸的效果。

紧盯东汉地图的袁术，终于找到了心仪的地方——淮河以南的九江郡。按照直线距离算，与宁陵相距有300公里！由于袁术将军转型成为长跑选手，曹操也是深感震撼，不得不服，终于停止追击。

前门赶走狼，后门来了虎。在曹操与袁术激战正酣时，陶谦军队侵入兖州东部，攻占任城国。曹操没有马上反击，毕竟刚追着袁术跑了好几百里地，人困马乏，也得休息休息。而且陶谦不是袁术，曹操对这位在军界声威远播的老前辈，相当忌惮。收复失地前，曹操肯定要深入研究研究，仔细考虑考虑，或者派口吐莲花的使者做一些外交努力。

很快，曹操改主意了，不研究不考虑，也不外交斡旋，必须打，马上打。

因为，老爹曹嵩死在了茅厕里。

第十二节 泗水不流

天下大乱，已无净土。

客居在徐州琅琊国的曹嵩，越来越心慌。随着曹操与徐州牧陶谦逐渐交恶，曹嵩感觉气氛很紧张，此地不宜久留。曹嵩赶紧收拾好百余车金银财宝，拉家带口奔向兖州。

为了保障老爹及家人安全转移，曹操下令让泰山郡太守应劭派兵迎接。可不知是应劭的士兵没赶到，还是压根应劭没派兵，总之，陶谦的骑兵先追上在泰山郡华县某大院落脚的曹嵩。曹嵩发现来者不善，急忙让随从给后院围墙打洞，并绅士地请爱妾先行。由于时间紧、任务重，洞口没能凿太大，偏巧第一个钻洞的爱妾又体肥——卡在洞口。真是倒霉催的，曹嵩情急之下，只好躲到茅厕，结果横尸污垢，曹氏家眷也全部遇害。

曹嵩遇害原因，史书记载莫衷一是。《三国志·武帝纪》《后汉书·应劭传》《后汉书·曹腾传》是一种说法，认为陶谦是杀人元凶。《后汉书·陶谦传》是另一种说法，认为是陶谦部将贪图曹嵩的金银财宝，自作主张，抢劫杀人。《吴书》还有一种替陶谦喊冤的说法，认为图财害命的兵勇，是陶谦好心派去护送曹嵩的。

到底是陶谦派兵追杀，还是部将擅作主张杀人越货，很难确定，但最不可能的是陶谦派兵护送曹嵩。陶谦以特立独行、脾气倔强著称，从不把位高权重的人当回事儿，又怎会曲意讨好晚辈曹操？《吴书》记录的两件逸事，可以为证。

第一件，陶谦年轻时担任县令，直管上级（郡太守）是陶谦父亲好友，以为陶谦可以发展成自己人，于是极尽拉拢。一次酒宴，郡太守喝得兴起，邀请陶谦共舞。给领导当舞伴，这是天大的面子，多少下级求之不得。陶谦却爱搭不理，直到郡太守再次邀请，才勉强起身，如木墩子，该转圈不转。郡太守问为什么不转？陶谦话里有话地答："不可转，转则胜人（一转就会升官，不再屈居你下）。"好脾气的郡太守终于大怒，宾主不欢而散。

第二件，车骑将军、司空张温非常欣赏任职参军的陶谦，一次百官宴会，张温主动要跟陶谦干一杯。领导主动敬酒，这是天大的面子，多少下级求之不得。可陶谦不领情也就罢了，居然公然羞辱张温。性格温顺的张温都怒了，声称要把陶谦发遣边关。陶谦鼻孔朝天，毫不在乎，大摇大摆离席而去。不一会儿，涵养很好的张温消了气，派人将陶谦追回，并亲自站在门口迎接。陶谦回是回来了，仍是仰着脖子，一脸轻蔑与不屑。

足以看出，陶谦脾气要多臭有多臭，屡屡无礼顶撞上级，简直是官场浑不吝。以陶谦的行事作风，没派人把悄悄跑路的曹嵩大卸八块，已是十分客气，怎么可能为取悦曹操派出护卫队？况且截至初平四年（193年）上半年，陶谦完全没理由把曹操当回事。

从军事能力来看，陶谦是军界威名赫赫的老前辈，曾跟皇甫嵩、张温击退过凶悍的西凉叛军。主政徐州后的陶谦，又把青、徐两地的黄巾军余部打得溃不成军。相比曹操被董卓军打败，艰难逆转青州黄巾军的战绩，陶谦不知道甩曹操多少条街。从经济实力来看，兖州接连遭到黑山军、青州黄巾军的抢掠，人口大量外逃，民生凋敝。徐州则维持相对太平的状况，实行屯田、谷米满仓，吸引周边州郡的大批流民来此避难。

杀父之仇，不得不报。冒着挨揍甚至归西的风险，曹操决定出征。估摸可能回不来，曹操提前安排好了后事。然而没料到，一切比预想的顺利太多。陶谦确实久经战阵、善于用兵，比袁术不知高明多少，但与军事天赋极高的曹操对垒，只有招架之功，根本没有还手之力。曹操会合了袁绍派来的援军，轻松打退入侵任城国的陶谦军队，随即转入反攻，在彭城、傅阳等大战中接连获胜，摧枯拉朽般连克徐州十余城。

长江后浪太猛了！陶谦还没老糊涂，果断放弃野战改守城，带领残部躲进东海郡首府郯城，并向公孙瓒、袁术以及家乡丹阳郡紧急求援。由于郯城非常坚固，曹操率军久攻不下，转而向南攻取了防守力量薄弱的拔虑、睢陵、夏丘三县。

“自惜身薄祜，夙贱罹孤苦。既无三徒教，不闻过庭语。”从小失去母亲的疼爱，如今又没了父亲，曹操释放出积压许久的戾气！史书记载，曹操大军所过之处，极尽杀戮，旧城废址从此罕见行人。大概有几万徐州百姓惨遭驱赶、杀害，很多尸体被丢入泗水河，甚至阻塞了河水流动。

“白骨露于野，千里无鸡鸣。”曹操在悲天悯人时写的诗句，正应了他在利令智昏时做的事情。初平四年（193年）秋，徐州百姓抹不去的血色记忆，也是曹操人生的重要转折点。

徐州再不是乱世净土。名门望族也好，平头百姓也罢，纷纷逃难求生。徐州琅琊国阳都县的诸葛家族，也在其中。诸葛玄带着年幼的侄子和侄女，不得不离开战火纷飞的故土，逃往南方。一路上，无人掩埋的阵亡战士，奄奄一息的垂死老者，遗弃草丛的哭泣幼儿，无不映入诸葛家的14岁少年眼中。

这是为什么，这是谁干的，谁又能够让天下太平？诸葛家的14岁少年，行走在哀鸿遍野的徐州大地，目睹了鲜血染红的泗水，记住了这一切的罪魁祸首。十三年后，诸葛家少年长大成人，英姿飒爽、羽扇纶巾，直面黑云压顶的几十万残暴军队，笃定选择：与曾经屠杀徐州父老乡亲、当时挟天子之国贼曹操，在赤壁殊死一战。

大耳朵的没落皇族也正站在小沛城上，望着城外扶老携幼的逃难百姓，一筹莫展、忧心如焚。他非常清楚，烧杀抢掠、得胜而去的曹操大军，很快会卷土重来，自己带领的散兵游勇，绝非其对手！打不过怎么办？他轻轻摩挲着饱经风霜的城墙垛，想起屡败屡战、终成大业的宗族先辈。

三百多年前，时任沛县泗水亭长的刘邦，就是在这里举义兵、抗暴秦、匡天下的，这里是大汉的龙兴之地。大耳朵的没落皇族意志坚定地昂起头来，决定答应陶谦的请求，明知必败，也留下来，直面虎踞兖州的曹操大军。

大耳朵的没落皇族身边，站着两位威武健硕的将军。其中，那位大嗓门的将军，最受不了没话说的压抑气氛，大抵忍不住问："这曹操打董卓、灭贼寇，如今怎么杀起百姓来了？是忠是奸？！"另一位留着傲人美髯的将军，斜来一眼说："成者王侯，败者贼。"

大耳朵的没落皇族没作声，但他已经想好了——逐鹿中原，振兴汉室。

第三章 逐鹿中原

作者女儿小北手绘

有少年英雄，也有大器晚成者。有17岁追杀海盗、名噪一时的孙坚，有20岁举为孝廉、棒杀权贵的曹操，也有24岁还在摆地摊卖草鞋的刘备。人生不怕起步晚。

第一节 英雄之器

人生不如意，十之八九。

有人名为天子，实为傀儡；有人威震华夏，身首异处；有人勇猛无敌，殒命小卒；有人呕心沥血，无力回天；有人祖上很阔，可轮到自己，却穷困潦倒。

光和七年（184年），幽州涿郡涿县市集上，穷得叮当响的没落皇族刘备，不得不靠卖草鞋和凉席为生。按《三国志·先主传》等史书记载，刘备是汉景帝之子中山靖王刘胜的后代，刘胜之子刘贞封为涿县（今河北省涿州市）陆城侯，因犯事削去爵位，从此定居涿县。《三国志》作者陈寿写完刘贞，大概缺乏史料，于是大笔一挥，时光划过二百年，直接写到刘备的爷爷和父亲："先主祖雄，父弘，世仕州郡。雄举孝廉，官至东郡范令。"

瘦死的骆驼比马大，即使刘贞失去爵位二百多年，刘氏家族在当地也仍占有一席之地，刘备的爷爷刘雄被举为孝廉，并通过毕生勤奋工作，官至兖州东郡范县县令。可惜刘备的父亲刘弘没能再接再厉，担任省级或市级公务员不久，英年早逝。

年少丧父的刘备与母亲相依为命，以贩履织席为业。虽然风光不再，但刘备母亲毕竟是县太爷的儿媳，多少有些见识，懂得再穷也不能穷教育，上学必须拜名师。在刘备15岁时[熹平四年（175年）]，不知是刘备母亲卖草鞋攒的，还是变卖祖上值钱的东西所得，总之凑出报名费，送刘备进入大儒卢植开办的缑氏山大讲堂。

精英教育很烧钱，除报名费以外，应该还有书本费、住宿费、饭费以及各类生活费。刘备母亲实在拿不出来，所幸有位宗族长辈看好刘备能成才，热情提供物质支持。然而，很遗憾，母亲的含辛茹苦、长辈的慷慨解囊，并没让刘备成为品学兼优的好学生。《三国志·先主传》不留情面地记下："先主不甚乐读书，喜狗马、音乐、美衣服。"刘备同学能有这么广泛的娱乐爱好，估摸翘课逛帝都（缑氏山距洛阳不到百里），不止三五次。

不读书很不对，因为知识就是力量。而刘备说，人脉和人心才是力量。刘备不在意书本知识，却极度重视人际关系，求学期间与两个人建立了不一般的交情。

第一位是同学公孙瓒。《三国志·先主传》表示："瓒深与先主相友。瓒年长，先主以兄事之。"就是说，尽管大家是平等友爱的同学，但刘备格外尊敬公孙瓒，大哥长、大哥短地叫得很殷勤，二人打下了良好的感情基础。至于刘备为何坚定不移地崇拜公孙瓒？是为公孙瓒的高尚品格折服吗？也许是。但可以肯定的是，公孙瓒是涿郡太守的乘龙快婿。

第二位是老师卢植。虽然史料没有直接记载刘备与卢植的亲密关系，但从刘备后来的神奇经历分析，卢植一定在关键时刻数次出手相助。没权没势凑学费的刘备，偏偏又不爱学习，凭什么在若干年后，可以让卢植老师记得并慷慨庇佑？史无明文，后人不好揣测过多，但盛夏时节刘氏的纯手工精美凉席，应该还是有的。

比人脉更有力量的是人心。人心摸不着、看不见，但不代表不存在。刘备以独有的人格魅力，展示了什么叫"人心所向"。

江南爆发叛乱，卢植奉命南下讨贼，大讲堂匆匆收场。16岁的刘备回到涿县市集，继续卖草鞋。刘备这一卖，就卖了八年。这八年，卢植老师著书立说，成为享誉东汉帝国的超级大儒。这八年，公孙瓒同学骑着白马威震长城内外，成为战功卓著的北疆名将。这八年，刘备在涿县市集，还在卖草鞋。刘备看似毫无长进的表象下，其实收获了比名声、军功更加宝贵的东西——人心。

"好交结豪侠，年少争附之。"——问题是，刘备交学费都困难，拿什么结交黑、白两道的朋友，青年人又怎会团结在他的周围？因为刘备有两套。一套是"少言语，善下人，喜怒不形于色"。就是说，刘备话虽不多，但善于低姿态处理人际关系，而且无论高兴还是生气，都能保持平和的面部状态。另一套是靠草鞋。草鞋价值不高，却属于生活易耗品，尤其在涿郡的秋冬时节，送上一双厚实防寒的草鞋，宛如雪中送炭。

八年来，刘备卖出的草鞋有数，送出的草鞋没数。有一位大嗓门的小伙，性子急、走路快，草鞋磨破一双又一双，可从来不缺草鞋穿，他的名字叫张飞。还有一位靠留长胡须遮掩容貌的小伙，在家乡犯事逃到涿县，草鞋早已磨烂。当长胡须小伙身心俱疲地穿过市集时，很可能是被两双崭新的草鞋拦住，心头一暖，决定不跑了，他的名字叫关羽。

至此，汉末三国最耀眼的三人组，聚齐涿县。卖了很多年草鞋、凉席的刘备，终于卖出非凡气势。在涿县市集上，大耳垂的刘备稳坐摊位，有万人莫敌气概的关羽、张飞侧立身后，其他众多追风青少年，热热闹闹地围在一旁……冀州中山国的两位贩马大商人来到涿县，见到如此气宇轩昂的摊主，内心怦然而动，史书号称："见而异之，乃多与之金财。"

也许，钱不是白给的。当时黄巾起义爆发，冀州和幽州都不太平。两位贩马大商人为了生意兴隆和一路平安，肯定要在各地结交开山栽树的英雄。更何况，他们还听说汉室宗亲刘备是涿县县令公孙瓒的要好同学。

也许，钱是白给的。不排除关羽、张飞带着一大群小弟，一团和气又摩拳擦掌地围住两位贩马大商人，声泪俱下地恳请积德行善，希望买一些刘氏草鞋或凉席，作为卖马的绝佳赠品。无论事实如何吧，可以确定的是，靠原始积累很多年的刘备，有了第一桶金。

兜里常常一个大子儿也没有的刘备，心从来不穷——英雄皆如此。刘备毫不犹豫地把资金全部投入创业项目——"由是得用合徒众"。

光和七年（184年），24岁的刘备终于拉起队伍，可以建功立业了！

刘备怀揣匡扶天下的英雄梦，踏上了征程。

第二节 雄姿杰出

英雄刘备，受伤装死。

趴在草丛里，一动不敢动。

据三国时期鱼豢所著《典略》（原书已失传，其内容散见于裴松之为《三国志》所做的注文）记载："遇贼于野，备中创阳死，贼去后，故人以车载之，得免。"这事是说，中平四年（187年），中山相张纯作乱反叛。已经在讨伐黄巾军中打出些勇武名声的刘备，经过熟人推荐，率部跟随青州从事讨伐张纯叛军，结果惨遭大败。所幸刘备装死演技好，叛兵没发觉，这才捡回一条命来。

大难不死，必有后福——"后以军功，为中山安喜尉（相当于县公安局局长）"。至于刘备立下什么军功，史书语焉不详。而且，问题是，刘备队伍经历一场大败后，连死带伤加跑路，能剩多少人？还会有朝廷正规军耗费宝贵军粮，接纳这支刚打败仗的地方游击队吗？退一步说，即便有朝廷正规军收编这支小部队，他们又能在讨贼战斗中发挥多少作用？再退一步说，即便发挥一点作用，小部队头头就可以出任副县级领导干部，为什么不提拔正规军的官佐？

如果这些问题不好回答，不妨换个思路。虽然刘备不行，但公孙瓒行！史书记载，公孙瓒在讨伐张纯的战斗中大放异彩——"瓒将所领，追讨张纯有功，迁骑都尉"。所以，惨败之后的刘备，很可能带领残兵败将，投奔了老同学公孙瓒，跟着沾到胜利荣光。公孙瓒大抵很够意思，在申请受嘉奖的人名单上，慷慨写上了老同学刘备的大名。

用交情和搏命换来的县尉，要没。大概在中平五年（188年），东汉朝廷发现各地存在夸大军功情况，要求各郡督邮深入基层，甄别因不实军功晋升官吏的人。这种时候，没理可讲。是杀敌立功，还是关系户上位，全凭督邮认定。这种时候，只能讲礼。刘备为保住来之不易的领导岗位，大概准备了好几套刘氏纯手工精美凉席，专程来到督邮下榻的馆舍，请求拜见。

督邮以身体不适为由婉拒。刘备的心——拔凉拔凉，甭说了，自己肯定在淘汰人员名单上。刘备蹿起无名怒火，立刻返回县尉治所，招呼上关羽、张飞以及所属衙役，直接硬闯督邮的贵宾套间。刘备一脚把督邮卧室门踹开，随即大声说："我奉府君（郡太守）密令，抓捕督邮！"不由分说，刘备、关羽、张飞把督邮绑起来，假惺惺地说要押送给郡太守处置。实际上，哥仨半路改了道，把督邮带到僻静树林，结结实实地捆在大树上。

刘备咬牙切齿地扬起鞭子、腾空而落，抽得噼里啪啦。其实，刘备打到督邮身上的鞭子，与其说是恨督邮，不如说是恨人生。自幼丧父、家道中落，祖上风光一点没享受到。好不容易拜了名师，又匆匆结业，无奈继续卖草鞋、凉席。好不容易卖出气势，结交兄弟、拉起队伍，竟装死求生；好不容易靠同学交情，立功谋得县尉，屁股还没坐热，竟面临下岗。

转眼间，刘备抽了不下二百鞭，看着遍体鳞伤、苦苦哀求的督邮，刘备气消去很多，罢了手。冷静下来的刘备，后悔不迭，冲动是魔鬼，这下坏菜了！假传太守密令、鞭打督邮上差，罪过大了！捅这么大娄子，刘备估摸同学公孙瓒罩不住，一咬牙一跺脚，带着关羽、张飞等人弃官亡命——他们没去荒郊野岭，而是去了繁华帝都。

据《英雄记》记载："灵帝末年，备尝在京师，后与曹公俱还沛国，募召合众。"又据《三国志·先主传》记载："弃官亡命。顷之，大将军何进遣都尉毌丘毅诣丹杨募兵，先主与俱行。"可见，刘备不仅弃官逃命来到洛阳，还很快洗白逃犯身份，成为大将军何进的官派募兵人员。

可能吗？可能！一穷二白的刘备做不到，但搁在知名大儒、尚书卢植那儿，这还叫事儿？不爱钱财却重感情的卢植老师，看到十多年前的学生刘备，又带着亲手编织的精美凉席来感谢师恩，估计深受感动。卢植极可能亲自出面协调各方关系，并把刘备引荐给大将军何进、中军校尉袁绍等人。也只有如此，刘备才能转危为安，从逃犯迅速变成官差。

不过，问题又来了。刘备是跟着都尉毌丘毅到丹阳郡募兵，还是跟着典军校尉曹操去沛国募召合众的？由于《三国志》和《英雄记》的作者都不是妄下雌黄的人，故而两种情况也许先后进行。中平六年（189年）春，刘备很可能先与典军校尉曹操出发前往豫州沛国招募士兵。

这是曹操与刘备的第一次共事。刘备对曹操早有耳闻，十多年前，曹操打死蹇硕叔父震动帝都。那时，刘备正在洛阳附近的缑氏山学习，这事或是成为卢植老师的教学案例，或是同学们茶余饭后的谈资，总之，刘备很早便认识到：曹操是英雄！反观曹操，对刘备无甚了解，只道是尚书卢植的学生，以及有一双超乎常人的大耳朵。曹操大抵觉得，刘备有福相。

哥儿俩还没来得及深入了解，汉灵帝就于中平六年（189年）四月突然驾崩。大将军何进快马传书，要求袁绍、曹操、淳于琼等西园禁卫军校尉停止各地募兵，即刻返回洛阳。曹操与刘备就此匆匆别过，谁也没想到下次再见，二人从战友变成敌手。

刘备不想做往返跑，于是继续跟随都尉毌丘毅前往丹阳郡募兵。行至下邳遭遇贼匪，刘备率领关羽、张飞等本部人马力战有功，随即被任命为青州北海国下密县的县丞。县丞是县里“二把手”，主要负责处理文案和日常行政管理事务。刘备舞文弄墨不在行，也没兴趣，很快辞职。不过没多久，刘备忽然出任青州平原国高唐县的县尉，并迅速升为县令。

没有再立新功，刘备官职能够顺畅转换，史书又是语焉不详，写得极为简略：“除为下密丞。复去官。后为高唐尉，迁为令。”（《三国志》）大概吧，躺在凉席上消暑的卢植老师，再次出手。

中平六年（189年），29岁的刘备，意气勃发地走上正县级领导岗位。

第三节 弘毅宽厚

县长刘备，落荒而逃。

本想逞英雄的刘备，成了丧家之犬。

尽管《英雄记》给刘备脸上贴足金，号称，“天下大乱，备亦起军从讨董卓”，但综合各类史料分析，刘备的“起军”，至多是摇旗呐喊、口诛笔伐，实际是寸步难行。因为在反董卓联军成立的初平元年（190年）年初，刘备所在的高唐县，很可能受到青州黄巾军的围攻，大抵在夏秋之际失守。

城破兵败不要紧，关键是往哪里逃？肯定不能再找老师了！卢植因反对废立皇帝，与掌控朝廷的董卓先生闹崩，已丢官跑回老家。天无绝人之路，刘备打算再续同学情——“往奔中郎将公孙瓒”。

老同学落魄又来投，已经封侯拜将的公孙瓒依旧大方，任命刘备为别部司马（品级与县令相仿），派往青州与袁绍的长子袁谭作战。刘备率部打了几场漂亮仗，因功出任青州平原国平原县代理县令，很快又升迁为平原国国相。

初平三年（192年），32岁的刘备步入郡太守级别。不服不行！刘备从军八年，便超越爷爷刘雄毕生努力的官职高度。在乱世中，刘备不仅起步晚、跌倒次数多，各项重要指标也不优秀，名望声誉不如袁绍，运筹帷幄不比曹操，上阵杀敌不及公孙瓒。可哪都不行的刘备，要多神有多神，每次跌倒不仅能很快爬起来，还能迅速超过跌倒前的官职。

有运气成分，更是实力使然——刘备有绝活！毕竟跟大儒卢植学过一年多，刘备即便再不爱读书，怎么也听过几耳朵。《孟子》的一句话，刘备深深记在心里：天时不如地利，地利不如人和。

白手起家，全靠“人和”。刘备求学不爱学，攀上老师卢植，结交同学公孙瓒。刘备卖鞋更送鞋，收获关羽、张飞等生死兄弟，还得到大商人的“天使投资”。在老师、同学、兄弟以及投资人的帮衬下，刘备跌跌撞撞地闯出一片天地。刘备坚定地认为，这就是“人和”，一股不可战胜的神奇力量。

优良传统必须发扬光大。刘备在平原相岗位，继续拓展“人和”事业。无论是文武兼备的英雄豪杰，还是混吃混喝的平庸之辈，刘备都来者不拒，半点领导架子也没有，与大家同坐同食，统统热情招待。好酒好肉又白吃白喝的事，很快一传十、十传百，平原国尽人皆知，只要大家谈起刘备，无不竖起大拇指。

众口难调，即便刘备仁义厚道如此，也还是得罪人——平原国的刘平先生恨刘备恨得牙根疼。刘平大概出身比较好，自我感觉更良好，见到小商贩出身的刘备比他官大、比他人缘好，气得再也坐不住，竟派出刺客搞暗杀。

刘备完全没防范，以为又是来投奔的壮士，摆上满桌酒菜，拉着刺客同席而坐、嘘寒问暖、推心置腹。一杯酒接着一杯酒，在刘备的真情感化下，刺客喝得热血沸腾，没了杀气，起了柔情。奶奶的！给多少钱，老子也不干了！刺客把匕首掏出扔在地上，坦率说出来意，热泪盈眶地表示，下不去手！《三国志·先主传》赫然记下："其（刘备）得人心如此。"

不计成本的请吃请喝，开诚相见的肝胆相照，很快让刘备慷慨豪迈的名声，一传十、十传百，传遍青州。孔夫子后代、当世大儒、北海国相孔融被青州黄巾军包围，都想到向刘备求援。刘备没料到自己这么出名，相当激动地说："孔大儒都知道有我这么一号人物了！"脸面有光的刘备更加不敢怠慢，赶紧派出三千精兵奔赴北海国，成功帮孔融解围。

孔融先生打仗稀烂，但作为孔夫子后代、当世大儒，与之往来的尽是顶级名士。于是，大儒卢植的高徒、平原国相刘备乐于助人的极佳口碑，在名士圈迅速传播开来，一传十、十传百，从青州传到徐州。百闻不如一见，当刘备率军驰援徐州，逼退烧杀抢掠的曹操大军时，徐州牧陶谦眼前一亮，想邀请刘备继续帮忙。

陶谦的忙，不好帮。刘备很清楚，曹操的退却，是大胜而归，是连续征战的稍事休整，很快就会卷土重来。刘备统领的人马虽号称"万八千"，但数千人是充数的饥民，千余乌桓杂骑兵也是打不了硬仗的雇佣兵，只有本部千余老兵有点战斗力。况且陶谦请刘备驻守的小沛，正是曹操自兖州攻打徐州的要冲，位置极为凶险。

陶谦身为职场老油条，内心更清楚，口头表扬、感情挽留在乱世中苍白无力，必须拿出真金白银的诚意。陶谦为了诱惑刘备卖命，开出两大优惠条件，一是赠送四千丹阳郡精兵，二是表刘备为豫州刺史。

刘备经过深思熟虑，决心留下。不是为丹阳郡精兵，因为这些士兵带着定向任务——与曹操大军厮杀，刘备并不能随意支配；更不是贪恋徒有虚名的豫州刺史，因为豫州东北部是曹操势力范围，豫州南部是袁术控制区域，豫州西部为朝廷任命的豫州刺史郭贡占据，刘备实际只有豫州东北角的小沛县城，不管职务叫什么，实际与县令没两样。

刘备决心留下，是着眼于发展前途。黄河以北，带头大哥袁绍与“白马将军”公孙瓒经过几年较量，胜负初见端倪。最初大占优势的公孙瓒渐渐落了下风，勉强支撑。刘备敏锐地察觉到：老同学要撑不住了。刘备作为公孙瓒集团的骨干成员，这几年没少与袁绍父子刀枪相见，所以必须及时抽身！

刘备决心留下，更是着眼于天下大势。自青州平原国赶赴徐州的一路，刘备看到血水染红的泗水河，看到屠杀一空的城邑，看到尽失人心的曹操，看到沿途百姓期盼仁义之师的殷切眼神。刘备可能又想起《孟子》的那句话：天时不如地利，地利不如人和。

豫州刺史刘备认定，中原大地人心丧乱，正是英雄用武之地。

第四节　王霸之略

刺史刘备，丢盔弃甲。

郯城东郊，刘备领教了曹操大军的勇猛无敌。

兴平元年（194年）夏，曹操率军再度来袭，切瓜砍菜般连克徐州琅琊国的五座城池，然后乘势杀入东海郡，直逼陶谦所在的郯城。紧急关头，刘备率领援军火速赶到，与陶谦军队在郯城东郊结营。由于刘备此时尚不了解曹操的军事才能，不幸产生与曹军拼野战的念头，下场可想而知。好在刘备身怀绝技，一如既往跑得快，带领残部顺利逃入郯城。

曹操深知郯城坚实，不打算硬来，率军绕城游行示威后，向西攻取比邻的襄贲县城。这一路，曹军烧杀抢掠、无恶不作，连曹操本人的传记——《三国志·武帝纪》——都不得不写下充满血腥的六个字：“所过多所残戮。”

盛夏，郯城四门紧闭，士兵闷得大口喘气，将军任由汗流浃背；陶谦颤巍巍地扶着城墙垛，望着襄贲县方向的冲天火光，更是心惊胆战。陶谦很清楚，徐州战局山穷水尽，经过去年秋天和今年夏天的两次大战，各郡县大多陷落残破，难以再组织像样的抵抗。日暮途穷，身体又大不如前，陶谦萌生了逃回老家扬州丹阳郡的想法。

坚信“人和”力量的刘备却认为，既然曹军横行肆虐、滥杀无辜、丧失人心，危在旦夕的应该是曹操。弱肉强食的乱世，刘备的想法似乎很傻、很天真，但其实不傻、不天真，因为人心所向很关键！果不其然，厌恶曹操所作所为的兖州名士，召开紧急会议，一致表决通过：杀人如麻的兖州刺史曹操必须下岗！曹操得知兖州乱套，登时没了为父报仇的雅兴，急匆匆退兵而去。

曹操退了，陶谦却倒了。长期神经紧绷，突然太放松，未必是好事——陶谦病倒便是病危。陶谦望着病榻前的妻子以及两个不成器的儿子，不舍别离，万千感念！幼年丧父的陶谦，少时性格放浪，长大却很争气，从政从军都是好手，得以官拜封疆大吏。可如今，年迈的陶谦不复当年之勇，偏偏又遇到军事天赋极高的曹操，接连丧师弃地。陶谦必须得考虑，一旦驾鹤西去，徐州怎么办，妻儿怎么办？

闯过大风大浪的陶谦是明白人，如果把徐州交给不成器的儿子，不仅无法抵挡曹操，还会遗祸家族。可让谁来呢？似乎只能是刘备。尽管刘备行军打仗不及曹操，但“人和”气质熠熠生辉。陶谦临终前对徐州别驾从事糜竺说：“刘备能挽救徐州，速迎主持大局。”

即便陶谦不说，糜竺也可能找刘备当大哥。毕竟在乱世当老大的风险，实在太高，不如踏踏实实做跟班。而且，话说回来，刘备也有很多闪光点，不仅是汉室后裔、大儒卢植的高徒，自己做人做事也大气，还有关羽、张飞等万人敌的铁杆兄弟，论面子过得去，比拳头也凑合，这样德智体美劳全面发展的人选，至少可以让他试试看。

徐州不可一日无主！糜竺率领徐州主要官员急匆匆赶到小沛，请求刘备带着大家继续干。刚刚在徐州保卫战中吃了败仗的刘备，看着一大群盛情邀请他的徐州官员，着实有些不好意思，既感受之有愧，又觉难以服众。受之有愧的主观问题好解决，刘备可以说服自己，关键是难以服众，这是客观问题。虽说麋竺是徐州“二把手”，又有陶谦遗命，但其他人怎么看？

大家都懂刘备的顾虑，典农校尉陈登首先站出来表态：“如今汉室动荡，海内倾覆，大丈夫建功立业正在此时。徐州殷富，人口又多，正是英雄用武之地。您屈尊来主持州里大事吧。”麋竺是徐州东海郡的豪门大族，陈登是徐州下邳国的豪门大族，徐州两大家族表示支持，这下刘备可以同意了吧？

不行。刘备是追求完美的人，感觉谦让气氛不够浓，继续推辞道：“袁术将军在附近的寿春，海内名士众望所归，不如把徐州托付给他吧。”陈登性格直爽，率先反驳道：“袁术骄傲狂妄，没有真本事。我们只想为您募集步骑十万，上可以扶助朝廷、济世安民，成就春秋五霸的功业；下可以割据称雄、功垂青史。如果您不肯答应，我将不再追随您！”

从青州远道而来，准备给刘备任职典礼捧场的孔夫子后代、当世大儒孔融及时打圆场：“袁术不过如坟墓中的一堆枯骨，实在不值一提。百姓想拥戴像您一样的贤能之主，上天也想把徐州赐给您，您若不肯接受，后悔就来不及了！”有顶级名士孔融的站台支持，刘备终于踏实了，表示愿意为徐州百姓赴汤蹈火。

成大事者，先办大事。刘备担任徐州刺史的首要大事，不是修复城池，也不是招募士兵，而是派出使者北渡黄河，把自己不得已领导徐州的前因后果，客客气气地向袁绍大哥进行详细汇报。袁绍出乎意料地友好回复：“刘玄德弘雅有信义，今徐州乐戴之，诚副所望也。”

可就在几个月前，刘备还是公孙瓒集团的骨干成员，与袁谭在青州打得热火朝天，现在怎能如此顺利地跟袁绍化敌为友？这不是袁绍大哥心胸宽广，而是“人和”的力量！其实，刘备早在担任豫州刺史时，他的首要大事既不是修复城池，也不是招募士兵，而是借助刺史身份，举荐袁谭为茂才（对在职官员的高级褒扬）。

千穿万穿，马屁不穿。虽然刘备只是几位豫州刺史之一，举荐茂才的合法性大打折扣，但袁绍大哥很认真地觉得，刘备与袁谭在青州战场多次交锋，对袁谭有没有杰出才能，最有发言权。袁绍大哥坚定认为，正牌豫州刺史刘备的举荐，是正确的、英明的，追随公孙瓒的那段历史可以翻篇了，大家从此做朋友吧。

所以，这世间，从来没有永远的敌人。

当然，这世间，也从来没有永远的朋友。

第五节　三观不合

我若不还，往依孟卓。

曹操在撤军途中，想起这句话，潸然泪下。

那还是初平四年（193年）秋，曹操即将征讨徐州陶谦，担心凶多吉少，便对丁夫人和卞氏等家人说："我若不还，往依孟卓（张邈）。"没想到，曹操势如破竹、大开杀戒。得胜而归的曹操很激动，与张邈垂泪相对。然而曹操不知道，哥儿俩的泪点并不相同。

兴平元年（194年）夏，曹操再次征讨陶谦，风卷残云、所向无敌。又没想到，曹操在即将取得彻底胜利之际，二十年交情的挚友，居然背后捅刀子！陈留郡太守张邈、谋士陈宫叛迎吕布为兖州牧！曹操和张邈的多年交情，怎么说没就没了？！

早在二十多年前，袁绍、张邈、曹操相识于洛阳，一起任侠放荡、喝酒打猎，建立了极深的感情，堪称帝国精英小密圈的"铁三角"。

五年前，曹操从洛阳艰难逃出，张邈及时伸出援手，不仅给予其政治庇护，还提供练兵场所，找来土豪投资人。曹操这才得以首倡义兵、讨伐董卓。

三年前，张邈看不惯骄横做派的袁绍，哥儿俩友谊小船翻了。袁绍愤恨不平，想让曹操干掉张邈，曹操毫不客气地回绝："兄弟间怎能自相残杀！"

一年前，陈留名士边让看不起宦官之后的曹操，言语屡有不敬。恼羞成怒的曹操，下令诛杀边让。张邈顶着杀害名士的压力，执行了命令。

即便在曹操征讨陶谦几个月前，还信誓旦旦地对家人说，我要是有个三长两短回不来，你们可以投奔我的铁哥儿们张邈。

而如今，张邈和曹操反目成仇，犹如不共戴天，这到底怎么了？

没怎么，因为这世间，有一种容易变的东西，叫“人心”。张邈比曹操年长，又是名声响亮的党人“八厨”之一，十几年来都是曹操的领导。可在两年前，曹操扫平青州黄巾军，坐稳兖州刺史，一跃成为张邈的顶头上司。那一刻，张邈心里咯噔一下，开始产生了微妙的心理变化。

这世间，还有一种无法调节的矛盾，叫“三观不合”。从小行侠仗义、帮困济贫的大侠张邈，在得知曹操在徐州肆意杀害数万无辜百姓，泗水河都为之堵塞时，内心极度震惊和愤慨！张邈与曹操的决裂，至此只是时间早晚的问题。

道不同，不相为谋。不只张邈，东郡名士陈宫也急了。两年前，陈宫看好雄才大略的曹操，不惜为之奔走呼号，说服兖州别驾、治中等重要官员，帮助曹操成为兖州刺史。现如今，性格刚直的陈宫，后悔得不要不要的：冤有头债有主，谁杀你老爹，你找谁去！逮不到凶手便屠杀无辜百姓，这算什么本事？因言语不和就杀害名士，这算什么英雄？坚决不行！找机会干掉惨绝人寰的刽子手曹操吧，还人间正道。

机会很快来了。曹操率领大军离开兖州，再次征讨陶谦，陈宫决定动手！陈宫对张邈说：“天下大乱、群雄并起，您作为陈留郡太守，兵不少、粮也足，应该发愤图强才是，怎能甘心被滥杀无辜的残暴魔头领导，不觉得丢人吗？咱们趁曹操远征徐州，迎接刺杀国贼董卓、声威远播的吕布将军，一起共据兖州，进而图谋霸业吧。”

陈宫句句说到张邈心坎里，没道理不办。至于请吕布帮忙，张邈举双手赞同。因为吕布军队勇猛无敌，足以匹敌曹军。而且张邈与吕布的关系不一般。就在前不久，吕布路过张邈所在的陈留郡，哥儿俩还曾“把手共誓”。尽管誓言内容无从得知，但交情一定很铁。

喜从天降！正郁郁不得志的吕布将军，接到张邈和陈宫愿意拥戴他当老大的邀请，激动万分。吕布一直觉得，自己是天下最有本事、最能干大事的英雄，之所以目前混得有点惨，只是因为运气不好。

吕布起初以弓马骁武闻名并州，丁原刺史却安排他当主簿。所以，当董卓许诺他封侯拜将，并培养为西凉军的接班人时，吕布毫不犹豫地杀死了丁原。吕布自此获得将军名号，但实际只是董卓的侍卫队长、贴身保镖。所以，当王允开出享受假节、仪比三司，共同执掌朝政等一系列更优厚条件时，吕布毫不犹豫地又杀死了董卓。可共同执掌朝廷还没实现，吕布就被董卓旧将李傕、郭汜打得仓皇逃出长安，开启东跑西颠的亡命生涯。

吕布先投奔南阳的袁术。吕布以为董卓下令杀害袁家五十多口人，自己又杀死董卓，是给袁家报仇的大恩人，理应得到袁术的好好伺候。可惜吕布先生太不懂人类心理学，没有人愿意跟恩人天天待在一起。很快，袁术借口吕布军队严重扰民，下了逐客令。

吕布人少没法讲理，只好投奔冀州的袁绍，并帮忙打败黑山军。吕布以为立下大功，希望袁绍拿出金银财宝犒赏将士。可惜吕将军还是太不懂人类心理学，没有老板喜欢居功自傲的属下。袁绍不仅没给他任何奖励，还秘密派出三十个甲兵，打算结果了吕布的性命。

吕布人少没法讲理，只好投奔并州老乡、河内郡太守张扬。张扬对吕布还可以，但张扬手下将领想把吕布捆了，交给把控朝廷的李傕、郭汜，用以换取丰厚的奖金。吕布不想让张扬为难，也怕张扬立场动摇，只好继续跑路。可往哪儿跑啊，谁是合适的老板？

正当吕布叫天天不灵、叫地地不应之时，张邈和陈宫主动抛出橄榄枝，表示不仅有岗位，还是领导岗位。这为吕布提供了新思路：跟着别人干，早请示，晚汇报，时刻得注意领导脸色、体察领导心情，干吗不自己当老板？殊不知，公司倒闭，打工仔可以再找工作，欠一屁股债的老板，就难了。无立锥之地的吕布管不了那么多，先上岗再说，走一步看一步吧。

张邈的名望、陈宫的谋略、吕布的勇猛，“兖州叛乱三人组”搭建完成。

曹操，命悬一线。

第六节　力挽狂澜

命悬一线的，不只曹操。

一个文人，缓缓走入来势汹汹的数万大军。

无论内心怎样惊涛骇浪，荀彧都始终面如止水。

越是风雨飘摇，越是淡定从容。荀彧力排众议，只身出城谈判。本想浑水摸鱼的豫州刺史郭贡，望着号称“河上之邑，最为峻固”的鄄城，盘算着急速回援的曹军主力行程，又仔细端详了气定神闲、成竹于胸的荀彧，觉得与其撕破脸皮，不如卖个人情。

围困鄄城的数万大军，撤了。这不是荀彧第一次化解兖州危机，在郭贡之前，张邈就曾派人来诈荀彧说：“吕布将军来兖州是帮助曹公打陶谦，希望赶紧提供一些军粮。”对于算无遗策级别的荀彧，低级欺诈不会有任何效果，反而等于通风报信。

研判出兖州有变的荀彧，立刻请东郡太守夏侯惇放弃濮阳，集中兵力固守鄄城。随后，荀彧与夏侯惇连夜诛杀密谋叛迎吕布的数十人，总算把鄄城稳住。与此同时，曹操帐下五大顶级谋士中第二位来报到的——程昱——正在急匆匆赶往东阿县。

两年前（公元192年），52岁的程昱不紧不慢地收拾行囊，准备接受曹操的召唤，担任寿张县令。同乡好友忍不住问：“当年兖州刺史刘岱请你担任职务更高的骑都尉你拒绝了，这次怎么反倒同意了？”看似行事怪异的程昱，笑而不言——当多大官不重要，重要是跟对人。当年的程昱，宁肯终老乡下，也不肯为刘岱效力；如今52岁的程昱，宁肯半百出山，也要为曹操献策。

什么是人才？能识明主，又有才干！程昱果断派出骑兵，迅速抢占渡口，阻滞了陈宫军队的进犯速度，不仅及时赶到东阿县，还在途中诱杀了来范县劝降的吕布使者。不久，曹军主力回到东阿县，曹操紧紧握住程昱的手，唏嘘不已地说：“要不是您的智慧，我将归无所依啊。”曹操没打官腔，事实如此，兖州的八十个县，有七十七个叛迎吕布。

与此同时，以为胜利在望的吕布将军，喜气洋洋地骑着赤兔马，哼着并州边塞小曲，在鄄城外展示着英武雄姿。要说帅是真帅，不愧“人中吕布，马中赤兔”，但耀武扬威多日，城还是攻不下来。随着曹操大军逼近鄄城，吕布不敢恋战，急忙率军撤到濮阳休整。

赶回鄄城的曹操斗志昂扬，信心满满地给将领鼓劲儿：“大家不要慌！吕布不在险要地方设伏阻击，却退到易攻难守的濮阳，这说明什么？说明吕布无能啊，说明吕布废物啊。大家不用担心，胜利必将属于我们！”

曹操吹大牛，因为有卧底。东郡太守夏侯惇撤离濮阳时，应该安排好了内应。当曹操率领大军来到濮阳时，内应按约定偷偷打开濮阳城东门，曹军不费吹灰之力杀入城内。感觉稳操胜券的曹操，为彰显不胜不归的决心和魄力，干了件很快就令他懊恼无比的事情——火烧东门。

战略是战略，战场是战场。曹操战略上远胜吕布，但战场上不一定。曹军轻松破城，久经沙场的吕布并不慌乱。通过冷静观察，吕布发现曹军的青州兵所部战斗力最弱，配发武器也差，他立刻指挥精锐骑兵杀来。吕布武艺高强、骑射无敌，麾下并州铁骑也如豺狼虎豹。青州兵哪里抵挡得住，一击即溃、四散逃窜。曹军各部也随之动摇，不明就里地向后退却。

兵败如山倒，谁也管不了。曹操呵斥不住败兵，不得不顺应人流，向城外退去。可曹操郁闷地发现，唯一的逃生通道——濮阳城东门，让自以为是的家伙下令烧毁了！熊熊大火挡住去路！要不要冒着烧伤危险冲出去？曹操犹豫的一刹那，忽地一道寒光闪过，冰凉的长矛指向脖根：“曹操在哪儿？！”这个问题是曹操截止到当时，遇到的人生中最棘手的问题，如果回答得不够好、不够快，很可能会就此告别绚丽多彩的世界。

“骑黄马的是！”曹操半秒都没迟疑，坚定地大喊并指向前方。每一个成功的人，即便再卓越，依然需要运气加持。如果当天没有酷爱耍帅的曹军将领骑了匹扎眼的黄马，曹操也许就真没了，如陶谦、袁术、公孙瓒等人一样，定格为失败的汉末军阀。望着追杀“曹操”而去的吕布骑兵，惊出一身冷汗的曹操顿悟，比起冰冷的长矛，炙热的火焰不算什么，《献帝春秋》记载：“门火犹盛，太祖突火而出。”

打碎了牙往肚里咽。终于脱险后，曹操强忍左手烧伤的疼痛，亲自巡视军营、慰问伤兵，宣称完成烧毁濮阳东门的既定目标，初战告捷！曹操随即高调下令，把各式各样攻城器械摆一摆，准备强攻濮阳，生擒吕布！

声东击西！曹操率军从濮阳城东绕道夜行四五十里，神出鬼没地攻破吕布军的城西大营。吕布看着城东摆了一地的曹军攻城器械，气就不打一处来，迅速带领主力部队出城，截击城西的曹军。吕布如同输急眼的赌徒，亲率步骑冲击曹军阵地。从早晨到中午，两军战鼓雷鸣、杀声四起、血肉横飞。

箭如雨下！在强弩的掩护下，吕布带领精锐骑兵发起新一轮猛攻。由于曹军长途奔袭、夜战一宿，接着又打这样的硬仗，难免体力不支，渐渐陷入被动。

勇士何在？！曹操紧急征募的敢死队投入战场！几十名身穿两层重铠的曹军战士，不拿盾牌，只持长矛和撩戟（类似投枪的武器），匍匐在战壕下，准备拼命。

敢死队队长，一位形貌魁梧、膂力过人的大汉。战场杀声震天，这位大汉却似睡非睡地微闭双眼，神神叨叨地说：“等贼军离我十步，你们叫我。”看到吕布军逼近，众人赶紧说：“已经十步距离！”大汉依然镇定自若地不睁眼：“等贼军离我五步，你们再叫我。”众人哪敢真等到五步距离，着急地说：“敌人近在咫尺！”大汉猛地睁眼、大喝而起，把手中十余支小戟掷向吕布的冲锋部队。

《三国志·典韦传》记载：“所抵无不应手倒者。”在典韦的鼓舞带动下，敢死队队员都一跃而起，疯狂杀向前方。壮哉！勇哉！曹操趁势下令总反攻，终于击退吕布大军。

英勇善战的吕布，遇到雄武壮烈的典韦。

汉末三国，孤独求败不存在。

第七节　壮士断腕

血腥的濮阳战场，暂时归于平静。

两军对峙百余日，谁没比谁好哪去，吕布不敢出来战，曹操无力攻进去。正在两军僵持不下时，兖州暴发了严重的旱灾和蝗灾，靠熬稀粥、吃野菜度日的士兵，都没有精神打仗，双方顺势休战。

平手就是失败。由于曹操掌控的人口和土地资源有限，无论兵员补充还是粮草筹集，都处于劣势，长期消耗必败无疑。如果来年开春还不能获得决定性胜利，那么曹操一定会被历史洪流淘汰出局。

曹操陷入绝境！兵强马壮的袁绍大哥，没有坐视不理，表示愿意帮助小兄弟曹操渡过难关。当然，袁绍不是慈善家，他开出了帮忙条件：“欲使太祖迁家居邺。”意思是说，如果曹操想得到兵马钱粮的支援，必须把老婆孩子当人质，送到袁绍的大本营邺城。

其实这个条件，说苛刻也不苛刻，说不苛刻也苛刻。对于擅长扔下老婆孩子逃命的人，这个条件根本不算什么，送去就是，以后翻脸干仗，老婆孩子不要了，再娶再生便是。可对于重视家庭亲情的曹操来说，这个条件很苛刻，无论如何都难以接受。然而内外交困的曹操，又能怎样？他一时犹豫了。

胜利往往在于，再坚持一下，再坚持一下。老谋深算的程昱对曹操说：“您只是暂时遇到困难，怎能出此下策？您有龙虎之威，难道要臣服于他人吗？如今兖州虽残，尚有三城可守。能战之士，不下万人。以您的神武，加上我和荀彧等人的鼎力协助，只要运用好战略战术，完全可以逆转，继续成就霸王之业。希望您慎重考虑！”

曹操没有回应，程昱着急地说：“我是愚蠢的人，不识大体，将军的志向不该如此啊。将军若为袁绍之下，我都替将军感到耻辱！”挨了挖苦的曹操，总算清醒些许，决定咬牙坚持，并在来年横扫吕布军队，顺利平复兖州叛乱，彰显出了文韬武略天下第一的神将风采……无论《三国志·武帝纪》

或是《三国志·程昱传》，大都如此记载。

残酷现实远比书中文字艰难。不可否认，曹操身处绝境没有放弃，意志坚定对取得胜利很重要，但吕布军不会因曹操的意志坚定而自动崩溃，粮仓也不会因曹操的意志坚定而爆满。如果全面了解这段时期的各类史料，就可以清晰地看到，曹操虽回绝妻儿老小当人质的方案，但换成了更有诱惑力的条件——放弃兖州东郡的管辖权，并且立即移交东阿县和范县。

地跨黄河两岸的东郡，是兵争要地。如果曹操控制东郡，黄河北岸就拥有了战略支撑点；如果袁绍获得东郡，黄河南岸就有了滩头阵地。曹操很清楚东郡意味什么，怎能轻易放手？可事到如今，伤兵满营、粮草不济，若不能及时得到袁绍的大力援助，明年春天很可能是曹操人生中最后一个春天。

舍得舍得，能舍才能得。况且东郡的十五个县，除了东阿县和范县，其他十三个县都在吕布掌控下。实际上，曹操只是拿东阿县和范县以及东郡未来管辖权做筹码，邀请袁绍出手相助。袁绍审阅了新方案，感觉很可行，与其把曹操的老婆孩子弄到邺城管吃管喝地养着，不如占领东郡来得实惠。

席卷起征，含鼓响振！袁绍挥师南下！经过濮阳恶战的吕布军，损失不小，无力再抵挡袁绍大军的猛攻。大概于兴平元年（194年）冬，吕布不得不放弃濮阳、东武阳县等战略要点，匆忙向兖州东部的山阳郡退却。袁绍大军顺利占领东郡后，兵马钱粮源源不断地输送到鄄城。

曹操接受多少援助无从细考，仅谢承所著《后汉书》就记载：“乃给兵五千人。”当然，曹操没有完全靠接济，也在积极自力更生。据《魏晋世语》透露，程昱为多筹措军粮，把不少人肉夹杂其中（原材料估计是还没腐烂的尸体）。

兴平二年（195年）春，得到兵员物资补充，又吃了“人肉干”的曹操大军，重新精神抖擞，出其不意地攻击济阴郡的定陶县城，痛击吕布军队。当年夏天，曹操大军气势如虹地收复山阳郡的巨野县，再次大破吕布军队。连战连败的吕布带着残部，逃到山阳郡的东缗县与陈宫会合，又勉强凑出一万多人，打算再赌一把。

上天还算公平，不是不给吕布机会。吕布军队来袭曹营时，正赶上曹军外出抢收麦子，营中士兵不满千人。曹操得到探报时，肯定来不及召回干农活的士兵，他急中生智，赶紧让营中妇女换上军服，与留守士兵一起在营地里跑来跑去，弄得扬尘漫天。吕布远远望去，见曹营巡逻队一波又一波，不免有些发慌，又看到曹营西边有大堤，南边有茂密树林，智慧爆发地以为有埋伏。

给机会没抓住。一直无比莽撞的吕布将军，莫名其妙地谨慎起来，居然错过了反败为胜的绝佳良机。吕布在要中埋伏的恐惧感指引下，匆忙南撤十余里，才壮起胆子安下营寨。陈宫显然比吕布聪明些，通过一晚上的认真思考，终于判断出曹营空虚，鼓励吕布明天不要犹豫，来个猛虎掏心。

战机转瞬即逝。曹操连夜召回士卒，并把精锐战士埋伏在营西大堤后。第二天，当吕布军队大摇大摆逼近时，曹操先派杂牌部队应战，佯装不敌向大堤败退。昨天还质疑大堤有伏兵的吕布将军，今日恢复莽撞无比的常态，不管不顾追了上去，结果中了埋伏！随着大堤后面不断拥出曹军精壮战士，屡战屡败的吕布和陈宫，心态彻底崩盘，带着数千残兵转身跑路，投奔徐州牧刘备去了。

吕布和陈宫跑了，曹操曾经的莫逆之交、陈留郡太守张邈彻底慌神，留下弟弟驻守雍丘县城，自己带亲兵南下，想去找袁术求救。只可惜，张邈还没见到袁术，便被亲兵杀死在路上。不久，曹军又攻克雍丘，杀尽张邈宗族。

收到战场捷报以及张邈死讯，兖州牧曹操缓缓合上双眼，默然无语。

相识于少年，相忘于江湖。

第八节　颠沛流离

在这乱世，谁也不容易。

曹操刚刚触底反弹，刘备迎来断崖下跌。

瞭望着浩瀚无垠的太平洋，刘备计无所出、走投无路。

人这一生，总会得罪一些莫名其妙的人。兴平元年（194年）年底或兴平二年（195年）初，刘备正式接任徐州牧，惹怒了看似不相干的袁术先生。袁术一直以为自己深孚众望，徐州老大的位置非他莫属，不料麋竺等人居然拥戴刘备。袁术颜面扫地、浑身燥热，立刻点齐数万人马，怒气冲冲杀向徐州。志大才疏的袁术，在兵马人数占优的情况下，跟刘备打成平手，一时不分高下。

人这一生，难免碰上几个忘恩负义的家伙。仓皇逃到徐州的吕布将军，不念刘备收留之恩，再次干起背后捅刀子的勾当。屯驻小沛的吕布，趁张飞和陶谦旧部在下邳火并大乱之际，轻松抢占下邳城，俘虏了刘备的妻妾儿女。刘备匆忙率军回来理论，结果让吕布打得大败。刘备带领残兵打算逃往广陵县，又遭袁术军截击，再次一败涂地。穷途末路的刘备，只好辗转逃到大海之滨的海西县。

人这一生，峰回路转得有贵人相助。《英雄记》记载："备军在广陵，饥饿困踧，吏士大小自相啖食，穷饿侵逼。"尽管刘备军的重伤员已成为军粮替代品，但这些"存货"有限，迟早要消耗净尽。在危如累卵之际，土豪中的土豪——徐州别驾从事史麋竺出手！麋竺老家是徐州东海郡朐县，距海西县不远。麋竺赶忙招呼家里人，及时送来物资补给，并献上妹妹填补刘备的家室空缺。

人这一生，没有过不去的坎儿。刘备想打败吕布、恢复徐州，几乎是痴人说梦。既然打不过，那就降吧。吕布手下将领都表示："刘备反复无常，不如趁现在斩草除根。"同样反复无常的吕布，好不容易碰上同道中人，不忍下手。吕布不仅同意让刘备屯兵小沛，还送回刘备的妻妾儿女，并在泗水河边组织盛大联谊。吕布与刘备互致歉意，纷纷表示先前都是误会，然后传杯弄盏、称兄道弟。

时隔两年，刘备再次回到小沛，除了多出一位麋夫人，逐鹿中原的事业原地踏步。多愁善感的刘备来不及感慨，袁术的三万大军已兵临城下。刘备的几千残兵败将，根本无法抵御，只好向吕布紧急求援。吕布手下将领依旧表示："省得您动手，让袁术灭刘备吧。"一向糊涂的吕布，不知怎么搞的，这次出奇睿智，突然悟出唇亡齿寒的道理，带领千余步骑驰援。别看吕布所带人马不多，但"飞将"名号实在响亮，吓得袁术军队停止了进攻。

吕布的睿智在延续，他没有选择打打杀杀的低端操作，而是邀请刘备和袁军将领来到自己的军营喝酒。酒过三巡、菜过五味，吕布略带醉意地跟袁军将领说："刘玄德，那是我小弟，如今被你们围困，我特赶来救援。我这人吧，生性不爱看别人争斗，只喜欢替别人解除纷争。"刘备和袁军将领默不作声，大眼瞪小眼地听吕布说自己不爱打架爱劝架，内心那是一百八十多个不信。

吕布的睿智仍在延续，他告诉刘备和袁军将领，自己想出了公平合理解决纷争的好办法。吕布眉飞色舞地说："我让门候（守门的官）在营门处竖起一支戟，如果我这一箭射中戟上小支，大家就不要打了，各回各家。如果射不中，你们随便打，我不管了。"袁军将领觉得可行，几十步外射中戟上小支，根本不可能，一看就是喝多了胡说八道。刘备也觉得行，虽然希望极其渺茫，但万一射中呢？而且射不中也没什么，准备跑路就是。

争议双方没表态反对，吕布权当默认通过。吕布站在离营门几十步开外，满月弯弓，凝神静气，毫不犹豫地放出一箭，正中戟上小支。袁军将领登时震惊，脱口夸赞道："吕将军，您真有天神般的威力呀！"瞻仰了吕布出神入化的箭法，袁军将领很识相，表示做人必须讲诚信，答应的事情绝不能反悔，举双手赞成罢兵讲和。

人生就是这样，当你弱小时，有人可怜你；当你强大时，有人嫉恨你。吕布救刘备没多久，二人匆匆忙忙又翻了脸。因为"人和"的力量太强大、太可怕！刘备凭借在小沛地区的良好声望和民众基础，短短一年便募集了上万军队，迅速恢复了元气。吕布一算，照这个速度，不用几年，还不得弄出十万大军，到时徐州又得还给刘备。坐立不安的吕布选择先下手为强，率领精锐步骑直扑小沛，把刚要起势的刘备打垮了。

人生就是这样，有人不用费劲，可以安逸潇洒、万事亨通；有人奋力拼搏，仍落得仓皇鼠窜、漂泊不定。渴望振兴汉室的刘备以及好兄弟关羽、张飞，不可谓不努力，却再一次没有安身之地。刘备离开家乡涿县十多年，历尽坎坷，幽州、冀州、青州、豫州、徐州以及司州，东汉十三州的六个州，都留下他的跑路足迹。建安元年（196年）年底，刘备踏上人生跑路历程第七个州——兖州，投奔老相识曹操。

人生就是这样，忘记朋友也忘记敌人，才能成为乱世英雄。中平六年（189年），丢官亡命的刘备与典军校尉曹操，前往豫州沛国募兵，这时哥儿俩是朋友。兴平元年（194年）夏，丢盔弃甲的刘备与兖州刺史曹操，在徐州刀枪相见，这时哥儿俩是敌人。建安二年（197年）初，丢城失地的刘备与奉迎天子的司空曹操，再度相遇，哥儿俩又是朋友。

大权在握的曹操对灰头土脸的刘备，出手相当大方，不仅表奏刘备为豫州牧，还给兵给粮，并帮助要回小沛（那时曹操与吕布正在盟友蜜月期）。曹操鼓励刘备好好干，争取上演一出在哪里跌倒就在哪里站起来的人生好戏。

很可惜，人生没有那么多好戏，等待刘备的，是在哪里跌倒，就在哪里再跌倒。

刘备的一生，是颠沛流离的一生，是百折不挠的一生，也是终成大事的一生。

汉末三国比命硬，刘备堪称第二。

第九节　天煞孤星

汉末三国比命硬，第一非他莫属。

光和四年（181年），汉灵帝的妃子王荣，抚摸着腹中胎儿，泣不成声。

平凡人家有平凡人家的贫贱苦恼，帝王之家更有帝王之家的富贵伤悲。王荣哆哆嗦嗦地举起那碗打胎汤药，含泪一饮而尽。不到万不得已，母亲怎会杀掉自己的孩子！可若让心狠手辣的何皇后知道，不仅孩子保不住，王荣也得香消玉殒。几千年的封建王朝，有太多这样的悲剧，胎死腹中或是出生便夭折的皇子数不胜数！可是这孩子命硬，在娘胎里就命硬，汤药愣是没管用——汉灵帝的第二个儿子刘协诞生。

刘协出生没几天，何皇后气急败坏地毒杀了王荣。为避免儿子也跟着没了，汉灵帝赶紧把刘协交给母亲董太后抚养。刘协在扛住打胎汤药，躲过必杀毒药之后，与祖母（史书载刘协“依董氏为外家”，被称为“董侯”）总算平安度过九个年头。然而随着正值壮年的汉灵帝突然驾崩，刘协的岁月静好到头了。

汉灵帝去世后，在何皇后、大将军何进、车骑将军何苗、中常侍张让等人的支持下，刘协同父异母的哥哥刘辩，成为帝国事业继承人。宫斗失败者——抚养刘协长大的董太后——号称“因忧虑惊恐而亡”。

刘协陷入绝境，生他的母亲不在了，护他的父亲不在了，疼他养他的董太后也不在了！何太后（刘辩继位，何皇后升级）已准备好足够剂量的毒药，只要哪天心情不爽利，便是刘协的死期。不出意外，死神很快来了；出乎意料的是，没带走刘协。

只能说，历史很调皮，经常会乱来。在袁绍的挑拨下，何进与何太后、何苗、张让闹崩，接下来的连锁反应，令人目不暇接。先是何氏兄弟殒命，随后张让跳进黄河。紧接着，号称董太后远亲的董卓，表演逆天操作，收买吕布、干掉丁原、赶走袁绍、罢免卢植、废掉汉少帝、毒死何太后，打出一系列眼花缭乱的组合拳，成功掌控朝廷。

中平六年（189年）九月初一，在崇德殿，刘辩黯然离开宝座，刘协随即被按上去，大臣们跪下磕头、山呼万岁。9岁的刘协在空前大混乱中，不仅毫发无损，还成为新皇帝，史称“汉献帝”。刘协搞不清楚来龙去脉，但他知道，自己可以活下去了。可惜刘协不知道，有时候活比死难，他将在一部接一部的惊险大片中——千锤百炼。

第一部是灾难大片。初平元年（190年）二月的这部片子，10岁的刘协只是普通路人甲。刘协回望洛阳城的冲天大火，帝都宫殿、官府以及民宅悉数化为灰烬。无家可归、饥饿难耐的洛阳百姓，在西凉士兵的无情驱赶下，相互践踏、惨遭劫掠，道路两旁尽是尸体。

刘协很茫然，不明白关东联军为什么要打倒救他一命的董卓；也不明白董卓为什么非要火烧繁华的洛阳，逼迫他和文武百官以及众多百姓迁往长安。刘协只知道，他离开洛阳时，白虹贯日；他到达长安城时，倾盆大雨。晦气如影随形！

第二部是宫斗大片。初平三年（192年）四月的这部片子，12岁的刘协是重要路人甲。刘协需要大病一场并痊愈，给司徒王允等人高调组织庆祝大会提供借口。只有这样，才能把泡在郿坞温柔乡的董卓太师请回设有重重陷阱的长安城。

刘协有日子没见到无法无天的董卓了，不知他又会搞出什么骇人听闻的惨剧。好在一切顺利，吕布将军在未央殿如期喊出“奉旨杀贼”，随后一声撕心裂肺的惨叫。刘协放心了，三年前抱着自己共乘一马的疑似远亲董卓，没了。

第三部是悲情大片。初平三年（192年）六月的这部片子，12岁的刘协成为有一句台词的小配角。在宣平城楼上，面对董卓旧将李傕、郭汜以及凶神恶煞的西凉步骑，刘协壮起胆子问：“你们目无王法，作乱京城，打算干什么？”

李傕很给面子，跪在地上假装谦卑地回答：“董太师对陛下忠心耿耿，遭奸人杀害，我们只想替太师讨回公道，捉拿处决凶手。”刘协听了很不是滋味，因为李傕要抓的两大凶手之一王允，正站在自己身旁。生死关头，王允没尿，向刘协行完君臣大礼，毅然走下城楼。刘协泪流满面，不忍直视王允远去的背影。

没机会努力创造机会，有机会随便扔掉。这句话送给王允，再合适不过。在董卓大权独揽、气焰滔天的情况下，王允能够忍辱负重，组织完成难度极大的刺杀行动，实属不易。可干掉董卓后，王允瞬间飘了起来，轻视立下诛董卓大功的吕布，对文武百官也是颐指气使。尤其失算的是，王允坚持不肯大赦董卓余部。为了活命，董卓余部只得抱团反击，在李傕、郭汜的带领下叛乱，酿成无法收拾的局面，东汉帝国最后一次像样的救赎机会，没了。

尽管王允一错再错，但忠心耿耿。李傕、郭汜率领叛军攻破长安，吕布将军骑着赤兔马跑来，招呼王允一起逃走。王允断然拒绝，怀着深深愧疚之心说："身为执政大臣，不能使国家平安，反而让逆贼得逞，我的责任重大！请将军出城后，多多鼓励关东豪杰，要以报效国家为己任！"吕布耐着性子听完王允谆谆嘱托，来不及再劝，一骑绝尘而去。

刘协望着渐渐远去、魁梧身形似乎越来越小的吕布，抬眼再看身边的王允，还是如此高大伟岸。王允默默陪着刘协，一言不发，直到西凉叛军包围宣平城楼，等到以身殉国的归宿。数年后，刘协仍念念不忘王允的忠贞气节，下诏改用隆重殡礼重新安葬王允，并派虎贲中郎将"奉策吊祭"，又封王允的孙子为安乐亭侯，食邑三百户。

王允死了，吕布跑了，刘协被李傕、郭汜等人再次挟持。如果说汉灵帝接手的东汉帝国是烂摊子，那么刘协接手的东汉帝国已经散架，大汉天子不过是任权臣轮流玩弄的傀儡。

在灾难、阴谋、杀戮中一路走来的刘协，目睹了百姓的疾苦，洞察了宫廷的黑暗，领教了权臣的蛮横，见识了奸臣的嘴脸，记住了忠臣的身影。

娘胎里就硬气的刘协，决定改变这一切，哪怕是飞蛾扑火，也要扑上一扑。

刘协要拯救自家产业——大汉王朝。

第十节　披荆斩棘

先拯救自己吧。

大汉天子刘协竟遭绑票！

兴平二年（195年）年初，李傕与郭汜因相互猜忌闹翻，拥兵互攻数月，长安城一片废墟，死者数万。脑子相对好使一点的李傕，抢先把天子刘协以及公卿大臣劫持回营。郭汜后悔不迭，企图把天子抢过来，数次发动猛攻，战况异常激烈，史称："矢及御前。"

无情的箭矢，狠狠落在刘协栖身的院子中。刘协没有恐惧，只是莫名地悲伤，比死还难受。在鬼门关溜达过若干趟的刘协，不害怕死亡，但畏惧屈辱地活着。堂堂大汉天子被绑架，叛军弓箭落在眼前，这个日子怎么过？！有机会要上；没有机会，创造机会也要上！刘协不想再做任人摆布的棋子，他要为大汉王朝争取一线复兴希望。

似乎有福之人不用愁，想什么来什么。《三国志·董卓传》记载："傕将杨奉与傕军吏宋果等谋杀傕，事泄，遂将兵叛傕。"就是说，杨奉将军要与李傕划清界限，宣布忠君爱国了！可在前些日，杨奉还曾拼命打退郭汜军的进攻，救出苦战的李傕，怎么会突然掉转船头？

天下熙熙皆为利来，天下攘攘皆为利往，杨奉反水大抵如此：虽史无明文，却留下线索——与杨奉密谋袭杀李傕的军吏宋果不简单！这个宋果可能是当过侍御史、并州刺史的东汉名士宋果。这种咖位的名士，在李傕军营担任叫不上号的"军吏"？与白波起义军出身的杨奉联手反正？

也许，宋果正是汉室朝廷打入李傕军的王牌卧底，给杨奉带去诸如此类的口信："干掉李傕，封侯拜将！"天子刘协什么都没有，唯独有封官、封大官的权力。杨奉的思路豁然开朗，立刻改换门庭，跟着天子混。

一对一单挑，变成三方混打。李傕无力再战，郭汜、杨奉也没有取胜的绝对把握。交战各方在公卿大臣的努力斡旋下，通过十几轮的艰苦谈判，终于达成停战协议：李傕放了天子，换取在长安城继续作威作福的权力；郭汜、杨奉等人获得护送天子东归洛阳的福利。

兴平二年（195年）七月，刘协刚刚离开长安，就喜逢董承叔叔。三年前，董卓丧命时，董承正率军屯驻河东郡，幸运地躲过朝廷对董氏家族的血腥清算。后来，董承追随李傕、郭汜攻陷长安，便率部驻扎在长安附近。

对人性深有领悟的刘协明白，董承叔叔早不来、晚不来，偏偏此时认亲，他到底想要什么；刘协更知道郭汜、杨奉护送东归不能白干活。于是，他豪爽地掏出大印，噼里啪啦一通按：拜郭汜为车骑将军、杨奉为兴义将军、董承为安集将军。

封官也不干，郭汜按计划翻脸。其实，郭汜是想以护送天子东归为幌子，把刘协从李傕军营搞出来，方便独享“唐僧肉”，根本不想回洛阳。由于郭汜变卦，东归队伍只好停在距长安不远的池阳县观望。郭汜势孤力薄，讨论不过支持东归的杨奉和董承联军，急忙跑回长安找李傕，追忆哥儿俩共同挟持天子的美好时光，希望重归于好。没有天子把玩的李傕，这些天也是空落落的，哥儿俩一拍即合，追杀而来。

没一个好东西！如果东归队伍抓紧赶路，李傕、郭汜追不上。但杨奉和董承因私人恩怨，竟诬陷驻军华阴的将领要谋反，不顾刘协的强烈反对，愣是打了十几天没头没脑的乱仗。然后，悲剧了，李傕、郭汜在弘农郡东涧追上并打垮护驾军队，百官死伤无数，皇家御用物品及档案也大多丢失。

“幸曹阳，露次田中。”史书写得好一派闲庭信步、风轻云淡，但估计当事人刘协没感到任何幸福，也不想体验野营生活。入夜，刘协辗转反侧、不能入眠，仰望星辰稀疏的天空，想起光禄勋邓泉、卫尉士孙瑞、廷尉宣播……全没了。尤其射声校尉沮俊，血战受伤被俘，仍是骂不绝口，惨遭叛军杀害。败乱见忠臣！大汉不缺忠臣，为什么走到这般田地？！

失眠的不只刘协，杨奉、董承很可能也睡不着，他们不想放弃到手的“唐僧肉”，但又打不过李傕、郭汜，只好忍着滴血的心痛，扩大利益分享群体。杨奉、董承表面假意求和，暗中却派人到河东郡，邀请白波起义军首领韩暹等人带兵增援。

护驾军队得到有生力量补充，出其不意地打败李傕、郭汜，暂时摆脱危机。李傕、郭汜醒过味儿来，集结主力再度杀来，护驾军队又是血淋淋地惨败——“少府田芬、大司农张义等皆战殁”。护驾军队撤到弘农郡陕县扎营时，各部残损不成建制，刘协身边的虎贲卫士都不满百人。在夜色火光中，李傕、郭汜的兵士绕营大声呼喊，宛如鬼魅乱叫，令人不寒而栗。也许，只有多次陷入绝境的刘协最镇定，因为自娘胎开始，不知是他不怕死，还是死怕他，总之每次都没死成。

这次也不例外。大臣们群策群力，想出不是办法的办法——夜渡黄河。

听上去好像没什么，实际很危险，因为黄河堤岸离岸边沙滩有十余丈高，人从上面下去，搞不好会永远躺在沙滩上。只有天子、皇后等极少数人有绢当绳子，可以系着顺下，其他人唯有各凭本事，或爬或跳，满地滚落着损坏的官帽。

到达渡口，大家又发现，不光是绢有数，船票也有限。只有天子、皇后等极少数人能上去，其他人都上不去。大家只能无奈地扒着船舷，苦苦哀求！董承将军为了及早开船跑路，指挥卫士用长戈阻拦，甚至不惜砍断扒在船舷上的手指。

未能渡河的官员和宫女，遭到李傕、郭汜追兵的肆意虐待，衣服脱光、头发割掉，冻死、淹死者不计其数。乘船远去的天子刘协，望着岸上火光冲天，听着撕心裂肺的哭喊，看着船尾的无数断指，心如刀绞却又无可奈何。

刘协逃到黄河北岸，性命总算保住，但物质条件仍然窘迫，住在一所年久失修的老房子里，荆棘充作围墙，门窗都关不上。刘协与大臣交谈，兵士就趴在篱笆上观望，相互拥挤取乐。有些将领更不把落魄朝廷当回事儿，随意侮辱官员，甚至带酒肉来刘协住处大吃大喝耍酒疯。

所幸河内郡太守张扬等官员还算忠心，给刘协送来牛车和口粮，使皇室总算稍稍安定下来。兴平三年（196年）一月，刘协辗转来到河东郡治所安邑，终于彻底摆脱了李傕、郭汜的威胁，并举行郊祀大典，精挑细选了一个象征吉祥如意的新年号，改元“建安”。与此同时，为表彰和鼓励护驾将领再接再厉，刘协毫不吝啬，又掏出大印，噼里啪啦一通按：张扬为安国将军、韩暹为征东将军、董承为卫将军。

封官也不干，杨奉、韩暹变卦了。杨奉、韩暹在河东郡有很深的根基，对继续东归不感兴趣；董承、张扬当然不愿意，仍要护送天子回洛阳。双方谈了又谈没谈拢，实力最强的韩暹最先失去耐心，用武力把董承赶跑。

偏安河东郡过小日子？这不是刘协想要的！刘协和公卿大臣轮番上阵，通过小半年的艰苦谈判，终于说服杨奉、韩暹重启东归，并与董承、张扬共同保护天子回到废墟洛阳。至于其中理由，《三国志·董卓传》给出冠冕堂皇的解释："诸将不能相率，上下乱，粮食尽。"

这个理由好牵强，就跟洛阳有粮食似的！归根结底，恐怕仍是：天下熙熙皆为利来，天下攘攘皆为利往。唯有利益，才能让生死逃难的弟兄拔刀相向；唯有利益，才能让拔刀相向的仇人握手言和。《后汉书·孝献帝纪》露出些许痕迹："韩暹为大将军，杨奉为车骑将军。"不知是回到洛阳论功行赏，还是启程前谈好价钱，总之刘协的大印一通按。

如愿回到洛阳，但这远不是终点。

更难的路，还在后面。

第十一节 物竞天择

上天总是公平的。

历经坎坷、排除万难回到洛阳的刘协，绝非只凭运气。

快马加鞭、千辛万苦来到帝都的曹操，也非误打误撞。

曹操上一次见到天子刘协，还是七年前——在洛阳崇德殿的帝王加冕仪式上。耀武扬威的董卓、战战兢兢的群臣、失魂落魄的汉少帝、哀号惨叫的何太后，任时间飞逝，仍历历在目。而今沧海桑田，物是人非，曹操也已不是当初那个曹操了。

人总会变。与国贼誓不两立的曹操，再也回不到当年。他再也不是奋不顾身潜入张让府邸的年少刺客，再也不是拍案而起棒杀蹇硕叔父的21岁洛阳北部尉，再也不是满腔热血上书抨击时政的26岁议郎，再也不是大刀阔斧革除贪腐弊政的30岁济南相，再也不是义无反顾东归首倡义兵的35岁行奋武将军。再也回不到以前了！

当努力付之东流，何人可以不变初心？当司徒陈耽、郎中张钧、侍中向栩、中常侍吕强、钜鹿太守司马直、谏议大夫刘陶、汉阳郡太守傅燮……或惨死黄门北寺狱，或自杀殉国，或战死本不该战死的沙场，一个个忠臣惨烈倒下，何人可以不寒心！然而，曹操还是来了。

天下汹汹，表面虽是比刀枪锐利，根子却是比格局视野。韩暹、杨奉、董承、张扬等所谓“护驾功臣”，知道挟持天子有利可图，但他们各怀鬼胎、贪恋虚名，钩心斗角、乐此不疲，迟迟不能让朝廷恢复正轨。袁绍、袁术等所谓大汉支柱，也知道挟持天子有利可图，但他们瞻前顾后、首鼠两端，生怕制约自己称王称霸、潇洒快活，迟迟不能下定决心。只有曹操真正懂得天子的意义，劈波斩浪赶来，扛起具有特殊价值的汉室大旗。

事情都有两面性。沉浸在奉迎天子喜悦中的曹操，此刻没有意识到，至少没有完全意识到，汉室大旗将渐渐成为阻挠他阔步前行的沉重负担。因为曹操在变，刘协也在变。经历太多九死一生的险况，刘协不再是懵懂无知、任人摆布的少儿，他已经成长为坚忍又不失强硬，强硬又不失智慧，智慧又兼具仁慈的大汉天子。

坚忍，不忍不行。大家活着都不易，百姓有百姓的痛，小兵有小兵的苦，大臣有大臣的愁，天子有天子的难。面对挖掘皇陵、祸害嫔妃、杀戮大臣、荼毒百姓，火烧帝都洛阳的董卓，刘协一声不吭。面对肆意妄为、劫持天子、裹挟百官、纵兵抢掠，火烧长安宫殿的李傕，刘协还是不吭一声。哪怕李傕部下在刘协遭挟持的院落门外肆无忌惮地高声交谈：“李傕赐给的宫女，是不是在这里？”颜面扫地的刘协，依然一声不吭。

强硬，光忍不行。在宣平城楼上，刘协俯视着战马嘶鸣、刀枪林立的西凉步骑，勇敢地向李傕、郭汜发起质问。当李傕想提拔毒杀刘辩的亲信时，刘协非但不同意，还以下诏形式强硬反对：“迫杀我兄，诚宜加罪。”东归途中，刘协越来越强硬，为争取早日回到洛阳，不惜绝食抗议，逼得杀人如麻的郭汜都不得不让步。在河东郡寸步难行时，也是刘协抱定还于旧都的决绝之心，才得以再度启程。

智慧，必须兼具。兴平元年（194年），长安地区暴发饥荒，每天都有不少百姓饿死。刘协怀疑赈灾大臣没有如数发放救灾粮，于是派人取米、豆各五升，在自己面前现场熬粥，进而推算出每天能熬出多少粥，能赈济多少灾民，当场戳穿赈灾大臣侵占公粮的把戏。到此为止，刘协可以算聪明。但不止于此，刘协没有对赈灾大臣咆哮重罚，只是进行一般惩处，彰显了他恩泽深厚的智慧。

仁爱，不可或缺。尽管刘辩母亲毒杀了刘协母亲，但当刘辩惨遭董卓下令毒杀时，刘协仍是悲伤不已。《后汉纪》写道："帝闻之，降坐尽哀。"后来，刘辩的爱妃唐姬被李傕军俘获，李傕想娶唐姬做妻子。刘协赶紧下诏，封唐姬为弘农王妃，及时保护起来，没让李傕得逞。也许，正因为刘协所展示出的胸怀气度，吸引了无数大汉臣子不离不弃，愿意为之赴汤蹈火，也才有回到洛阳的今时今日！

建安元年（196年）八月，洛阳的杨安殿，肃静无声，大家把目光投向天子。刘协环顾着刚刚修缮好的宫殿，的确有些不舍。可除了杨安殿，洛阳城瓦砾成堆、荆棘满目、一片狼藉，百官无处安身，很多官员只能把破壁残垣作为栖身之处。

没有住处还好说，大不了"天为被、地为床"，怎么也能扛一扛。难的是没有粮食，一顿不吃饿得慌。刘协下诏向州郡征粮，但这些刺史、郡守忙着招兵买马抢地盘，哪有人会理会要饭的天子！迫不得已，尚书令以下官员自力更生，靠采摘野生植物充饥。由于人多植物少，时不时有大臣饿死，讣告一个接着一个，追悼会开到麻木。

刘协看着毕恭毕敬肃立的曹操，以及刚吃几天饱饭、担心再饿肚子的文武百官，似乎别无选择。放眼天下，谁人能够扶持汉室？韩暹、杨奉、董承、张扬等所谓"护驾功臣"？他们除了内讧就是内讧，肯定不行！实力不济的徐州吕布？虎视眈眈的河北袁绍？心怀不轨的淮南袁术？早有僭越之举的荆州刘表？也都不行！事到如今，只能是兖州牧曹操！毕竟曹氏家族世受皇恩，曹操在平定黄巾军叛乱中又立下功勋，可能真是忠臣。

尤其令天子刘协感动的是，曹操不仅送来山阳郡的两箱甘梨等各种可口食物，还带来一些御用生活器皿。在《上杂物疏》的奏折中，曹操无比谦卑地表示：臣献上的这些御用器皿，都是当年先帝赐给臣祖父和父亲的，一直供奉在家里，从来没敢用过。感谢先帝的恩德，现在臣觉得应该还给陛下了。

从小当傀儡的刘协，哪里感受过这样的礼遇？如此忠臣怎么没早点让朕遇到啊！

终于，刘协缓缓地点了点头，同意离开洛阳。

选择决定命运。

第十二节 明争暗斗

白吃白喝，没好事。

刘协很快发现，自己掉进好大一个坑。

说好去鲁阳，却半道加速奔了许县，刘协感觉很不好。

不用生气着急，因为更不好的还在后面。《后汉书·皇后纪》记载：“自帝都许，守位而已，宿卫兵侍，莫非曹氏党旧姻戚。”就是说，刘协刚到许县，天子侍卫队的士兵，全换成了曹操的嫡系亲兵。

曹操的做法让大汉朝臣深感不悦，难道又是董卓、李傕、郭汜一类的豺狼虎豹？尽管曹操和善可亲地向大家耐心解释——保卫天子东归的侍卫们太辛苦，个个饿得面黄肌瘦，需要好好休息，轮换些体力好、精神旺的新侍卫，才能更好地彰显天子威仪。但无论理由多么美妙动听，也掩盖不住事实真相：刘协被监视居住。

干了亏心事，不免疑神疑鬼。在天子乔迁许都的庆祝大会上，曹操突然感觉太尉杨彪的脸色不太好看，产生不祥的预感。虽说天子侍卫队换成曹氏亲兵，但朝堂大门一关，以杨彪为首的几十个大臣哪怕一人一脚，照样能把曹操踹得呜呼哀哉。

谁也不想立于危墙之下！曹操唯恐杨彪在酒宴上拿不住酒杯，赶紧声称闹肚子去厕所。曹操离开宴会厅，一溜烟跑回军营。也许，杨彪只是营养不良导致脸色难看；也许，杨彪是真打算摔杯子干一场。但不管杨彪怎么想的，惊魂未定的曹操还是决定杀鸡儆猴。

若要修理杨彪，得有堂皇理由。杨彪不是一般人，不仅身居要职、德高望重，而且出身超级名门望族。从杨彪高祖父至杨彪的四代人，每代都有人位列三公，是东汉历史上第二个完成“四世三公”伟业的家族。百余年来，杨氏家族为帝国立下累世功勋，声望享誉四海，人脉遍布朝野。

正在曹操苦思冥想如何找碴儿时，脑子进水的袁术来帮忙。近年来，在群雄逐鹿中渐渐边缘化的袁术先生，不甘心盘踞淮南，可又搞不定周边武装，只好通过另类举动吸引世人眼球。精心酝酿许久的袁术，爆出特大新闻，于建安二年（197年）在寿春称“仲家”，在自己的一亩三分地自嗨起来。

袁术爽了，杨彪却倒霉了。杨彪的妻子来自袁氏家族，这让曹操找到了寻衅滋事的发力点，马上指示司法机关启动调查。以“莫须有”的罪名抓捕杨彪。这立刻引起朝野一片哗然。在青州战火中待不下去，跑到朝廷混饭吃的孔夫子后代、当世大儒孔融，第一个坐不住，气愤得连朝服都没穿，匆匆赶去质问曹操。

孔融先生有理由激动，因为他的脸丢光了。不久前，孔融还在兴高采烈地接连作诗，对“勤王将领”曹操进行热情奔放的歌颂，不是“瞻望关东可哀，梦想曹公归来”，就是“从洛到许巍巍，曹公忧国无私”。孔融把奉迎天子的曹操当成圣人吹捧，表示了衷心拥戴。

义愤填膺的孔融，强烈要求曹操放人。抓杨彪的黑锅，曹操当然不肯背，他一脸痛苦地说：“孔先生，我也没办法，这是陛下的意思。”虽说孔融率真好骗，但毕竟不是白痴，知道这不可能是刘协的意思。满腔怒火的孔融随即发挥骂人特长，引经据典，对曹操展开语言上的猛烈攻势，最后撂下一句自以为特别有分量的狠话：“我明天不再来朝！”说得口干舌燥的孔融，气鼓鼓地拂袖而去。

除了反应激烈的孔融，荀彧等人也积极开展救援行动，要求释放杨彪的呼声此起彼伏。负责审讯杨彪的亲曹官员表示压力很大，向曹操汇报道：“我对杨彪进行严刑拷问，仍然没有找到罪证。此人有名于海内，若强行定罪，会大失民心，请您想清楚。”没有实锤铁证，又惹下众怒，曹操只能无奈放人。

不能杀杨彪，那就杀可以杀的。《后汉书·皇后纪》记载：“议郎赵彦尝为帝陈言时策，曹操恶而杀之。其余内外，多见诛戮。”曹操独断专横、飞扬跋扈的做派，让刘协越来越不满，以致某次会面时，突然爆发道：“君若能相辅，则厚；不尔，幸垂恩相舍。”

曹操登时大惊失色，以为刘协放完狠话，埋伏的刀斧手或者手持利刃的若干大汉忠臣会冲出来。曹操赶紧认错，吓得“俯仰求出”，希望刘协再给他一次回家反省的机会。幸好刘协只是一时激愤，并没有精心筹划，否则历史的车轮就要拐弯了。

一波刺激，接着一波刺激。话说按旧时礼仪，“三公”级别的官员领兵出征前，要由天子侍卫队用刀架着脖子面圣，以示外出办事忠贞不贰。曹操够级别，很可能在出征讨伐南阳张绣前，亲身体验过一把。虽说侍卫队都是曹氏亲兵，但好几百人的队伍，出个把叛徒怎么办？曹操越想越后怕，每次出征都认真履行仪式，谁受得了？！从此，曹操几乎不再面圣。

你不来见我，我也可以恶心到你。建安二年（197年），郭汜被部将杀死；建安三年（198年），曾经挟持天子、不可一世的李傕也在军阀混战中败亡，首级被快马加鞭送到许都。大仇得报，心旷神怡的刘协下诏——把李傕人头挂在许都城门示众。这既是对李傕的极度痛恨，也是警示在乱臣贼子路上狂奔的新贵。

请神容易，供神难。曹操发现，自己掉进好大一个坑里。不仅与刘协的关系陷入紧张状态，群雄还把曹操视为眼中钉、肉中刺。杨奉、韩暹等护送天子东归的将领心怀不满，袁绍、袁术等地方军阀更是羡慕嫉妒恨！袁术以自己的实际行动，藐视曹操掌控下的东汉朝廷。袁绍也因曹操担任最威武的大将军，回绝了朝廷授予的太尉。《献帝春秋》记下袁绍的愤怒回话：“曹操当死数矣，我辄救存之，今乃背恩，挟天子以令我乎！”

天子刘协驾到，曹操奉天子以令不臣的局面非但没实现，反倒成为众矢之的。

此时，没有退路的曹操，只能向前。

第四章 重整山河

作者女儿小北手绘

虎啸北方的袁绍，席卷江东的孙策，雄霸徐州的吕布，盘踞淮南的袁术，蛰伏小沛的刘备，还有窜入南阳的张绣……曹操“奉天子以令不臣”的路，注定坎坷。

第一节　岁月峥嵘

火光冲天，杀声四起！

搂着张绣婶婶缠绵的曹操立刻觉悟：睡错人了！

睡已睡了，错已错了，曹操来不及懊恼，赶紧从被窝里爬出来，翻身上马，夺路而逃。

“帐下壮士有典君，提一双戟八十斤。”为了掩护曹操顺利跑路，虎背熊腰的典韦手持重型双戟，带领侍卫队堵在曹营正门，与张绣士兵展开殊死搏斗、寸步不让。典韦身边的十多名曹军兵校也毫不退缩，无不以一当十，拼死力战。

张绣士兵一时无法攻破曹营正门，随即凭借人多势众分成几路，攻破其他营门杀入。陷入重围的典韦仍然血战不退，抡起双戟左右猛击，一戟过去便有十几支矛被击断，杀得张绣士兵一阵阵鬼哭狼嚎。

猛虎不敌群狼，好汉架不住人多。曹军士兵一个又一个倒下，典韦也身受十几处创伤，因失血过多，有些站立不稳。张绣士兵以为即将结束战斗，兴奋地冲上去，想活捉典韦立功。结果冲得最猛的两位最倒霉，直接被典韦用双臂挟住勒死。

张绣士兵直接吓傻，不敢再逼近。典韦扔下两具尸体，深吸一大口气，猛地上前突击，又杀死几个张绣士兵，终于精疲力竭。八十斤的大戟，重重砸在地上，血肉模糊、怒目圆睁、骂不绝口的典韦，轰然倒下。也许，在人生的最后一瞬，尽忠职守的典韦，还在惦记主公的安危：他到底跑远没有？

很遗憾，在典韦及曹军侍卫队的拼死抵挡下，曹操还是没跑远。《魏书》描述了曹操的惨状：“公所乘马名绝影，为流矢所中，伤颊及足，并中公右臂。”冬夜中的宛城郊野，寒风刺骨直入心！曹操忍着右臂的伤痛，看着倒在地上奄奄一息的爱驹“绝影”，听着“活捉曹阿瞒”的杀喊声越来越近，几近绝望！如果天命如此，曹操无话可说，但宛城惨败纯属人祸，还是自己亲手造成的！

迎难而上是家常便饭，顺势而为偏偏不会。自从兖州叛乱，身处逆境的曹操妙手迭出，重新开创了来之不易的大好局面。可当张绣不战而降，拱手献出宛城，身处顺境的曹操却昏着不断，秀起情商下限。其实只要曹操正常发挥，肯定知道如何安抚张绣将军，但曹操连低水平都没发挥，完全是没水平，还是一而再，再而三地没水平。

第一次没水平，是曹操的敬酒。曹操设宴款待张绣等降将没问题，席中敬酒更没问题。大家拉近感情，不是挺好的事吗？关键是曹操给降将敬酒时，身后一直紧跟手持长斧、怒目而视的贴身侍卫典韦。酒宴从始至终，张绣等降将都不敢抬头，苦涩地咽下美酒。试问天下哪有这样的请客敬酒？别说张绣，恐怕没人不感到恐怖和耻辱。

第二次没水平，是曹操的送礼。曹操发现张绣的贴身侍卫非常勇猛，抑制不住喜爱之情，毫无顾忌地殷勤献好。爱惜勇士没错，爱挖墙脚也没错，可您得分场合、分地点吧？不战而胜的曹操，飘得厉害，根本不注意细节，拿着金银财宝就往张绣的贴身侍卫手里塞。曹操如此明目张胆地收买贴身侍卫，别说张绣，恐怕没人不感到焦虑和不安。

第三次没水平，是曹操的纳妾。爱江山更爱美人，英雄好色也是常事。可美人多了，不用非跟张绣婶婶过不去吧？曹操偏是过不去！张绣投降也就罢了，辈分还跟着缩。别说张绣，恐怕没人不感到恼怒和愤恨。跌了面儿又感到生命受到严重威胁的张绣，在一位顶级谋士的精心策划下，借口部队换防，对曹操驻地发动奇袭，大获全胜！

建安二年（197年）一月，曹操在南阳郡宛城的三次没水平，让自己陷入了绝境。不过，曹操的运气真好，即便把所有考题都选错，上天也愿意再给他机会。一位英姿勃勃的年轻将军，骑骏马疾驰而至，迅速翻身下马，跪请曹操骑乘离去。

上阵还得父子兵，此人不是别人，正是曹操的嫡长子曹昂。这一幕，曹操似曾相识。那是七年前，在荥阳汴水恶战董卓大军时，曹操也是兵败受伤，骑着曹洪让出的神骏，一同突出重围。曹操希望重演历史，历史考虑了下，给了一半面子——曹操再次突出重围，但献出坐骑的曹昂，血染疆场。

比起宛城大败，比起右臂箭伤，比起曹昂阵亡，最让曹操心痛的是屡建奇功、勇猛无比的典韦，没了！千军易得、一将难求！典韦不仅形貌魁梧、膂力过人，更是有大志气节，性格任侠豪迈！青年典韦曾在车水马龙的市集附近，为朋友刺杀当地豪族首领，几百人尾随追赶却没人敢接近。从此，典韦以雄武壮烈闻名。

讨伐董卓联军成立，典韦毅然从军。由于典韦力大无穷，一只手就能立起又长又大的牙门旗，很快引起曹军高层将领关注。数战有功后，典韦升任司马。濮阳城外的大战，曹军状况吃紧，典韦率先报名参加敢死队，带队成功打退吕布军的疯狂进攻。战后论功行赏，曹操提升典韦为都尉，并留在自己身边，担任贴身侍卫队队长。

如今阴阳两隔，曹操唏嘘流涕！曹操不能忘记，性情忠诚谨慎的典韦，白天总在自己身边侍立，晚上也睡在自己大帐旁；曹操更记得，喜欢喝酒吃肉的典韦，纵情畅饮，要几个人轮番服侍才供得上，可谓慷慨豪壮！

想起往事，曹操禁不住号啕大哭，不惜花费重金派间谍取回典韦遗体，令人护送至陈留郡襄邑县安葬。自此以后，曹操南征北战时，只要经过襄邑县，都会用隆重祭礼悼念典韦。不仅如此，曹操还火速提拔典韦的儿子为司马，留在自己身边着力栽培。

曹操做人做事，历来快意恩仇，有仇报仇，有恩报恩。

从不让别人亏欠自己，更不让自己亏欠别人。

不过，人生在世，难免欠账。

第二节　阴晴圆缺

月有阴晴圆缺，人有悲欢离合。

虽说人死不能复生，但悲伤就是止不住。

因为有一种悲伤，不仅仅是对逝者的追思，更是生者对未来的迷茫。

曹操正妻丁夫人非常清楚，养子曹昂的死，对她意味什么。

曹昂战死，曹操固然伤心，可他还有众多儿子，比如卞氏生的曹丕、曹彰、曹植，又如环夫人生的曹冲。但对于丁夫人来说，曹昂的死，是失去了一切一切的痛。

光和元年（178年）或光和二年（179年），曹操的侧室刘夫人去世，留下不满3岁的曹昂和刚满周岁的曹铄。没有生育的丁夫人，随即收养他们，一手将他俩拉扯长大。曹昂和曹铄有了养母，也从庶子成为嫡子；丁夫人也有了名义上的儿子，更是大大巩固了正室地位。可随着未成年的曹铄病逝，刚成年的曹昂又战死，完美的双赢局面不复存在。

曹操很理解丁夫人的心情，况且曹昂的死，归根结底错在自己。所以，在丁夫人疯狂抱怨时，曹操一忍再忍，不惜在姬妾、儿女乃至奴婢面前丢光脸面。但是丁夫人似乎不打算善罢甘休，据《魏略》记载：“丁常言：‘将我儿杀之，都不复念！’遂哭泣无节。”丁夫人没完没了的哭闹，终于让日理万机的曹操心烦意乱。

曹操确实难啊！要留心身边的天子，提防北边的袁绍，担心东边的吕布，惦记西边的韩遂，琢磨怎么讨伐南边的张绣、刘表，研究如何打退侵入豫州陈国的袁术。曹操稍一疏忽就可能陷入万劫不复，确实没时间、没精力持续哄老婆开心。为了耳根清净，曹操把丁夫人打发回娘家。曹操要求不高，只要丁夫人不再闹腾，立马接回。曹操觉得司空太太岗位，应该很有吸引力，不愁丁夫人不回心转意。

于是曹操等啊等，等了今天等明天，等了明天等后天，一直没等来上门劝和的丁家人。丁夫人回娘家闭门不出很多天，别是有什么意外或病了吧？

内心有愧的曹操沉不住气，亲自来到丁家一探究竟。

司空曹操去夫人家接媳妇，排场不能小，车驾离丁家大门还远，司空府的工作人员便提前大声通报："曹公要到了！"曹操的岳父、岳母很识趣，早早便站在大门口迎候。然而，丁夫人却充耳不闻，仍然关在屋里织布。当曹操迈进大门，听着刻板枯燥的机杼声时，步履渐渐沉重起来。

跌面儿就跌面儿吧。曹操臊眉耷眼地进入织房，缓缓走向丁夫人。听到熟悉的脚步声，丁夫人没有任何反应，仍旧面朝墙壁操作织布机。曹操厚着脸皮过去，抚着丁夫人的后背，温柔地问："能和我坐一辆车回去吗？"丁夫人仿佛没有听到，一动不动、一言不回。

曹操心痛如割！二十多年的夫妻啊，一起走过多少风风雨雨！哪怕是兖州叛乱的至暗时刻，曹操宁肯放弃东郡换取援助，也没把丁夫人送到鄄城当人质。如今"奉天子以令不臣"的司空曹操，反而无力留下心中的爱人吗？的确如此，因为人生不是织布机上的梭子，不能一次次离开，又一次次回到起点。时光无法倒流！

曹操苦楚苍凉地走出织房，又停住脚步，再做一次努力吧！曹操站在织房门外，望着屋内既熟悉又陌生的丁夫人背影，动情地问："真的不回去吗？"许久，只有梭子来来去去的声音。曹操一声绝望哀叹："真诀矣！"

"让她改嫁吧。"曹操心灰意冷地对丁家人说完，便缓缓转身离去。丁家敢把丁夫人嫁出去吗？即使丁家敢嫁，谁又敢娶？即便有人敢娶，丁夫人又能允吗？对阵亡儿子的思念和对滥情丈夫的憎恨，早已使丁夫人万念俱灰。

关于丁夫人，史书记载很少，只有寥寥数百字。仅有的这点文字，不是写丁夫人对曹操歇斯底里地咆哮哭闹，就是嘲讽丁夫人对小妾卞氏的轻蔑欺辱。丁夫人作为普遍意义上的失败女性，在历史中难免被刻画成缺乏理智、心胸狭隘的悍妇。然而，如果换个角度和思路看，就可以见到一位达观睿智的女人。

比如，曹昂死后，丁夫人失去理智与曹操的各种闹，回到娘家却突然出奇冷静。巨大的情绪反差，可以解释为受刺激的神经症状，也不妨揣测为丁夫人有意为之。由于曹操是过错方，再加上丁氏家族与曹氏家族的盘根错节，即便没有儿子，丁夫人只要不闹事，仍然可以稳坐正室。但丁夫人此时不离开，将来等曹操立其他姬妾的儿子为嗣子时，她的地位依旧难保。所以，丁夫人先闹后静，想尽办法离开曹操，未必不是深思熟虑的决定。

再如，卞氏成为曹操继室，丝毫没有计较丁夫人以前欺负她的事，还经常趁曹操出征期间，给丁夫人赠送东西或迎回府中叙旧，并请丁夫人坐正位，礼仪有如往昔。对于卞氏的以德报怨，《魏略》记录下丁夫人的回答："废放之人，夫人何能常尔邪！"乍听去，丁夫人似乎在感谢。可仔细品味，又何尝不是丁夫人成人之美后的警示。丁夫人的真实意思，仿佛是：我已给面子来了几次，史书会留下你贤良淑德、不念旧恶的赞誉，你不用常常如此了。

丁夫人到底是什么样的人？仅凭史书留下的几百字，远远不能准确判断。但从丁夫人作为正室轻视小妾，儿子战死悲痛万分，坚决与导致儿子死亡的偷情丈夫一刀两断等情况看，丁夫人的每个选择都很真实，从不反人性。

建安二十四年（219年），丁夫人离开曹操二十多年后，终于平静地走到生命终点，消散了一切恩恩怨怨。大半年后，曹操也病入膏肓，弥留之际在病榻上思前想后，一声叹息："我这人一生行事，从来于心无愧，只有一件事不能释怀。假如死后有神灵，昂儿问'我的母亲在哪'时，我该如何回答啊！"

英雄一声长叹，叹不尽，万千无奈。

第三节　拔剑四顾

妻离子亡的仇，得报。

建安二年（197年）秋，曹操击退侵入豫州陈国的袁术军，便立刻掉转矛头，对准不共戴天的仇人张绣。当年初冬，曹操率大军攻克湖阳等军事要镇，击败张绣和刘表联军。建安三年（198年）春，曹操再次剑指南阳，誓要彻底剿灭张绣。

千人之诺诺，不如一士之谔谔。当大家都准备跟张绣先生说来生再见时，有人却表示不一定。这就是曹操帐下五大顶级谋士中第三位来报到的荀攸，《三国志》给他颁发了谋士的最高评价——“算无遗策”。

这不是浪得虚名。当年，年仅13岁的荀攸，便帮助叔父识破作案潜逃的杀人犯。长大后，荀攸更加深谋远虑，婉拒兖州任城国相的任命，主动申请到相对安定的益州担任蜀郡太守。由于兵荒马乱、道路不通，荀攸没能如愿上任，不得不停驻荆州。直到天子迁都许县，荀攸又收到曹操的亲笔邀请信。看到中原平复的希望，荀攸这才踏上北返的道路。

《三国志·荀攸传》记载：“太祖素闻攸名，与语大悦。”经过深入交流，曹操对荀攸的谋略见识极为欣赏，坦言道：“吾得与之计事，天下当何忧哉！”话是这么说，但荀攸的第一次献计，曹操就给否了。荀攸说：“若急切进攻张绣，刘表必然全力支援。不如缓一缓，等张绣和刘表产生矛盾，趁鹬蚌相争，坐收渔翁之利。”日子过得顺风顺水的曹操，撇撇嘴，认为稳操胜券的简单事，不要搞那么复杂，坚持立即进军。

事实证明，“算无遗策”的荀攸不会算错。曹操大军把张绣军围困在穰城后，刘表果然尽遣精锐，迅速切断曹军补给线。面临断粮危险，曹操不敢恋战，只得边打边撤，艰难摆脱了刘表和张绣联军的围追堵截。

一波未平，一波又起！曹操花大气力拉拢的吕布将军，又反了！这是为哪般？曹操奉迎天子后，频频向吕布示好，非但不追究他偷袭兖州的责任，还亲切无比地“厚加慰劳”。吕布也很识抬举，向天子上书时，把曹操忠公体国的义举大大夸赞一番；私下写信更是大表心志，称愿意听从曹司空指挥，按命令抓捕袁术，以效犬马之劳！

人捧人高，再接再厉。曹操见吕布这么上道，觉得有必要进一步加深感情。于是，曹操派出使者，给吕布带去平东将军的印绶，并写了封感人肺腑的信函。曹操在信中慷慨表示：“朝廷虽没有好金子和好紫绶，但这些困难都不是事，我从家里找到上好的金子做成将军的大印，又把自己的紫绶献出来给你。”读过信的吕布，想必感动不已！也赶紧翻箱倒柜，精挑细选出一条上好绶带，让回访使者带给曹操。

本来如胶似漆的曹吕关系，却让刘备搅黄了。屯驻小沛的刘备不甘寂寞、四处打劫，仗着有曹操撑腰，居然把吕布花大价钱买来的若干战马抢了！吕布将军做人历来实在，不管以后是不是要挨曹操打，也要先揍刘备一顿，出出恶气再说。建安三年（198年）夏，吕布向小沛发起进攻，把豫州牧刘备打得落花流水！来不及走脱的刘备妻妾子女，又一次成为俘虏。

曹操这下犯愁了，是先消灭张绣，还是先收拾吕布？如果东征吕布，张绣偷袭许都怎么办？如果与张绣鏖战，放任吕布做大做强也不好。关键时刻总有关键人物，曹操帐下五大顶级谋士中第四位来报到的郭嘉，潇洒站出来，要拿大主意！

郭嘉不简单，从小有远大志向，想在乱世中辅佐明主、建立功业。郭嘉20岁时，曾去冀州投奔袁绍。经过试用期，袁绍觉得郭嘉行，可以转正。但郭嘉觉得袁绍不行，空有周公礼贤下士的模样，却没掌握用人精髓。郭嘉毫不犹豫地离开冀州，回到家乡隐居，一待便是六年。

建安元年（196年），郭嘉在颍川老乡荀彧的动员下，来到曹营应聘。荀彧强力推荐的人才，曹操高度重视，亲自对郭嘉面试。过程不得而知，但从考核评价看，郭嘉得了满分。曹操感慨道：“使孤成大业者，必此人也。”郭嘉对曹老板也相当满意，由衷赞叹：“真吾主也。”

现在得给吾主排忧解困，郭嘉建议道：“袁绍远征幽州公孙瓒，一时半会儿回不来，正好用这段时间，先把吕布拿下。如果不赶紧消灭吕布，那么以后跟袁绍翻脸开打，吕布很可能成为帮凶。”荀攸也说：“吕布骁勇善战，一旦起势不好办，趁早扼杀吧。”处在困境的曹操很冷静，立即采纳两位顶级谋士的意见，率领大军杀向徐州。

军事重镇彭城血战失守！广陵太守陈登率部倒戈！夺路狂奔的大英雄吕布很后悔，早知后果这么严重，把那些马送给刘备就是了。逃回下邳城的吕布，望着城下黑压压的曹军，感觉要坏事，打算接受曹操的劝降，不当老大了，踏踏实实做武将吧。

吕布好不容易要英明一次，却被陈宫阻止。以智略见长的陈宫，一定看出了形势万分危急，但就是不同意和谈。因为陈宫与吕布不同，吕布做人没原则，打得过打，打不过跑，跑不掉降。陈宫做人有原则，无论如何也不能与迫害名士、屠杀百姓的曹操再共事！吕布哪晓得陈宫的凌云壮志，还以为有机会翻盘呢。

为了坚定吕布顽抗到底的信心，陈宫积极献计献策道："我料曹军远道而来，必不能久持，将军可以带领精锐步骑驻守城外险要，我率领其余人马固守城池。曹军如果向将军进攻，我就进攻曹军背后；要是曹军只是攻城，将军就从外面救援。不出一个月，曹军粮尽，咱们趁势发起进攻，必然能打败曹操。"

吕布觉得行是行，但这么大的事，得回家跟太太商量下。结果吕布妻子坚决不同意："从前曹操对陈宫无微不至，陈宫仍然背叛曹操。如今将军对陈宫的恩德，并未超过曹操吧？既然如此，怎能把城池交给陈宫，抛弃妻子儿女，孤军远出呢？一旦发生变故，我难道还能成为将军的妻子吗？"吕布一听，太太说得更有道理，而且很可能勾起深埋心中的往事。

《英雄记》记载，建安元年（196年），吕布有惊无险地平息了部将叛乱。吕布审问被俘叛将："同谋的都有谁？"叛将回答："陈宫是同谋。"当时陈宫正坐在吕布旁边，顿时脸发红，在场的人都察觉到陈宫的变化。吕布倒是难得沉着冷静，考虑到陈宫是大将，手下还有一票人马，权当什么都没听见，并不深究。

也许，陈宫真的参与了；也许，叛将是临死前的"疯狗乱咬人"。总之，尽管此事不了了之，但在吕布心里留下了阴影。吕布听了太太的教诲，估计阴影面积陡然增大数倍，越发忐忑不安，随即取消出城作战计划。经过这一番耽搁，作战计划没商定，投降的事情也错过，后面只能硬挺了！

困兽犹斗！吕布行走江湖这些年，什么大风大浪没见过！手起刀落结果丁原，干净利落刺死董卓，而后纵横中原，北击黑山、南荡袁术、东驱刘备，一度还占据兖州，把曹操逼入绝境。《三国志》对吕布评价不高，但不得不承认他“有虓虎之勇”。

谁怕谁，干到底！在吕布军的顽强抵抗下，建安三年（198年）的冬天姗姗而来，曹军士兵尽显疲态。望着一次又一次如潮水般退下来的攻城士兵，曹操有些犹豫，还要不要打下去？回许都过完祥和喜庆的春节再来吧？《三国志·武帝纪》记载：“太祖欲引军还。”

荀攸和郭嘉一致表示：今年不要回家过春节了。郭嘉说：“吕布每战必败，气衰力尽、军心不稳。只要曹公坚持住，必然能大获全胜。”荀攸也劝道：“吕布勇而无谋，已经连续大败。趁吕布军队士气尚未恢复，陈宫计谋尚未定夺，奋力急攻可以拿下。”精神鼓励的同时，荀攸和郭嘉贡献出实实在在的攻城好办法——“决泗、沂水以灌城”。

寒冬热血，重新响起进军鼓声。

曹操拔出利剑。

剑指下邳。

第四节　周公吐哺

白门楼上的吕布，迎来人生中最冷的冬天。

陈宫已让叛将捆到曹营，吕布很有自知之明：墙倒众人推，快轮到自己了。

与其让别人惦记，不如自己主动点。吕布风度翩翩地对身边亲兵说：“拿我首级给曹操，立功去吧。”了解吕布“轻狡反复”性格的亲兵，既不忍，也不信，更不敢。亲兵很有觉悟，全都纹丝不动，敬待吕布自裁。果然不出大家所料，吕布对自己下不去手，还是决定昂首挺胸、举手投降。

生死关头，智慧爆发。五花大绑的吕布见到曹操，开场白非常有水平：“今日已往，天下定矣！”吕布不愧老江湖，尽管糊涂时候多，但偶尔明白起来就不得了。吕布用简明扼要的八个字，直击曹操柔软的心灵深处——乱世谁主沉浮？

曹操听得心痒痒，顺水推舟问道："为什么这么讲？"吕布大言不惭地说："纷争乱世，明公最忌惮我，如今我服了。以后我带领骑兵，明公统率步兵，平定天下指日可待。"曹操表面不置可否，内心却颇为受用。

吕布吹嘘自己英勇善战的同时，不忘关心曹操的身体健康。吕布仔细端详着曹操问："明公怎么瘦啦？"曹操很诧异，吕布兴致勃勃地继续说，"十年前，咱们在洛阳的温氏园见过啊。"曹操点了点头说："我之所以消瘦，还不是跟你打仗太操劳所致。"

吕布顺势接过话头："春秋五霸之一的齐桓公，舍射钩之恨，任用管仲为相。明公也该不计前嫌，让我效犬马之劳，为明公的先锋大将，可以吗？"难怪丁原让吕布做主簿，肚子里还是有点儿墨水的，先秦典故信手拈来。

吕布口若悬河，马屁滔滔不绝，临场发挥相当出色。眼见曹操神色趋缓，吕布有所放松，求了最不该求的人——曹操身旁的刘备。吕布充满期待地央求："玄德老弟，你是坐上贵客，我是投降俘虏，绳子捆得太紧，你不替我说句话吗？"刘备尚未回应，曹操先笑了："捆老虎当然要紧一些。"说完，示意军士给吕布松一松。

此刻，生的大门，已向吕布敞开。曹操本就不想杀吕布，倒不是马屁拍得好，也不是因他可以为先锋大将，更不是念温氏园的陈年交情，而是现实的迫切需要。立志扫灭群雄、重整河山的曹操，急需树典型、立标杆。

曹操曾感慨说过："高祖赦雍齿之雠而群情以安，如何忘之？"雍齿是秦末汉初的叛变达人，一度把汉高祖刘邦搞得很狼狈。后来刘邦当上皇帝，需要安抚人心，特意重重封赏雍齿。曹操也想效仿刘邦，找一个把自己害得很惨的敌人，然后高调赦免，以彰显海纳百川的非凡气度。很明显，吕布完全符合典型人物的条件要素——偷袭兖州让曹操险些无家可归，濮阳大战让曹操几乎陷入绝境。

正当吕布与死神即将擦身而过之时，刘备突然冷冷发话："明公忘记丁原和董卓了吗？"刘备此话一箭正中靶心，宛如吕布射中辕门小戟般的精准。吕布脑子嗡地一声大了好几圈，怒目圆睁地喊：“大耳贼的话不能信！”

吕布很不解，俘虏的刘备家室都毫发未损，还帮刘备“射退”过数万袁术大军，为什么他要如此恶毒，揭人老疤，恶语相向？！吕布哪里晓得，刘备要与曹操争天下！所以，在曹操那儿，吕布有希望活；在刘备这儿，吕布必须死。

曹操也不晓得刘备的远大志向，只觉得他没白领薪水，工作建议很到位。反复叛变不要紧，但吕布爱好杀掉老东家，这个习惯很不好。曹操下意识摸了摸脖颈，想起四年前濮阳大战，指向自己的锐利长矛，若有所思地点了点头。从此，世间再无吕奉先。

没关系，还有同样适合立标杆的陈宫。比起喋喋不休，求生欲望极强的吕布，陈宫默不作声地等死。这哪儿行啊！曹操舍不得这么好的典型人物寿终正寝，先聊几句家常，营造出宽松友好的氛围，随即切入劝降正题。曹操问：“公台（陈宫的字），你现在有什么想法？”只要陈宫稍微认点㞞，曹操肯定屁颠屁颠地跑来为他松绑。

但是，不是每个人都愿苟且偷生。陈宫求死意志很坚决地说：“作为大臣不能忠于国家，作为儿子不能孝顺父母，我该死。”曹操心说，这哪儿行啊，得继续做思想工作：“公台，别冲动，你想想，你若死了，你的老母亲怎么办啊？”

陈宫微微一笑：“我听说以孝治天下的人，不会杀别人的母亲。我母亲死不死，要看曹公您。”曹操心说，这哪儿行啊，咽口唾沫接着劝：“公台，别冲动，你再想想，你若死了，你的妻子和儿女又怎么办呢？”

陈宫仍旧微笑作答：“我听说以仁治天下的明君，不会杀别人的妻子和儿女。他们死不死，也要看曹公您。”曹操一时语塞，还没来得及找到更好的规劝理由，陈宫斩钉截铁地说：“请出就戮，以明军法。”说完，陈宫主动转身奔赴刑场，拦都拦不住。曹操忍不住潸然泪下。《典略》记载：“宫死后，太祖待其家皆厚于初。”

出于不同原因，吕布和陈宫都没成为典型人物。曹操只好退而求其次，相中参与叛迎吕布的毕谌先生。当年毕谌的母亲、妻子以及儿女都被叛军扣押，曹操非常通达地说：“您的老母亲被吕布和陈宫扣押，您可以离去，我不怨您。”毕谌立刻跪下哐哐磕头：“瞧您说的，把我当成什么人！请明公放心，我不会离您而去！”患难见真情啊，曹操感动不已。

结果曹操前脚刚离开，后脚“正气凛然”的毕谌，就急忙投奔了叛军。这次攻克下邳，曹军生擒毕谌，大家以为这个表演系的家伙死定了，没想到曹操说：“毕谌的母亲被吕布劫持，迫不得已投敌。孝顺是美德，叛变的事算了。”曹操非但没杀毕谌，还任命他为鲁国相。

几个月后，曹操又抓住参与叛迎吕布的魏种先生。当初兖州的叛变官员数不胜数，曹操拍着胸脯说：“魏种是我亲自举为孝廉的好兄弟，即使全叛变，他也不会！”话音未落便被狠狠打脸——魏种叛投吕布！曹操脸肿得没法要，勃然大怒道：“不管魏种跑到哪里，只要让我抓住，非弄死他不行。”

立下毒誓的曹操逮到魏种，又舍不得了。魏种也没老娘在敌营，曹操挠了半天头，找不到冠冕堂皇的理由，干脆直接说：“这个，这个，魏种有才华嘛，以前的事既往不咎。”魏种不仅没死，还出任河内郡太守。

曹操竖起两个典型，但都不够突出，因为毕谌、魏种没有直接把曹操害得很惨，赦免和封赏他们，起不到轰动效应。不过量变才能质变，曹操频繁树立小典型的做法，引起曹操帐下五大顶级谋士中最后一位报到者——张绣首席军师贾诩——的密切关注。贾诩敏锐地察觉到，从张绣小公司跳槽到曹操大企业的机会，成熟了。

来得最晚，显然最狠。一般人跳槽都是自己拍屁股走人，至多拉走几个要好同事，但贾诩不愧是顶级谋士，竟然带来原公司的老板。建安四年（199年）秋，贾诩给张绣分析了曹操想善待仇人而不能的痛苦状况，表示只要张绣投降，等待他们一定是高官厚禄！对贾诩言听计从的张绣信以为然，兴高采烈给曹操发去投降告知函。

正如贾诩所料，曹操乐坏了！曹操再次见到杀子仇人张绣，仿佛什么都不曾发生，像老友重逢一样喜悦。曹操主动拉起张绣的手，亲切商定双方儿女婚事，并拜张绣为扬武将军、封列侯。曹操对促成张绣归附的贾诩，十分感激地说：“使我的德行与气度在全国受到尊重，全是您帮忙啊！”曹操上奏拜贾诩为执金吾，封都亭侯。

后来，魏文帝曹丕时期，贾诩更是当上三公之首的太尉，晋爵魏寿乡侯。

黄初四年（223年），贾诩以77岁的高龄，平静离世。

这正是，莫道乱世玩人，亦有人玩乱世。

第五节　随心所欲

自私的人，很多。

自私而有能力倾覆天下的人，很少。

自私而有能力倾覆天下，还能荣华善终的人，更是凤毛麟角。

贾诩先生就是这一小撮人的杰出代表，他完美诠释了一个自私的人，一个因自私而倾覆天下的人，是如何赢得高官厚禄、长寿而终的。

想当人生赢家，胆子要大。年轻的贾诩因病辞官，回老家凉州武威郡的途中，遭到叛乱氐人扣押。结伴同行的数十人惊慌失措，只有贾诩脸不红、心不跳地大声说："我是段太尉的外孙，我家有的是钱，只要别伤害我，一定有重金来赎！"

贾诩口中的段太尉，是血腥镇压凉州叛乱的东汉名将，威震西凉。杀人狂魔的外孙？叛乱氐人别说杀害了，绑架要钱也不敢啊。贾诩说得信誓旦旦，叛乱氐人丝毫没有怀疑，表示一时风沙迷了眼，误会误会。贾诩不慌不忙地踱着四方步远去，身后是一声声哀号惨叫。

想当人生赢家，决断要狠。初平三年（192年），董卓死后，西凉军群龙无首，李傕、郭汜打算解散队伍逃回凉州。讨虏校尉贾诩果断拦住，面露凶光地说："我听说朝廷要杀尽咱们凉州人，诸位解散军队各自逃生，一个亭长就能把你抓住。不如率大军攻取长安，如果侥幸成功，则以朝廷名义征讨天下；如果没有成功，再跑也不迟吧？"

一语惊醒无脑人，李傕、郭汜醒过味儿来：对啊，腰间有大刀，手中有长矛，胯下有战马，跑什么啊，打吧。贾诩一句话，再酿长安之乱，东汉帝国万劫不复。给《三国志》作注的裴松之，二百多年后仍愤愤不平：“诩之罪也，一何大哉！自古兆乱，未有如此之甚。”

想当人生赢家，交友要慎。李傕、郭汜打下长安后，为了感谢贾诩的倾情点拨，打算给他封侯。贾诩连连摆手：“千万别，不要给我记功，这只是救命的权宜之计。”李傕拧不过，转而举荐贾诩出任尚书仆射。贾诩依旧摆手：“尚书仆射应该是官员表率，我没威望，当不了。”李傕无奈，只好改拜贾诩为尚书。

贾诩没有再推辞，欣然上任，利用岗位职权做了不少有利于天子刘协的事情。无脑的李傕始终不明白，贾诩为什么不要封侯，为什么不当大官去当小官。还热衷帮助傀儡皇帝？其实很简单，贾诩鼓励李傕、郭汜攻打长安，是为活命，并没把无脑人士当成合作伙伴。

想当人生赢家，跳槽要稳。兴平二年（195年），李傕和郭汜在长安城火并，闹得不成样子。贾诩借机进一步向天子靠拢，不仅全力保护刘协安全，还努力促成天子东归洛阳的和解方案。随后，贾诩也离开长安，投奔西凉将领段煨。

没多久，贾诩又跳槽投奔另一位西凉将领张绣。有人不解地问：“段煨对您很尊重，薪水也丰厚，为何辞职不干？”贾诩缓缓说道：“段煨生性多疑，礼节越周到越不可靠，时间一长必有灾祸。我去投奔张绣，段煨肯定希望与我同盟，自然厚待我的家人。张绣没有谋臣，也愿意得到我的帮助。这样一来，我和家人都能保全。”事实正如贾诩所料。

想当人生赢家，谋略要准。建安三年（198年），腹背受敌的曹操，停止对张绣的进攻，向许都撤退。张绣觉得有便宜可占，打算亲自追击。贾诩平静说道：“不能追，追必败。”张绣不听，果然大败而回。贾诩当机立断又说：“赶快追，战必胜。”张绣脑袋蒙圈地问：“确定？”贾诩也不解释：“快去追！”张绣带着残兵败将，咬牙追上去又打，还真胜了。

脑袋更加蒙圈的张绣问：“精兵追败军，您说必败；败兵追胜兵，您说必胜，什么逻辑？”贾诩解释道：“将军善用兵，但不是曹公对手。曹军退却，曹公必亲自压阵，故追必败。打败追兵，曹公必轻装快行，留下断后的曹军将领不是将军对手，故败兵追击也能取胜。”惊得合不拢嘴的张绣，自此对贾诩言听计从。

想当人生赢家，要懂人心。建安四年（199年）秋，袁绍派使者拉拢张绣，邀请参与围剿曹操。张绣本想答应，贾诩却抢先回绝了。张绣忐忑不安地问：“不跟袁绍混，咱们打不过曹操啊？”贾诩笑着说：“将军换个思路考虑，难道不能归附曹公吗？”

张绣大惊：“袁强曹弱，我和曹操又有深仇大恨，您的主意行吗？”贾诩说：“袁绍强盛，我们这点人马去归附，不会被看重。曹公相对弱小，若得到我们兵马，必定高兴，这是其一。曹公奉天子之令，名正言顺，这是其二。曹公有王霸志向，一定不会计较私人恩怨，会向天下显示德行和胸襟，这是其三。”的确如此，曹操对张绣封侯拜将，对贾诩也委以重任。

想当人生赢家，说话要少。《三国志·贾诩传》记载：“董卓之入洛阳，诩以太尉掾为平津都尉，迁讨虏校尉。”贾诩既不是曹操老乡或旧部，还在董卓祸乱帝都期间出谋划策、加官晋爵，这段抹不掉的黑历史，翻出来随时都能要命。所以，贾诩为人行事非常低调，能不发言就不发言，闭门居家不搞私交，子女婚事不攀高门。

即便如此，麻烦仍旧不少。曹操曾私下问贾诩：“曹丕和曹植，谁更适合接班？”这个问题关系甚大，稍有偏差就带着全家老小去那边了。贾诩脸色凝重，以沉思不语，代替了回答。曹操催问：“您一声不吭，什么意思？”贾诩声音低沉地说：“属下正在琢磨事情。”曹操有点生气：“什么事情比我的问题重要？”贾诩干咳两声，声音更加低沉地说：“我正在琢磨袁本初父子、刘景升父子。”袁绍和刘表皆因废长立幼导致内部分裂衰亡——曹操会意大笑。

贾诩不动声色，但他知道，自己涉险过关。

哪有什么“算无遗策”？

谁又不是如履薄冰？

第六节　青梅煮酒

建安四年（199年）初夏，黄河两岸，剑拔弩张。

许都司空府的亭榭内，故作轻松的曹操和故作轻松的刘备，对坐畅饮。

与袁绍大战在即，仍有闲情逸致请客，英雄气短的刘备知道，曹操是英雄盖世。

曹操也在琢磨，眼前这个大耳朵、双手过膝的刘氏宗亲，是不是要除掉的大英雄呢?

有些拿不准的曹操，近距离观察了好一段时间。《三国志·先主传》记载："先主复得妻子，从曹公还许。表先主为左将军，礼之愈重，出则同舆，坐则同席。"就是说，曹操消灭吕布后，没有让刘备在外继续带兵，而是请回许都，担任有名无实的左将军，哥儿俩经常同坐马车出游，一起野外午餐，等等。

见多识广的刘备，镇定自若。按照"干啥啥不灵，吃啥啥都香"的指导方针，刘备表现得平庸无奇，甚至唯唯诺诺，把英雄气质深深隐藏。在曹操处理公务、无暇见自己的日子里，刘备除了偶尔应邀出席车骑将军董承的酒宴外，基本大门不出、二门不迈，安心在左将军府邸浇花种菜，与妻妾子女尽享天伦之乐。

生性多疑的曹操，不好蒙。曹操不止一次派出密探，但只得到些毫无价值的情报，诸如左将军刘备又种植了某某蔬菜，或是因一根葱没种好而追打属下。想象着刘备的丑态，曹操嘴都合不拢，得意地说："大耳翁未之觉也。"

飞在天上是条龙，趴在地上是只虫。尽管刘备装孙子水平极高，渐渐让曹操放松了戒备，但依旧瞒不过顶级谋士的犀利目光。程昱指出："观刘备有雄才而甚得众心，终不为人下，不如早图之。"郭嘉强调："备终不为人下，其谋未可测也。古人有言：'一日纵敌，数世之患。'宜早为之所。"面临与袁绍决战的曹操，若有所思地说："要把眼光放长远，当今正是奉天子招揽英雄豪杰之时，不能杀一人而失天下人心。”

各怀心事的哥儿俩，觥筹交错。曹操表面上始终悠然自得，刘备表面上一直平静如水。以曹操的智慧，十有八九猜到刘备装㞞，可没猜到装得如此㞞。曹操也许看出刘备是英雄，但肯定没看出刘备是不可驾驭的大英雄。如果曹操看出来，即便出于争取人心不杀，也绝不可能放龙入海。归根结底，失魂落魄的刘备远远入不了曹操法眼。曹操最放心不下的，还是即将挥师南渡黄河的袁绍大哥。

追忆往昔，叹人生无常。二十多年前，曹操与袁绍在洛阳放歌纵酒、青春做伴；十多年前，曹操与袁绍一起出任西园禁军校尉，从兄弟成为战友；九年前，曹操与袁绍共举义兵、讨伐董卓，似乎也还亲密无间。随后的几年，袁绍每一次南渡黄河，都是帮助曹操摆脱困境，打袁术、打陶谦、打吕布。如今，即将再次南渡黄河的袁绍，却要打曹操。

人生没有不散的筵席。三年前，曹操奉迎天子来到许县，高兴得忘乎所以，不仅以朝廷名义下诏斥责袁绍，还把大将军岗位留给自己。尽管曹操很快冷静下来，又把大将军印擦洗干净，恭敬地给袁绍大哥送去，但裂痕已不可避免。

两年前，曹操惨败宛城、痛失爱子，袁绍幸灾乐祸、落井下石，派使者送来一封信函，要求把天子迁到离冀州更近的鄄城。怒火中烧的曹操断然拒绝，裂痕不可避免地加速扩大。前些日，袁绍给曹操送来公孙瓒烧焦的头颅，更是赤裸裸的示威和挑衅！

酒过三巡，曹操醉意微起，很可能想起那颗散发着焦炭味道的头颅，脸色如天空中渐起的乌云，阴沉下来。刘备眼观六路，察觉出曹操的情绪变化，不由得心头一惊：今日莫非鸿门宴；难道董承刺杀曹操的密谋，泄露了风声？！

没人愿意当老二。如同曹操琢磨怎么干翻袁绍大哥，董承也在琢磨怎么干翻曹操。董承认为，如果不是他在三年前的积极运作、大力支持，曹操根本找不到洛阳的门，更别谈什么奉迎天子、扫荡群雄！可随着朝廷迁都许县，曹操的话语权越来越大，董承的影响力越来越小！这简直就是用人朝前，不用人朝后！

更让董承胆战心惊的是，曹操可能还要过河拆桥、卸磨杀驴！杨奉、韩暹、张扬等护驾东归的将领，都已经被曹操或明或暗地干掉！董承能是例外？十有八九不会。既然如此，还是先下手为强吧！董承精心挑选出几个可靠部下，开始密谋如何干掉曹操。

董承和曹操实力悬殊，硬拼基本等于送死，所以只能选择经济实惠的暗杀方式。于是，经常跟曹操泡在一起喝酒打猎，有大把杀身成仁机会的刘备，成为董承的重点拉拢对象。董承私下忽悠刘备，说天子下发讨贼密诏，刘氏宗亲有义务、有责任加入。

可能有衣带诏，更可能没有衣带诏——因为刘协厌恶董承的概率，不会低于厌恶曹操。

董承的黑账，刘协都记着呢。东归洛阳途中：大半夜，董承派人逼迫刘协下诏讨伐无辜的将军；岸堤前，董承派人抢夺伏皇后用来做绳索保命的绢；渡船上，董承残忍砍下扒着船只的众人手指！

无论有无密诏，历史真相如何，能够确定的是，董承希望曹操消失，刘协希望董承和曹操都消失。相较刘协和董承，还是大英雄刘备最务实干练。乱世中摸爬滚打十几年的刘备觉得，干掉谁不重要，重要的是自己不要被干掉。

按照这个原则，刘备放弃了很多绝杀机会。《蜀记》写道："刘备在许，与曹公共猎。猎中，众散，羽劝备杀公，备不从。"刘备认为，即便在围猎活动中干掉曹操，哥几个谁也跑不掉。自己下血本，让董承坐享其成？刘备要是能干出这等傻事，就不是刘备了。但是，话说回来，干掉曹操能安然脱身，还能享受胜利果实，哪有这种机会？

乌云密布，一道夺目闪电划空而过，把曹操和刘备的思绪重新带回酒桌上。曹操举起酒杯一饮而尽，从容不迫地对刘备说："今天下英雄，唯使君与操耳。"

烈火轰雷，响彻天地。刘备手指一松，筷子顺势掉到地上，他低头躬身去捡，淡淡说道："圣人云，迅雷风烈必变，良有以也。一震之威，乃可至于此也！”

“本初之徒，不足数也。”曹操没有理会刘备，咬牙切齿地说。

哦，原来曹操只是给自己打气，顺便与对饮的刘备客气下。

曹操放心不下的，还是袁绍大哥。

第七节　强盛莫敌

建安四年（199年）春，袁绍得意地笑了。

威震北疆的“白马将军”公孙瓒，引火自焚，退出历史舞台。

易京城楼在熊熊大火中陷落，黄河以北的老大之争，终于画上句号。

袁绍的胜出，既是运气，更是努力的结果。出身于“四世三公”家族的袁绍，从庶子过继为嫡子，成为家族显赫成员，这是运气。但走大运的人多了，并非人人可以成就一番事业。归根结底，还要靠努力。

志向远大的袁绍，没有辜负运气的垂青。“党锢之祸”后，人人畏惧宦官，是袁绍秘密掩护众多“党人”潜逃；当袁术还与诸公子飞鹰走狗时，是袁绍废寝忘食地礼贤下士，建立起名士云集的帝国精英小密圈；当大将军何进身首异处、人心惶惶时，是袁绍率领禁军清剿了不可一世的宦官集团；当董卓老贼专擅朝政，欲废立天子时，是袁绍横刀相向，毅然奔赴关东，统率联军围攻洛阳。

初平元年（190年），45岁的袁绍成为二十多万关东联军的盟主，似乎站在了人生巅峰上。可在坚韧不拔、有着雄才伟略的袁绍看来，这只是刚刚起步，他要埋葬腐朽的大汉王朝，再造朗朗乾坤。初平二年（191年），关东联军分崩离析，卸任盟主的渤海郡太守袁绍，迈出争夺天下的第一步——抢占冀州。

硬抢不如智取。袁绍办事有水平，但凡能动嘴解决，尽量不动手。袁绍秘密联合“白马将军”公孙瓒，相约夹击冀州牧韩馥，号称“大家一起分蛋糕”。打架很实在的公孙瓒，立刻点齐人马出动，由北向南呼啸杀来。袁绍却按兵不动，借机派出使者劝说韩馥，只要放弃抵抗，交出冀州牧大印，才可永保荣华富贵云云。

胆小怕事又天真无邪的冀州牧韩馥，在公孙瓒的军事压力下，选择向袁绍放下武器，希望以放弃权力换取平安无事。然而乱世从没有这样的生存法则，失去冀州军政大权的韩馥，只能过上“人见人欺、狗见狗咬”的日子。没过多久，韩馥先生逐渐精神错乱，最终在厕所里自杀身亡，算是得到解脱。

袁绍兵不血刃夺得冀州，成为大赢家。为安抚卖了不少傻力气的公孙瓒，袁绍把渤海郡太守职位，授予公孙瓒的从弟。你吃肉，我喝汤？公孙瓒很生气！说好的南北夹击，怎么变成了北击南说？说好的分享蛋糕，怎么切得如此大小不均？“白马将军”公孙瓒本着能动手解决问题，尽量不废话的原则，杀气腾腾、挥师南下。

比出身名望，袁绍不知甩公孙瓒多少条街。但比大刀长矛，公孙瓒几乎占有压倒性优势。公孙瓒从军十几年，罕有败绩，不是大破张纯叛乱于幽州，就是追逐乌桓劲敌至塞外。公孙瓒不仅打得勇猛，还打得帅，与身边数十个善于骑射的将士乘白马，号称“白马义从”。对比公孙瓒的战功卓越，袁绍根本没有像样战绩。冀州郡县官员都很实在，晓得打仗不是比名望，一致认为袁绍会很快消失，无不为公孙瓒摇旗呐喊、跳脚鼓劲。

初平二年（191年）冬，为扭转被动局面，袁绍亲率大军昂首北上，在界桥打响争夺黄河以北老大的第一仗，这也是最重要和极艰险的一仗。公孙瓒军队不仅经验占优，关键兵种占优，除去三万步兵，有令所有对手羡慕和望而生畏的一万多骑兵，还有极为精锐的“白马义从”，从最初的几十骑发展到上千骑。反观袁绍军队，虽有数万之众，但几乎没有骑兵。

界桥以南二十里，两军对峙。公孙瓒的三万步兵列成方阵，两翼各配备骑兵五千多人，打头部队正是乌桓骑兵都闻风丧胆的“白马义从”！不过袁绍既然敢来，肯定就不会白白送死。袁绍军也有一支精锐之师，为首大将麹义曾在西凉历练军事多年，深知如何对付骑兵。袁绍让麹义率八百精兵为先锋，配以强弩千张掩护，自己则率领数万步兵在后，相机杀出。

公孙瓒远远望去，袁绍军没有多少骑兵，先锋部队更少得可怜，只有似乎准备送死的几百步兵。公孙瓒无比喜悦，命令骑兵发起冲锋，准备一如既往地马踏敌阵。“白马义从”大概也是这么想的，按捺不住杀敌立功的迫切心情，瞬时马蹄轰隆、喊声震天。

麹义带领的八百勇士，仿佛耳朵塞了棉花，像是什么都没听到，镇静俯伏在盾牌后。直到公孙瓒先锋骑兵冲到只有几十步距离时，八百勇士才突然一起跳跃而起，挥舞着涂抹古怪颜色的盾牌，边扬沙袋边大喊大叫，趁着马匹迷眼受惊，手持大戟（专门对付骑兵的带钩刺长枪）冲杀过去。与此同时，埋伏的千张强弩也怒射齐发，杀得公孙瓒军骑兵人仰马翻。

全军出击，攻打界桥！袁绍抽出腰间战刀，在空中画出果断且优美的弧线，下达总攻令。数万步兵齐声呐喊、咆哮而出。百战百胜的公孙瓒军，显然缺乏挨打后的反击预案，全军陷入极大恐慌，骑兵、步兵掉头争相逃命。

任何时候都不能掉以轻心。袁绍以为稳操胜券，带着百余亲兵慢悠悠地走在全军最后，不巧撞上公孙瓒军的两千多逃跑迷路的骑兵。这些公孙瓒军的骑兵本来惊魂不定，突然发现我众敌寡，立刻恢复勇敢的心，从跑路变为进攻！

情况紧急！谋士田丰找了处矮墙，想拉袁绍去躲避。袁绍不愧当过多年大哥，缩头乌龟的事干不了！袁绍将头盔狠狠摔在地上，大喝道：“大丈夫宁可冲上前战死，躲在墙后难道就能活命吗？”袁绍亲兵看到老大豪气万丈，顿时沸腾热血！在袁绍沉着指挥下，强弩手士气高涨、奋勇应战，杀伤不少围攻的公孙瓒军骑兵。不一会儿，袁绍大军回援，公孙瓒军骑兵登时一哄而散。

完胜！没有大战指挥经验的袁绍，凭借出色的战术、冷静的应变、非凡的勇气，一战成名！界桥之战后，公孙瓒的军事实力并没受到根本打击，但士气如同泄了气的皮球，再也鼓不足了。要不是袁绍时不时帮助困境中的曹操打袁术、揍陶谦、赶吕布，以及醉心铲除麹义等功勋将领，公孙瓒很可能撑不到建安四年（199年）的春天。

望着烧成灰烬的易京城楼，袁绍大哥心情绝好，为了分享这份姗姗来迟的喜悦，赶紧派人把烧焦的公孙瓒人头送到许都，请小兄弟曹操欣赏欣赏。

黄河以北所向无敌的袁绍大哥，目光缓缓转向南岸。

曹操料到，该来的，终究要来了。

但他没料到，不该跑的，先跑了！

第八节　蛟龙入海

刘备溜了！

两位顶级谋士，一起急了！

得悉曹操派刘备领兵截击袁术，郭嘉和程昱驾着马车飞奔而来，见到曹操根本不讲理由，异口同声地直接下结论："放了刘备，天下大乱！不可纵。"郭嘉和程昱非常郁闷！曹操怕失天下人心不杀刘备，的确有道理。可不杀没关系，养起来一起慢慢变老总行吧，为什么要放他走？

曹操有曹操的道理。阻拦落魄的袁术北上投奔袁绍，难度系数不大，能办这事的曹军将领多如牛毛，但曹操思来想去，还是把得罪袁绍的好差事，交给了好兄弟刘备。不过，曹操相当英明，觉得郭嘉和程昱说得更有道理，赶紧知错就改，立刻派人去追！好不容易龙归大海的刘备，哪里会给曹操纠错的机会，高喊着坚决执行曹司空命令的响亮口号，率领大军狂奔没了影儿！

一开始，刘备是按计划截击袁术。袁术得知与自己有深仇大恨的刘备带队阻击，吓得抱头鼠窜，一直逃到距寿春八十里外的江亭，才停下来喘气。当时正值酷暑，跑得唇干舌燥的袁术想喝蜜浆解渴。厨子很实在地回答："别提蜜浆了，所有吃的只剩麦屑三十斛。"

一手好牌，为何打得如此稀烂？头顶"四世三公"光环的袁术先生怎么也想不通，坐在床上呆若木鸡、叹息良久，猛然如诈尸般生气大喊起来：

“我怎么混到这个地步！”来不及再埋怨上天几句，袁术连吐几口鲜血，死了。

刘备顺利完成阻击任务，但压根儿不打算回许都复命。人中之龙的刘备，必须开创自己的天地，《三国志·先主传》记载：“先主乃杀徐州刺史车胄。”徐州官员和百姓听说刘备率仁义之师回来了，无不欢天喜地，迅速抛弃搞过若干次大屠杀的曹操。

徐州各郡县热火朝天地升降旗，与刘备有不解之缘的豫州小沛也不甘落后——刘备第四次进驻小沛。初平四年（193年）冬，刘备应陶谦请求，第一次屯兵小沛，次年让曹操打得落荒而逃。建安元年（196年），吕布偷袭徐州，刘备不得已第二次来到小沛，次年让吕布打得落荒而逃。建安二年（197年），通过曹操的外交斡旋，刘备得以第三次进驻小沛，次年又让吕布打得落荒而逃。可以很负责任地说，刘备对小沛城有深厚感情的同时，对附近的每一条逃生小路，都无比熟悉、心怀感激。

俗话说“事不过三”，可刘备三次屯兵小沛都吃了败仗，那就事不过四吧。这下刘备总算争了口气，打败曹操派来的一支偏师。不管怎么说，这是刘备第一次击败曹军。喜怒不形于色的刘备，都抑制不住内心的狂喜，追着溃退的曹军将领大放厥词：“你们这种水平，来一百个也不是我对手，即便曹操亲自来，胜负也不好说呢！”刘备之所以敢把牛皮吹大，是因为他知道，外有袁绍的大军，内有董承的刺客，曹操朝不保夕。

这次轮到刘备猜错了。建安四年（199年）年底，在官渡布置防御阵地的曹操，成功粉碎刺客暗杀，随即秘而不宣地赶回许都，收拾掉图谋不轨的董承等人。这时曹操应该也知道了，悠然自得在司空府畅谈人生理想的刘备，竟也参与其中！新仇旧恨涌上心头，曹操决定置黄河北岸的十几万袁绍大军不顾，先打刘备！

曹军将领冒着黄豆大的汗珠急忙劝道：“曹公别冲动！与您争天下的是袁绍，决战在即，您去打刘备，袁绍乘虚而入怎么办？”曹操刚毅果决地说：“刘备是人中之杰，如果不及早消灭，必成大患。”事到如今，曹操已经彻底认清刘备，这个人是大英雄，是不可驾驭的大英雄，是不可驾驭还会装孙子又得人心的超级大英雄，必须立刻、马上、坚决消灭。

说曹操，曹操到！正如刘备无影无踪地跑，曹操悄无声息地来了。刘备军的斥候骑兵报告：发现曹军大部队。刘备大吃一惊，不肯相信：袁绍的十几万大军在黄河北岸蠢蠢欲动，曹操会亲征徐州？

刘备带着数十骑出城探察，远远望见曹军旌旗，又看到开路的“虎豹骑”，判定曹军精锐尽出，曹操也一定亲来。刘备把“曹公自来，胜负未可知”的豪言壮语顿时抛到天边，直接手脚利落地掉转马头，急匆匆从某条熟悉的小路，又一次逃之夭夭。

“曹公尽收其众，虏先主妻子。”——刘备放弃指挥的洒脱行为，直接导致小沛驻军望风披靡、各自逃命。小沛城中的刘备家室，除了骑马跑路日渐娴熟的甘夫人外，其他如糜夫人等妻妾、子女悉数被擒，从此再也不见于史书。

曹操乘胜南下。建安五年（200年）一月下旬的某日清晨，关羽先生一觉醒来，发现下邳城已被曹军精锐围得水泄不通！关羽非常愁闷！刘备大哥不是在北边的小沛吗，曹操怎能毫无征兆来到下邳，难道大哥又跑了？可大哥怎么没通知我？往日大哥逃跑没少抛妻弃子，但每次一定带上兄弟啊。兵微将寡、无计可施的关羽想了又想，觉得自己是大丈夫，应该能屈能伸。《三国志·武帝纪》记载：“备将关羽屯下邳，（曹操）复进攻之，羽降。”

关羽在徐州憋屈投降，刘备在冀州风光无限。当青州刺史袁谭获悉，曾举荐自己为茂才的恩公刘备逃命来到青州，便亲自带领精锐步骑迎接护送，并派人急驰告诉老爹。袁绍得知刘备来了，反应相当激烈——“绍遣将道路奉迎，身去邺二百里，与先主相见。”作为江湖地位最高、势力最强的袁绍大哥，居然从冀州首府邺城跑出二百里，迎接丢盔弃甲、丢妻弃子的刘备，面子给到天上了。究竟为何？因为刘备有料！

第一，刘备名扬四海。已近不惑之年的刘备，再也不是涿县的无名小伙。刘备出道十几年，败仗越打越多，名望越来越响。从县尉到县令，从县令到国相，从国相到州刺史，从州刺史到左将军。鬼知道一路败仗怎么还能搞成这样，但刘备就是搞出来了，不服不行。

第二，刘备头带光环。刘备再也不是以往任何时候的刘备，他是受天子密诏铲除曹贼的独苗！由于曹操有奉天子以令不臣的大旗，导致袁绍政治上相当被动。但有刘备加盟就大不一样，袁绍可以理直气壮地受天子密诏清君侧，也是名正言顺。

第三，刘备身怀机密。自从刘备跟曹操回到许都，哥儿俩没事就喝酒吹牛，曹操很可能得意扬扬地介绍过，如何打败袁绍的十八种方法等。《英雄记》记载："操自咋其舌流血，以失言戒后世。"从曹操气得把舌头咬出血的情况判断，应该是最高军事机密。

举世闻名的汉室宗亲刘备，带着讨贼密诏的光环，又送来曹军绝密战术情报。袁绍大哥深切感到，上天正在帮他。建安五年（200年）年初，信心满满的大将军袁绍，发布了大文豪陈琳撰写的《为袁绍檄豫州》。这篇流传千古的佳作，在全力以赴讴歌伟大袁绍的同时，极尽所能痛斥曹操的祖宗三代，无情揭露曹操欺凌汉室、杀戮名士以及设立摸金校尉盗墓等卑鄙行径，并给曹操人头开出"封五千户侯，赏钱五千万"的诱人价码。

遭到袁绍和孙策南北夹击，急得头风发作、卧床不起的曹操读完，惊出一身冷汗。

再难也得挺住。

第九节　猛锐冠世

按下葫芦浮起瓢。

刚刚击败刘备，曹操面临更棘手的麻烦——孙策响应袁绍号召，发兵北上！

建安五年（200年）年初，孙策并吞江东，成为迅速崛起的新势力。且不说放手让孙策渡江发展的袁术先生，即便包括曹操在内，谁也没想到名不见经传的毛头小子，居然在短短几年内，击败众多老辣对手。要知道，初平二年（191年）孙坚去世时，披麻戴孝的孙策只有17岁，正领着10岁的二弟孙权和尚未懂事的三弟、四弟，在长江边彷徨无措呢。

从头再来！初平四年（193年），19岁的孙策结束守孝，来到寿春求见袁术。孙策一把鼻涕一把泪，深情追忆了父亲孙坚与袁术的战斗友谊，请求把父亲旧部交还自己，希望能够继续追随袁将军。袁术也不作正面回答，转而说道："我已任命你舅父为丹阳郡太守，那里盛产精兵，你可以去那里募兵。"

孙策想必不高兴，但也没办法，只好先去丹阳郡投奔舅父，并招募到数百人。眼看孙策刚有点起色，现实便给他来了一锤。《江表传》记载："（孙策）为泾县大帅祖郎所袭，几至危殆。"哪里是什么精兵，连地方武装都打不过。不行，还得要老爸旧部。

兴平初年（194年），孙策又来到寿春找袁术，一把鼻涕，一把泪，请求把父亲旧部交还自己，希望能够继续追随袁将军。后将军袁术这么大腕儿，赖着孙家部曲不还，天天让一个毛头小伙痛哭流涕地缠着，传出去就成笑话了。为了摆脱孙策的哭闹，袁术把孙坚旧将及千余老弱士兵归还给了孙策。

事实证明，孙策是个好演员。要回老爸部分旧部的孙策，收起哭哭啼啼的软弱，露出狰狞本色。一日，孙策部队一名违纪骑兵为躲避抓捕，逃进袁术军营地。孙策也不请示汇报，派人直接冲入营中，将骑兵搜出，就地斩首。事情处理完，孙策才不慌不忙向袁术道歉，表示溅了满地血，一定打扫干净。

事实证明，袁术也是个好演员。尽管袁术口头说："士兵叛变，理应惩处，有什么可请罪的？"但实际上，袁术内心波澜起伏。不请示、不汇报，直接跑到主公营地杀人，长此以往，这还得了！下属哪怕再无能，都没关系，可以在不断的升职中锻炼嘛。可若是自作主张不听话，多大能耐也不能用。

所以，无论孙策立下多少战功，就是得不到晋升。即便袁术许诺，孙策打胜仗能当九江太守，结果最后是别人；或是许诺，孙策打胜仗能当庐江太守，结果最后还是别人。史书给出的解释是——袁术言而无信。其实未必，也许袁术也曾心动，想提拔能打仗的孙策，但一想起不请示、不汇报就闯入自己军营杀人的那一幕，便在最后关头变了卦。

孙策很失望，觉得没前途，便借口为袁术开拓江东，希望带本部人马东渡长江。袁术先生也不傻，知道孙策没升官不高兴，摆明想单飞创业。袁术也不阻拦，与其让愣头青孙策憋着闹事，不如放他去豪强林立的江东，自生自灭吧。

兴平二年（195年），21岁的孙策带领不到两千人，踏上崭新的征程。袁术认为不可能完成的任务，对孙策来说简直毫无难度。渡江后，孙策横扫江东各路军阀，很快便控制了吴郡和会稽郡。孙策部队不仅异常勇猛，而且军纪严明，深得江东百姓拥戴。《江表传》记载："军士奉令，不敢虏略，鸡犬菜茹，一无所犯，民乃大悦，竞以牛酒诣军。"

建安二年（197年），孙策以袁术称帝为由，光明正大与之决裂。随后，孙策军队势如破竹，陆续平定丹阳郡、庐江郡和豫章郡。建安五年（200年）年初，年仅26岁的孙策拥兵数万、割地千里，俨然是江东小霸王！孙策这通猛如虎的操作，让《三国志》给出其"猛锐冠世"的高分评价。

据《吴历》记载："曹公闻策平定江南，意甚难之，常呼'猘儿难与争锋也'。"对于孙策势力的迅猛发展，都惊着曹司空了，曹操禁不住常常自言自语："小疯狗不好对付啊！"与疯狗对咬，显然不是上佳选择，那就跟疯狗亲密无间吧。

为了笼络孙策，曹操把侄女许配给孙策的四弟，又让儿子曹彰娶孙策堂兄的女儿，很快搞成一家亲。对孙策本人更是加官晋爵，先是任命骑都尉，袭父爵乌程侯，兼任会稽太守；不久又晋升孙策为讨逆将军，封吴侯。

疯狗就是疯狗，虽是一家人，但照咬不误。建安五年（200年）年初，孙策趁袁绍大军南下征讨曹操，派孙权领军向北攻击，与广陵郡的曹军展开激烈交锋。与此同时，孙策也在积极谋划，准备亲率主力直捣黄龙——攻占许都。

文韬武略的曹操，既不怕孙策，也不怕袁绍，但怕两边一起来。东郡太守派人突出袁军重围，送来沾满血迹的求援信。很快，广陵郡请求增援的信函也到了！广陵郡太守陈登是硬汉，能见到他的求援信，情况不言自明。到底是北上还是南下，曹操急得头风发作。

曹操遭到袁绍和孙策的南北夹击，眼看就要土崩瓦解！曹营人心思变，很多官员乃至将领都偷偷给袁绍投递简历，希望探讨岗位薪酬。只有提出“曹公有十胜、袁绍有十败”的顶级谋士郭嘉，仍旧淡定地说：“孙策吞并江东，杀害很多英雄豪杰，结下数不清的深仇大恨。而且孙策行事轻率，有百万之众也与孤身一人没区别。如果有刺客伏击，杀孙策如杀一个匹夫。依我看，孙策必死于刺客之手。”

话音刚落，孙策殒身——“为故吴郡太守许贡客所杀。”看上去，郭嘉预言准到离谱！实际上，孙策死亡是大概率事件。因为孙策继承老爸孙坚指挥有方、勇猛无敌的战神特质，也同样继承其“轻佻果躁”的作死性格。

孙策最无赖的表演，发生在攻打吴郡豪帅严白虎之时。严白虎打不过孙策，派弟弟严舆求和，孙策爽快答应面谈。结果见面没聊几句，孙策突然觉得严舆很无能，然后神经抽了一下，直接用手戟袭杀了严舆。两军交战不斩来使，更何况严舆是孙策同意见面的。孙策临时起意，想杀就杀，毫无道德底线，分明可以赢得光明正大，却非要胜得如此卑鄙龌龊。

除此以外，孙策似乎还干过诸如“屠东冶”的暴行，以及随意杀掉高岱、于吉等具有广泛社会影响力的知名人士的不光彩的事。所以，即便许贡的门客没来，郭嘉的死士又失手，还会有东冶的侠客，高岱的铁粉，于吉的信徒，严舆的死党……一波又一波，孙策躲得过初一，也躲不过十五。

建安五年（200年）四月初四，无敌于江东的孙策，死在三个有情有义的刺客箭下。

第十节　大战在即

南北夹击曹操的完美攻势，就此搁浅。

这下轮到袁绍头疼了，因为除去孙策，已经找不到其他帮手。

建安四年（199年）秋，袁绍曾派出使者南下，来到南阳找张绣。袁绍以为，张绣与曹操打得昏天黑地，曹操霸占张绣婶婶，张绣把曹操嫡长子干掉，这种不共戴天、无法调和的仇恨，根本不需要动员，张绣一定会生龙活虎地投入反曹阵营。可万万没想到，在顶级谋士贾诩的逆向思维拷问下，张绣非但没帮忙，反而投靠了曹操。

无奈的袁绍使者继续南下，来到荆州找刘表。袁绍以为，刘表与曹操刀枪剑戟比画好几次，自己又与刘表有几十年交情，只要稍做动员，刘表就会斗志昂扬地双手赞成干掉曹操。可也万万没想到，荆州南部的长沙、桂阳、零陵和武陵郡爆发叛乱，刘表有心无力、自顾不暇，只能在精神方面提供支持。

无奈的袁绍使者继续南下，来到江东找孙策。袁绍以为，孙策跟曹操交往甚密，两家又联姻不断，即便努力动员，孙策也很难出手。但是，万万没想到，孙策竟然六亲不认，一门心思要当天下霸主，不仅痛快答应，而且很快北上攻击曹军。眼看曹操即将在夹击中众叛亲离，孙策竟"意外"身亡，既定战略全面泡汤。

比外交更让袁绍头疼的是战场。建安四年（199年）夏秋之际，袁绍军连战连败。《三国志·武帝纪》记载："夏四月，进军临河……公进军黎阳，使臧霸等入青州破齐、北海、东安。"就是说，曹军西部兵团攻占河内郡；曹操亲率大军从中路突破，拿下黄河北岸的战略要地黎阳，顺路又收复了兖州东郡的一些城池。与此同时，曹军东部兵团如秋风扫落叶，把青州的袁谭军队打得落花流水，一口气夺取三个郡国。

如果展开建安五年（200年）年初的东汉地图，曹操在控制区域的面积上，肯定大于袁绍。虽然袁绍号称"兼四州（青州、幽州、并州、冀州）之地"，貌似地大物博，但实际远没想象中的美妙。

先说青州，在曹军秋季攻势中，袁绍丢失青州三个郡国，至多控制青州西北部，大概是青州的三分之一。再说并州，袁绍直接控制的区域，只有上党郡、太原郡和西河郡，为并州的三分之一；其他区域多为南匈奴和乌桓侵蚀占领，名义上是袁绍同盟，实际上都是骑墙看风景的随时倒戈派。幽州也不乐观，地方军阀占据辽东郡等地，袁绍掌控的幽州地域至多七成。即便大本营冀州，袁绍也没百分之百地把控，毕竟还有十几万黑山军在太行山脉神出鬼没呢。

往多了说，袁绍掌控的地域有绝大部分冀州、大部分幽州、一半并州（把盟友实力折算进去）、少部分青州，以及很少的司隶部和兖州地域。反观曹操，掌控的区域包括绝大部分兖州、大部分徐州、大部分豫州、大部分青州、一半左右的司隶部以及荆州南阳郡。虽然袁绍控制领域的人口稠密，但地域更广的曹操不会落多少下风。

短短三四年，曹操势力以兖州为中心急速扩张，形成北过黄河、南抵荆襄、西临长安、东至渤海的“庞然大物”。袁绍大哥盯着大汉地图，看着曹操小弟的红旗越插越多，估摸常常倒吸凉气！怎么办？怎么办？

谋士沮授、田丰摆出士兵比较累、百姓赋税重、粮食不够多、曹操很厉害等理由，建议慢慢来。沮授先生说：“分遣精骑，抄其边鄙，令彼不得安，我取其逸。如此可坐定也。”田丰先生的理由差不多：“简其精锐，分为奇兵，乘虚迭出，以扰河南，救右则击其左，救左则击其右，使敌疲于奔命，人不得安业，我未劳而彼已困，不及三年，可坐克也。”

谋士郭图、审配对毕其功于一役，集中兵力直取许都表示支持：“今以明公之神武，连河朔之强众以伐曹操，其势譬若覆手。今不时取，后难图也。”听了两拨谋士的正反论述，《三国志》评价为“外宽内忌，好谋无决，有才而不能用，闻善而不能纳”的蠢货袁绍，一如既往做错选择，采纳了郭图和审配的孤注一掷的冒险路线。

其实，袁绍的选择无比正确。因为沮授和田丰的建议，听起来绚丽多彩，实际没有半点可行性。哥儿俩沉浸在自我幻想中，说得天花乱坠，什么袁军精锐忽左忽右出击，让曹军疲于奔命云云，号称不出几年可以搞定曹操等，完全是异想天开！建安四年（199年）夏秋之际，曹军西、中、东三路迭次出击，袁军被忽左、忽中、忽右的攻击波打得头晕眼花，丢掉四郡地盘。照这样搞几年，很可能袁绍先趴下。

支持尽快决战的郭图和审配看出了问题——忽左、忽右的攻击战术需要很多将才。这些年，袁绍主要对手只有公孙瓒，历来集中兵力打硬仗，虽然袁绍指挥能力日渐增长，但涌现出的优秀将领不多。处在四战之地的曹操却大不相同，属下独当一面的将领一堆又一堆，不说能凑出一副麻将牌，至少也能凑成一副扑克牌。

郭图和审配要照顾袁绍面子，用“今不时取，后难图也”的说法暗示，希望趁现在兵力还占优势、武器装备又好，抓紧时间与曹操决战。袁绍一点即通，果断采纳郭图和审配的正确建议。所以，与其说官渡之战是袁绍以压倒性优势发动的侵入战，不如说是在被动局面下的强力反扑。

历史往往不由自主为胜利者歌唱。为了突出胜利者的胜利，通常要干两件事。一是夸大失败者的力量，二是贬低失败者的智商。在众多史料中，袁绍时而糊涂、时而偏执，总以各种无厘头的理由，反对、不听、不从谋士的正确建议；当遇到两个或两拨谋士意见相左时，总能始终保持错误立场，导致屡屡误判，最终痛失好局。

也许，在真实历史中，袁绍未必有多好的局，也未必有多错的误判。正如闪亮的成功者一样，黯然的失败者也披着一身假象，穿行在历史迷雾中。

曹操和袁绍都是明白人，知道失败者很可能遭到极尽污蔑。

所以，必须全力以赴。

第十一节　针锋相对

那谁说，时间就是生命。

曹操也这么认为，平定徐州叛乱后，他马不停蹄赶回官渡。

“公还官渡，绍卒不出”，与曹操的雷厉风行对比，袁绍似乎太磨叽。按史书给出的解释，曹操与刘备干架时，之所以袁绍没有奇袭许都，是因为小儿子生病，没心思打仗。这个丢人丢到家的理由，气得田丰拿拐杖一个劲儿戳地，感慨痛失千载难逢的好机会。

不当家，不知柴米油盐贵。没去过“菜市场”的田丰对袁绍说：“操今东击刘备，兵连未可卒解，今举军而袭其后，可一往而定。”田丰先生说得好轻巧，不仅要刘备拖住曹操的精锐部队，还要求袁军迅猛击破曹军层层防线。

即便袁军顺利渡过黄河，顺利攻占沿途重要城池，顺利击溃曹军的各处凭险阻击，一切都顺利，一个月至多能遥见官渡，可到官渡又能怎样？《魏书》记载：“（曹操）乃分留诸将屯官渡，自勒精兵征备。”就是说，曹操在征讨刘备前，就已经布置好了官渡防御阵地。

不食人间烟火的田丰先生，既不负责冲锋陷阵，也不负责后勤保障，当然可以任意编织兵贵神速的幻境。有丰富实战经验的袁绍，明白兵速不了，并对屡次提出不合理建议，动不动拿拐杖戳地的田丰，终于失去了耐心，下令将其扔进监狱。

决定命运的紧要时刻，谁会闲着！袁绍派骑兵驰援刘备的同时，还进攻了黄河岸边的曹军战略要地——延津。《三国志·于禁传》可以做证：“刘备以徐州叛，太祖东征之。绍攻禁，禁坚守，绍不能拔。”攻击延津受阻，袁绍及时改变主攻方向，派沮授、郭图、淳于琼、颜良等部南渡黄河，包围曹军的兖州首府——白马城。由此可见，袁绍嘴上说着小儿子生病没心思打仗，实际出手相当麻利。

如果非说谁磨叽，那么应该是曹操。建安五年（200年）年初，曹操面对袁绍和孙策的同时发力，不敢轻易北上或南下，不得不以静制动，躲在官渡军营疗养头风。直到等来孙策被刺身亡的消息，曹操才长舒了一口气，终于开始行动——“夏四月，公北救延（刘延，白马城守将）。”

曹操一边赶路，一边琢磨：白马城是弹丸之地，守备部队又是地方武装，守将也不是百战名将，怎能在袁军主力围攻下坚持两个月？难道袁军故意放水，想围点打援？随军的顶级谋士荀攸，提出解题妙计：“白马地区的袁军较多，应设法分散敌军兵力。我军可先奔延津，佯装要北渡黄河。待袁军分兵来救，再急遣精锐，奇袭留守白马的袁军。”曹操微笑点头，言简意赅地说："善。"

曹军主力大张旗鼓地向延津前进！袁绍反应迅速，下令抽调沮授、郭图、淳于琼、文丑、刘备等部赶往延津，伺机与曹军决战！不过这样一来，围攻白马城的袁军只剩颜良所部，沮授反对道："颜良虽骁勇，但不能单独肩负这么重要的任务。"

沮授说得很对，但袁绍没听也有苦衷。就在前些日，曹军将领于禁带步骑五千，突然从延津杀出，一举攻破袁军防线，焚烧保聚三十余屯，杀死俘虏袁军数千人，还导致二十多名将领集体投降。如今曹军主力又来，况且曹操用兵更胜于禁，即使袁军没有大举救援，也不排除曹军假戏真做，再次突袭黄河北岸。不是袁军无能，实在是曹军太厉害。

敌走我来！袁军主力赶往延津，曹军精锐已秘密扑向白马城。白马城外的颜良将军，以为曹军主力在延津，身心正处于良好的放松状态，指挥士兵优哉游哉地操练攻城技巧。直到关羽、张辽率领的曹军先锋距白马城仅十余里时，颜良才恍然大悟，中计了！颜良来不及骂街，立即召集士兵迎战。

说时迟，那时快，不待颜良军队列好阵势，关羽和张辽便带领精锐骑兵发起了冲击，徐晃的步兵也掩杀过来。《三国志·关羽传》给这场战役，留下了浓墨重彩的一笔："羽望见良麾盖，策马刺良于万众之中，斩其首还，绍诸将莫能当者，遂解白马围。"袁军猛将颜良就这样挂了，成为一千多年来关羽先生的故事中的最佳配角。

袁绍大哥的脸面，着实不好看！数万大军围攻孤城两个多月，城没攻下来，先锋大将还殁了。必须拿下白马城！袁绍一声令下，十几万大军浩浩荡荡，挺进黄河以南！袁军主力来到白马城，才发现城中已空空如也，不仅曹军守备部队不见踪影，就连百姓也都跟着走了。

敌进我退，放弃白马！不计一城一池得失，向后撤！曹操率领六百骑兵以及很可能不少于一千人的步兵，护送白马城百姓和军用辎重，沿黄河岸边向西转移。不能让曹操跑了！袁军猛将文丑，率领五六千骑兵及数不胜数的步兵急速追赶，渐渐逼近！曹军将领看到身后不远处黑压压的追兵，纷纷提议走为上策。

曹操与荀攸相视一笑、不谋而合——打伏击！黄河道旁的堤坝，正是很好的隐蔽掩体。曹操命令骑兵解鞍下马，躲在堤坝后，并把众多辎重丢弃在堤坝前的开阔地上。不一会儿，袁军骑兵来到堤坝前，看见满地辎重，两眼直冒金光：甭说了，曹军肯定轻装逃命去了，还愣着干吗，别等步兵来分享，骑兵兄弟们先抢吧！

正当袁军骑兵乱哄哄地抢东西时，曹操命令骑兵立即上马，借助堤坝的高势，发起迅猛的俯冲攻击。什么情况？！袁军骑兵看到堤坝后源源不断杀出的曹军，早忘了人多势众的事儿，掉头就跑！袁军猛将文丑，也在乱军中阵亡。

唯有一支袁军人马临危不乱，非常冷静地找到最佳路线，训练有素地逃离战场。

逃跑得如此麻利，这引起了关羽的注意。

原来这是大哥的队伍！

第十二节　义薄云天

关羽叛变投敌！

没跑远呢！曹军将领一个个面目狰狞地请战：下令追杀吧！

但在曹操看来，这不是叛逃，这是“事君不忘其本，天下义士也”。

曹操神情凝重地望向远方，仿佛对渐行渐远的关羽说：“彼各为其主，勿追也。”

命中注定，有缘无分。从关羽杀死颜良的那一刻，或者说从关羽被迫投降的那一刻起，曹操就已经料到，关羽迟早要走。一方面，刘备待关羽恩若兄弟、情同手足；另一方面，曹操和关羽早有芥蒂，而且很难弥合。

建安四年（199年），曹操大军把穷途末路的吕布围困在下邳城。正当曹军高歌猛进、攻势如潮时，关羽求见曹操。战况要紧之际，猛将来见主帅，不是请缨率领敢死队强攻城池，还能是什么？！曹操很可能温上壮行的烈酒，只待关羽说完豪言壮语，然后恭敬奉上。

不好意思，上阵杀敌先等等，关羽有更重要的事："曹公，我妻子一直没生出儿子，我不想断后，我得纳妾。我看上吕布一位部将的妻子杜氏，请在破城后，把她赏赐给我吧。"前线战斗异常激烈，曹操哪有闲工夫考虑这等预订别人媳妇的小事儿，便爽快地答应了。

下邳城即将陷落，关羽又来求见曹操："曹公，别忘了答应我的事，把杜氏赏赐给我啊。"此时下邳城战局胜负已定，曹操闲工夫多了，进行了一番深入思考，不禁起疑：这个杜氏能让关羽舍脸来两次，想必非常漂亮吧？曹操为了验证自己的猜想，在曹军攻入下邳城后，抢先把杜氏找到，一看的确是个大美女。然后，就没关羽什么事了。

比没得到杜氏更扎心的，是折面儿。心高气傲的关羽，何曾低三下四求过人？头一回拉下脸求人办事，竟遭无情戏弄。心灵受到极大创伤的关羽，看见曹操就火冒三丈。在一次许都郊外的围猎活动中，若不是刘备使劲儿拦着，关羽就要去刺杀曹操了。

事已至此，无可挽回，曹操很清楚，关羽留不住。虽然曹操爱才，关羽有才，但对留不住的人才，曹操历来是毫不犹豫咔嚓。不过关羽比较幸运，投降时间很给力。当时袁绍的十几万大军集结完毕，先头部队已渡过黄河直逼白马城；孙策军队也正与广陵郡曹军展开激战。身处险境的曹操向来睿智，无论如何不能把举城而降的关羽杀掉，绝不能因小失大。

既然不能杀只能留，那么不妨做最大努力。《三国志·关羽传》记载："曹公禽羽以归，拜为偏将军，礼之甚厚。"尽管偏将军不是高级别将军，但是对刚刚投降或者归顺的将领来说，绝对是很高级的起步岗位。

比如，建安四年（199年）率众投降曹操的张辽，被授予中郎将，比偏将军低两个档次。又如，建安二年（197年）归顺曹操的徐晃，在官渡之战前，还是比偏将军低一个档次的裨将军。再如，早在初平三年（192年）左右投靠曹操的于禁，南征北战、屡立奇功，到官渡大战结束，也才当上偏将军。没有对比，就没有幸福，别人奋斗很多年才当上的偏将军，关羽投降就是。

除了将军名号外，曹司空还赏赐关羽房子、票子以及成群的美女，一样都不少。

曹操相当够意思，搁谁都得感激涕零、死心塌地。可曹操知道，关羽不一样，谢恩从来不温不火、不激动，十有八九仍心存怨恨。曹操内心很打鼓，于是派出与关羽关系很好的张辽，从侧面了解下关羽的思想动态。

张辽找到关羽，抛出“曹公待你怎么样”的话题。关羽无言片刻，一声叹息：“我明白曹公对我的厚爱，但我受刘备大哥厚恩，发誓共死，不可背弃。我虽不会留下，但一定立下功劳再走。”关羽心中，曹操待他再好，只是君对臣的好，说了不算的事还会发生；刘备对他的好，是大哥对兄弟的好，承诺给的只会加倍给。何去何从，定矣！

关羽说得有情有义，张辽钦佩却未必理解。张辽心说：我投降是中郎将，您投降是偏将军，起步比我高两档，雄霸中原的曹司空看得起你，前途极其光明，怎么还惦记回去找一无所有的刘备？张辽读不懂关羽，因为张辽的大哥是吕布，关羽的大哥是刘备。跟吕布很多年的人，如果遇到经天纬地的曹操，就会立刻发现原来大哥是个渣。可跟着刘备很多年的人，如果遇到经天纬地的曹操，就会觉得原来大哥比天下霸主还有魅力。

也许，关羽明知张辽的话题是曹操授意而问，仍然慷慨直言。也许，曹操明知关羽立功就会离去，仍然任命他为救援白马城的先锋大将。也许，张辽明知曹操不希望关羽这么快立功，仍然拼尽全力掩护关羽杀向颜良。万军之中，如入无人之境——当关羽割下颜良首级的那一瞬，曹操不知是该喜还是该忧。再做一次努力吧，曹操亲自上表，请封关羽为汉寿亭侯——即便徒劳，也必须做。

“羽尽封其所赐，拜书告辞，而奔先主于袁军。”关羽终究还是走了，走得如此让人牵肠挂肚。关羽把曹操赏赐的东西贴好封条，并留下一封情义深深的告辞信。然而，自作多情的关羽，一定不能理解，为什么短短不到一年，曹操的态度会有如此大的反转。

建安四年（199年）年初，曹操根本没把关羽当回事，想怎么骗就怎么骗，女人想怎么抢就怎么抢。可到建安五年（200年）年初，曹操怎么突然发现关羽是块宝，不仅封侯拜将，还馈赠包括美女在内的各种稀罕物，对关羽喜欢得不要不要的？

没错，关羽有才。更重要的是，关羽是刘备的左膀右臂。曹操通过与刘备的深入交往，已深刻认识到，跟自己争天下的英雄很多，能跟自己争天下的英雄，只有刘备。

对于猛将如云的曹军，留住关羽不会多出多少，却可以让刘备少了很多筹码。

曹操争的是关羽，更是天下。

第十三节　运筹帷幄

问苍茫大地，谁主沉浮？

建安五年（200年）秋，袁绍大军逼近官渡。

这个小小的渡口，一时成为全国的焦点。

位于河南郡中牟县北部的官渡，连接着京畿地区与东部、南部的交通，迎来送往很多人物，“惯看秋月春风”。

三十多年前，一位意气风发的年轻人经过这里，赶赴兖州东郡濮阳担任县令，眼睛里全是前程似锦的未来。二十多年前，一位仕途失意的年轻人也经过这里，要去兖州东郡顿丘担任县令，留心了脚下的山川地貌。这里有利于防御的水利和山地，北面以鸿沟水为屏障，西面有广阔的圃田泽护卫，东面也有河流以及沼泽。如今，两位曾经的年轻人，在这里上演的王者对决，不仅决定个人命运，还将影响中国历史走向。

“连营稍前，逼官渡”，袁绍大军用了两个多月，击败曹军数次顽强阻击，终于推进到鸿沟水北岸。袁军在北岸设置相互呼应的若干营地，长达数十里。曹军也在南岸摆开阵势，相应对峙、不肯再退。

袁军率先发难，选择险要地方堆土成山、构筑箭塔，居高临下地俯射曹营，搞得防御工事外的曹兵狼狈不堪，被迫举着盾牌慢慢行走。为了扭转当靶子的尴尬，曹军工兵很高效地改造出抛石攻车，逐一把袁军箭塔击毁。空中受挫改地下，袁军祭出挖地道的看家本领，企图偷袭曹营。曹操显然看过公孙瓒亡于地道战的内参，提前在营内挖掘了很深的长堑，让袁军无功而止。

正面战场僵持不下，袁绍派出最善于游走战的刘备，及时开辟第二战场。刘备的多年败仗没白打，穿插闪避堪称顶尖水平，不仅避开官渡的曹军主力，还成功躲开曹军内线机动兵团，不负众望地到达豫州汝南，与当地反曹起义军联手，开辟出大片挺袁根据地，甚至一度占领距许都只有二十公里的隐强县。

后院起火，这还得了！曹仁、徐晃率领曹军机动兵团迅速回援，干净利落地击溃刘备等部。吃了败仗的刘备沉着冷静，再次施展游击战本领，轻松甩开曹军骑兵追击，并再度穿越广阔的曹军控制区，安然回到袁军大营。

功亏一篑！刘备遗憾地表示，汝南反曹起义军的战斗力太弱，如果联手荆州刘表，一定能取得非凡成效，并愿意亲自实施这个伟大方案。刘备积极主动要干活，袁绍自然双手赞成。刘备随即带领本部人马，又一次成功穿过曹军控制区，但就此与袁绍失联！

刘备打仗不灵光，识人辨事是顶级。在曹营和袁营都待过的刘备，敏锐判断出两军高下。参与过延津之战的刘备，目睹袁军为争抢辎重惨遭曹军突袭，死伤惨重。参与讨伐吕布之战的刘备，亲身感受到曹军纪律严明，一丝不苟地执行《步战令》《戒饮山水令》等各类军纪军规，甚至包括曹操都要遵守。

一次，曹操领兵经过麦田时下令："不可损坏麦苗，犯令者死罪。"话音未落，曹操那匹不争气的战马突然受惊，冲进麦田。曹操很尴尬，询问主簿如何定罪。这位主簿相当有水平，引经据典道："法不加于尊。"曹操没有顺势下台阶，而是很严肃地讲："下命令的人违反命令，不处罚怎么行！但我是主帅，不能自杀，割发代首吧（割发在汉朝属于重责）。" "设而不犯，犯而必许。"当曹操发髻飘落麦田，曹军无不肃然。

料定曹胜袁败的刘备，必须赶紧跑路。如果袁绍战败，刘备莫说发展前途，恐怕身家性命都要不保。退一步说，即便曹操和袁绍打成平手，刘备也没有发展空间。必须去南方！江东孙策新亡、荆州刘表老迈，浑水摸鱼的机会，多的是！

刘备可以跑，袁绍只能上。袁绍派出军队由西北施行大迂回，成功渡过鸿沟水，先头部队直插官渡西南方向的鸡洛山，从西面和北面对曹军形成夹击态势。曹操见招拆招，根据荀攸掌握的内线情报，派徐晃引军偷袭故市，烧毁袁军的大批粮草辎重；曹仁随即率部发动猛攻，大破鸡洛山的袁军。

战斗日趋白热化！曹军也有大麻烦：粮食告急！话说不应该啊，自曹操倡导屯田以来，一直号称“得谷百万斛”“数年中所在积粟，仓廪皆满”。所以，曹军不是没粮食，而是运不到前线——因为“贼（袁军）数寇钞绝粮道”。

战况焦灼、运粮艰难，头风隐隐发作的曹操，给留守许都的荀彧写信，询问撤回许都决战好不好？在官渡战前说过“袁绍有四败、曹公有四胜”的顶级谋士荀彧，当然不能自己打脸，立刻回信反对：“公以十分居一之众，画地而守之，扼其喉而不得进，已半年矣。情见势竭，必将有变，此用奇之时，不可失也。”收到荀彧回信的曹操，重新坚定必胜信心。《三国志·武帝纪》记载：“太祖乃住。”

曹操不是精神胜利法的信徒，荀彧也不是夸夸其谈的嘴炮人士。曹操安心留在官渡，一定是荀彧有取胜办法，正如信中所说“情见势竭，必将有变”。可具体怎么竭，又怎么变？信中没明说，也不能明说，万一途中被袁军烧粮队截去，岂不机密尽失？应该是送信人安全到达官渡曹营，把荀彧亲笔信交给曹操的同时，解释了信中语焉不详的内容。

据各类史料综合推断，很可能是荀彧的策反工作取得了重大进展！《魏略》记录：“辅（鲜于辅）从太祖于官渡。”就是说，幽州实力派军阀鲜于辅，在官渡之战的紧要时刻，伺机带领数千幽州铁骑，准备战场起义！

鲜于辅原是幽州牧刘虞的部下，刘虞被公孙瓒杀害，鲜于辅继续拥戴刘虞的儿子，并与袁绍共同攻打公孙瓒。公孙瓒败亡，刘虞儿子遭到袁绍软禁，从此不见于史书。鲜于辅碍于袁绍实力强大，不得不忍气吞声，假意拥护袁绍的次子袁熙为幽州刺史。直到曹操和袁绍在官渡相持不下，鲜于辅终于等到为旧主报仇的良机！鲜于辅率领的数千幽州铁骑，成为隐匿在袁军阵营的一把尖刀。

荀彧带来的“必将有变”，不只鲜于辅，还有荀彧在战前分析时就曾断言“贪而不治”的袁军高参许攸。很可能在荀彧的精心布局下，一封说许攸家人贪赃枉法的举报信，被顺利交到留守邺城的主官审配那里。审配秉公执法，把许攸的“不法”家人收进大牢。与此同时，也不知是谁千里传音，总之远在官渡的许攸，竟很快得知，惹得“攸怒叛绍”。

很多看似偶然的事，实则是必然。

很多看似运气的事，实则是运筹。

第十四节　出奇制胜

有朋自敌方来，不亦乐乎。

曹操正准备洗洗睡了，听闻老朋友许攸终于到了，高兴得顾不上冬夜严寒，光着脚跑出大帐迎接。曹操紧握许攸双手，爽朗大笑：“子远兄，你总算来了，我大事可成！”许攸没时间激动，因为他掌握的军事机密有效期，只有今夜。

许攸开门见山地问：“袁绍大哥兵强马壮，你还撑得住吗？粮食有多少？”曹操不打磕巴地说：“一年。”许攸有些不高兴，脸往下一拉又问：“说实话吧！”曹操很实在地砍掉一半水分：“半年。”

一点诚意都没有！许攸怒了：“烧掉多少粮车，我又不是不知道！还不说实话！”曹操大笑：“子远兄，莫要急，好久不见，先开个玩笑嘛。我说实话吧，省着吃够这月，若是粮车又被烧，军中就要断粮！”见到曹操有诚意，许攸也不啰唆，直接全盘托出：“袁军粮草，主要囤于乌巢，但戒备不严，只要派精兵奇袭，烧掉粮草，不出三天，袁绍必败。”

没有时间考虑！一旦袁绍发现许攸叛逃，就会立刻调整军事部署。信还是不信？许攸真的抛弃追随二十多年的袁绍大哥，另择新主？曹军大多数将领心存疑虑。但曹操表示没问题，断定许攸不会为袁绍的胜利而牺牲自己。

成败在此一举！曹操亲率五千精锐步骑，人衔枚（类似筷子，防止说话）、马缚口，各带柴草一束，在许攸的帮助下，避开袁军各处营地，通过沿途哨卡，连夜奔袭！乌巢与官渡相距约四十里，入夜出发的曹军要在拂晓到达，并立即投入战斗！

袁军乌巢主将淳于琼，目测曹军人少，登时有些头脑发热，萌生御敌于营门之外的无邪想法。然而，乌巢的万余袁军，都是后勤保障士兵，远不能与曹军精锐相提并论。动手没掐多久，淳于琼感到不是对手，幸好他反应敏捷，率部又逃回营地固守待援。

袁军哨卡逐次点起烽烟，袁绍知道大事又不好，赶忙与文臣武将开会研究。袁军最优秀的战将张郃表态：“曹军兵精，淳于琼不是对手，要赶紧全力救援。”谋士郭图听不得有人贬低老乡淳于琼，脖子梗着抬杠：“应该采用围魏救赵的方法，对曹军官渡大营发起猛攻，曹操一定回救，乌巢之围自解。”张郃争辩：“曹操离开大营，必然坚固设防，一时半会儿打不下来，如果乌巢有失，粮草没了，大势去矣。”

两人争论不休，似乎都有道理，于是袁绍各取一半意见：“派骑兵救乌巢，派步兵攻打曹军大营。”袁绍的选择比较正确，因为在急行军的情况下，骑兵至多一个小时就能到达乌巢，步兵则需四五个小时。派骑兵增援乌巢，步兵猛攻曹军大营，似乎并无不妥。可与曹操过招，不是正确的选择，只能失败。

“（曹军）夜得仲简（淳于琼）。”从淳于琼在夜里被抓的情况推断，乌巢袁军至少坚持到下午或是傍晚。如果按张郃的建议，骑兵和步兵都可以在乌巢袁军尚在支撑时赶到，乌巢之围也许可解。就算没来得及阻止乌巢粮食被烧，也可以就地围剿曹操的几千人；就算曹操烧完粮食还能跑掉，救援乌巢的主力部队，也可以顺势撤退，虽败却不至元气大伤。可惜，袁绍没有做出最正确的选择。

“绍遣骑救之，败走。（曹操）破琼等，悉斩之。”——英明神武的曹操，率领五千精锐步骑，在一夜急行军的情况下，不仅迅猛消灭了万余以逸待劳的乌巢袁军，还打败了增援的几千甚至上万袁军骑兵，实现了战胜于己三倍或四倍敌军的完胜！也许，事实根本没这么夸张，因为袁绍派出的增援骑兵，应该包括鲜于辅的数千幽州铁骑，兴许还占大头。

就是说，袁军的增援骑兵，很可能大半叛变。非但乌巢没解围，还给曹操送去生力军。据《魏略》记载，官渡大战结束，曹操相当激动地对鲜于辅说：“去年开春，袁绍把公孙瓒的人头送来，我感觉也要被消灭。如今打败袁绍，既是天意，也是你们的功劳。”

部分没叛变的袁军骑兵逃回官渡，把乌巢失守以及鲜于辅叛变投敌的消息传得满营飞。面如死灰的袁绍大哥若想反败为胜，就只能寄希望于张郃攻下曹军大营。《三国志·张郃传》记载：“瓒破，郃功多。”张郃作为久经沙场的名将，若拼尽全力，未尝不能创造奇迹。但很遗憾，袁绍早已亲手断送掉最后的希望。

正在兢兢业业攻打曹军大营的张郃，也得到乌巢战况不利的消息，感到无助的绝望！张郃与将士拼尽全力，不要命地轮番强攻，可曹营坚如磐石。是继续打下去创造奇迹，或是玉石俱焚，还是效仿鲜于辅顺势而为？张郃陷入了沉思。

此时，张郃也许想到了麴义将军，这位在界桥之战力挫公孙瓒精锐骑兵的名将，为袁绍大体统一黄河以北立下了汗马功劳。但袁绍嫉妒麴义功高震主，竟以一次小败仗为由，把麴义及其旧部斩尽杀绝。张郃也许又想到了关羽将军，投降曹操有高官厚禄，离开曹营网开一面，简直是“来则欢迎、去则欢送”。真是人比人得死，货比货得扔！停止进攻，投降曹公！

曹操得知张郃战场起义，悬着的心终于落地了，高兴地说：“如微子去殷，韩信归汉也。”立刻拜张郃为偏将军，封为都亭侯。

袁绍得知张郃战场倒戈，悬着的心，也终于落地，不用再琢磨反击方案，只剩逃跑一条路——“绍众大溃，绍与谭单骑退渡河。”（《三

国志》）

史书记载，袁军士兵死伤以及投降被坑杀者，有七八万人。

官渡大战前，袁绍发给士兵人手一根三尺绳，现在总算用上了。

但捆的不是曹操，也不是曹兵，而是袁兵。

袁绍大哥晓得：一切都结束了。

第十五节　为政之要

建安十年（205年）年初，南皮城，血流成河。

《英雄记》写道："操作鼓吹，自称万岁，于马上舞。"

在军乐队的伴奏下，曹操高呼自己万岁，于战马上载歌载舞。

袁绍的长子袁谭死了，次子袁熙和老三袁尚向辽西郡逃窜，袁氏家族日薄西山。

尽管曹操打赢决定性的官渡之战，袁绍大哥连气带病含恨离世，袁谭和袁尚为争夺地盘反目成仇，曹操还是花费四年多才平定冀州。果真虎父无犬子，袁绍儿子们的军事能力不白给，曹操打得异常艰苦。

"公攻谭，旦及日中不决。"（《三国志》）南皮城下，无路可退的袁谭军，迸发出前所未有的战斗力，与曹军主力从早晨打到中午，依旧难分胜负。心如火焚的曹操突然挽起袖子，亲自替换掉气力不济的擂鼓手，铿锵有力的进军鼓声再度响起！老大上阵擂鼓！曹军士兵陡然振作，胜利天平开始倾斜，曹军终于获得又一场来之不易的险胜。

南皮陷落、郭图就戮、袁谭阵亡。曹操得意扬扬地下令，把袁谭首级悬挂示众，并恶狠狠说："敢哭者戮及妻子。"贪生怕死一大片，舍生取义总有人。袁氏故吏王修昂首挺胸、大义凛然回应："生受辟命，亡而不哭，非义也。畏死忘义，何以立世？"言罢痛哭流涕，哀恸三军。当曹军执法队正要捆了王修行刑时，脸色凝重的曹操突然开口："义士也，赦免！"

何止王修！邺城陷落时，被俘的守将审配也是意气壮烈，直言只恨箭不够多！临刑前，审配大声高喊：“我的主公在北，我要面向北方！”还有官渡之战被俘的沮授，始终不肯投降，直至越狱失败身亡。还有官渡大败后，袁绍恼羞成怒杀死的田丰，虽然出谋划策不着边际，但毕竟刚正不阿、一片忠心。还有幽州别驾从事史韩珩，宁可辞官归隐也不屈就曹操，最终病死家中。话说袁军阵营不乏忠义之士，怎么愣是输得干干净净？

说到底，思想境界有差距。尤其是在接班人的选择上，袁绍犯下一连串错误。袁绍喜欢老三袁尚，打算废长立幼，可依然重用长子袁谭、次子袁熙以及外甥高干，分别委任为青州刺史、幽州刺史以及并州刺史，号称让他们各据一州，比谁能力强。本来由老爹直接拍板决定的事，搞成内定人选却在名义上公平竞争的“四不像”。沮授劝谏失败，一声长叹：“祸始此矣。”一语中的！袁绍撒手人寰，袁谭和袁尚很快相互猜忌、大打出手，最终被曹操各个击破。

反观曹操，思想境界很到位。曹操深通人性，晓得大家跟自己干事业，不是因为自己帅，而是为了过上幸福生活。曹操在《孙子兵法》注释里直白写道：“军无财，士不来；军无赏，士不往。”在《封功臣令》《分租与诸将掾属令》中，曹操也反复强调，自己愿意效仿英雄人物——“受赐千金，一朝散之”，与大家共享荣华富贵。曹操说到做到，不仅以朝廷名义给功臣封侯拜将，还把私人封地的租赋分给属下将领、官员以及死难将士的遗孤。

不光有功必赏，有时剧情也挺跌宕。曹操率军奇袭柳城获胜，立刻严肃下令：“认真查一查，当初谁以路远坑深为由，百般阻挠这场伟大的胜利远征，拉名单给我！”正当名单上的诸公惴惴不安时，曹操画风突变，和蔼可亲地笑道：“我是侥幸弄险取胜，不能把特例当经验。你们的劝谏才是万全之策，必须重重赏赐，希望继续知无不言、言无不尽！”

曹操不光有功必赏，更能既往不咎。在官渡之战后，曹军缴获袁绍的信件箱，这些与袁绍沟通感情的笔友，不仅有朝廷及地方官员，甚至还有军中将领。英明睿智的曹操当机立断：把箱子烧了！望着熊熊烈火中即将燃尽成灰的信件箱，曹操颇有自嘲精神地说：“那时袁绍很强大，我都担心不能自保，大家预先找下家，很正常嘛。”曹操说得平淡无奇，却让众多文臣武将感到无限温暖，感受到什么是大英雄的大情怀。

英雄之间比勇比智，归根结底是比人生格局，比能不能舍得，比愿不愿放下，比得不得人心。袁绍与曹操的北方霸主之争，是曹操以少胜多，但并不是以弱胜强，而是以强胜弱，因为袁绍和曹操的思想境界，始终不在同一水平上。

早在讨伐董卓时，袁绍便与曹操分出高下。袁绍问：“如果讨伐董卓不能按计划进展，哪里可以作为谋求发展的根据地？”曹操不动声色地反问：“大哥以为哪里适合？”袁绍信心满满地说：“黄河以北以及燕代地域比较好，土地肥沃、人口稠密、马源充足，还可以借助北方游牧民族的力量，坐北朝南争夺天下，厉害吧？”

厉害不厉害，要看有没有更厉害的。曹操从容回应：“我觉得，只要广纳天下英雄，以正义之道统率，在哪儿都可以成功！商汤、周武占据的地方不一样，不都取得了成功？如果拘泥于山川险固，过于依赖地利，那么反而不能随机而变。”

思想境界往往决定人生走向。袁绍争天下更看重地广人众；曹操争天下更看重凝聚奇士英才。其实，在官渡之战的很多年前，曹袁胜负大体已定。造物弄人啊，既生绍，何生操。历经世事磨炼、坚韧不拔、雄才大略的袁绍，不幸与“超世之杰”的曹操生在同一个时代。英雄之哀，莫过于此。

建安七年（202年）夏，始终无法走出官渡失利阴影的袁绍大哥，料定翻盘无望，由气生病，呕血而亡。袁绍直至临终，也没完全明白自己败在哪里。如果真明白，就不会任由袁谭和袁尚搞成兄弟相争的局面。不过，估计袁绍意料到袁氏家族会继续败，败得一干二净，败到曹操来到他的墓地痛哭流涕。

也许，曹操还带来哥儿俩三十多年前在洛阳畅饮的新丰美酒。

毫不手软地追杀你的儿子，满怀深情地致敬我的大哥！

曹操，三鞠躬。

第十六节　星汉灿烂

建安十二年（207年）秋，白狼山，横尸遍野。

《英雄记》写道："一战斩蹋顿首，系马鞍，于马上抃舞。"

曹操把乌桓首领蹋顿的头颅割下来，系在马鞍上，在战马上表演起拍手舞。

胜利来之不易。自从袁尚和袁熙逃到辽西，幽州北部便几无宁日。史书记载："辽西单于蹋顿尤强，为绍所厚，故尚兄弟归之，数入塞为害。"袁氏兄弟的游击骚扰很烦人，可是辽西地处偏远，曹军许多将领表示没必要理会，让他们自生自灭吧。

军事上可以不算账，但要算政治账。袁氏兄弟一日不亡，曹操一日不能安心南征刘表。曹操夸赞"能知孤意"的郭嘉不负期望，力排众议道："乌桓以为离得远，不会周密设防，只要突然发起进攻，肯定能取胜。而且袁绍有恩于乌桓，袁尚、袁熙在黄河以北仍有不少潜在支持者，不赶紧消灭他们，一旦死灰复燃，就会后患无穷。"曹军将领都晓得郭嘉与曹操"行同骑乘，坐共幄席"的亲密关系，众将心领神会，立刻转变态度，表示路不远、可以去。

建安十二年（207年）夏，曹操带领大军秘密集结于无终，准备出滨海道过碣石，穿越渤海沿岸的平原，出其不意地进攻辽西乌桓的大本营柳城。虽计划得挺好，但天公不作美，大雨连绵导致道路泥泞，进军时间一拖再拖，一直拖到蹋顿和袁氏兄弟发现曹军意图。

奇袭计划搁浅，退军吧。临走前，曹操命令在显要位置竖起一块大木板，上面写着："暑热夏季，道路不通，等秋冬再进军。"负责侦察敌情的乌桓骑兵兜了一圈，确实没发现曹军，便按大木板上的内容向上级汇报了。

回马枪！曹操大军拐了弯，由当地向导指引，从破败断绝已久的隐蔽小路，出卢龙塞直奔柳城！这条路偏僻艰险，要在缺少补给的区域前进几百里。这本已十分危险，但郭嘉还嫌难度系数不够大，建议曹操把辎重留给步兵，只率精锐骑兵急速挺进，号称“兵贵神速”。结果“神速”是“神速”，吃喝补给出现大问题，不得不杀掉数千匹备用战马，又凿地三十余丈挖水，才算勉强走出险境，来到距离柳城二百里的白狼山。

正在筹备辽西郡中秋晚会的蹋顿和袁氏兄弟大呼上当，匆忙集结数万骑兵前往白狼山迎敌。由于曹军骑兵在人数上处于劣势，披甲将士也少，不少将领产生畏难情绪，希望等押运铠甲和辎重的步兵到达，大家伙儿一起上比较有把握。

迟则生变，又不容有失！曹操登高远眺，观察到乌桓骑兵的军容不整、阵形松散，平常明显缺乏合练，与百战余生的曹军骑兵，差出不止一个档次。不用等了，全军出击！以虎豹骑为首的曹军数千骑兵，呼啸而下，与数倍于己的乌桓骑兵展开激烈厮杀——“虏众大崩，斩蹋顿及名王已下，胡、汉降者二十余万口。”（《三国志》）

白狼山之战，曹操大军胜得酣畅淋漓，袁熙和袁尚带着残兵败将，逃向更加偏远的幽州辽东郡。打胜仗的曹军将领轮番鸡血请战，表示要一追到底、除恶务尽。曹操看着当初辽西都不愿意来，如今辽东都能去的众将，直接自信地说：“公孙康会把袁尚和袁熙的人头送来，不麻烦将士们出征，班师回朝吧。”

果然不出所料，曹军掉头没走多远，辽东太守公孙康就把袁氏兄弟的人头快速送到。代郡乌桓首领和上郡乌桓首领也很识相，争先恐后送来劳军慰问品并致以“贺电”：热烈庆祝曹公扫除大家长久以来非常痛恨的袁氏家族，真可谓功盖千秋。

地方军阀把马屁拍得响亮，曹军将领自然也不甘落后，大家不约而同地围着曹操，一脸懵懂无知的样子，虔诚求教道：“您真是料事如神，咱们刚撤军，公孙康就把袁氏兄弟人头送来了，您给讲讲吧，这是为什么呢？”问得好，曹操兴致勃勃地说出谜底：“公孙康平素惧怕袁尚等人，如果太着急进攻，他们必然会合力对付我们。如果暂缓进攻，他们就会自相残杀，这是很简单的事情嘛。”得胜归途的曹操，言谈举止从容不迫。

胜利的喜悦还没品尝够，人生的苦恼随即到来。体弱多病的郭嘉，由于水土不服，再加上日夜急行，操劳过度，突然病重。曹操真着急，不停地派人询问郭嘉病情，往往前面派去的还没回来，后面派去的又出发了。很可惜，有些事情不能以人的意志为转移，即使有曹军医护队的全力救治，郭嘉还是没能挨过建安十二年（207年）的冬天。

曹操失去一位神机妙算的谋士，更失去一位性情相投的知己。尽管曹操与郭嘉差十多岁，职位尊卑也异，二人却是秉性相投、亲密无间的好哥们。郭嘉放荡不拘小节，在执法严格的曹操看来，完全不是事儿。哪怕纪检官员实名举报郭嘉不检点，曹操也不为所动，还亲自为之辩解："此乃非常之人，不宜以常理拘之。"

天下人相知者甚少！郭嘉曾坦言："如果前往南方征伐，我很可能水土不服，不能生还。"即便如此，郭嘉依然鼓励曹操，一定要南下平定荆州。郭嘉以弃命精神对曹操事业的支持，已经远远超越其谋略。在郭嘉葬礼上，曹操极为哀痛地对荀攸等人说："你们跟我同辈，只有郭嘉最年轻，本要托付后事，没料到英年早逝！这就是命啊！"

世事无常，奈何奈何！曹操班师途中经过碣石，第一次见到浩瀚无边的大海，他不由得心潮澎湃、感慨万千，把对人生的感悟、对宇宙的感动，化成古直悲凉的豪迈诗作："东临碣石，以观沧海。水何澹澹，山岛竦峙。树木丛生，百草丰茂。秋风萧瑟，洪波涌起。日月之行，若出其中。星汉灿烂，若出其里。幸甚至哉，歌以咏志。"

53岁的曹操，泪眼婆娑，站在人生巅峰！

第五章 天下三分

作者女儿小北手绘

横扫中原，威震塞外，纵横驰骋，所向披靡！荆襄大地在颤抖，江淮两岸浪不停。谁能阻挡无敌于天下的曹操？羽扇纶巾谈笑间，自有英雄来相会。

第一节　寄人篱下

要么忍，要么滚。

没地滚，只能忍。

大家都懂，刘备当然更懂。

刘备这一忍，就是七年。官渡之战后，刘备抵挡不住曹操大军的追击，向荆州紧急逃窜。为表达对抗曹大英雄刘备的景仰之情，荆州牧刘表率领属下主要官员来到襄阳城郊，齐刷刷列队，举行隆重欢迎仪式，客气得不得了。然而，刘备很快就发现，刘表除了给足他面子外，什么都给不足。所幸刘备已修炼出随遇而安的心性，给多少兵出多少力，发多少粮吃多少饭，让屯兵新野就在新野，让屯兵樊城就去樊城。人在屋檐下，不得不低头，刘备以不变应万变：忍。

有些事情，忍不过去。建安十二年（207年）夏，曹操远征辽西乌桓，即将消灭袁氏残余势力。可以预见，曹操下一个目标，必是垂涎已久的荆州；荆州的第一个目标，必是漏网之鱼刘备。从不参与荆襄军政事务决策的刘备，都坐不住了，向刘表建议："老哥，曹贼远征，咱们抄他后路吧。攻占许都，营救天子！"疾病缠身的刘表，有气无力地摇摇头，兴许还会嘱咐刘备多喝茶少喝酒，别总想着摸曹老虎的屁股。

机会稍纵即逝。曹操胜利班师回到邺城，满面春风地开凿玄武池，准备训练水军，目的不言而喻。刘表琢磨过味儿来，有些后悔地对刘备说："没听贤弟的，失去再也得不到的绝佳机会，真可惜！"事已至此，又没有时间穿梭机，还是向前看吧。刘备宽慰道："老哥别灰心！天下分裂、战事不断，只要能总结经验教训，把握住以后机会，这次也就不算什么遗憾。"

下一次机会在哪儿，又能不能抓住？刘备不知道。出道二十多年来，刘备积极捕捉每一次机会，可机会总是无情地从他身边溜走。在幽州跟着公孙瓒，在徐州跟着陶谦，在豫州跟着曹操，在冀州跟着袁绍，在荆州跟着刘表，单位换了无数，领导也换了无数，刘备的事业始终起起伏伏、飘忽不定。上天对异常努力的刘备，当真有点薄情。

虽说英雄有泪不轻弹，但刘备还是哭了。有一次，刘备应邀参加刘表组织的襄阳郊游宴会，借酒浇愁喝高了，如厕时摸到自己大腿的肥肉，不禁落下泪来。回到座席，刘备双眼红肿又留着泪痕，引起刘表的注意："贤弟上趟厕所，怎么哭成这样？"

刘备哽咽长叹："我以前长期不离马鞍，大腿肥肉消散，精壮结实。来到荆州这些年，很少骑马作战，闲居安逸导致髀肉复生。想起时光如水，岁月蹉跎，人转眼老了，也没取得功名，一时悲从中来。"47岁的刘备在汉代，确实可以算步入晚年了。

刘备的感慨，何尝不是66岁刘表的心声。汉室宗亲的刘表，从小志向远大、博学多才，是党人"八俊"之一。刘表本来仕途一片光明，却因反对奸佞宦官遭到通缉，逃亡十几年，直至黄巾之乱才复出做官。可没过几年，董卓又把持朝廷、废立皇帝，眼见朝纲混乱、不能挽救，刘表开始谋求外任，拿到一纸空文的荆州刺史委任状。

"乃单马入宜城。"——何等英雄气概的六个字！十八年前，"长八尺余，姿貌甚伟"的刘表，单枪匹马毅然南下，争取到蔡瑁、蒯越等荆襄实力派人物支持，以冷酷无情的铁腕手段，清除各地反对派，成为名副其实的荆州"一把手"。十八年来，刘表在军事上外御强敌、内平叛乱；经济文化上更是颇有建树，吸引众多中原名士来此客居。如果刘表年轻二十岁，未尝不可与群雄角力天下。

好汉不提当年勇。垂暮之年的刘表莫说争天下，就是保荆州都很吃力。随着曹操统一北方的步伐越来越铿锵有力，蔡瑁、蒯越等老战友为保住荆襄望族地位，已经或明或暗地劝刘表顺应时代潮流。刘表万分痛苦地发现，荆州地界愿意跟曹操死磕到底的人，只有这些年防来防去的刘备。

身体每况愈下的刘表，曾私下对刘备说："我的儿子都不成才，诸将也不争气。我死后，贤弟摄政荆州吧。”刘备当然想，可蔡瑁、蒯越能答应吗？刘备兴奋片刻，很快恢复一如既往的淡定，审时度势地客气回应：“老哥，您的儿子都很贤明，您安心养病吧。”

世上没有不透风的墙。一门心思想投入曹操怀抱的蔡瑁和蒯越觉得，之所以刘表仍在咬牙坚持，是对驻守樊城的刘备抱有最后希望。那就干掉他！当刘备又一次来襄阳参加郊游宴会时，很有人道主义精神的蔡瑁和蒯越决定，先让刘备吃饱，然后送他上路！

赴过鸿门宴，也摆过鸿门宴的刘备，什么没见过？刘备很快察觉出蔡瑁和蒯越的神色与以往不同，立时知道要坏！只要刘表喝高退席，死神很可能登场亮相。刻不容缓！刘备立刻声称喝多，要去厕所，但出了宴会厅便直奔马厩，骑上的卢（额部有白斑点的马），扬鞭狂奔。拿上厕所当跑路理由，显然只能瞒一泡尿的工夫，蔡瑁和蒯越得知刘备溜走，急忙派出骑兵追杀。

没跑多远，人仰马翻。刘备许久没以急行军速度骑马，加上逃命心切，很可能没勒住飞奔的的卢，连人带马扎进襄阳城西的檀溪河。不知的卢是让水草缠住，还是被淤泥困住，或是单纯受惊吓愣住，总之小马哥不动弹了。

刘备拍着大腿上的肥肉，懊恼不已，真不该选它！那还要从建安二年（197年）说起，刘备兵败逃窜，投奔曹操。为了欢迎老朋友、老对手的投诚，曹操慷慨赠送骏马。不知刘备是装疯卖傻，还是同病相怜的缘故，放着上等马厩数百匹膀大腰圆的壮马不要，非在下等马厩挑中瘦悴骨立的的卢。《乘舆马赋》为此记载：“刘备抚而取之，众莫不笑之。”

当年不顾众人嘲笑选择您，这些年把您养得又白又壮，关键时刻您好意思掉链子吗？！刘备又急又气地说：“的卢啊，的卢！现在很危险！请不要开玩笑！您使把力气吧！”据喜好渲染情节的《魏晋世语》记录，受到刘备激励和鞭策的的卢，仿佛装上弹簧，直接跃起三丈（将近十米），给后世骏马树立了学习好榜样。

的卢跃出险境，再度飞驰电掣，犹如弓箭震耳离弦。由于的卢知耻而后勇，刘备及时转乘上襄水摆渡船。船至河中，蔡瑁和蒯越的骑兵也追至岸边，这些骑兵见抓不到刘备，立刻收起凶神恶煞的表情，转而笑容可掬地柔声问候："敬爱的刘将军，酒宴还没结束，您着什么急走啊？"刘备黑着脸不作答，心说吃完再走，人生就没下一顿了。

君子交绝，不出恶声，双方以非常体面的方式断绝了来往。可刘备渡过襄水，回到樊城，又能怎样？凶险依旧！北有虎视眈眈的几十万曹操大军，南有不怀好意的众多荆州投降派，刘备宛若激流中的一叶浮萍。

天下虽大，英雄难觅立锥之地。

第二节　抱膝长啸

天将降大任于斯人也，必先安排其与众不同的人生。

幼年时父母相继病亡，不得不依靠叔父照顾；少年时家园战火纷飞，不得不背井离乡避难；青年时叔父撒手人寰，不得不直面惨淡乱世。17岁的他，在襄阳城西的隆中山，购置些田产，以读为主、以耕为辅，一住就是十年。27岁的他，自比管仲、乐毅，或登乐山，鼓琴以为梁父吟；或夜幕下，仰天长啸、无尽遐思。他很清楚，中原大地势如破竹的曹军铁骑，即将南下！安谧宁静的隆中山，终究躲不开乱世战火！

他预料到有这一天，为此寒窗苦读，因为他知道——知识改变命运。弱肉强食的乱世，没有真本事不行。十年来，他博览群书、涉猎广泛，读了《论语》《礼记》《春秋》《诗经》等儒家经典和《史记》《汉书》《东观汉记》等各类史书，尤其对《申子》《韩非子》《管子》等法家著作以及《孙子兵法》《六韬》等兵书研究甚深。

除了读书，他对书法、音乐、绘画等高雅艺术也颇有研究。他不是为当学霸，而是要融入往来无白丁的荆州名士圈，因为他知道——抱团可以取暖。他参加了刘表亲自督办的学业堂，结交到不少荆州学子，并与从中原避难来的士人交往密切；他还经常向庞德公、黄承彦、司马徽等荆襄名士虚心求教、登门拜访，得到越来越多的好评称赞。在他的盛情邀请下，有山、有水、有书读的隆中草庐，也逐渐成为青年才俊的文艺沙龙聚点，来此交流读书心得的徐庶等友人，学问一个赛一个，好到能把经典著作倒背如流。然而与众不同的他，读书只是“观其大略”，因为他知道——人脉才是王道。读书再多，也不如关系好用。他的二姐嫁给了荆州士林领袖庞德公的儿子，他的大姐嫁给了荆州三把手蒯越的侄子。他娶了荆州名士黄承彦的女儿，她的姨母是荆州“二把手”蔡瑁的亲姐姐和荆州“一把手”刘表的正室夫人！也许有意而为，也许无心之举，总之他把荆州五大家族关系集于一身，除了神了，还是神了。无论他用哪条关系，都可以轻松谋得一份好差事，受到重点培养，得到火箭式提拔。可他哪条关系也不用，因为他知道——格局一锤定音。

人脉再多、关系再广，人生高度还是取决于志向。他要的不是高官厚禄，而是匡扶天下、兴复汉室。十三年前，曹操大军来到他的家乡暴虐横行，数以万计的父老乡亲被屠杀扔进泗水河，河水为之变色！河道为之堵塞！在他看来，廓清寰宇的第一个目标，是必须消灭当年血腥刽子手、如今挟天子的国贼曹操。然而，刘表年迈多病，蔡瑁、蒯越又是软骨投降派。举目望去，荆襄大地似乎只有这位英雄。

没错，是刘备。尽管刘备实力差、运气差，到哪儿哪儿垮台、跟谁混谁完蛋，但在血腥残暴的乱世，刘备几十年如一日积淀的仁义，不仅名扬四海，更是深深植入这位少年的内心。十三年前，曹操大军肆无忌惮地在徐州烧杀抢掠，一大队呼啸而过的骑兵，引起沿途百姓的注目——大家快来看，这是青州平原相刘备的仁义之师，要南下打曹操、救黎民！

也许，这是他在血流成河、疮痍满目的徐州，看到的唯一希望。也许，他曾经真想“躬耕于南阳，苟全性命于乱世，不求闻达于诸侯”。然而七年前，当刘备灰头土脸逃到荆州时，他的希望重燃，期待跟随修仁行义的大英雄拯救天下。可七年过去了，大英雄刘备没来，倒是曹贼步步逼近荆州！他抱膝苍凉长啸，缓缓起身，不能再等，《魏略》记载：“乃北行见备。”

希望越大，失望越大，期盼中的英雄相惜根本没出现。他满怀憧憬见到刘备，发现非但不是传闻中热情厚道的仁义君子，反而有些尖酸刻薄。当然，这事不能怪刘备，由于刘备差点被蔡瑁和蒯越在酒宴上剁成肉泥，肯定对蔡瑁外甥女婿和蒯越侄媳的弟弟没好气，一反平日待人接物的宽厚气度。

他去拜访时，刘备正在宴请宾客，实在不便推脱，只好冷漠接待。刘备以他不是故交而且年轻，安排到宴会厅末席，随便拿些食物敷衍。他的满腔热情瞬间冷却，原来刘备的英雄称号名不副实，也是看人下菜碟！

宴会结束，嘉宾陆续散去，只有他兴趣盎然地欣赏着残羹剩饭。涵养相当好的刘备面无表情，既不轰他，也不理他，拿出别人送来的牦牛尾，自顾自地编起来（可装饰铠甲）。这种冷场十分尴尬，等于主人下了逐客令。这事搁谁都觉得没趣，可他似乎不在意。

没皮没脸，蔡瑁和蒯越的亲戚果然很无耻！刘备内心大概骂了他一百八十六遍，仍不紧不慢地干着手活。他也很不屑刘备，待人冷淡、出手小气，又爱好消磨意志的编绳手艺！他内心大概也骂了刘备一百八十六遍，表面却一脸轻松愉悦，赖着不走舔盘子。

既然来了，为拯救过徐州的刘备做点什么吧。他不亢不卑地打破平静："将军应当恢复远大志向，怎么把时间浪费在结毦（编羽毛饰物）上？"刘备不悦地扔下牛尾说："这是什么话！我只是用来解闷忘忧。"

他知道刘备的忧愁，但不打算直接解忧，先抛出一个不是问题的问题："将军觉得刘表和曹操，谁厉害？"这不是废话吗？刘备斜了他一眼说："刘表比不上曹操。"他继续追问："那将军觉得自己呢？"刘备窘迫到这般地步，实在没资本吹牛，只能无奈地表示："也不如。"

他不再兜圈子，直截了当地说："既然将军不如曹操，又只有几千士兵，怎么不想些应对计策？"刘备瞪大眼睛反问："我正为此事发愁，你难道有办法？"他缓缓起身，边往外走边说："现在荆州并非缺少人口，从四方逃难而来的人很多，只是记录在册的少。将军可以跟刘镇南（刘表）建议，将游民纳入户籍管理，游民主动申报户口，便分配给能养活自己的土地。待流民安定下来，再从中选取士兵，就可以增加兵源。"妙计！举重若轻地解决了征兵难的问题。

荆州之大，没有第二个英雄。诸葛亮，绝望而去。

第三节　鱼水之合

刘备，满怀希望而来。

《三国志·诸葛亮传》记载："凡三往，乃见。"

"山不在高，有仙则名。"在曹操大军随时挥师南下的紧要关头，刘备的首要大事并非加固城池、招募士兵，而是一而再，再而三地来到隆中山，求见没有从政、从军经验的诸葛亮。名扬天下的左将军刘备如此执着，显然做足了功课。

"水不在深，有龙则灵。"通过荆州名士庞德公、司马徽以及徐庶等人的轮番推介，刘备邀请诸葛亮出山相助的态度日益坚定。刘备不仅看重诸葛亮的学识才干，更看重诸葛亮的无敌人脉。当然，刘备最看重的还是诸葛亮的远大志向——在荆州军政大员抓紧练习拱手而降的优雅姿势时，唯有年轻的诸葛亮敢于坚持己见，义无反顾地要阻挡似乎不可阻挡的曹操。

隆中草庐，静待十年，终于等来该来的英雄。47岁的刘备和27岁的诸葛亮，决心共同改变历史走向。刘备开门见山地诚恳问道："汉室朝纲倾颓，奸臣窃取国权，天子受制于贼。鄙人自不量力量德，希望为天下伸张正义，可智术浅短、屡遭挫折，乃至沦落到如今地步。但我初衷不改、志向未泯，请您务必指点迷津，我该如何做？"刘备不愧是大儒卢植的弟子，别看平常与关羽、张飞尽说些下里巴人的俗语，但完全来得了阳春白雪。

针对刘备早准备好的问题，诸葛亮把早准备好的答案从容说出："自董卓窃权以来，天下豪杰纷起，割州据郡之人比比皆是。曹操相较袁绍，名望低而兵势弱，然而曹操却能打败袁绍。所以，转弱为强不仅看时机，更得力于人的谋略。"实话实说，诸葛亮说的这话无新意，刘备当然明白好谋略能以弱克强，否则就不来隆中山了。

刘备很有耐心地频频点头，诸葛亮继续说："曹操已拥百万之众，挟天子而令诸侯，此诚不可与争锋。"这句话更是尽人皆知，况且不可与曹操争胜的事，刘备比包括诸葛亮在内的任何人都理解得透彻。要是刘备能与曹操争锋，还用跑到荆州吗？

刘备很有耐心地频频点头，诸葛亮继续说："孙权继承父兄基业，占据江东已久，地势险要、民心归附，贤能之士愿为效力，只能结成同盟，不可打主意吞并。"这句话也是明摆着的事，刘备在荆州七年，只见孙权打刘表，很清楚江东子弟不好惹。

刘备很有耐心地频频点头，诸葛亮继续说："荆州北有汉、沔二水为险，南可收海产，东连吴郡、会稽，西可入巴蜀，这是兵家必争之地，当今荆州主人没能力守住，这是上天送给将军的礼物，将军有意要吗？"这还用说吗？刘备盯着荆州好几年了。

刘备很有耐心地频频点头，诸葛亮继续说："益州地势险要、沃野千里，乃天府之国，汉高祖刘邦凭借此地成就霸业。如今益州刘璋懦弱昏庸，才干之士都希望拥护贤明主公。将军是汉室后裔，信义闻名天下，能够广纳英雄。如果将军占据荆、益二州，凭险据守，西与戎族各部和好，南对夷越各族安抚，外与孙权联手，对内修德施仁，待天下有变，派上将统率荆州士卒进军宛城、洛阳，将军亲率益州军马出秦川。如果这样，则霸业可成，汉室可兴！"想要天下的刘备，不会不想要益州，可是荆州还没有呢！

刘备极有耐心地频频点头，高兴地说："善！"其实，诸葛亮说的战略规划，刘备基本都知道。即便刘备在群雄混战时思路不清，但如今天下只剩五个较大割据势力，大势非常明朗，掰着手指头算，也知道该怎么办。

中原曹操几乎不可战胜，江东孙权相当不好惹，西凉韩遂隔着十万八千里，而荆州刘表老迈、益州刘璋平庸，显然是下手目标。拿下荆州、益州，联合孙权打曹操，莫说乱世中摸爬滚打几十年的刘备，就是关羽、张飞也能说个八九不离十。

大家都知道的事，刘备用得着一次又一次跑到隆中山，非要请一个比自己小20岁的年轻人，用华丽的辞藻说一遍吗？很有必要！因为诸葛亮不仅说了史书中的"隆中策"，很可能还说了史书中没有的内容——如何实现"隆中策"！这才是精华所在！这些具体办法，刘备很难想到，即便想到也办不到，必须有请诸葛亮。

诸葛亮告诉刘备第一个消息，在几十万曹军随时南下的巨大精神压力下，姨夫刘表的身体状况很糟糕，一旦与世长辞或者神志不清，荆州权力结构就会重塑，到时能统领荆襄才俊抵抗曹操的人，恐怕非将军莫属。刘备频频点头，可刘表有好几个儿子呢。

诸葛亮告诉刘备第二个消息，刘表的长子刘琦和次子刘琮深度不和。由于刘琮娶了蔡氏家族的侄女，刘表后妻蔡氏和荆州二把手蔡瑁都支持刘琮，刘琦难以顺利接班。只要刘琦和刘琮相持不下，将军便有左右荆州走向的机会。刘备频频点头，可蔡瑁兵权在握，干掉刘琦易如反掌，哥儿俩怎能相持不下？

诸葛亮告诉刘备第三个消息，自己与表哥刘琦关系非常好，经常一起郊游聚餐。刘琦目前很苦恼，三番五次向他请教如何对付后妈迫害。以前他不想插手姨父家事，如今为了将军光复汉室的大业，愿意主动邀请刘琦喝茶聊天，寻机启发刘琦争取外任太守，这样就有了分庭抗礼的基础。刘备频频点头，可蔡氏姐弟不是傻子，阻止刘琦外任怎么办？

诸葛亮告诉刘备第四个消息，蔡氏姐弟非但不会阻拦，刘琦还有希望带走上万精兵。一方面，刘琦毕竟是长子，守在刘表身边也是隐患；另一方面，刘琦申请外任太守的地方很重要，若是长沙等郡或难成行，可要是遭到东吴军队猛攻的江夏郡，蔡氏姐弟巴不得刘琦赴任，正好可以烧香拜托孙权下杀手！刘备频频点头，可孙权真把刘琦消灭在江夏郡怎么办？

诸葛亮告诉刘备第五个消息，与孙权结盟是极大概率事件。几十万曹军即将南下，孙权若想抵抗曹操，只有联盟。大哥诸葛瑾是孙权的红人，还结交了不少力主抗曹的东吴官员，他们都会极力促成联盟。只要将军与孙权联手遏制曹贼攻势，相信以将军的威望，顺势主持荆州大局，不是难事吧？刘备频频点头，犹如醍醐灌顶，豁然开朗。

至于如何取得益州，怎样积攒实力，什么又是天下有变，诸葛亮肯定也提出了真知灼见。

刘备激动万分地握紧诸葛亮的双手，感觉救星来了！

相见恨晚的刘备和诸葛亮，携手走出隆中山。

中国历史走向，也将为之改变。

静待风云四海生。

第四节　高祖之风

建安十三年（208年）秋，荆州。

晋升丞相的曹操，亲率大军浩荡而来。

在荆州存亡的关键时刻，刘表却行将就木。刘表环顾围在自己病榻旁的人，要么是盼自己早点咽气的蔡瑁、蒯越等降曹派，要么是惶恐无措的刘琮。刘表痛彻心扉，明白大势已去。

也许，此时此刻的刘表，终于懂得名士庞德公的洒脱与睿智。《襄阳记》记载，刘表曾劝说庞德公出山做官："先生躬耕田亩，不肯出来做官，将来拿什么留给子孙？"庞德公笑道："世人追慕名利，只会留给子孙危险，我留给子孙的是安全。"此言不虚！刘表驾鹤西去，继承偌大荆州的刘琮，为了保全性命，只能拱手而降。

曹操来了，刘表死了，刘琮降了。刘备自我觉悟时，曹军主力已至宛城。曹操很可能给刘备送来款款深情的劝降书，宣称"披怀解带，投分托意"，希望哥儿俩敞开心扉，再续青梅煮酒的真挚友情。刘备当然不信曹操的花言巧语，但不降又打不过，怎么办？

三十六计，走为上策。刘备撒丫子就跑的速度极其迅猛，通常能把妻子、兄弟以及身边的众人甩得老远，"备单身走""弃众而走"等多次夺得跑路冠军的记载屡见史书。在荆州安稳度过七八年的刘备，不仅没丢掉看家本领，还有了更深感悟。虽然以前跑出了速度，但跑丢了格调，这次刘备决定全方位提升跑路水平——带着大家慢慢跑。

要跑一起跑，一个不能少。这次，刘备没有自己跑，也没只带军队跑，还带上了众多愿意跟着跑的樊城百姓。虽然行进速度要多慢有多慢，但刘备似乎仍嫌不够慢，特意在襄阳城下停住，大张声势地呼喊刘琮出来理论。刘琮不战而降又秘而不宣，脸都丢到了太平洋，哪敢出来找骂。刘琮越不露面，刘备在城下数落得越来劲儿。

说着说着，效果显现——“琮左右及荆州人多归先主。”襄阳官员及百姓用脚投票，纷纷投奔大义凛然、理正词直的刘备。诸葛亮适时上前，声音洪亮地建议：“既然刘琮已降曹贼，那把襄阳打下来吧，荆州可有！”刘备看了看城坚池深的襄阳城，使劲儿摆手，仰天朗声回应：“老哥病重时，曾拜托我照顾他的孩子，我怎能够辜负重托？我不忍心如此！”

不打也不走，刘备继续冲着城墙上的空气说理。随着扶老携幼的百姓接踵而至，刘备更不着急，又来到襄阳城外的刘表墓地，边哭边说：“老哥啊，我对不住您啊！您曾要把荆州托付给我，我后悔没有答应，没想到荆州不战而降，沦陷国贼之手。我有心杀贼、无力回天啊！”再经这番耽搁，又有一些官员和百姓追上了刘备的慢跑队伍。

襄阳城外，仁义远播。磨蹭大半天的刘备终于继续南下，沿途闻讯赶来的百姓越来越多，到当阳已有十几万人，行进速度越来越慢，每天只能走十余里。不少好心人都为豪气干云的刘备捏把汗，善意劝道：“将军应该迅速抢占囤积大量军用物资的江陵，不要再慢悠悠地撤退了。现在带着众多百姓，披甲士兵又少，如果曹军精锐杀到，拿什么抵抗？”刘备若有所思地说：“成大事者必以人为本，大家愿意跟我走，我怎么忍心抛弃！”

继续向南走吧。刘备带领数千士兵，保护包括自己家眷在内的十几万百姓，慢悠悠地走向不打算去的江陵。刘备非常明白，既然刘琮已投降曹操，江陵守将不可能给自己打开城门。刘备若想占据江陵，就必须动武。算上关羽的水军，刘备也就两万人，想在短时间内打下荆州防御力量排名第二的江陵，希望微乎其微。很可能刘备还没攻下来，曹操大军已经杀到。到那时，腹背受敌、进退失据的刘备军，必然会被包饺子！

刘备真正想去的地方，是江夏郡的夏口。一方面，夏口靠近孙权，方便联盟抗曹；另一方面，江夏郡太守刘琦驻扎在夏口，麾下有上万士兵。但刘备之所以指南就东，走出如此鬼魅的步伐，是因为要迷惑正在穷追不舍的曹丞相。

当真迷了眼。处于不战而胜喜悦中的曹丞相，一如既往飘起来，忽视对刘备反常慢跑深入地研究，以为他真要去江陵。曹操生怕刘备抢先，命令先锋部队不带辎重，加速前进！赶到襄阳，曹操得知刘备已经南下，更是心急火燎，立刻抽调以虎豹骑为主的五千精锐骑兵，一日一夜急行三百余里，疯狂追杀！

一路上，曹军士兵追得饥渴难耐，曹操也不肯停歇，急中生智地指着远方说："再坚持坚持，前面有酸甜可口的梅子树！"靠着望梅止渴精神的续命，曹军虎豹骑终于在当阳长坂，撵上了刘备的慢跑队伍。

天刚蒙蒙亮，刘备军的数千士兵以及十几万随行百姓，被地面传来的马蹄声惊醒！没等大家搞清楚状况，曹军虎豹骑已发起攻击！追得脑袋冒青烟的虎豹骑，犹如冲入羊群的猛兽，不管不顾大开杀戒，不仅砍杀刘备士兵，连百姓也不放过。看上去，刘备完败；实际上，却是曹操完败。曹军袭击十几万逃难百姓的暴行，很快会传遍荆州，曹操再次尽失人心。

善败者不亡！是时候表演真正的技术了！刘备当机立断，抛妻弃子，加速跑！刘备不跑是不跑，只要决定跑，谁也别想追上。《三国志·关羽传》记载："先主斜趣汉津，适与羽船相值，共至夏口。"《三国志·张飞传》记载："先主闻曹公卒至，弃妻子走，使飞将二十骑拒后。"可以看出，刘备提前做好了逃跑应急预案。关羽率领的水军，一直以极慢速度行进，时刻准备接应！当阳战场则由张飞负责断后！大家向夏口撤退！

断后不叫事！张飞跟随刘备二十多年，跑路次数多如牛毛，积累了丰富的经验。眼见曹军大队人马来袭，张飞反应神速，第一时间抢占了关乎逃生成败的当阳桥。立在桥头、瞋目横矛的张飞，带着二十个骑兵兄弟，与至少数倍于己的曹军虎豹骑严肃对峙。

因为超级急行军，虎豹骑应该没带弓箭，只能考虑近身搏斗。当阳桥又比较狭窄，大块头的张飞往桥头一堵，曹军人数优势无从发挥，唯有排队上桥单挑。对于斩杀过袁谭、蹋顿等敌军统帅而闻名天下的虎豹骑，单挑能力不是问题，问题是单挑顺序。

不得不说，大众心理学是一门很重要的军事学科。尽管虎豹骑个顶个勇武过人，但张飞“万人之敌”的名号也不是吹的。虎豹骑都知道排在后面上好，可以趁张飞体力不支取胜。但前头几个谁上，尤其必死的第一个谁来？当阳战场处处是刘备军的溃兵，明明可以轻松取得战功，有没有必要与张飞血拼？虎豹骑不知如何是好，两军默不作声地隔桥对峙。

随着时间推移，虎豹骑越聚越多，似乎有些冒失鬼想冲上桥试试运气。张飞明白，一旦有第一个挑战者，马上就会激发虎豹骑的血腥杀气，而且会很快站出第二个、第三个挑战者，自己必将血染疆场。断后断了二十年的张飞，一时间感慨万千，眼泪在眼圈里打转，觉得真要跟刘备大哥告别了。

越是生死关头，越是英雄豪迈！张飞气往上涌、血脉偾张，怒目圆睁地握紧锐利长矛，突然爆发出一声响彻天地的绝望大喝：“身是张益德也，可来共决死！”

猛听到天崩地裂的同归于尽邀请，刚有些躁动的虎豹骑宛如被泼了一大盆凉水，又冷静下来，彻底放弃单挑想法，掉转马头去追赶刘备军的溃散败兵。

《三国志·张飞传》记载：“敌皆无敢近者，故遂得免。”

这正是，狭路相逢勇者胜！

第五节　终不背德

张飞拼命断后，刘备仍没跑远。

不知谁说了句：“别等了，赵云投奔曹军去了。”

刘备登时蹿火！《云别传》记载：“先主以手戟擿之曰：‘子龙不弃我走也。’”

知赵云者，莫过于刘备。十八年前，刘备与“身长八尺，姿颜雄伟”的赵云相识于公孙瓒军营。当时脑袋缺根弦的公孙瓒，非但没有热烈欢迎投奔自己的赵云，还颇为轻蔑地问："听说冀州人都想依附我的死对头袁绍，怎么唯独你迷途知返？"

面对无端猜忌，赵云不急不恼，平静如水地说："天下大乱，百姓艰难。我们觉得应该从仁政所在，并不是要疏远袁绍偏向将军。"赵云不亢不卑，把公孙瓒顶得没话说。高举仁义大旗的刘备欣喜若狂——赵云乃志同道合的兄弟！不久，赵云成为刘备所部的骑兵队队长。

知赵云者，莫过于刘备。十六年前，脑袋已缺两根弦的公孙瓒，残忍杀害了"恩厚得众"的幽州牧刘虞，不仅尽失民心，也寒了追求仁政所在的赵云的心。赵云以兄长去世为由，请假回乡奔丧。只有刘备清楚，赵云此去不会再回！送别路上，刘备紧握赵云的手，依依不舍。

深受感动的赵云很为难，虽然刘备仁义宽厚，但毕竟是公孙瓒下属。赵云饱含深情地望着刘备，诚挚地说："终不背德。"一语双关，赵云既表明不做有违德操的事，也表示不会忘记刘备（字玄德）。刘备目送赵云纵马远去，唏嘘感叹，希望后会有期。

知赵云者，莫过于刘备。九年前，仁义名声远播的刘备，如丧家之犬逃到冀州，得到袁绍大哥的高规格接待，成为轰动一时的特大新闻。刘备兴高采烈，不是因为隆重礼遇，而是料到有人会得消息寻他。确实如此，文武双全的赵云在邺城等候多时！

与赵云重逢的刘备相当激动，把"寝则同床"的张飞都抛弃了，跑去"与云同床眠卧"。追求仁政所在，赵云没开玩笑，放着雄踞黄河以北的袁绍大哥不投奔，放着奉天子以令不臣的曹操不投奔，毅然决然跟定落魄刘备。正所谓任沧海横流，尽显英雄本色。

知赵云者，莫过于刘备。只顾自己逃生，不惜屡次抛妻弃子的刘备，在危机四伏的当阳战场，愣是不走了！任时间一分一秒地过去，任虎豹骑杀声越来越近，刘备就是一动不动，目光坚毅地凝视远方，等待英雄归来。刘备没有失望！

呼啸的战马，血染的战甲，英武的身影。不错，是赵云！赵云单枪匹马怀抱刚满周岁的刘禅，竟在曹军虎豹骑的围追堵截中，杀出一条血路。奇迹！绝对是奇迹！刘备带领大家拼命跑路，唯有赵云勒马逆行、杀回险境、救出幼主！忠勇在赵云身上，得到最完美的诠释。

可惜，赵云不知刘备。刘备从樊城撤退，已经做好妥善安排。关羽率领上万精兵，押送重要物资，自水路乘船南下；刘备率领数千老弱士兵，保护包括自己家眷在内的十几万百姓，自陆路向南。刘备貌似要去江陵，实际是去夏口。

刘备应该拜读过曹操作注的《孙子兵法》，知道曹操对谍战工作的重视——“战者，必用间谍，以知敌之情实也。”刘备洞察秋毫，料到曹操扫除冀州袁氏的同时，不影响他往荆州派遣大量密探，跟随自己的十几万百姓中，一定有无数双狡黠目光。

只有刘备家眷在，才能让曹军细作对去江陵一事信以为真，才能让足智多谋的曹丞相着道！如果不是为等赵云，刘备不会为可有可无的东西耽误跑路。尽管唯一的亲儿子救回来了，但刘备感叹赵云做事无比正确的同时，总有股说不出来的别扭。

建安七年（202年），刘备在博望坡击败曹军，俘虏了曹将夏侯兰。赵云和夏侯兰是同乡，还是关系很好的儿时玩伴。于是赵云跟刘备说：“夏侯兰精通军法，可以当军正（执法官），请求免他一死。”刘备爽快答应，却感觉怪怪的。

其实，以赵云和刘备一起“睡过觉”的交情，只要大大咧咧说一句：“大哥，我跟夏侯兰穿开裆裤就认识，您别杀他。”刘备能杀吗？当然不杀，估计还得重用。但是赵云放弃哥们义气的沟通方式，用不苟言笑的理由递交免死申请。刘备感叹赵云风清气正的同时，难免感到莫名失落。

建安十四年（209年），赵云担任桂阳郡太守。投降的原桂阳郡太守为了拉关系、找靠山，想把守寡的嫂嫂许配给赵云。赵云委婉拒绝道：“我们同姓赵，你的嫂子，如同我的嫂子。”不久，原桂阳郡太守逃走，赵云因拒婚毫无牵涉。

其实，如果应下这门婚事，原桂阳郡太守很可能就不跑了。即便还是跑掉，又能怎样？以赵云与刘备一起“睡过觉”的交情，只要大大咧咧说一句："大哥，我娶错媳妇了，您看着罚吧。"刘备会罚吗？当然不会罚，估计还得再三安慰。刘备感叹赵云风清气正的同时，难免再次感到莫名失落。

建安十九年（214年），刘备攻取益州后，想把成都的房舍和园地作为奖励，分赐给诸将，只有赵云坚决反对："霍去病曾说，匈奴未灭，无以家为。现在国贼不止一个，远不到安逸享福的时候。益州百姓刚刚经历战乱，应该将田地房产归还百姓，这样才能得到民心。"

大家无不瞠目结舌！张飞等将领两眼冒光，正盼着分配方案出台，没想到让赵云给搅没了！刘备看着无比郁闷的诸将，一点办法也没有，谁让赵云说得无比正确呢？刘备感叹赵云风清气正的同时，难免又感到莫名失落。

章武元年（221年），刘备号称"为关羽报仇"，执意要进攻东吴。诸葛亮知道劝不住，咬牙忍住没说话，赵云仍一如既往地直抒己见："曹操虽死，但其子曹丕篡夺汉室皇位，引起公愤。我们应攻占关中，据黄河和渭水上游讨伐曹氏逆贼，关东义士必裹粮策马以迎王师。"

刘备没有再感叹赵云的风清气正，终于愤怒地拒绝谏言，让斗志不昂扬的赵云在江州待着。几个月后，刘备大军在夷陵全军覆没，东吴军队尾随追击，情况岌岌可危！赵云不离不弃地来了！《云别传》记载："云进兵至永安。"

病榻上的刘备，望着追求仁政、忠勇无双赶来护驾的赵云，老泪纵横、泣不成声。

我想跟你交兄弟，你偏与我做君臣！

缘分，当真浅了点啊。

第六节　明于事势

本来是去参加别人的追悼会，险些开了自己的追悼会。

幸亏刘备先生深谋远虑，战略上虚晃一枪，战术上安排得当，总算有惊无险。

《三国志·鲁肃传》记载："肃径迎之，到当阳长阪，与备会。"就是说，在当阳长坂大败逃的人群中，很可能不只刘备、张飞、赵云、诸葛亮，还有看透天下大势，深通人性的江东才俊——鲁肃。

名义上，鲁肃是来荆州追悼刘表并慰问家属的；实际上，鲁肃是前往荆州搞对抗曹操大联盟的。鲁肃先到夏口慰问刘琦，表示曹操来了，大家不要再打，化干戈为玉帛吧。随后，鲁肃马不停蹄地赶往南郡，想拉上刘琮和刘备一块儿干。可惜计划赶不上变化，刘琮举手投降，刘备弃城逃窜。所幸刘备带着十几万人走得慢、目标大，鲁肃没费劲儿便找到了。

若通人性，一见如故。《江表传》记载："（鲁肃）因宣权旨，论天下事势，致殷勤之意。"由此可见，鲁肃在准确传达孙权主张、严谨分析天下形势的同时，对刘备进行了热烈歌颂，表达了长期以来的崇敬之情。

趁着相谈甚欢，鲁肃顺畅地切入正题，关心地问："豫州（指刘备）一路往南，这是要去哪儿？"刘备当然不撂实话，敷衍道："我跟交州苍梧郡太守是老友，打算去那儿避风头。"刘备非但不提夏口，连打幌子的江陵都不提，直接把自己发配到最南边的交州，明摆着随便应付，等着鲁肃给说法。

曹军追兵已在路上，鲁肃没时间跟刘备推太极，很干脆地说："讨虏将军（孙权）聪明仁惠、敬贤礼士，江表英豪非常支持，而且据有江东六郡，兵精粮多，足以成大事。我从为您考虑的角度出发，觉得您应该与江东联盟，共同抵抗曹操。您去交州投奔平庸的苍梧郡太守，实不可取。"鲁肃说得直白，刘备听得痛快，认为没必要跟明白人再兜圈子，当场拍板让诸葛亮跟鲁肃去见孙权，全权代理同盟协议的签订事宜。

曹军铁骑将至的紧要关头，鲁肃来不及客套，只对诸葛亮说了一句话："我子瑜友也。"（我是你大哥诸葛瑾的好朋友。）鲁肃毫不遮掩地套交情，似乎有点小粗鲁，实际却是大智慧。联盟最重要的是政治互信，扭扭捏捏不行，亮底牌才是正解。鲁肃的坦诚，立刻赢得诸葛亮的好感——"即共定交"。放眼人才济济的东吴集团，鲁肃行军打仗可能比不上周瑜等人，但若论及谋略深远又通达人性，他无疑最强，没有之一。

鲁肃能舍得。《三国志·鲁肃传》记载："周瑜为居巢（县）长，将数百人故过候肃，并求资粮。"史书写得很儒雅，说周瑜带着数百人到鲁肃家"求"粮食。若求不成呢？显然周瑜不会善罢甘休。当时鲁肃家有两个大粮仓，每仓有三千斛米，鲁肃若不给，就得带家丁跟周瑜干一仗。打败了，两仓米全没了；打胜了，米倒是都在，却得罪了周瑜。

鲁肃做人大气，前路开阔。既然输赢都不好，擅长以和为贵的鲁肃，随手指着一仓说："见面分一半，这仓给你。"鲁肃如此慷慨豪迈，周瑜拍着大腿叫好，随即定下侨札之分，结成好兄弟。后来，周瑜不仅把鲁肃推荐给江东之主孙权，并在临终时留下遗言："鲁肃忠烈，临事不苟，可以代瑜。"

鲁肃识人心。兄弟领进门，修行在个人，能不能得到主公赏识，还得看自己本事。孙权曾虚情假意地问鲁肃："汉室倾危，我继承父兄基业，时常想如何成就齐桓公、晋文公的功业，您有什么好办法？"鲁肃看着孙权碧眼紫髯的凶狠模样，料定他不可能是齐桓公和晋文公。如果顺着孙权指的道走，那么一定大错特错。

鲁肃坦荡明白地回答："将军为什么只想做齐桓公、晋文公？我以为汉朝不可复兴，曹操也不可一下除掉。将军可以趁北方多事，先进攻消灭刘表，占有长江以南，然后称帝建号，进而夺取天下。"孙权急忙摇头加摆手，言之凿凿地表示绝无非分之想。然而在孙权心里，鲁肃的答卷是满分。

鲁肃会来事。大战获胜，鲁肃从战场归来报喜。心情爽利的孙权召集众将，列队隆重迎接。孙权高兴地问鲁肃："子敬，我扶鞍下马迎接你，足以表彰你的功劳吧？"谁都没想到，鲁肃居然一本正经地说："未能够。"此语一出，众人大惊，相互用眼神默默交流，一致认为鲁肃死期将至。

鲁肃落座，缓缓又说："我希望至尊的威德遍及四海、总括九州，完成帝王大业，然后用次轮小车召见我，这才算显扬我。"众人再次默默用眼神交流，心下无不暗暗佩服：难怪鲁肃得宠，简直是超级马屁精！听了先抑后扬、千回百转的吹捧，孙权忍不住拊掌大笑。二十多年后，孙权称帝时仍感慨追忆："以前鲁子敬劝我成就帝业，他真是明白天下大势。"

鲁肃懂大势。预见天下将乱，年轻时的鲁肃就积极学习剑术和骑射，以家财养百余名侠客，一起讲武习兵。随着鲁肃名声逐渐响亮，盘踞淮南的袁术先生想拉拢他入伙。鲁肃料定袁术难成大事，便带着家族成员和侠客共三百余人，打算前往居巢县，投奔好哥们周瑜。不给面子？袁术气急败坏，立刻派出步骑追赶阻拦。

鲁肃不慌不忙地对袁术士兵说："你们是大丈夫，要明白天下大势。如今天下纷乱，袁术又糊涂，你们有功却得不到奖金，无功照样拿固定工资，干吗要跟我们拼命？"说完，鲁肃命人将盾牌立在地上，远远开弓射去，一箭射穿盾牌。袁术士兵看到盾牌的大窟窿，都觉得鲁肃讲得很有道理，心怀钦佩地勒马目送鲁肃远去。

鲁肃有远见。当曹操挥师南下、刘表突然病逝、江东危在旦夕之时，鲁肃率先向孙权提出携手刘备和刘表儿子，共同抵抗曹操，并通过出色的外交斡旋和艰苦的内部斗争，最终形成孙刘联盟。乃至后来，鲁肃主持荆州事务，一直从大局出发，坚定维护联盟，本着"大事化小、息事宁人"的原则，尽量低调处理边界摩擦。

鲁肃看似委曲求全的软弱表象下，实则高瞻远瞩。由于东汉时的南方人口远不及北方多，导致人才、兵源等各方面差距明显，而且随着时间推移，差距还可能会越来越大。如果孙刘爆发冲突、形成消耗，只会让北方政权得益，加速孙刘的灭亡。

只可惜，英雄即使有再大能耐，也无法掌控身后事。

若鲁肃得以长寿，鹿死谁手，尚不可知。

第七节　坐断东南

孙权黑着脸一言不发，憋得相当难受。

张昭红着脸滔滔不绝，说得吐沫横飞。

在“曹操来了怎么办”的专题讨论会上，德高望重的张昭以及众多江东贤能，轮番劝说孙权效仿刘琮，不要做无谓挣扎，早点投降吧。孤立无援的孙权要多郁闷有多郁闷，后悔刚才冲动了，真不该把曹操手书示众。

“近者奉辞伐罪，旌麾南指，刘琮束手，今治水军八十万众，方与将军会猎于吴。”自认为势不可当、即将一统天下的曹丞相，以指点江山的豪迈笔墨，给孙权手书一封。孙权把这封言简意赅又势大力沉的狂妄手书，发给江东才俊传阅。孙权本意是想刺痛文武群臣的神经，激发大家跟曹贼干到底的血性，没想到竟然全㞞了——“莫不响震失色。”

尤其令孙权伤心的是——兄长孙策临终托孤的张昭先生，居然带头闹投降！遥想八年前，孙策去世，19岁的孙权哭得稀里哗啦，是张昭及时劝慰，并亲扶孙权上马，陪同列兵而出，逐渐安定军心。八年来，孙权非常尊敬和感激张昭，张口闭口喊着“张公”，希望那只托自己上马的温暖大手，能够一直在背后坚定支持他。可惜啊可惜，没想到啊没想到，浓眉大眼的张公要投降!

人与人的认知，难免有偏差。张昭觉得与其说是投降，不如说是顺应天下大势，完成孙策的托孤重任。《吴历》记载，孙策临终对张昭说：“若仲谋（孙权）不任事者，君便自取之。正复不克捷，缓步西归，亦无所虑。”暂不论孙策遗言在八年后能不能适用，就算适用，恐怕理解也各不相同。孙权很可能认为，这八年来，自己彰显了雄才大略，完全可以统领江东，张昭没理由代替。至于兄长说的“缓步西归”具体指什么，根本没必要讨论。

归根结底，人不为己，天诛地灭。孙权作为东吴政权老大，投降没出路，最好也就落得终身软禁。万一哪天语气词用得不恰当或者眼神不够恭顺友好，不排除有离奇死亡的可能。而张昭作为徐州名门望族的代表人物，天下大乱不得已避难江东，只是权宜之计，而且他一直都与中原名士保持着书信往来。如今曹丞相率领百战百胜的朝廷大军来到荆州，对于想落叶归根的张昭来说，非但不是灭顶之灾，还是荣归故里的绝佳机会。

角度不同，立场不同。张昭极力鼓吹的投降理论很有市场，不仅得到众多避难江东的中原名士支持，不少江东本地豪族也深以为然。然而张昭不是军权在握的蔡瑁，孙权更不是长在蜜罐里的刘琮！10岁的孙权，经历丧父之痛，对世态炎凉早有体悟。15岁的孙权，担任阳羡县令，积累了同龄人罕有的从政经验。18岁的孙权，跟随孙策攻占庐江和豫章两郡，历经了战火考验。

而后孙策身亡，年轻的孙权临危受命，表现可圈可点：残酷镇压庐江反叛，铁腕扼杀宗室动乱，利落地扫荡山越盗贼，不断巩固着江东政权。随后，孙权又数次西征刘表，夺取江夏郡的大部，还干掉了江夏太守（杀父仇人）。孙坚、孙策若地下有知，足可欣慰。

如今，27岁的孙权英气昂扬，怎能甘心束手就擒？可曹丞相不是吹出来的，那是真厉害！孙权孤掌难鸣，把目光投向刚从荆州吊丧归来的鲁肃。鲁肃仿佛什么都没看到，臊眉耷眼、一言不发。孙权心里凉飕飕的：难道抗曹大联盟没搞成，没人支持怎么干？！泪水在眼圈里打转的孙权，表示需要如厕，会议暂停。

希望诞生在如厕路上。孙权急匆匆赶向厕所，会上没表态的鲁肃悄悄紧跟过来。孙权感应到鲁肃也憋得难受，逐渐放慢脚步，回身拉起鲁肃的手，满怀期望地忐忑问道："子敬，你是不是有什么话想说？"

鲁肃站位很高，直击孙权最关注的痛点："大家都可以投降，包括我也可以，唯有将军不能。我若投降曹操，不影响当个小官，可以乘牛车、有随从，交游士大夫，以后慢慢升迁，没准儿能到州郡长官。将军呢？曹操会怎么安置？希望您早点独断拍板，别讨论了。"

大旱遇甘霖！孙权按捺不住内心的激动说："张公等人只把江东当避难所，根本不想荣辱与共，他们的主张深失我望。只有你与我想法相同，真是上天的恩赐！"除了史书记载的这些对话，鲁肃还马上告诉孙权，抗曹联盟已有眉目，刘备集团的全权代表诸葛亮来了，您要不要见见？孙权把鲁肃的手握得更紧了，让投降会议见鬼去吧，快见诸葛亮！

一个比一个急，诸葛亮更想见孙权。如果说刘备和孙权是一根绳上的两只蚂蚱，那么刘备是先要挂掉的那只。毕竟孙权有作战和投降两条路可选，作战还有先打和后打之分，刘备一个多余选项也没有，只能迎难而上，与曹操死磕到底。

没有退路也好，省去选择的烦恼。诸葛亮见到孙权，开诚布公地说：“天下大乱，将军起兵拥有江东，刘豫州在汉南招集兵马，与曹操争夺天下。如今曹操基本稳定北方，又进军南取荆州，威势震慑天下。刘豫州是英雄无用武之地，不得已避到江夏。希望将军认真考虑，如果东吴军队能与曹军抗衡，就要及早跟曹操断绝关系；如果不能与之抗衡，就快快投降吧！现在将军表面服从曹操，内心又犹豫不决，情势紧急，再不当机立断，大祸即在眼前！”

孙权肯定不投降，但怎么打还没决定。是让曹操和刘备先打再出手，还是现在就出手？孙权不露声色地问：“假如像你所说，曹操势不可当，刘豫州怎么不投降？”孙权纯属犯坏，天下人都知道，刘备与曹操势不两立很多年，即使投降也活不了。

诸葛亮备足各类刁钻问题的答案，意气昂扬地脱口而出：“田横不过是齐国壮士，尚且坚守节操而不投降受辱，何况刘豫州乃大汉皇室后裔，英才盖世，群士仰慕。如果功业不能成功，此乃天意所定，岂可再做曹操下属！”孙权本想折损诸葛亮的锐气，不想被抢白一顿，脸色突变说：“我决不能拿东吴土地和十万军队受他人控制！”

要战是定了，但有必要跟兵败溃逃的刘备联手吗？孙权问道：“刘豫州刚刚大败，拿什么抵挡曹军？”诸葛亮明白孙权的关切点，开诚布公地说：“虽然刘豫州在长阪战败，但陆续归队的兵卒以及关羽水军，仍有上万人；江夏太守刘琦麾下士兵也不下万人。”

话锋一转，诸葛亮又一针见血地指出敌方劣势：“反观曹军，远道而来、疲惫不堪，为追赶刘豫州，曹军虎豹骑一昼夜行三百多里，已是‘强弩之末，势不能穿鲁缟（薄绢）’。而且北方人不适水战，荆州百姓又不愿为暴虐曹军出力。”

敌我双方的情况都交底了，该决策了！为了坚定孙权的必胜信心，诸葛亮以不容置疑的语气，进而再说：“将军（指孙权）若能派猛将统率数万兵马，与刘豫州协力同心，一定能击败曹军，天下鼎足而立！”

“成败之机，在于今日！”英姿飒爽的28岁诸葛亮，紧盯着飒爽英姿的27岁孙权。孙权明白诸葛亮的深意，要打赶紧打，不打赶紧降！如果今年冬天不打，坐等曹操消化胜利果实，熟悉地理风貌，明年想打也赢不了。

孙权还能说什么？打，立即打！

我命由我，不由曹！

第八节　雄姿英发

时势造英雄。

周瑜在鄱阳收到孙权的加急信，请他速来柴桑。

周瑜心如明镜，如果不是到了生死存亡的关头，孙权绝不会请他主持大局。

不出所料，除了荆州几十万虎视眈眈的曹军，柴桑议事厅还有畅谈投降是唯一出路的托孤老臣张昭，以及众多附议的江东才俊。在“东吴集团何去何从”研讨会上，张昭等人老调重弹，要么说曹丞相奉天子之命名正言顺，要么说长江天险已经不在，要么说曹军攻无不克，总之抵抗是死路一条，投降才是万丈光明之路。

孙权再次憋得难受，鲁肃再次难受地憋着，俩人目光不约而同地投向周瑜。周瑜知道，要么投降曹操，要么捍卫孙权，该做出抉择了。当今之世，非但君择臣，臣亦择君。

十八年前，周瑜选择了孙策。初平二年（191年），孙坚带兵北上讨伐董卓，几经鏖战收复洛阳，成为名扬天下、居功至伟的大英雄。吴郡孙氏家族的强势崛起，引起庐江郡周氏家族的关注，与孙坚长子孙策同岁的周瑜，作为周氏家族代表，前往孙家居住的寿春进行友好访问。

闻名不如见面。周瑜与孙策经过彻夜深谈，互为对方英气感染，随即建立“义同断金”的友谊。为进一步强化两个家族的联系，周瑜诚挚邀请孙家来庐江舒县共住，并腾出最好的大院。可惜好景不长，孙坚战死沙场。为安葬父亲，孙策与周瑜不得不暂别四年。

十四年前，周瑜再次选择孙策。兴平二年（195年），摆脱袁术直接控制的孙策，带领不到两千人去江东创业。说实话，即便孙策操作猛如虎，也是凶多吉少。孙策抱着试试看的态度，给周瑜写了封求助信，询问二人还是不是铁哥们。

周瑜二话不说，立刻带上数千部曲亲兵和众多军用物资赶到历阳，以实际行动表明——二人关系比以前还铁。孙策高兴地说：“有兄弟帮助，大事必成！”随后，周瑜帮助孙策平定江东大部。可惜好景不长，名义上还是领导的袁术，要求周瑜回淮南，孙策与周瑜不得不再暂别三年。

十一年前，周瑜仍然选择孙策。建安三年（198年），孙策与号称“仲家”的袁术彻底决裂。周瑜也反对袁术的大逆不道，渡江重回孙策队伍。投桃报李，做大做强的孙策对周瑜相当够哥们，不仅为周瑜修建豪宅大院，还投其所好送去鼓吹乐队。

人红是非多，有些将领对周瑜的丰厚赏赐眼红，背地里说三道四。孙策以发布命令的形式严肃弹压：“周公瑾雄姿英发，才能绝伦，我们十几岁就是好兄弟。我东渡长江，是他带领兵众和钱粮相助，才成就这番事业。如果论功行赏，这些赏赐远远不能回报！”关系越来越铁的孙策与周瑜，连纳的妾都是姐妹，“时得桥公两女，皆国色也。策自纳大桥，瑜纳小桥”。可惜好景不长，孙策身亡，哥儿俩不得不永别今生。

一朝天子一朝臣。孙权继承江东基业，周瑜却遭到雪藏。《三国志·周瑜传》记载：“策薨，权统事。瑜将兵赴丧，遂留吴。”当史书再次提到周瑜领兵出征时，已是孙权坐稳位子的六年后，打的也是不上档次的叛乱山贼。在战火纷飞的江东，孙权放着攻无不克、战无不胜的优秀统帅周瑜，就是不用。

不用就是不行。孙权前两次征讨刘表的江夏郡，都没取得彻底胜利。直到建安十三年（208年）年初，孙权任命周瑜为前军都督，第三次出征江夏郡，终于斩杀了顽强抵抗的江夏郡太守，获得全胜。假设早些重用周瑜，江夏郡用打得这么艰苦吗？兴许荆州都拿下了，曹操又怎能不战而胜突破长江防线？

历史不能推倒重演，与其埋怨过去，不如面对现实。孙权清楚自己有几把刷子，更清楚曹操用兵如神，现在必须立即请出军事才能非凡的周瑜。突如其来的空前信任，并不会让周瑜忘记在吴郡养尊处优的六年。周瑜很明白，无论自己怎么做，都很难获得孙权的真正信任。然而，历史有时很拧巴，深受孙权信任的张昭要投降，不受孙权信任的周瑜却选择战斗到底。

要与曹操武斗，先跟张昭文斗。周瑜毫不客气地打断张昭等人的车轱辘话："你们说得不对！曹操名为汉相，实为汉贼。将军（孙权）英明神武，又坐拥江东数千里基业，兵精粮足，正应该为大汉王朝清除奸臣。"周瑜确实有水平，张嘴两句话，便把归顺朝廷与向国贼曹操投降画上等号，吓得张昭等人顿时鸦雀无声。

周瑜不等张昭老先生回过神儿，赶紧阐述打败曹操的可行性："曹贼犯了用兵大忌，纯属送上门找揍。首先，曹军舍弃擅长的陆战，跟咱们玩水，这是扬短避长；其次，韩遂、马超等人在西凉盘踞，曹贼有后患；最后，眼看入冬，马少草、人缺粮不说，更是传染病高发期。曹军危机四伏！请主公给我精兵三万，保证打赢曹贼！"

周瑜说得干脆响亮，却并非无懈可击。为了避免张昭等人奋起反驳，孙权手脚麻利地抽出腰刀，把桌子角"咔嚓"砍掉一块，急匆匆大喊一嗓子："谁敢再说投降曹贼，就是第二张桌子。"张昭等人也不傻，周瑜话音刚落，孙权便砍掉桌角，这么无缝衔接的剧情，显然彩排过。张昭等人寻思着，既然孙权非要以卵击石，那就随便吧。

散了大会，周瑜感觉牛吹过了头，得多要些士卒才好，于是又悄悄找孙权开小会。周瑜有水平，没有张嘴就提加人的事。周瑜从分析曹操兵力为切入点，徐徐道来："曹军号称八十万，纯属胡说。我觉得曹军也就十五六万，大多疲惫不堪。刘表投降的士兵最多七八万，而且没与曹军形成合力。曹贼以疲惫之师、乌合之众来江东寻死，只要给我精兵五万，便可以战胜曹军。”听上去周瑜是说曹军人少，实际上是说人不少，所以三万变五万。

估计孙权没有多少“余粮”，就算有也不会再给周瑜。孙权有水平，没有张嘴直接拒绝。孙权抚着周瑜后背亲切地说：“公瑾，你说的正合我意。张公等人只为自己着想，你和子敬能站在正确的道路上，真是上天给我的左膀右臂。”表扬一番后，孙权开始面露难色：“五万士兵一时难以凑齐，现已选出三万，船粮战具也都备好。你先带队出发，我随后再派兵增援，绝对大力支持。你要能办了曹贼最好，万一办不了就回来，还有我呢！”

周瑜苦涩一笑，很感谢孙权的心灵鸡汤。

周瑜明白：这一战，无路可退。

第九节　人心向背

虚心使人进步，骄傲使人落后。

正当刘备和孙权忙得热火朝天之时，曹操却悠闲自在。

以为稳操胜券的曹丞相，既没有乘胜追击，也没有见好就收，而是在打与不打之间摇摆。

也许，曹丞相以为，公孙康斩杀袁氏兄弟的好戏又将重现。然而孙权不是公孙康，刘备也不是袁氏子弟。孙刘没有互相伤害，反而亲密无间地组成抗曹联军。尽管美好愿望落空，但曹丞相觉得，刘备和孙权绑在一起也没用，正好一锅烩。可惜曹丞相没料到，胜利的天平开始悄悄向孙刘联军倾斜——因为孔融死了。

生存多所虑，长寝万事毕。建安十三年（208年）秋，曹丞相以大逆不道等众多借口，把孔夫子后代、当世大儒孔融干掉了。客观来讲，孔融的非正常死亡不能全怪曹操，正如孔融本尊临终诗所说：“言多令事败。”孔融先生气性乖张、口无遮拦很多年，能活到50多岁，已是祖宗庇佑下的奇迹。

孔融的一生是传奇的一生，从谦让开始。“融四岁，能让梨。”乖巧懂事的孔融，不仅得到宗族长辈的一致好评，也成为东汉广大家长教育孩子的标杆模范。然而出名太早不是好事，小小年纪受太多表扬的孔融，胆子越来越大。

孔融10岁时，竟谎称是名士李膺的亲戚，请求拜见李膺。李膺和颜悦色地问：“小朋友，咱们是旧相识吗？”孔融板起小脸，一本正经地说：“我的祖先孔丘和您的祖先老子有师生之谊，我与您是世交。”孔融的神奇回答，让李膺和在场宾客无不赞叹。只有一位宾客不以为然：“小时聪明，长大不一定聪明。”孔融当即反唇相讥：“看来，您小时候一定很聪明！”李膺被孔融逗得大笑：“高明必成伟器。”得到名士赞扬的孔融，胆子越来越大。

孔融16岁时，自作主张，收留投奔哥哥的通缉犯。不久东窗事发，哥儿俩一起被捕入狱。孔融抢着说：“通缉犯是我收留，有罪归我。”从小吃了无数大梨的孔融哥哥不能尿：“通缉犯来找我，有罪在我。”办案官吏不知如何是好，于是询问孔融母亲意见。孔融母亲更厉害：“年长的人承担家事，罪责在我。”哎呀，一门争死，直接把办案官吏搞蒙，只得向朝廷请示，最后定了孔融哥哥的罪。不怕死的孔融名声大振，胆子越来越大。

孔融成年后，专找狠人惹。孔融刚直不阿地检举宦官亲族违法乱纪，又肆无忌惮地得罪皇亲国戚的何进，还视死如归地跟浑不吝董卓屡屡激烈争辩。鉴于孔融腕儿太大，大家都不愿意较劲儿，即便是杀人不眨眼的董卓，都不敢明目张胆报复，也只是把孔融打发到叛乱猖獗的北海国任职，盼望他自行因公殉职。横着走路的孔融，把各个时期的权贵开罪尽，居然没被咔嚓，胆子越来越大。

天子刘协迁都许县后，逐渐专横无礼的司空曹操，成为孔融新的攻击目标。建安九年（204年），曹军攻入邺城，曹丕霸占了袁熙的妻子甄氏。孔融立刻兴致勃勃给曹操写信：“武王伐纣，以妲己赐周公。”曹操左思右想，不记得有这典故，便虚心请教。谁知孔融一脸坏笑道：“比照现在发生的事，想当然推测古人而已。”挨了挖苦讽刺的曹操，还要办大事，只能隐忍不发。孔融以为曹操骂不还口好欺负，摇头晃脑、变本加厉，胆子越来越大。

只要曹操支持，孔融就反对；只要曹操反对，孔融就支持。曹操想恢复九州，伺机扩大实权，孔融旁征博引，写出《上书请准古王畿制》表示反对。曹操不赞成喝酒，颁布禁酒令。孔融又写出《难曹公表制禁酒书》，生拉硬扯上一堆圣哲先贤，说尧帝千盅不醉，所以建立太平天下；孔子百觚不倒，才被称作圣人；要不是刘邦喝多了斩白蛇起义，哪能当皇帝；若不是汉景帝醉酒幸唐姬，根本没有汉室中兴；等等。孔融盛赞道："酒之为德久矣！"

对台戏唱得紧锣密鼓的孔融以为，曹操只能继续忍气吞声。因为孔融清楚记得十年前，自己的忘年交、青年名士祢衡在大庭广众的宴会上，脱光衣服羞辱曹操；又拿三尺大杖坐在营门口，捶地大骂曹操。即便嚣张如此，曹操也没敢把祢衡怎么样，至多"礼送"出境罢了。

可惜，孔融只知其一，不知其二。祢衡先生之所以没死在当场，不是因为曹操脾气好、素质高，而是因为当年曹操与袁绍的大战迫在眉睫，曹操不得不拿出周公吐脯的胸怀，当然不会为杀掉一个神经偏执的祢衡，而失去天下人心！

孔融的一生是传奇的一生，于狂妄中结束。而今形势大不相同，袁氏家族覆灭，荆州不战而降，曹操统一天下的步伐似乎不可逆转，早没了不得不忍的耐心，甚至都不能等待扫平东吴之后。下达必杀令的曹操没料到：孔融倒下，人心凉透。人心能值几个钱？爱凉就凉吧。要命的是——曹操帐下的四大顶级谋士，全凉了！

坚定支持振兴汉室的荀彧有了想法，自从曹操残暴杀害孔融全家老小后，史书上再也见不到荀彧献计献策。荀彧作为杰出的战略大师，虽然往往坐镇后方，但与前方领军的曹操，一直保持频繁的书信联系，《三国志·荀彧传》记载："太祖虽征伐在外，军国事皆与彧筹焉。"可赤壁之战一触即发，号称"王佐之器"的荀彧，不佐了。

倾向振兴汉室的荀攸也有了想法，自从曹操残暴杀害孔融全家老小，史书上再也见不到荀攸的神机妙算。《三国志·荀攸传》记载：“自从太祖征伐，常谋谟帷幄。”无论对付张绣、刘表、吕布，还是袁绍，荀攸计策层出不穷、屡建奇功。尤其官渡之战，荀攸智力全开，奇袭白马斩颜良，延津伏击诛文丑，再到袭击故市、火烧乌巢、坚守大营，高光表现有如神助。可赤壁之战一触即发，号称“算无遗策”的荀攸，不算了。

没有振兴汉室情结的程昱，也退场了。曹军兵不血刃拿下荆州，曹营将佐官吏无不欢欣雀跃，以为将成为开国元勋。只有老谋深算的程昱冷静进言：“孙权和刘备都是大英雄，一定会联手负隅顽抗。”正飘在人生最高点的曹操，对警示不置可否，志得意满地抚摸着程昱后背，说出一番耐人寻味的话：“当年吕布偷袭兖州，让我陷入绝境，要不是您的帮助，哪有今天的大好局面啊。”

不了解曹操的人听去，觉得是曹操忆苦思甜的感慨，是对程昱的深情表扬。但程昱了解曹操，察觉出后脊的寒意，听出鸟尽弓藏的余音。曹操似乎在说：“我承认，没有程先生的妙计，曹某人不会有今天，但程先生也不要太把自己当回事，以后天下统一，少唱反调，莫走孔融老路。”

史书记载，程昱一声惨淡长叹：“知足不辱，吾可以退矣。”程昱与曹操相交整整十五年！最凶险的官渡之战，程昱仅率七百士兵守卫鄄城。曹操有些担心地写信询问，要不要增派几千士兵？不想死的程昱赶快回信：“袁绍拥兵十余万，鄄城增派几千士兵也守不住。不如不增兵，袁绍很可能不屑进攻，反而无忧。”果不其然，袁绍嫌鄄城兵少没威胁，没有分兵攻打。有勇有谋的程昱，让曹操为之赞叹不已！

共同走过艰难险阻，却在一马平川分别！程昱正如当年毅然应召辅佐弱小曹操，如今再次果断抉择：“乃自表归兵，阖门不出。”赤壁之战一触即发，号称“世之奇才”的程昱，上交兵权回家了。

与荀彧、荀攸、程昱的心凉不同，贾诩的心更凉。天下还没安定，曹操就急不可待地杀死爱说风凉话的孔融。如果天下群雄皆灭，那么贾诩作为害死曹昂的宛城叛乱主谋，肯定躲不过清算。天下统一，对身背重大污点的贾诩等于宣判死刑；只有分裂，贾诩才能作为投降派的典型标杆继续存在。

身在曹营，能不说话就不说话的贾诩，唯一的主动献策正在此时。贾诩对曹操说：“明公昔日击败袁绍父子，现在又占领荆州，真可谓威名远播、军威浩荡。如果能够利用有利形势，积极安抚百姓，可不战而降伏江东。”

形势占优、士气正盛之际，停止进攻；坐看刘备收拾旧部；静待孙权夯实内务；还是等着马超、韩遂在西北闹出事端？莫说曹操不同意，给《三国志》作注的裴松之都觉得不合时宜。然而，曹操很可能受贾诩影响，在江陵观望不长又不短的两个月，结果万分尴尬——孙刘联军主动进兵赤壁。

大风大浪闯过来，阴沟里面要翻船。

第十节　惊涛拍岸

人生哪有一帆风顺的。

曹操遇到了大麻烦——瘟疫。

《三国志·周瑜传》记载：“曹公军众已有疾病，初一交战，公军败退，引次江北。”受到疫情暴发以及赤壁水流湍急的影响，曹操水军明显不是孙刘联军的对手，首战吞下败仗。曹丞相知难不退，引军驻扎到长江北岸的乌林，与屯兵南岸赤壁的孙刘联军隔江对峙。

南征北战几十年的曹操，不会不知道，乌林属于沼泽地区，是《孙子兵法》所说的“圮地”（难以通行的地方）。况且曹军疫病蔓延，着实不该在这种不利于养病的鬼地方硬撑。反观孙刘联军，不仅占据地势陡峭、易守难攻的赤壁，还与附近两处要塞互为犄角，态势相当有利。

明知不好打，也得硬着头皮扛，否则老脸往哪儿放？曹丞相把牛都吹到天上，号称“八十万大军”云云，并发出潇洒邀约——“与将军会猎于吴”等。一旦灰溜溜撤兵，曹操这封意气风发的手书，岂不成了江东乃至天下人的笑柄？况且退一步说，即便曹操不要面子撤退，恐怕孙刘联军也不会就此罢休！

打也不行，退也不是，只好拖。曹操打算拖到明年春暖花开，军中疫情好转消散，曹军水上战法也更加娴熟之时。与曹军相反，孙刘联军拖不起，如果不能尽快取胜，荆州人心渐安，曹军援兵云集，胜面就小了。

人少打人多，又必须主动进攻，孙刘联军的将领很烧脑。关键时刻还得老将出马，黄盖胸有成竹地站出来。十八年前，黄盖跟着孙坚讨伐董卓，后来又追随孙策、孙权平定江东，有勇有谋、屡立战功，号称“江表之虎臣”。黄盖说：“敌众我寡，不能坐等曹军养病，得赶紧打。我瞅曹军船舰首尾相连，可以用火攻，一烧一大片。”火攻不新鲜，可怎么烧？黄盖表示，正大光明当然不行，那样很难靠近曹军舰船，必须来阴的——伪降。

你说投降就投降？曹丞相哪有这么好骗？尽管黄盖的投降信写得很精彩，表达了愿意顺应天下大势的迫切心情，逻辑环环相扣，内容入情入理，但毕竟在东吴集团的工龄奔二十年，真会投降？曹操心里很不踏实，特意亲自对送信使者进行盘问。直到送信人对答如流、毫无纰漏，曹操才满意地说：“别怪问得细，我是怕你们诈我，如果投降属实，那么请转告黄老将军，这次归顺意义非凡，他得到的爵位和封赏，会超过以前所有投降人员。”

话虽如此，但曹丞相哪有这么实在？他一定准备了应急方案。如果黄盖敢诈降，曹军必然万箭齐发，让他有来无回。可惜啊可惜，遗憾啊遗憾，英明睿智的曹丞相，无论如何也想不到，西北风呼呼的大冬天，打东南方向来投降的黄盖——用火攻！

在北方长大、第一次来到荆州的曹丞相不知道，赤壁地形特殊，起初刮来的西北风，在满足一定条件的情况下，可以改向刮成东南风。曹操不知道很正常。曹军里上知天文、下晓地理的谋士们都没吭声，正常吗？尤其众多荆州本地才俊也没吭声，正常吗？

很正常，杀了孔融的曹操，不仅让四大顶级谋士在内的所有曹军谋士心冷，更让荆襄名门望族在内的所有名士胆寒。以为天下归心的曹丞相，实际上是孤家寡人。所以说，得人心者得天下——这句话能流传上千年，自有其中道理。

入夜，西北风渐渐转向。黄盖带领的几十艘艨艟、斗舰，满载薪草膏油，外用赤幔伪装，插着约定的旗号，趁风势向曹军水营驶来。黄盖举起火把为信号，东吴士兵很可能按照排练好的话术大喊：曹军兄弟们别放箭，我们是来投降的。听到情真意切、整齐划一的口号，曹军士兵放下弓箭，伸着脖子张望，笑逐颜开地夸赞黄盖识时务。

东南风大起。黄盖舰队距曹军水营已不到两里，一切拿捏得分毫不差。黄盖立刻下令点燃船内柴草，艨艟战舰顿时变身火船，迅猛冲向曹军舰船。曹操发觉被骗，命令放箭阻止却为时已晚，不仅船舰烧着一片又一片，连岸边的陆营也受到波及。黄盖带领东吴士兵迅速跳进系在艨艟船尾的攻战快艇，向曹军发动总攻。

“盖为流矢所中，时寒堕水。”曹军进行了激烈抵抗，把黄盖都干到水里了。但随着周瑜、刘备率领的孙刘联军主力赶来，遭到火攻又逆风作战的染疾曹军，终于渐渐无法支撑。《江表传》言简意赅又痛快淋漓地记下八个大字：“北军大坏，曹公退走。”

一片火海！曹操怅然所失！几十年孜孜不倦的努力，无论是匡扶汉室还是争霸天下，很可能都化为乌有。曹操意识到了，大战之前不该杀孔融，凉了人心啊。荀彧、荀攸、程昱、贾诩这些顶级谋士，竟然闭嘴的闭嘴，养生的养生，回家的回家，蔫坏的蔫坏。

败局已定、回天乏术的曹操，不禁想起从来都无条件支持自己的已逝顶级谋士郭嘉，痛彻心扉地长叹：“郭奉孝在，不使孤至此。”曹操泪流不止，仰天再叹，“哀哉奉孝！痛哉奉孝！惜哉奉孝！”

人生往往如此，明白也晚了。望着在鼓声震天中奋勇向前的孙刘联军，拭干眼泪的曹操，无奈地说：“烧掉所有舰船，撤！”想撤都不容易！曹操要想逃回江陵，走华容道是捷径。可捷径不好走，一路尽是沼泽，地面泥泞不堪，又刮着大风。为了赶紧跑路，曹操下令让老弱士兵割草垫路，保障大军尽快通过。《山阳公载记》记载：“羸兵为人马所蹈藉，陷泥中，死者甚众。”

踩踏着战友逃出华容道，曹军士气低落到了极点。如果这时还有人敢笑出声，也只能是曹丞相。满身烂泥的曹操突然狂放大笑：“刘备才智与我不相上下，但他的计谋总晚一步。假使他预先派人在华容道放火，咱们已经全军覆没！遇到这样的好事，不应该大笑吗？”曹军将领觉得有理，本想跟着笑一笑，但华容道起火了！

知己就是知己，刘备不能让曹操太失望。曹操话音刚落，刘备军已追至华容道，顺风点起火！吹牛吹出妖，曹丞相不敢继续点评对手，扬起马鞭，奔江陵逃去。

赤壁渐渐没了杀声，唯有夜色下的月光，仍旧洒落在燃烧的江面上。

天下从此，定三分。

第十一节　大江东去

人生哪能总不顺。

三十年河东，三十年河西。

刘备与曹操直面争锋十多年，除了败，还是败，或是惨败。没承想在绝境中，刘备联合孙权打赢了必须打赢的一战，击溃了即将并吞天下的曹操大军。

大器晚成也是成。刘备年近半百，终于顺利起来。赤壁之战以后，周瑜带着东吴将士死磕城池坚固的南郡江陵，刘备却打着荆州刺史刘琦的名号，征讨实力弱小的南部四郡。除了武陵郡进行了一番无谓的抵抗外，长沙、零陵、桂阳等郡官员都痛快表示：刘表属下就是刘琦属下。很快，四郡官员明白了——刘琦属下也是刘备属下。

“琦病死，群下推先主为荆州牧。”阴云密布的一天晚上，体弱多病的荆州刺史刘琦，恰到好处地离开人世。阳光明媚的一个白天，大家推荐身体倍儿棒的刘备，众望所归地接任荆州牧。建安十四年（209年），刘备从无立锥之地到坐拥荆州四郡，而且还用刘琦生前掌控的部分江夏郡，换来南郡公安县，并延揽黄忠、魏延等猛将，一时兵强马壮、声势大振。

姜还是老的辣，不服不行。28岁的孙权深刻认识到，49岁的刘备败了又败不停败，反正就是不亡，不是运气好，而是功夫深。为进一步巩固孙刘联盟，孙权主动提议把巾帼不让须眉的野蛮小妹嫁给刘备。此时刘备的妻子岗位正空缺，虽说有主持工作的甘夫人，但主持工作不能转正也很常见。刘备作为新晋成功人士，肯定希望继续辉煌，自然愿意迎娶年轻漂亮有后台的女士当妻子。

刚娶到手，刘备的肠子就悔青了——孙权妹子太吓人！自个儿喜欢舞刀弄剑就罢了，就连身边百余名陪嫁侍婢也是剑不离手的练家子！刘备回家就寝，宛如陷入东吴娘子军的铁壁合围，不免凛凛不安。为确保人身安全，刘备不得不安排赵云率领亲卫队参与“管理内事”。可想而知，刀枪对峙中的夫妻生活，长久不了。但刘备必须忍耐，因为他要找孙权商量大事。

刘备要去京口与孙权会面，诸葛亮表示反对。诸葛亮见过碧眼紫髯、上长下短的孙权先生，感觉这家伙长得很不善良，力劝刘备三思而后行。刘备也觉得跑到东吴地面有风险，但料定孙权现在还不敢玩阴的。至于孙权长得吓人和身材奇葩，刘备更无所畏惧，反正自己也是超级大耳朵、长臂能过膝，见面不定谁吓谁。

一身英雄气，扬帆向东来。在京口，刘备见到比自己小20多岁的二舅哥孙权，年纪轻轻已是偌大江东之主。人和人的生，真是不一样，羡慕！孙权也见到比自己大20多岁的妹夫，白手起家、屡战屡败，终于强势崛起。人和人的路，的确不重复，钦佩！

“绸缪恩纪。”（《三国志》）——初次见面的刘备与孙权惺惺相惜、把酒言欢，刘备盛赞孙权决断英明，孙权感叹刘备意志顽强。据《建康实录》记载，哥儿俩越谈越交心，孙权感慨万千地说：“如果有朝一日可以完成迎天子、定天下，我愿与您乘舟泛海，逍遥畅饮！”刘备立刻应和赞同道：“此亦备之志也。”

正在情浓意切、难分彼此时，刘备抛出胆大妄为的想法，以地少人多不够住为由，想跟孙权“借”地盘，还是周瑜辛辛苦苦打下来的——包括江陵在内的大半个南郡（南郡北部在曹操控制下）。从常理来看，刘备的想法不可能实现，谁会把到手地盘白白相让？但刘备看准了常理之外的情况：长江防线全是孙曹对峙，孙权压力山大。借是不借？

鹰派代表周瑜听说刘备来京口，火急火燎给孙权送来书信："刘备是英雄，又有关羽、张飞等猛将，不会长久居于人下。既然刘备送上门，就别让他走了。给刘备盖豪宅、送美女，消磨他的意志，我率领精兵攻打关羽、张飞，大事可定，主公独占江南。"

周瑜的建议很诱人，但也很危险。如果现在孙刘联盟破裂，曹操趁势卷土重来，别说独占江南，保全江东都难。所以，鸽派代表鲁肃提出强烈反对："曹操老贼仍然实力强大，我觉得不如借给刘备，分散曹军火力，这才是长治久安的上策。"

借是不借？既不是鹰派也不是鸽派的孙权，自己有本账，感觉借了不白借。其一，借出南郡南部，可以减轻不少军事压力；其二，刘备表示让出长沙郡部分区域当补偿；其三，刘备会为东吴攻占交州打开通道。至于堵住向西发展的弊端，这只是暂时的，有借就有还嘛！

这还得了！周瑜急了！率军围攻江陵一年多，还在战斗中身负箭伤，流血流汗打下的地盘，竟要给刘备？周瑜立刻启程去找孙权面谈，提出向西进攻益州的方案，想以此保住南郡。孙权对周瑜的建议拍手称道，表示不要耽误时间，公瑾赶紧回去准备吧。兴致勃勃返程的周瑜不知道，他没机会付之行动了，因为他要断气了。

正如周瑜想干掉刘备，刘备也想干掉周瑜。在赤壁之战前，刘备盼星星、盼月亮，终于盼来孙刘联盟的好消息，盼来旌旗招展的友军水师。然而年纪轻轻的东吴统帅周瑜，没有两军会师的喜悦，甚至不把大名鼎鼎的刘备放在眼里。周瑜理直气壮地接受了刘备的劳军慰问品，却表示军务在身不便回访。好在刘备能屈能伸，为了同心合力打败曹贼，不惜屈尊乘单舸（小船）来拜见周瑜。

刘备一忍再忍，换来的仍是无情的奚落。刘备关切地问周瑜："将军带来多少战卒？"周瑜冷冷地说："三万。"刘备有些失望："不多啊。"周瑜语气轻蔑地说："够用了，请刘豫州看我怎么破曹贼吧。"刘备觉得周瑜不好相处，提出等鲁肃来了一起商议。周瑜不耐烦地说："我军务在身，你等鲁肃吧，他和诸葛亮过几天就到。"刘备很识趣，笑容满面地答谢退出，喜气洋洋回到自己的小船上，然后默默把周瑜拉黑。

不拉黑则已，拉黑就要干掉。据《江表传》记载，刘备即将由京口回荆州，临别时与孙权密语："有件事，不知当讲不当讲，但您这些天热情款待，我不得不说啊。我觉得周公瑾是文韬武略、万里挑一的英才，可他志向远大，恐怕不能长久为人臣。"刘备识人之准，天下罕见，他敢明目张胆跟孙权说周瑜的坏话，显然算准了什么。

没错，刘备看得很准——孙权不会没想法。就在不久前，曹操派出与周瑜有旧的蒋干先生，打着私人叙旧的幌子过江，在周瑜军营足足住了好几日！虽然周瑜公开会见蒋干从不谈时政，还经常给蒋干宣传孙权的恩重如山。可正所谓"当人一面，背人一面"，鬼知道私下说过什么？！

有时死得早，就是死得好。阴云密布的一天晚上，可能是江陵战役的箭伤复发，也可能是南郡要送给刘备生了闷气，总之正值壮年的周瑜，果断与世长辞。噩耗传来，孙权无比哀痛："公瑾有王佐之资，如今短命离我而去，孤以后依赖谁啊？"十多年后，孙权称帝时仍感慨说："如果不是周瑜，孤不能称帝。"也许，历史总是扑朔迷离，人类情感也总是复杂多变，有些人活着是功高震主疑无路，死了却可以封神膜拜数十年。

周瑜死后，鲁肃上位，借出南郡再无阻力。《三国志·鲁肃传》记载："曹公闻权以土地业备，方作书，落笔于地。"在邺城专心写作的曹丞相，听说刘备借来南郡，惊得手一软，笔砸在地上。曹操没想到，不仅刘备有不计一城一池得失的胸怀，孙权也有，两位拿得起、放得下的大英雄，竟然联手对付自己！比起赤壁战败、江陵失守，孙权借地盘给刘备最戳中要害，曹操不得不承认，一统天下的梦想，真的渐行渐远。

56岁的曹丞相，自从赤壁折戟便承受着前所未有的巨大压力。这压力有来自外部的孙刘联盟，更有内部的暗流涌动。为了反击朝野谤议，曹丞相写下《让县自明本志令》（又名《述志令》）的雄文，用齐桓公和晋文公的例子，标榜自己的尊王攘夷；用乐毅、蒙恬的事迹，表明自己的忠心耿耿；用介推、申胥的品格，彰显自己的高风亮节；用周公的《金縢》之书，阐明自己的良苦用心。尽管华丽辞藻和感人典故堆成小山，但包括曹操本人在内，谁都不相信这些鬼话。

曹操在文中也讲出大实话：要我把军权交还朝廷，回到武平侯的封地，这绝对不行。为什么呢？我怕放弃兵权遭人谋害。这既是为子孙后代着想，也是为自己垮台给国家带来颠覆危险考虑。因此，我不得不贪图虚名，继续执掌大权。先前，朝廷恩封我的三个儿子为侯，我坚决推辞，现在我改变主意了。这不是想以此为荣，而是要他们作为外援，确保朝廷和我的绝对安全。

赤壁失利的曹操，彻底改变匡扶汉室的初衷，他要走上全新的道路。

要想走好新路，得先把跌的面儿找回来。

第十二节　志在千里

找面儿有讲究。

按说在哪儿跌的面儿，应该在哪儿找回来。可如果跌面儿的地方不好找面儿，保不齐还会再跌面儿，那只能换地方找了。

普天之下，谁最适合给曹操找面儿呢？回去跟刘备、孙权算账不明智，益州刘璋够不着，西凉马超、韩遂已在名义上归顺朝廷，一时没理由。纵览东汉地图，师出有名又不堪一击的有谁？盘踞在汉中的小军阀张鲁，映入曹丞相眼帘。

弱小就要挨打，这是乱世法则。建安十六年（211年）春，夏侯渊率领曹军来到长安，准备对汉中下手。眼看要倒霉的张鲁，运气着实不错。勇猛无敌但智商不在线的马超，先张鲁之忧而忧，认定曹军经关西进攻张鲁，是假道灭虢之计，看似吞并汉中，实际要染指凉州。

以往想得少的马超，这次想多了。史书记载，曹操得知马超、韩遂等关西军阀反叛，急忙派曹仁等增援部队奔赴关中，并下达“关西兵精悍，坚壁勿与战”的指令。直到曹操亲率大军赶到，才发起进攻。如果曹操料定马超、韩遂会反，或者有意逼反他们，大概率不会如此手忙脚乱。

估计曹操还纳闷儿呢，马超、韩遂至少名义上是朝廷官员吧！朝廷大军路过关西都不行，就这么反了，住在邺城的家属也不要了？几年前，包括马超父亲在内的马氏家族二百多人迁居邺城，名为当官、实为人质，以此换取马超在关西地区的领导权。除了马超家人外，韩遂的儿子也在邺城“当官”。

乱世中，不要命的人真不少，不要全家命的人真不多，马超是出类拔萃的代表。马超不仅不要自己的老爹，还劝韩遂放弃儿子：“咱们起兵反曹，您儿子很可能会没，我很可能失去父亲。没关系，正好互补，以后您当我父亲，我当您儿子，不就行了？”智商都不在线的人，沟通也无障碍，马超和韩遂一拍即合。

有马超、韩遂带头叛乱，关西军阀群起响应，陆续向潼关派兵。曹军将领见关西叛军一批又一批赶来，有些担忧地说：“关西兵的长矛厉害，不精选前锋，恐怕打不过。”逆向思维很强的曹操，不忧反喜地说：“战在我，不在贼。贼擅使长矛，别让贼刺出来就是。贼军人多更不用担心，关西偏僻道远，如果敌人各依地势防守，没有一两年别想平定。如今呼啦啦到潼关结集，很适合打包处理，大家应该高兴庆祝才对嘛。”

直到有头有脸的关西军阀基本到齐，曹军才开始行动。曹操率大军在潼关耀武扬威，摆出死磕的架势，暗中却派徐晃带领数千步骑从蒲坂津秘密渡过黄河，并在河西建立了滩头阵地，掩护曹军主力渡河。一切进展顺利，负责给大军压阵的曹操心情不错，悠然坐在胡床（类似马扎，是东汉时的新物件）上，欣赏着黄河奔流的壮阔景致。也许，曹操正打算吟诗两首，可惜让马超的万余步骑搅了雅兴！

获悉曹军正在渡河，马超带队不辞辛苦赶来截杀。马超远远望去，见主帅曹操居然尚未渡河，而且身边只有百余护卫，很是激动！这趟没白跑！

真是天赐良机，别犹豫了，上！人多欺负人少的马超军，气势如虹、箭如雨发。

人少不要紧，管用就行。千钧一发之际，一位身长八尺、腰大十围的猛汉及时出现在曹操身旁，二话不说，架起曹操及时跑上渡船。马超的骑兵也疾驰逼近，几支利箭便撂倒了没有战斗经验的船夫。好在猛汉的确够猛，竟然能既当护卫又当船夫，左手举马鞍为曹操挡箭，右手拼命撑船。猛汉一直驾船行驶了四五里，才摆脱了马超军的追击，极为惊险地掩护曹操逃到对岸。

其实，这不是猛汉第一次救曹操。早在十几年前的官渡大营里，猛汉就曾粉碎刺客徐他对曹操的暗杀。这事说来颇为神奇，担任曹操警卫的猛汉本该调休，却忽然出现心跳加速一类的神秘感应，于是果断放弃休息，及时返回曹操大帐，正撞上怀揣利刃、图谋不轨的刺客。猛汉把浑然不觉的曹操从鬼门关拽回来的同时，刺客就进去了。

这位猛汉不是别人，正是曹操侍卫队队长，号称“虎痴”的许褚。典韦阵亡后，曹操精挑细选，最终敲定了“容貌雄毅，勇力绝人”的许褚担任侍卫队队长。曹操看着又高又壮又帅又勇的许褚，兴奋大喊：“这是我的樊哙（汉高祖刘邦的贴身猛将）！”所幸许褚没有辜负期望，两次挽救命悬一线的曹操。

托许褚的福，曹操有惊无险地渡过黄河。尽管曹操在战略层面依旧藐视马超，大笑地说：“今日几为小贼所困乎！”但在战术层面，曹操不敢有丝毫大意。见识到马超骑兵的神出鬼没和骁勇善战后，曹操打算斗智不斗力，巧妙利用夜间气温骤降，一边堆沙一边浇水，迅速筑起一座用于防御的巨大“冰营”，准备踏实住下去，比比谁粮多。

马超、韩遂都是豪迈汉子，有粮多吃，没粮少吃，比不得搞屯田、会储粮的曹丞相。尤其是今年，十几万关西壮丁增援潼关，导致关西农业生产受到不小影响，秋粮征收很不顺利。而且即将入冬，马匹口粮也面临不济。马超、韩遂一看耗下去不妙，都感觉无力再战，想以割地、送质子等方式请和。

和不了，谈可以。曹操、许褚和马超、韩遂在两军阵前进行会面，展开了很不坦诚的交流。《三国志·马超传》记载：“超负其多力，阴欲突前捉曹公。”意思是说，马超甚至想借机偷袭曹操，最后慑于“虎痴”许褚在场，犹豫再三没敢动手。

双方在剑拔弩张的气氛中，肯定谈不拢。没谈拢就继续谈，有掐架倾向的马超和许褚被排除在外，曹操和韩遂在阵前进行第二轮和谈磋商。为营造融洽友好的谈判氛围，曹操冲着伸脖子想看自己的关西士兵，笑眯眯地喊道：“你们都想看曹某人吧！我没啥好看的，也是普通人，没有四只眼睛、两张嘴巴，只是智谋较多而已！”逗完士兵逗主帅，在曹操别有用心的引导下，韩遂与曹操没谈正经事，尽说些哥儿俩在洛阳时的有趣旧闻，时不时拍手大笑。

智商不在线的马超远远望去，以为达成了停战协议。智商不在线的韩遂回来表示，和谈没进展，之所以大笑，只是因为叙旧。马超越想越不对，曹操和韩遂眉飞色舞、两雄相悦这么久，全是叙旧？马超正在胡思乱想，曹操不忘火上浇油，迅速给韩遂送来一封极具挑拨性的书信：“卿始起兵时，自有所逼，我所具明也。当早来，共匡辅国朝。”

马超得知曹操给韩遂来信，立刻跑去申明知情权。马超看了信的开头，便很不舒服——“卿始起兵时，自有所逼，我所具明也。当早来，共匡辅国朝。”原来阵前叙旧很有效果啊，老韩把叛变责任择得一干二净，居然成了可怜兮兮的受胁迫？曹贼还邀请“共匡辅国朝”！马超待往下看，信中很多关键词句竟然涂涂抹抹，显然有人动过手脚。无须解释，不是韩遂还能有谁？韩遂百口莫辩，关西联军自此离心离德。

打架可以靠人多，打仗还得靠智商。关西联军锐气已丧，人心散了，养精蓄锐的曹军趁机发动总攻，关西联军死得死、降得降、逃得逃，成鸟兽散。随后几年，在曹军不断追击下，纵横关西几十年的韩遂被部下砍掉脑袋。不可一世的马超也一败再败，不得不离开关西，辗转投奔在益州开创事业新天地的刘备。

一世枭雄，傍人门户，过了几年郁郁寡欢的日子，很快客死他乡。临终前，马超给刘备上书道：“臣亲族二百余人，几乎全被曹操诛杀，只有堂弟尚在，请您多多关照。其他的，我没什么要说的。”只是不知，马超到九泉之下，有何脸面再见父亲及家人。

有的路既然走上去了，就无法回头。

第十三节　分道扬镳

见好就收，班师回朝。

相比追杀四散逃窜的关西军阀，曹操有更重要的事。

自从兵败赤壁后，曹操越发清醒地认识到，有生之年极可能无法一统天下。

建安十七年（212年），58岁的曹丞相，位极人臣却有无尽愁思：自己还能再打拼几年，偌大事业由谁继承，家族命运又将何去何从？曹操必须认真思考和解决这些棘手问题。

曹操的对手，不仅有天下群雄，还有韬光养晦、年富力强的天子刘协。登基二十多年的刘协，见识了太多腥风血雨，经历了太多尔虞我诈，闯过了太多艰难险阻，绝非生养深宫的白痴。如果曹操健在，一切都还好，刘协不足为惧。若曹操不在，又将如何？宁我负人吧！曹操下定决心，正式启动登顶计划，要为继承人扫除一切可以扫除的障碍。

第一步很和谐。“天子命公赞拜不名，入朝不趋，剑履上殿”，群臣没意见，很快鼓掌通过。说句公道话，上朝不叫名、入朝慢慢走，穿鞋佩剑上殿等系列荣誉，曹操完全有资格享受。正如曹操自述：“设使国家无有孤，不知几人称帝，几人称王！”此言不虚，若不是曹操刀里来、箭里去，刘协早成为先皇帝之一了。况且曹操不是在外带兵打仗，就是回邺城疗养身心，基本不来许都，来了也不面圣。既然名义配得上，实际不发生，大家当然不反对。

第二步很闹心。曹丞相考虑到自己年事已高，登顶流程又相当烦琐，步子必须快！刚刚享受系列崇高待遇的曹操，迫不及待迈出第二步——封公建国、加九锡。由于这一步迈得有点急，步子也有点大，曹操估摸不会风平浪静。为确保顺利推进，曹操预先秘密询问了一些重要大臣意见。果然不出所料，有人要逆曹氏潮流而动。但意外的是，这人不是别人，正是曹操亲家公、几十年的挚友——尚书令荀彧。

荀彧没想到，一直高喊着以匡扶汉室为己任的曹操，老了老了，初心不在。荀彧直言不讳地反对道："曹公起兵是匡正朝廷、安定国家，应该始终怀忠诚之心，随时保持退让态度，不能做这些事情。"荀彧嘴上反对不打紧，关键他是尚书令，可以拒绝草拟公告。如果得不到荀彧支持，或者不换掉荀彧，那么曹操很难按程序推进封公建国、加九锡。

曹操也没想到，有二十多年交情的荀彧，关键时刻投出反对票！《三国志·荀彧传》记载："太祖由是心不能平。"史书写得相当委婉，曹操实际异常愤怒。曹操料到有人反对，毕竟两汉王朝绵延数百年，总有些冥顽不灵的死忠分子。曹操应该备好若干套应急预案，如果反对者是杨彪等汉朝元老，那很简单，要么直接咔嚓，要么发配边疆，或是找碴儿扔到监狱。可偏偏是荀彧！

二十多年的朋友，终于要走到尽头！二十一年前，风华正茂的荀彧，策马南渡黄河，投奔实力弱小的曹操。从此，荀彧成为曹操不可或缺的左膀右臂。虽然荀彧通常坐镇后方、保障后勤，但与在外征战的曹操一直保持密切书信往来，在战略方向上，提出很多宝贵意见。

兴平元年（194年），荀彧劝住想趁徐州无主占便宜的曹操，提议先打吕布，抓紧收复兖州。建安元年（196年），荀彧坚定劝说曹操奉迎天子，得以名正言顺以令不臣。建安二年（197年），荀彧向曹操提出先消灭吕布，再安抚关中，最后与袁绍决战的正确建议。建安六年（201年），荀彧打消曹操要捏软柿子刘表的想法，鼓励继续啃硬骨头，彻底消灭袁氏父子才是正道。要不是荀彧的若干次建言献策，曹操难免走弯路。一旦走弯路，还能不能有机会启动登顶流程，真不好说。

如果有可能、有时间，曹操很想跟荀彧促膝长谈一次，至少做一番表面努力。毕竟荀彧是功臣，更是曹操的恩人。当年张邈、陈宫联手吕布作乱，兖州危在旦夕，是荀彧只身说退不怀好意的数万大军，运筹帷幄守住三县，给曹操留下翻盘的筹码。如果没有荀彧的逆天发挥，曹操极可能早就成为浩瀚历史中一个无足轻重的失败小军阀。

时间紧迫，曹操没工夫做思想工作。而且曹操深知荀彧太拧，即便有时间，也很难做说通。记得建安十二年（207年），曹操想表彰荀彧的既往杰出贡献，推荐他位列三公之一。面对完全有资格享受的职位，荀彧却坚持不受。曹操起初没在意，毕竟推辞谦让三五次，也算正常流程。可是哥儿俩你来我往，你表我推十几次，荀彧仍是不接受，搞得韧劲十足的曹操败下阵来。

必须把荀彧拿下。建安十七年（212年）冬，曹丞相率领大军南下征讨孙权，行到谯县，忽然要求荀彧来“劳军”，并以赞赏的姿态，任命荀彧为侍中、光禄大夫、持节以及参丞相军事等若干耀眼职务，但同时悄然免去实际更重要的尚书令。大家都是聪明人，曹操想干什么，荀彧很清楚。荀彧感到深深不安，不是为自己，而是为天子、为大汉王朝。荀彧希望与曹操深入恳谈，可曹丞相根本不给开口机会，毫不留情地“揖而遣之”。

无比苦闷的荀彧，病倒了。曹丞相没有停下南征的脚步，哪怕片刻，只是留下一盒馈赠给荀彧的食物。荀彧想必猜到了，但还是抱着最后一丝希望和幻想打开盒子——果然是空的！那一刹那，荀彧猛然追忆起二十多年前，他渡过黄河来到顿丘曹营，曹操兴奋大喊：“我的子房来了！”荀彧总算明白，曹操从始至终，骨子里都是在做刘邦！

万念俱灰、油尽灯枯的荀彧，喝下人生解脱药。荀彧无怨无悔，在熏香缭绕中，静静等待着永久的沉睡。匡扶汉室、辅佐曹操，劳碌几十年的荀彧，真的累了，想休息了。

百僚唏嘘——逮百数十年间，贤才未有及荀令君者也。

天子沾缨——刘协哀恸不已，祭祀日因此不奏乐。

史无明文，南征路上的曹丞相，不知悲喜。

第十四节　刀光剑影

临江饮马，气吞山河。

曹操号称带领四十万步骑，再次南征孙权。

相较五年前的赤壁之战，孙权更加从容自信，亲率七万大军在濡须口迎战。

八十万都打跑了，还能怕四十万？“权乘大船来观军。”——信心爆棚的孙权乘大船，擂鼓逼近曹军水营。由于雾气弥漫、虚实不清，曹军不敢轻举妄动，只得弓箭伺候。不一会儿，孙权的大船一侧中箭太多，船身开始倾斜。孙权不慌不忙地命令掉转船身，使另一侧受箭，直至船体慢慢平衡，然后敲锣返航。雾气渐散，曹操远眺这只赚走无数箭支的大船，以及很可能站在船尾得意扬扬的东吴之主，不禁颔首感叹：“生子当如孙仲谋。”

冬去春来，江面渐宽。立于不败之地的孙权，为了敦促曹操赶紧走人，送去两封言简意赅的信函。一封应该是公务信件，写得十分客气：“春水方生，公宜速去。”另一封大概属于私人信件，写得相当实在：“足下不死，孤不得安。”

五年前的荆州，曹操给孙权写下只有三十字的劝降书，雷霆万钧；如今的濡须口，孙权用更简洁的十六字，写成劝退书，如雷压顶。真是一浪更比一浪强！曹操笑眯眯拿着信，颇有雅量地对诸将说：“孙权不欺孤也。”

曹操非常务实，与其跟孙权纠缠，不如班师回朝办正事。听说曹丞相没打胜就回来了，天子刘协很有觉悟，急忙派御使大夫持皇帝符节，前往邺城宣读了曹操为魏公的策命词：“……朕用夙兴假寐，震悼于厥心，曰‘惟祖惟父，股肱先正，其孰能恤朕躬’？乃诱天衷，诞育丞相，保乂我皇家……”

翻译成白话大致是：“……我早起晚睡，内心惶恐煎熬，常常真诚祈求，希望祖宗显灵、先贤庇佑，快点派来忠正能臣帮帮我，可怜可怜我吧。终于感动上天，诞生曹丞相，保护皇室的安全……”尽管东汉没有影音设备，但从文字中，依然可以看到，泪如泉涌的天子，以及笑容灿烂的曹丞相。

曹操欢天喜地、叩谢天恩，然后冷酷果决、举起屠刀。建安十九年（214年）秋，60岁的曹操再接再厉，迈出登顶第三步——消灭皇后伏寿及其家族。伏氏家族是大汉王朝的功臣世家，常与汉室皇族子女联姻，渊源甚深、关系密切。但废后不是儿戏，得有点像样的理由吧？

曹操有把柄。话说十几年前，曹操杀死车骑将军董承及其女儿董贵人，深感恐惧不安的伏皇后，一时迸发出干掉曹操的想法，于是偷偷写信给父亲，希望伏氏家族能为国除贼。伏皇后的父亲找到妻子的弟弟商量，妻子的弟弟表面义愤填膺，可转脸就向曹操通风报信。由于当时曹操内忧外患，刚刚清理完大批董承党羽，又面临袁绍十余万大军压境，而且伏皇后父亲没敢动手，于是这事便不了了之。

陈年旧信，派上用场。曹操翻箱倒柜，找出告密信的口述复制版，以此要求废后。不等刘协下决心，曹操便以天子名义，公布了极尽污蔑之词的废后诏书，指使御史大夫带兵入宫抓捕。当散发赤脚的伏皇后被士兵拖拽过天子身旁，她一把抓住刘协，绝望地哭问："陛下不能救救我吗？"刘协不敢目视，低头说："我都不知道我的性命能到何时！"

伏皇后的哭泣声渐渐远去，刘协肝肠寸断、痛不欲生。二十四年前，伏寿入掖庭为贵人，正赶上董卓火烧洛阳，倒霉的伏贵人跟随刘协，颠簸前往长安。二十二年前，倒霉的伏贵人跟随刘协，又落入李傕、郭汜的魔爪。十九年前，倒霉的伏贵人跟随刘协，遭李傕绑架，在落满箭矢的院子里，狼狈不堪地成为皇后。十八年前，倒霉的伏皇后跟随刘协，吃着干瘪的枣子，饥肠辘辘逃回洛阳。十八年来，倒霉的伏皇后跟随刘协，在许都过着笼中雀的生活。

刘协还记得，在东归洛阳途中，伏皇后为了不让乱兵伤到自己，不顾安危地大喊："这是陛下！这是陛下！"几十年的生死与共，今日真要走到头了！皇帝也好，丈夫也罢，刘协亏欠伏皇后太多太多！望着即将消失在视线中的伏皇后，刘协突然厉声质问："天下难道有这样的事吗？！"尽管押解伏皇后的士兵没有停下脚步，但伏皇后应该听到了。

自古以来，帝王之家作威作福也多灾多难。自从曹操的三个女儿进入后宫当贵人，伏皇后就料到自己迟早被废，但她恐怕没想到，竟然落得“下暴室，以幽崩”的下场。伏皇后所生的两位皇子也被毒杀，伏氏宗族百余人受牵连处死，伏皇后母亲等十余人流放边疆。两汉以来声名显赫的伏氏家族，消亡殆尽。

为了表示诚挚歉意，曹操给刘协选定新皇后——曹节。痛失伏皇后的刘协，不得不迎娶凶手曹操的女儿，内心怎样，不得而知，但至少表面做得很到位。从建安二十年（215年）曹节被立为皇后，至青龙二年（234年）原汉献帝刘协以山阳公身份逝世，其间整整二十年，也算是夫唱妇随，夫妻俩在民间留下了诸如一起救死扶伤、兴办教育等众多美好传说。

肩负曹氏家族重任的曹节，不得不嫁给迟早被废的傀儡皇帝，内心怎样，不得而知，但至少表面做得很到位。黄初元年（220年），曹魏代汉的日子终于来临，面对魏王曹丕派来讨要玉玺的使者，大汉群臣已经没人阻拦，唯有曹节敢于怒斥一番，然后把玉玺扔在地上，带着哭腔诅咒道：“老天不会保佑你们！”

一语成谶，仅仅过去四十年，曾经强悍的曹魏帝国，陷入垂死挣扎。甘露五年（260年）五月，曹魏皇帝被司马昭的部属当众杀死。至此“司马昭之心，路人皆知”，司马氏取代曹魏势不可当。天下人都知道的事，曹节肯定也知道，但不晓得这位诅咒曹魏帝国的大汉末代皇后是什么心情？很可能是巧了，原汉献帝皇后、山阳公夫人曹节，恰在次月，溘然长逝。

曹操子孙被司马家族羞辱，正如曹操对汉室子孙的羞辱。建安二十年（215年）冬，曹操率领大军攻占汉中，随即回朝，准备进行登顶计划的第四步——称王。

建安二十一年（216年），过完祥和喜庆的春节，天子刘协一刻不敢停歇，主动推进封王流程，下了数次情真意切的诏书，表示无论如何也要封曹操为魏王。尽管曹操推辞的态度一次比一次坚决，但架不住刘协的命令一次比一次强硬。曹操实在拗不过热情执着的天子，只好“勉为其难”地接受了魏王的册封。

天欲使其灭亡，必先使其疯狂。建安二十二年（217年）夏，刘协把使用天子专用旌旗的待遇赠给曹操。当年冬，刘协又把只有天子有资格享受的“王冕十有二旒，乘金根车，驾六马，设五时副车”的至高待遇，也送给曹操。

有时候，历史轮回还挺快。当魏王曹操戴着十二串玉石的王冠，坐着天子车驾，享受着天子所有待遇时，不知道他有没有想起二十八年前的某个人，就是那个让行奋武将军曹操深恶痛绝的国贼——董卓。

至尊宝座触手可及！登顶流程只差最后一步。然四百年大汉，还有忠臣——少府耿纪等人挺身而出。耿纪可能是小人物，但他的先祖是东汉开国功臣、云台二十八将第四位，被誉称“有志者事竟成”的建威大将军耿弇。

成与不成看天命，祖宗的“有志”不能丢。耿纪联络了几位仍忠于汉室的大臣，趁正月十五开放宵禁，带领千余家奴军火烧丞相长史营，试图拿下重兵守卫的许都。这是一场注定要失败的逆袭，这是一场注定失败也要有的逆袭，即便螳臂当车，也必须挡一下。没有意外，耿纪等人战败殉国。随着杀声渐息、火光渐灭，彻夜未眠的天子刘协，无言两行泪——复兴汉室的希望，又一次无情破灭。

明知不可为而为的失败，最让胜利者恼火。《山阳公载记》记载，曹操气急败坏地下令召汉朝百官来邺城，声色俱厉地咆哮道：“大火烧营，谁去救火了，谁又没救火？救火的站左边，没救火的站右边。”大臣们以为救火无罪，基本都站在左边。没料到，曹操说，跑出来救火是趁乱助贼，全部咔嚓嚓。

黄泉路上，估计站左边的大臣追悔莫及：早知道站右边好了！其实不尽然，曹操可以说，救火是对的，不救火是包藏祸心。只要盛怒的曹操想杀人，看哪边站得多，就说哪边错，跟左右没关系。如同领导不想提拔你，你怎么干都不行：你勤奋，说你没学历；你有学历，说你不勤奋；又勤奋又有学历，说你资历还不够；又勤奋又有学历，资历也熬够了，说你年龄偏大了。

总之吧，世间之事，有时候没啥道理讲。

主要看命吧。

第十五节　如此而已

曹丕的命，不错。

建安二十二年（217年）冬，曹丕成为魏王世子。

若按正常顺序，轮不到非嫡非长的曹丕。可惜两个嫡子命不好，嫡次子曹烁体弱多病，没成年便夭折；嫡长子曹昂倒是身强力壮，也成年了，但在宛城之战英勇阵亡。即便如此，如果正妻丁夫人愿意再收养曹操的其他儿子，那么曹丕年龄虽长却仍不是嫡子。

形势向着有利于曹丕的方向不断发展——心灰意冷的丁夫人与曹操一拍两散，卞氏随后主持家庭工作，年龄最长的曹丕，排到家族事业继承人的第一顺位。以前曹丕既是老三又是庶子，虽没机会继承家族事业，但也没什么忧愁，养好身体坐等老爸或哥哥改朝换代，很可能混成闲散小王爷。可如今莫说曹丕有想法，就是没想法，身后的弟弟们也会逼他有想法。

冲击对手不容易，守住排名更困难，曹丕精神压力很大。同母所生的曹彰、曹植，要武有武，要文有文，能力都很强。除了两个亲兄弟外，环夫人还生下一个更厉害的，被誉为“神童”的曹冲。史书记载：“少聪察岐嶷，生五六岁，智意所及，有若成人之智。”意思是说，曹冲从小敏于观察、十分聪慧，五六岁的智力心思，不输成人。

有一次，孙权给曹操送来一头大象，曹操询问部下，谁知道这个肥头大耳的家伙有多重？能人不愿出风头，庸才确实没办法，曹冲小朋友刚好化解冷场：“我知道！先把大象放船上，在船体水痕淹到处刻下记号，然后让大象上岸，把称量物品放到船上至记号处，就能算出来。”这么聪明，有乃父之风，曹操乐不可支。

难能可贵的是，曹冲不是智商高的小聪明，而是解人性的大智慧。一次，曹操放在仓库里的马鞍被老鼠啃坏，看守仓库的吏役怕自首也不能免罪，急得满头大汗，向曹冲求助。心地善良的曹冲安慰道："这事不难办，你三天后再去自首，可以避祸。"

当日，曹冲拿刀戳穿单衣，宛如老鼠咬过，愁眉苦脸地在曹操眼前晃来晃去。曹操不解地问："宝贝儿子怎么了？"曹冲哭丧着脸嘟囔："民间风俗说，老鼠咬衣服，主人会不吉利。我的衣服被咬，所以很担心。"曹操哈哈大笑，心说再聪明也终究是孩子，宽慰道："迷信，绝对迷信，不要为此事苦恼。"

三天后，吏役来找曹操自首，汇报老鼠咬坏了马鞍。曹操顿时觉悟，原来在这儿等着我呢。曹操笑道："我家冲儿在身边的衣服尚且被咬坏，更何况挂在柱子上的马鞍。没事，你退下吧。"诸如此类的事情，曹冲办妥不少，不仅得到大家尊敬，也赢得曹操宠爱，在继承家族事业的竞争中，曹冲一马当先。

然而天嫉英才。建安十三年（208年），年仅13岁的曹冲突染重疾，生命垂危。曹操真急，亲自向天请命！不过，上天没把在人间呼风唤雨的曹丞相放在眼里，执意带走了曹冲。痛失爱子的曹操，哭得伤心欲绝。曹丕作为长子，壮着胆上前试图宽解，直接挨了曹操劈头盖脸的呵斥："冲儿的死，是我的不幸，却是你们的幸事！"十多年后，曹丕篡汉称帝，在众多朝臣面前坦言："如果长兄曹昂在，天下肯定是他的。即便曹冲在，我也不会成为天子。"

逝者已逝，生者如斯。日子得继续过，继承人得接着选。曹操把目光聚焦到卞夫人所生的三个儿子——曹丕、曹彰、曹植。面对三选一，曹操如何作答？嗯……曹操还没选，两个候选人先抢着把自己干掉了。

第一个自我淘汰的是曹彰。其实曹彰很出色，善于射箭、精于剑术、膂力过人，还曾抓过老虎尾巴、捏过大象鼻子，甚至徒手可与猛兽搏斗。曹彰不光逞勇斗狠在行，领军出征也是好手，每次都凯旋。但是曹彰存在巨大短板——不爱读书。

“昼携壮士破坚阵，夜接词人赋华屋”的曹操很着急，经常开导曹彰：“打仗和读书，两者相辅相成、缺一不可。”曹操开出书单，指示要读《诗经》《尚书》等。曹彰当面不敢顶撞，背地里却牛气冲冲地说：“大丈夫当效仿卫青、霍去病，率十万之众在沙漠驰骋，驱逐戎狄、建功立业，读哪门子书！”

后来，在家庭聚会上，曹操问儿子们的爱好和志向，曹彰抖动着英武的黄胡须，依旧坚定地说：“好为将。”曹操心说：我的黄须儿，没长进啊！苦口婆心跟你小子说的读书事呢？曹操不动声色地追问：“当将军要怎样？”曹彰答：“披坚甲握利器，身先士卒，有功必赏，有罪必罚。”看着一脸严肃认真的曹彰，曹操无奈大笑，心说：行行行，那你就当将军吧。

第二个自我淘汰的是曹植。曹植特别喜欢读书，十几岁能诵读《诗经》《论语》等诸子百家及先秦两汉辞赋几十万言。文学天赋极高的曹植，随便写写就甩曹丕等兄弟几十里地。曹操都不免心生疑虑：“植儿，你说实话，你写的美文，是请人代笔吧？”曹植一听这话，很不高兴地霸气跪下答：“儿子出口是论，下笔成文，您若不信，现在出题考我。我用找人代笔吗？”曹操不怒反笑。

建安十五年（210年），邺城标志性工程——铜雀台——落成，曹操携名流雅士以及儿子们登台作赋。曹丕和其他文人墨客正在酝酿情绪、构思词语，只见曹植一挥而就，惊得曹操“甚异之”。虽说老爹喜欢可能是主观偏爱，但后世很多大文豪，也都对曹植给出很高评价。

最夸张的是晋宋时期的山水诗人谢灵运所说：“天下才有一石，曹子建独得八斗。”但“才高八斗”的曹植存在巨大短板——很聪明却没智慧。更要命的是，曹植的重要谋士杨修也如此，两个很聪明却没智慧的人凑一起，只能是加倍聪明反被聪明误。

若单论智商，杨修绝对在线。《世说新语》记载，有人送给曹操一杯奶酪，曹操吃了点，在杯盖上写下“合”字，随即给在场下属传看。众人似乎都猜不出含义，只有杨修忍不住吃了一口，得意扬扬地说：“曹公叫每人吃一口。”（“合”字拆开为“人一口”。）

又一次，曹操视察修建中的相府大门，让人在门上写下“活”字，便转身离开。杨修见到后，立刻对施工负责人说：“拆了重建吧。”可能是担心大家不明白，杨修忍不住又炫耀解释道：“门里加‘活’是‘阔’字，魏王嫌门大了。”

还有一次，杨修陪曹操路过曹娥碑，看见碑的背面写着“黄绢幼妇，外孙齑臼”八个字。曹操问杨修：“你知道什么意思吗？”杨修还是忍不住地表示他已经猜出。曹操走出三十里路，终于明白其中含义，不禁对杨修感叹道：“我的才力赶不上你。”

出身东汉名门世家又才思敏捷的杨修，本来深得曹操赏识，出仕便担任丞相主簿，前途一片光明。可惜人红难免是非多，曹丕、曹植争相拉拢，搞得杨修迷失自我，愣是掺和进曹家的立嫡之争。掺和已经不对，关键还没掺和对，杨修不仅选择支持看似得宠的曹植，还选择自以为很擅长，但实际很坑人的帮忙方式——猜曹操心思。

帮助曹植“猜猜猜”之前，杨修自个儿就这样。一次，杨修外出，行前估计曹操会派人来询问有关对外事务，便预先写好几封信札，嘱咐家童说：“如果曹操有令到来，按我给你的信札依次回复。”果然如杨修所料，家童赶紧按布置进行回复。可惜百密一疏，杨修没交代要把控回复速度，结果每次回复速度都很快，导致曹操起了疑心调查，了解到真实情况。

杨修在本职工作上要宝就算了，居然不知死活地为曹植故技重演。杨修经常利用职务之便，揣测曹操关注的时政要闻，并写好各种应对答案给曹植，而且又没交代把控回复速度。结果曹操每次考问儿子时，曹植从来都不假装想一下，嗖嗖背出答案。几次下来，聪明又智慧的曹操再次察觉出不对，于是不断追问，终于把曹植问秃噜了。

后来，曹操继续考察曹丕和曹植，让哥儿俩分别出邺城的一门，但又密令两个门的守卫不得放行。赶上狡诈老爸的倒霉哥儿俩，都在城门处遇到坚决阻止！曹丕理论半天没办法，只好返回。得到杨修预先指点的曹植，则宣称受王命，直接斩杀守卫，顺利出城。很显然，曹植的做法，是曹操内心正解。但很遗憾，这件事又被曹操发现是杨修的主意！

后来，尽管曹植还犯下擅自打开司马门，以及酩酊大醉领兵出征等诸多错误，但实际上从有组织、有预谋地猜测曹操心思开始，就已经淘汰出局。才华横溢的天之骄子曹植，从“几为太子者数矣”到无所事事的“笼中雀”，一落千丈！终此一生！

即便十多年后，哥哥曹丕去世，侄子曹叡登基，曹植也不得翻身。哪怕曹植卑躬屈膝地献上《求自试表》，恳求给他一次领兵作战的机会，就算是“身分蜀境，首悬吴阙”（身体在蜀国被砍成两半，首级悬挂在吴国宫殿），也在所不惜！然而，最该争取机会的时候，没有把握住，事后想靠乞求怜悯获得机会，这又怎么可能？

比起不自觉的曹植，杨修对人生未来有着清醒的认识。杨修知道由于自己“泄漏言教”，带垮曹植的同时，自己一只脚也踏进了鬼门关。不过，大才子杨修就是大才子杨修，知道归知道，嘴欠还是忍不住。没过多久，杨修的另一只脚生怕落后，也赶紧迈了进来。

汉中之战时，曹操把某日夜巡号令定为“鸡肋”，杨修先生得知后，又按捺不住强烈的表现欲，明目张胆收拾起行李。有人不解，问：“您这是干什么？”杨修自命不凡地解释道：“鸡肋，弃之可惜，食之无味，好比汉中，我知道魏王要返程了，所以提前收拾东西，免得到时匆忙。”很聪明没智慧的杨修，似乎答对了一切考题，却提前离开人生考场。

大智若愚的曹丕，稳稳胜出。虽说曹丕在《典论·自序》中吹嘘自己六岁会射箭，八岁能骑射，从小爱读书，长大很博学，堪称古今第一文武全才。但实际上，曹丕知道自己的斤两，骑马射箭比起大破匈奴的曹彰远不及，舞文弄墨比起才华横溢的曹植差太多。

曹丕胜出前，也是相当焦虑、绞尽脑汁。为争取世子之位，曹丕不动声色地争取朝廷重臣，打着文艺沙龙的名义拉拢风雅名士，以及竭力讨好老爸身边的各位宠姬。即便如此，曹丕仍是时常心神不宁、寝食难安，为此还专程请教了“算无遗策”的顶级谋士——贾诩。

贾诩智慧深如大海，不想蹚曹家的浑水。但曹丕来问，不能不答，贾诩只好面无表情地缓缓说道：“愿将军恢崇德度，躬素士之业，朝夕孜孜，不违子道，如此而已。”翻译过来大致是，请将军在道德上继续加强修养，工作上继续勤勉敬业，不要违背儿子应尽的孝道，做到这些就行。贾诩似乎什么没说，却又道出精髓。至于曹丕能不能理解，看悟性吧。

曹丕虽悟性差点，但演技绝对一流。有一次，曹操即将率军出征，百官部属前来送行，曹丕和曹植也在其中。曹植当场吟诵了感情真挚的送别诗，热烈歌颂曹操的文治武功，炫丽辞章引得在场官员交口称赞，曹操也深感怡悦。文采远逊的曹丕傻站在一旁，既尴尬又惶恐，幸好贴身谋士在耳边给出正确建议：“别愣着了，快哭吧！”

一语惊醒！曹丕顿悟：对啊，贾诩先生也教导过，搞花活不如尽孝道。说时迟，那时快，曹丕根本不需要酝酿感情，滂沱眼泪奔涌而出，边哭边跪在地上使劲儿磕头。曹操以及送行官员动容相向，都没心思回味曹植的煽情诗句了。

老谋深算的曹操未必不明白，曹丕的泪水是孝道还是权术，不过孝道也好，权术也罢，大魏王国乃至大魏帝国的事业继承人，不正该如此吗？魏王世子，定了吧！

当曹操的孩子，真不易。

第十六节　涅槃重生

当曹操的妻子，尤其难。

丈夫成为魏王三年后，儿子立为魏王世子两年后，卞夫人终于得到王后的名分。

建安二十四年（219年），卞夫人整整60岁，陪伴曹操走过整整四十年。追忆光和二年（179年），流离失所的卞氏，遇到仕途失意的曹操，二人一见钟情。年轻的卞氏不曾料到，她嫁给未来天下最有权势的男人，也从此走上异常艰险的道路。

中平五年（188年），曹操去洛阳担任典军校尉，把嫡妻丁夫人留在老家，只带上卞氏同行。得到丈夫独宠的卞氏没高兴多久，便迎来麻烦事。中平六年（189年），曹操因反对董卓废立皇帝，偷偷返回家乡招兵买马，刚刚生下曹彰的卞氏，没能一起东归。曹操跑后，董卓火冒三丈，立即发出通缉令。随后，洛阳城内传言四起，说曹操已死在路上。

洛阳曹府的兵丁家将觉得没奔头，想赶紧散伙。从小四海飘零、见多识广的卞氏没有慌张，语气坚定地说："曹君生死不能凭几句传言，假如你们因此辞归乡里，曹君平安返回，诸位还有面目再见吗？为避未知之祸，轻率放弃一生名节声誉，值得吗？"曹操小妾如此有胆识，众人很惭愧地安静下来，表示愿意共渡难关。不久后，卞氏利用董卓放松管控的机会，及时带领大家离开洛阳，与大难不死的曹操在襄邑县重逢。

机会总是留给有准备的人。建安二年（197年），曹操乱搞风流，张绣降而复叛，酿成宛城大败，嫡长子曹昂阵亡。悲痛欲绝的丁夫人不能原谅曹操，执意一刀两断。嫡妻位置空出，乾纲独断的司空曹操，没有迎娶世家豪门的千金，也没有扶正得宠的年轻姬妾，而是看似出乎意料地决定：让小妾中资历最深、出身最差的卞氏主持家务。

坐上司空夫人位置，不代表结束，而代表开始。卞夫人很清楚，只要多疑善变的丈夫活着，危险无处不在。《魏晋世语》记载，曹操为杀掉一个性情恶劣但声音高亢的歌女，不惜挑选一百名歌女培养，当有歌女的歌声赶超了性情恶劣的歌女时，就立刻下杀手。还有一个宠姬，仅仅因没有及时叫醒午休的曹操，就惨遭棍棒毒打而亡。前车覆，后车诫，不想稀里糊涂丧命的卞夫人，必须小心翼翼。

违背常理，也要懂得丈夫的喜好。有一次，曹操得到几副精美耳环，非常罕见地拿回府，让卞夫人先挑选。卞夫人深知，曹操素来不喜奢华物品，要求妻妾也相当严苛，着装不能有华丽刺绣，鞋子不允许有两种色彩，帷帐屏风坏了就补一补，用十年的衣被也不能扔，每年拆洗缝补后接着用。

生性节俭的曹先生，怎么会突然馈赠妻妾精美耳环？卞夫人是有心人，所以做出了不合常理的选择，挑了中等档次的耳环。曹操好奇地问："夫人为什么这样选？”卞夫人淡淡答道：“如果选最好的，那是贪婪；如果选最差的，那是虚伪；我选中间的吧。”卞夫人说出的理由，似乎不经意点中了曹操的动机。

即使泯灭天性，也要迎合丈夫的做法。为了取悦曹操，卞夫人始终严格执行各项节俭规定，女儿嫁人只用黑色罗帐，跟从奴婢不超过十人；家里从不熏香，居室家具无彩漆绘画，颜色均是曹操最认可的素黑。卞夫人对自己更是极端苛刻，服装无文绣、饰物无珠玉，要多简朴有多简朴。

卞氏是女人，没有女人不爱美，不喜欢五颜六色、花枝招展。但卞氏坚定认为，美与生命相比，生命更重要。《魏晋世语》记载，曹操看到曹植妻子衣装华美，勃然大怒，说她违反穿着禁令，毫不犹豫地把她赐死。虽说曹植妻子穿着朴素也不会一直平安，可衣着华丽极大地加速了死亡的到来。

即使淡漠亲情，也要遵从丈夫的指示。卞夫人的弟弟追随曹操南征北战，立下不少功劳，但官职仅是别部司马，卞夫人忍不住提出异议。曹操说：“他是我小舅子，不能给大官爵。”卞夫人退而求其次：“不能授予相符官职，多赐些财物总可以吧？”曹操还是不同意：“你暗暗给些就好，我公开赏赐不行。”

领会了丈夫的讲话精神，卞夫人立刻转变，每次接见娘家亲戚都不给好脸说：“你们为人处世应当节俭，不要每天想着到我这里求赏赐。”卞夫人有时还嫌不够严厉，会狠狠地补一句，“如果你们有人犯科禁，我非但不会宽恕，还要对他罪加一等！”

即使千般委屈，也要迎合丈夫的心意。卞夫人小心伺候曹操也就罢了，就连原配丁夫人也得伺候好。据各类史料综合推断，丁夫人很可能是曹操母亲丁氏的宗族晚辈。无论出于对母氏家族的尊重，还是对丁夫人的愧疚，丁夫人在曹操心中的地位，都不曾因废弃有丝毫降低。而且丁夫人家族树大根深，不仅与夏侯渊等重臣联姻，还有不少丁氏子弟在朝为官。

无依无靠的卞夫人，即便成为继室，也远远无法匹敌丁夫人及其家族。纵使再不情愿，卞夫人也必须跟丁夫人套近乎。卞夫人常趁曹操外出征战，敬赠丁夫人礼物或是邀请她回府叙旧，把正妻位置留给丁夫人，迎来送往与当小妾没有什么不同。为了生存，卞夫人必须秀，秀给丁夫人、秀给曹操、秀给天下人看。

在如履薄冰中，卞夫人走过三十多年。建安二十二年（217年）冬，曹丕被立为魏王世子，一些趋炎附势之徒向卞夫人道贺：“这么高兴的事，您应该拿钱赏赐大家，庆祝庆祝吧。”卞夫人保持了清醒头脑，微微一笑：“曹丕是长子，所以立为世子，作为母亲只能庆幸教导没过失，哪里值得赏赐庆祝？”曹操很快获悉卞夫人的回答，由衷赞扬道：“愤怒不变容态、喜悦不失礼节，她做到了最难做的事。”

延康元年（220年），曹操死后的几个月，不是蹿出凤凰，就是跳出神龙，总之天下一派祥瑞景象。曹丕与妹夫刘协心照不宣，开始了你推我让的精彩表演。曹丕在“心栗手悼，书不成字”（听到禅让，内心在颤抖，手都拿不住笔）的身体不适状态下，坚持完成了冗长的礼让程序，结束了名存实亡的大汉王朝。随着曹丕称帝，谨小慎微四十多年的卞氏、卞夫人、卞王后，终于成为卞太后，母仪天下。但她仍然过不上舒坦日子——因为曹丕精神疾病越来越严重。

尽管曹丕大言不惭地夸赞自己，号称可以做到“仁以接物，恕以及下”（以仁义与人交往，以宽恕对待下属），但这只是精神病患者沉浸在自我幻想中。实际上，长期处于曹操强大气场和夺嫡重压下的曹丕，早已患上深度神经衰弱。

曹丕犯病的第一刀，砍向了爱人。黄初二年（221年），曹丕已然不记得十几年前，在邺城抢走美貌甄氏的冲天喜悦，如今竟以有怨言为借口，无情赐死甄氏。曾因婆婆得病，哭得稀里哗啦的好儿媳甄氏，落得惨死下场，卞太后很可能表达了强烈不满。

神经病症状进展神速的曹丕，很快下诏反击：“夫妇人与政，乱之本也。自今以后，群臣不得奏事太后，后族之家不得当辅政之任，又不得横受茅土之爵；以此诏传后世，若有背违，天下共诛之。”不知卞太后看到这样绝情的诏书，心会有多痛！

曹丕犯病的第二刀，砍向了兄弟。黄初四年（223年），曹丕极为少见地拿出兄长风范，热情邀请来朝觐见的曹彰下棋叙旧，并配上精心准备的毒水果。直肠子的曹彰哪里晓得，在兄弟情深的幻觉里，很快出现中毒反应。

卞太后闻讯赶来救儿子。曹丕为防止二弟死而复生，提前让人把盛水器皿全部打碎。卞太后只能跌跌撞撞地亲自到井边打水，可惜来不及了！曾经大破匈奴、平定北疆的一代名将曹彰，就这样去了。这正是，匈奴万千铁骑，不敌人心险恶。

母仪天下又怎样！眼瞅着大儿子毒杀二儿子，天下最尊贵的女人，承受着天下最大的痛苦。卞太后气得浑身发抖，指着曹丕大喝："你已经杀我的彰儿，不能再杀我的植儿！"曹丕神经质地微笑点头，因为他打算让曹植生不如死。

曹丕频繁给曹植更换封地，搞得曹植长期在乔迁新居的路上，比流放有过之而无不及。也许，这首诗是伪作："煮豆持作羹，漉菽以为汁。萁在釜下燃，豆在釜中泣。本自同根生，相煎何太急!"但绝对道出了曹植的心声。

曹丕犯病的第三刀，砍向了叔叔。很早以前，曹洪曾拒绝借钱给曹丕，当上皇帝的曹丕没忘仇，以曹洪门客犯法的小事由，把曹洪关进死刑大牢。卞太后只好再次亲自出马，指着曹丕盛怒道："要不是你洪叔当年献出坐骑，你爹已经在汴水长眠三十多年，还有你什么事？！"在卞太后的全力保护下，曹丕还是把曹洪免为庶人，并剥夺全部财产。

曹丕犯病的第四刀，居然砍向了恩公后代。当年鲍信为掩护曹操撤退，战死沙场。曹操出于报恩，竭力提携和培养鲍信的儿子鲍勋。然而精神病患者曹丕却不喜欢为人正派、直言进谏的鲍勋，找来"莫须有"的杀头理由。

恩将仇报，国运不昌！群臣坐不住了，轮番激昂说情，但最终也没能阻止鲍勋的惨死。举刀砍向爱人、亲人、恩人的曹丕，搞得阎王爷都看不下去：别祸害人间了，收吧！鲍勋死后的第二十天——曹丕驾崩。

到底是自己的骨血。曹丕病危之际，卞太后在慈母之心的驱使下，赶来探望。卞太后不仅见到曹丕最后一面，还意外看到不少老相识——曹操去世时的年轻姬妾。卞太后大惊问："她们何时来的？"行将就木的曹丕，神经兮兮地得意笑道："父王过世，我立刻召她们来了。"浑蛋至极！卞太后怒不可遏地大骂："畜生！畜生！狗鼠都不吃你剩下的东西，你确实该死！"卞太后拂袖而去，连曹丕葬礼都拒绝参加。

随着曹叡登基称帝，卞太后升级成卞太皇太后，可仍旧不能享清福。由于曹叡对奶奶比较孝顺，导致嫔妃间争风吃醋的烂事，都跑来跟卞太皇太后告状，希望得到老人家支持。《三国志·后妃传》记载，曹叡当平原王时，迎娶名门望族的虞氏为王妃。曹叡称帝后，却把出身低微的毛氏立为皇后。郁闷的虞氏找卞太皇太后诉苦，哭得梨花带雨，说着说着有些小激动，无意间戳中卞太皇太后的最要害："曹氏从来好立贱人为后！"

经过几十年的努力，母仪天下的尊贵，仿佛在这一瞬，化为乌有！卞太皇太后，无言以对。

四年后，历经人世沧桑，早已身心俱疲，厌倦了你争我夺的卞太皇太后，与世长辞。

从歌舞伎出身到母仪天下，卞氏在乱世中完成了最绚丽的人生逆袭。

然而，看上去享受了多少荣华，就经历了多少浴火。

第六章 千古风流

作者女儿小北手绘

生命不止，奋斗不息，成功也好，失败也罢，人生际遇总有千变万化。正是有了不认命的成功者和失败者，人类历史才能缓缓向前。

第一节　人心叵测

你不吃人，人也吃你。

仁义厚道的益州牧刘璋，被大家盯上了。

建安十六年（211年），刘璋在益州别驾张松的鼓动下，派出使者法正邀请刘备入川，帮忙征讨汉中军阀张鲁。刘璋天真地以为，刘备给陶谦守小沛、给刘表守樊城，表现都不错，邀请入川没问题。但此一时，彼一时，当年刘备是寄人篱下，现在刘备有荆州数郡基业，还会再给别人守家护院吗？

而且，刘璋不知道的是，张松和法正已经把他卖给刘备。当然，刘璋更不可能知道，张松在三年前就想把他卖给曹操。当时曹操不战而胜占领荆州，大有统一天下的趋势。刘璋夜观天象、审时度势，觉得应该跟曹丞相进一步搞好关系，给未来投降奠定良好的感情基础。于是，刘璋派遣张松紧急出使荆州，给曹丞相送去助战士卒。

没料到，兵强马壮的曹丞相狂得目空一切，非但不以礼相待，还嘲弄张松身材矮小、相貌猥琐，还离谱地任命他为越嶲郡苏示县县令。张松先生很纳闷儿：自己担任的益州别驾是副省级，曹丞相怎么颁发县级委任状？大老远送兵送粮，却遭降级处理，什么逻辑？

张松先生虽身高不济，却大有志气，既然曹丞相如此薄情，那就把益州卖给刘备吧。《吴书》记载：“备前见张松，后得法正，皆厚以恩意接纳，尽其殷勤之欢。”就是说，求贤若渴的刘备，情绪很稳定，脑子没有乱，果断祭出看家本领大摆筵席，拿出珍藏多年的好酒，相继跟张松、法正喝成哥仨好。一门心思要辅佐明主的张松和法正，激动得不行，一致觉得找对买家了，随即把益州军事部署等绝密信息全盘托出，并相约时机成熟时请刘备接收。

矢志不渝要卖掉益州实现个人远大理想的张松和法正，果然没有食言。

在张松的积极劝说下，刘璋与赤壁失利的曹丞相断绝联系，转而与风生水起的荆州牧刘备建立友好关系，并派遣法正三次出使荆州。第一次是沟通感情；第二次是送去几千名士兵；第三次是盛情邀请刘备入川，帮忙讨伐汉中张鲁。张松和法正认为：这是天赐良机！刘备借入川发动奇袭，可以轻松攻占益州。

刘备何尝不想，但名不正，言不顺啊！几十年来，刘备屡战屡败，却能败而不亡、败而再起，全靠站在道义的大路上。比起搞过血腥屠城的曹操和孙权，刘备的最大筹码就是“人和”。首席文臣诸葛亮也很踌躇，尽管跨有荆、益是“隆中策”的关键步骤，但若以偷袭取胜，肯定仁义尽失。立志效仿圣贤、志存高远的诸葛亮，连自己都说不服，更别提开解刘备了。

仁义能值几个钱？次席文臣庞统的思想开放，觉得赶紧扔掉道德包袱，轻装前进吧！不想扛着仁义大旗到处走的庞统，生性洒脱又极有才干，在荆州乃至江东都很有名气，号称“南州士之冠冕”。顶着响亮名头的庞统，初入仕途便担任南郡功曹。赤壁之战后，庞统又成为时任南郡太守周瑜的重要助手。周瑜病逝，庞统亲自送丧至东吴，受到众多江东青年才俊的追捧结交。待庞统返回荆州时，孙权已把南郡借给刘备，又换了主公。

《先贤传》记载：“乡里旧语，目诸葛孔明为卧龙，庞士元为凤雏。”热衷于求贤交友的刘备，早就知晓庞统的大名。历来重视人才的刘备不含糊，迅速提拔庞统为州从事，并以挂职锻炼的名义，派到耒阳县担任县令。平心而论，刘备安排得没问题，问题是庞统不屑于基层锻炼，对县里事务不闻不问，卷宗堆积如山，政绩考核倒数第一，惨遭末位淘汰。

“南州士之冠冕”的庞统被免官？不仅诸葛亮力劝刘备重新考查，以联盟大局为重的鲁肃也送来加急信函，极力夸赞庞统有经纬之才，不能拿鸡零狗碎的小事做测试，否则跑去投靠曹操，麻烦就大了！经过诸葛亮和鲁肃的联合劝说，刘备与庞统进行了深度交流，不聊不知道，一聊不得了，刘备立刻委以重任，提拔庞统为治中从事。没过多久，刘备又授予庞统军师中郎将的要职。

深受器重的庞统先生，必须为主公排忧解难。面对要不要入川搞偷袭，庞统开导刘备说："主公！荆州东有孙权，北有曹操，未来发展空间有限。益州户口百万、土地肥沃，若能夺取此地，大业可成。咱们又有张松、法正为内应，知己知彼，胜算非常大，您有什么犹豫的？！"

刘备不是犹豫能否成功，而是不想丢失"人和"！刘备把仁义大旗孜孜不倦地扛到知天命的岁数，说扔就扔？太可惜了吧。刘备感慨地说："这么多年，我与曹操势如水火。曹操峻急，我便宽厚；曹操暴虐，我便仁慈；曹操狡诈，我便忠义。每与操反，事乃可成。如果靠里应外合的偷袭占领益州，失信于天下，那么我跟曹操还有什么区别，以后还能行吗？"

"主公！都什么年代了，您还抱着仁义大旗不放。凡事不能墨守成规，随机应变才好。况且主公明智、刘璋昏庸，明智取代昏庸是人间正道。事后封给刘璋大片土地，谁能说您不仁义？主公要是放弃这次良机，让曹贼抢先占去益州，那才是对天下苍生的大不义。"庞统说得振聋发聩，刘备听得神清气爽，真心欢喜找到仁义正解。

其实，要益州也要仁义，不是不行，只是辛苦些。刘备完全可以拿刘璋为国贼曹操献兵赠粮说事，或是把刘璋老爸打造天子车驾等犯上旧事扒出来，扣上十条八条罪状不成问题，然后名正言顺，由江陵逆江而上，出兵讨伐。可惜，历来做人做事大气磅礴的刘备，这次听从了庞统的建议，接受张松和法正的邀请，打算先进益州再找刘璋的不是，然后伺机翻脸干仗。刘备以为，这样既得军事上的便利，也不会丢失仁义大旗。

很遗憾，刘备记住孟子说的"天时不如地利，地利不如人和"。忘记了孟子还说过"鱼与熊掌不可兼得"。

第二节　弱肉强食

妄图找碴儿翻脸的刘备，兴致勃勃来到益州。

仁义厚道的刘璋却不给他机会，不仅沿途安排各地政府官员热烈欢迎，还亲率数万大军到涪城与刘备友善会师。刘璋对千里迢迢来帮忙剿匪的刘备，肯定致以崇高敬意和衷心感谢。刘备必然也是慷慨陈词，号称一定不辱使命。哥儿俩越谈越投机，也不管曹操掌控的朝廷能否批准，热情洋溢地互相封官。刘璋推刘备为行大司马、领司隶校尉，刘备推刘璋为行镇西大将军、领益州牧。

相见恨晚的刘备与刘璋，三日一小宴、五日一大宴，没完没了地吃吃喝喝。人生不过三万天，转眼没了一百多天，急于建功立业的庞统、法正很不耐烦，轮番劝说刘备在酒宴上解决刘璋，直接拿下益州。涵养功夫极好的刘备，言简意赅地表示："恩信未著，此不可也。"

闯荡江湖几十年的刘备，显然见识更胜一筹。刘备很清楚，刘璋陪吃陪喝这些天，就是因为对他没有完全放心，必然有所戒备。况且刘璋的儿子在成都坐镇，支持刘璋父子的益州官员也不少，如果现在干掉刘璋，能不能速取益州不好说，立马败光人设是肯定的。

"璋以米二十万斛，骑千匹，车千乘，缯絮锦帛，以资送刘备。"受到刘璋盛情款待又得到大量军需物资，刘备哪有脸翻脸？先北上再说吧。刘备带着庞统、法正、黄忠等文臣武将以及数万士兵，慢悠悠向汉中进发。说来也巧，刘备大军来到葭萌关附近，眼看就要跟张鲁交锋，刘备身体突然各种违和，总之没法继续北上。

刘备估摸着，即便刘璋好脾气，吃你的、喝你的、拿你的，还不给你办事，也总该强烈谴责，表示不满吧？只要刘璋发难问责，翻脸的事情就好办了。没想到，仁义厚道的刘璋一点怨言没有，催都不催，全凭刘备自觉。春去秋来，刘备疗养身心快一年了，竟没找到一丁点翻脸机会。

所幸世界不太平，刘备总算找到了突破口。建安十七年（212年），曹操率领四十万大军杀向东吴，刘备立刻宣称，要回荆州帮助二舅哥，并提出结清攻打张鲁的出场费。一枪一炮没放，也不妨碍刘备狮子大开口，声称出场费是一万士兵和众多辎重。

白吃白喝白拿，什么事都没干，还有脸索要巨额报酬？这事搁谁都急了！没想到，仁义厚道的刘璋依然很淡定，从没有功劳也有苦劳、没有苦劳也有疲劳的角度出发，居然拨给刘备四千士兵和所要辎重的一半。

刘备确实没辙了，只好鸡蛋里挑骨头，以没有完全满足要求发飙：“弟兄们为益州征讨强敌，路这么远，住这么差，刘璋有钱不拿出来封赏大家，你们说怎么办？！”能怎么办？转身回荆州不干了，还是就地开抢？

刘备的意思是抢，张松误以为要走。要说张松的智商，那真没得挑。《益部耆旧杂记》里讲，张松边吃喝边看曹操写的兵书，居然过目不忘、倒背如流。不过俗话说得好，上天给你打开一扇窗，必然会给你关上一扇门。

相比智商，张松情商很不理想，心理素质也不够硬。在成都卧底的张松以为刘备要回荆州，赶紧写信劝阻，结果保密工作又不到位，让家兄发现并举报，拥有逆天智商的脑袋搬了家。张松的暴露，让刘备找碴儿翻脸的计划彻底泡汤，只能厚着脸皮，无耻开撕。

面对刘备的凶猛进攻，有人给刘璋出谋划策：“刘备从荆州带来的士兵不到万人，其余都是裹挟的益州士兵，并未真心归附。而且刘备孤军深入，没有足够粮草，只要把巴西与梓潼境内的百姓驱赶到内水、涪水以西，然后烧掉庄稼，坚壁清野不出战，刘备军支撑不了百天。到时大军再出击，一定可以生擒刘备。”听完这么歹毒有效的计策，仁义厚道的刘璋连连摆手：“抵抗敌人是为保护百姓，怎能折腾百姓迁徙躲避敌人？！”

刘璋的仁慈，不会感动对手。庞统及时给刘备献上三条计策：“上策是挑选精兵，昼夜兼行直接奇袭成都，一举拿下益州；中策是假装回荆州，邀请白水关的益州守将来送行，就地擒杀，然后稳打稳扎，进兵成都；下策是退到白帝城，与荆州取得联系，以后再夺取益州。”有太急的上策和过缓的下策做对比，刘备果断采纳中策，干净利落地诱杀掉白水关的益州守将，随即进军占据涪城，并击败前来围剿的刘璋大军。

取得梦幻开局，刘备喜气洋洋地举办庆功酒会，席间醉意浓浓说：“今日畅饮，真是痛快、高兴！”酒量很好的庞统没醉，觉得取之不义的事，内心再得意，也不宜说出来，况且涪城战役的益州降将也在座！于是乎，庞统突然变身捍卫仁义的战士，非常严肃地对刘备说：“把讨伐别国当作快乐，不是仁者之兵。”

刘备有点蒙：不是你劝我来益州搞偷袭吗，现在装什么大尾巴狼？一时没转过闷儿的刘备大怒道："以前周武王伐暴虐的商纣，前歌后舞，难道不是仁义之师吗？你说得非常不好，出去反省！"庞统也不跟醉鬼一般见识，二话不说，起身便走。

庞统刚出宴会厅，刘备立刻反省明白，赶紧又派人把庞统请回。不一会儿，庞统若无其事地回到座位，也不理会刘备，只顾自己大吃大喝。刘备有点尴尬地问："刚才是谁的过失？"庞统相当不给面子又相当给面子地说："你我都有过失！"刘备听后，忍不住开怀大笑。

高兴得有点早。《三国志·庞统传》记载："进围雒县，统率众攻城，为流矢所中，卒，时年三十六。"涪城、绵竹等地前仆后继投降的刘璋军，居然一反常态，在距成都仅百里的雒城，组织起顽强抵抗，并且把"凤雏"庞统的年龄，无情定格在风华正茂的36岁。

建安十九年（214年）夏，杀红眼的刘备，终于攻克雒城，与诸葛亮、张飞、赵云率领的荆州东进兵团，以及在凉州和汉中都混不下去的马超所部，乌泱泱地会师于成都郊外。尽管成都尚有兵三万，粮食够支撑一年，城中大多数官吏和百姓也不想放弃，但仁义厚道的刘璋明白，抵抗徒劳无益，大势已去。《三国志·刘璋传》记载："遂开城出降，群下莫不流涕。"

史书记载，刘备曾庄重许诺，只要刘璋放弃抵抗，一定"礼其君而安其人"。

当刘备大军开进成都时，官方府库被抢掠一空，寻常百姓家也不能幸免。

沃野千里的益州到手，仁义大旗残破不堪。

第三节　暗流涌动

人生之不甘莫过于，有人原来比我穷，现在比我阔。

孙权憋着一肚子闷气！八年前，刘备比叫花子强不了多少！要不是东吴军队在赤壁大战的神勇表现，刘备早已喂了长江鱼。可现如今，刘备像变戏法一样，弄出雄兵十多万，跨有荆州和益州的大部分领土。

孙权怎能不郁闷！凭什么出力最多、贡献最大，得到最少？赤壁之战后，周瑜带领东吴军队逆水行舟，死磕曹军重兵驻守的南郡江陵。刘备却去捡便宜，乘虚占领长沙、桂阳、武陵、零陵四个郡，然后又花言巧语借走南郡。至此荆州七郡，刘备占据近五个。

更窝心的是，盟友变蒙友！孙权曾与刘备友好协商，希望共同西进夺取益州。刘备委婉拒绝："益州崇山峻岭，刘璋足以自守。曹贼又蠢蠢欲动，这事再议吧。"孙权不甘心，没多久又旧事重提，刘备干脆装疯卖傻地说："你们若执意攻取蜀地，我将披头散发、隐遁山林，不能在天下人面前失信。"可刘备信誓旦旦的话音刚落，自己却举着助人为乐的旗号入川！

上当受骗，火冒三丈。孙权觉得这样的妹夫，简直是无胜于有，他立刻派大船至荆州，接回妹妹。以媳妇赌气回娘家要挟刘备，显然最没用。没过两年，刘备按计划成功独吞益州，孙权气得再度肝火旺盛，怒不可遏地派出使者，强烈谴责刘备背信弃义的行为，并要求归还荆州。慷慨豪迈的刘备当即表示："请转告前二舅哥，消消气，有事好商量，等我占领凉州，一定归还荆州。"

多次上当受骗的孙权，再也不相信刘备的承诺。等不了！连本带息，一个子不能少——孙权决定放"鹰"！这只"鹰"不简单，尽管没有前任鹰派领袖周瑜的深厚家世，但出身寒微的他，从不放弃努力，经过坚持不懈的奋斗，终于成长为文武全才的东吴名将，《三国志》称赞其有"国士之量"。

下坡容易，上坡难。多少人站在坡下，便已认命，但他没有——迎难而上！他为了出人头地，十五六岁便偷偷混入姐夫的部队，参加作战、谋求立功。打仗不是闹着玩，小舅子有个闪失，回家没法交代。他姐夫反复劝阻都没用，只好告知他母亲。他不等母亲责问，抢先解释道："母亲！贫贱日子难以生活，我想建功立业谋富贵。正所谓'不入虎穴，焉得虎子'！"他母亲内心五味杂陈，既然儿子有志气要翻身，那就由他去吧。

翻身路上，满是荆棘。他从军年纪小，不免要挨老兵欺负。火暴脾气的他，不肯三番五次受辱，挥刀直接干掉嘴欠的老兵。这可坏了！还没杀敌立功，先杀战友犯罪，他姐夫连忙托人跟孙策说情，希望从宽发落。

没想到，爱好逞勇斗狠的孙策，本着“生者为大”的实用主义原则，不仅没有追究罪责，还对他非常欣赏、格外关照。几年后，他姐夫去世，他顺势接替别部司马的岗位。眼看穷小子刚有人样，罩他的孙策遇刺身亡。

一朝天子一朝将。孙权接管江东大权，号称要精兵简政，淘汰一批没能力的年轻将领。其实说白了，孙权就是找借口取缔非嫡系部队，兵员拿去补充嫡系。为了保住部队番号，他靠赊账搞来军需物资，赶制出军服和绑腿，并加紧操练阵法。当孙权检阅部队时，他的士兵戎装整齐、训练有素，还高喊誓死捍卫孙权领袖的响亮口号。孙权眼前一亮，这个家伙是人才！不但没有取消部队番号，反而给他增加兵员，纳入嫡系部队序列。

他的仕途正式开挂，在讨伐山越、西征刘表、抗击曹操等战斗中屡立战功，从都尉到中郎将，再到偏将军，逐渐成为孙权的心腹爱将。孙权有意继续栽培他，语重心长地说：“你以后要注意文化修养，不求成为儒家学者，但要粗略阅读，增长见识。不要借口工作忙，你再忙有我忙？我还常常读书呢。”从此，他开始发愤读书，在日积月累中，渐渐不输儒生。

士别三日，当刮目相看。主持东吴荆襄军务的鲁肃，途经他的防区，听说这个大老粗手不释卷，心生好奇来拜访。有文化有见识的他，不仅给鲁肃详细分析了荆州各种复杂关系，还一口气献出五条对付关羽的计策。鲁肃兴奋地离席起身，拍着他的后背赞叹：“行啊，没想到你这么有长进。今日之你，不是昨日之你。”

起点高低会影响人生成就，但归根结底取决拼搏过程——东吴名将吕蒙，完美诠释了这个亘古不变的道理。建安二十年（215年），文武兼备、厚积薄发的吕蒙大展身手，率领两万士兵，一举攻取刘备集团的长沙、零陵、桂阳三个郡。

对比之下，刘备集团的荆州主帅关羽，完全没了气质，让鲁肃所部阻拦在益阳，眼睁睁看着三郡易手。关羽这才发现，东吴不好惹，吕蒙不好惹，就连在边境摩擦中，屡屡息事宁人的鲁肃，原来也不好惹！很快，鲁肃用实际行动表明，不是不好惹，而是很不好惹——“肃邀羽相见，各驻兵马百步上，但请将军单刀俱会。”

鲁肃这些年很憋屈，为联盟大计的各种忍让，换来的却是关羽先生变本加厉的轻视。一肚子气的鲁肃率先发难：“当年你们途穷道尽，要不是东吴大军击退曹操，又借给你们荆州土地，你们早就灰飞烟灭了。现在你们夺取益州，也该归还荆州土地了！若不愿归还南郡，我们也有拿长沙、零陵、桂阳三郡替代的方案。你们都不同意，到底想怎么着？”

关羽毫不客气地反驳：“当年在乌林打败曹军，左将军（指刘备）出了很多力，烧掉曹军不少战船，还差点在华容道截住曹贼，怎么不能拥有荆州土地？”

鲁肃当然不同意：“你蒙谁也蒙不了我，长坂坡惨败是我亲眼所见。当时豫州（指刘备）缺兵少粮，无路可走，是我家主公同情豫州没有栖身之地，才割爱借荆州。现在豫州已得益州，仍不归还荆州，这种行为连凡夫俗子都做不出来，何况是有头面的领袖人物！”

关羽红着脸没吭声，确实有点理亏。赤壁之战是孙刘各出一半力，荆州的五个多郡（曹操控制的南阳郡、江夏郡北部和南郡北部）也该对半分，可如今孙权只有江夏郡的南部以及很少部分的长沙郡。

谈不拢，只能打！刘备率领士气正盛的五万精锐大军驰援荆州！眼看孙刘两家即将血拼荆襄，曹军主力突然现身汉中！担心益州有失的刘备犹豫了，占便宜的孙权也想见好就收。于是，孙刘双方在曹操的隔空调解下，各退一步，以湘水为界，东边的长沙郡、桂阳郡、江夏郡归孙权，西边的零陵郡、武陵郡、南郡归刘备。

签署了和平协议的刘备赶赴汉中。

签署了和平协议的孙权奔向淮南。

第四节　马革裹尸

膨胀了，绝对膨胀了。

刚夺取荆州两个郡，又打起合肥的主意。

孙权会算账——合肥的曹军只有七千，东吴军队可以集结十万。人超多打人超少，绝对稳操胜券！不仅要上，还要亲自上。可惜孙权算清士兵多寡，没算清将领强弱，忽略合肥城里有曹军第一战将——张辽。

宝剑锋从磨砺出。张辽出生于东汉帝国北部边陲的并州雁门郡，自幼经历频繁战乱，练就一身过硬的战场本领。起初，张辽武运不太好，先后跟随有勇无谋的丁原、优柔寡断的何进、残暴妖孽的董卓、轻狡反复的吕布，一直颠沛奔波。

直到张辽遇到曹操，人生豁然开朗，从此开启常胜模式，驰骋中原、战无不克。尤其是白狼山大战，张辽在曹军“左右皆惧”的情况下，信心百倍地请缨出战，带领曹军各部以气吞山河的大无畏气势，奋勇搏杀，一举击败人多势众的乌桓骑兵，乌桓首领蹋顿也为张辽所部斩杀。

好汉不提当年勇，还是抓紧时间想想，怎么七千打十万吧。合肥城的张辽、乐进、李典三位守将不敢耽搁，赶紧开启曹丞相的锦囊妙计。原来，曹操在率领主力部队出征汉中前，已料到孙权不会安分守己，特意留下一封密函，指示“贼至乃发”。既然曹丞相料敌在先，就必然有撒豆成兵的旷世奇计，三位将军满怀希望地拆开，结果只有一句：“若孙权至，张、李两位将军出战，乐将军守城。”

这不是逗呢吗？七千人守城都不够，还要出城作战？乐进表示：“将在外，君命有所不受，坚守待援吧。”张辽的理解能力更胜一筹，领会到计策真谛：“丞相的意思，是要趁东吴军队立足未稳，出其不意先发制人，灭掉敌人锐气，才可以长久坚守。”乐进向来看不起降将张辽，当场激烈反对。好在李典比较识大体，觉得张辽说得有没有理先放一边，丞相的指示精神必须贯彻。二比一，通过。

事不宜迟！次日清晨，张辽身披铠甲、手持战戟，带着精心挑选并且饱餐一顿的八百勇士，突然向东吴军队发起奇袭！孙权望见数百曹军冲击数万东吴大军，咧着嘴开怀大笑——绝对活腻了！没高兴多久，孙权发现不对劲儿了，张辽及八百勇士的战斗力爆表，东吴士兵稀里哗啦地躺下一片又一片，敌锋直逼孙权所在的中军。

好汉不吃眼前亏，快躲！孙权看见不远处有座可能是墓地的小土丘，顾不上吉利与否，赶紧爬上去。东吴数千中军将士也算训练有素，及时重新列阵，围着小土丘设置了十几圈防御阵地。张辽率队杀到，厉声大喝："雁门张辽在此，孙权小儿敢否下丘与我一战！"

一般遇到这种情况，有涵养的人都选择斗智不斗勇。张辽知道孙权有涵养，所以不再废话，趁东吴军队尚未合围，随即反身左冲右突。闯出重围的张辽回身一望，发现还有部分弟兄被围，毫不犹豫又拨马杀回，几进几出，直到救出所有曹军。这一战，张辽从清晨杀到中午，血染征鞍、震天动地，直杀得吴军人人为之夺气。

士气受挫的东吴军队，果然萎靡不振、攻城乏力，不久军中又暴发疫病。孙权感觉这次出征点太背，便借口大家生病不宜再战，下令撤军。孙权决定撤退很英明，但选择断后太愚蠢。要说孙权行军打仗的水平，恐怕还不如刘备，不学刘备撤退时的奋勇在前，愣要学曹操的神武断后——孙权带着号称"车下虎士"的一千多精锐士兵，走在全军最后。

想来随便来，想走可不是随便走的。张辽率领士气正盛的曹军步骑从城中杀出，直扑东吴殿后部队。由于孙权亲自压阵，"车下虎士"把吃奶劲儿都使出来了，拼命抵抗。孙权也不㞞，一边指挥撤退，一边骑马回射，几乎箭无虚发，曹军一时不能迫近。

这还得了！张辽召集亲卫队发起不要命的猛攻，"车下虎士"再也抵挡不住，纷纷转身逃跑。当孙权带着"车下虎士"狼狈退到逍遥津渡口，才发现曹军不仅勇猛，还很狡猾奸诈——津桥中间的一丈多桥板，让曹军提前拆走了！打也打不过，跑也跑不掉，孙权一声长叹，莫非今日要魂断此地？

天下英雄谁敌手？！孙权宝刀出鞘，掉转马头大喝："张辽，孤跟你拼了！”孙权刚要爷们儿，身边侍卫及时拉住说：“主公稳住，与其跟张辽血拼，不如试试跳断桥吧。”孙权算了算一丈多的距离，瞅了瞅桥下湍急的河水，感觉这方案很不靠谱。可孙权又看了看岸边死伤惨重的“车下虎士”，忽然觉得跳断桥还是很靠谱的。

事已至此，愿父兄在天保佑吧！孙权回马数丈，再催马疾驰向前，马踏断桥缺口的一瞬间，又狠狠加上一鞭子。孙权的战马也不傻，不想掉到河里喂鱼，拼尽全力一跃而起。刹那间，孙权的心跳仿佛停止，岸边的杀声不觉入耳，直到飞马落在桥南，满头大汗的孙权才醒过神来。孙权很幸运，但桥北奋战的“车下虎士”几乎全军覆没，真是前所未有的惨败。

《建康实录》记载：“权既免，至大军，垂泣啮指出血，以为终身之戒。”建安二十年（215年）的合肥大战，张辽不仅打得孙权哭着咬破手指警醒自己，也让曹军各将心服口服，成为当之无愧的第一战将。不久，曹操亲临合肥，特地前往逍遥津等战场视察，不禁赞叹良久，必须火速提拔——“太祖大壮辽，拜征东将军。”

几年后，曹丕上位掌权，对张辽更是尊宠日盛。拿张辽生病来说，犹如国家大事，曹丕破格按照三公待遇，派遣侍中带太医问诊，并学习老爸曹操对待郭嘉生病的做法，频繁下令通报病情，问完病情回去汇报的使者，在路上总能遇到要去问询的使者。即便如此，曹丕仍嫌关心不够，干脆把张辽接到自己的行营。曹丕亲临张辽病榻，温言问候、赐给御衣，指示要按御膳标准供应伙食。

爱屋及乌，曹丕对张辽家人也是倍加恩宠，给张辽母亲修建别墅、赏赐舆车，封张辽哥哥为侯爵，并派遣曹军仪仗队送张辽家人，到张辽驻军所在地。事先沿途张贴告示、广泛宣传，要求张辽所督诸军将士在道路两侧拜迎。

放眼曹魏军界，将领家属能到军营以示荣耀，极是罕见。文武双全的张辽明白，自己得到曹氏父子的崇高礼遇，表面是表彰他以往的功绩，实际是要他继续拼命。为了家族及子孙后代的荣光，张辽只要一息尚存，就必须奋战到底，迎接注定马革裹尸的归宿。

当身患重病的张辽最后一次出现在淮南战场时候，孙权心有余悸地告诫东吴各将："张辽虽病，仍然勇不可当，你们一定要小心！"孙权先生的提示准确到位，张辽临终前再次大胜东吴军队，威名响彻江东，甚至东吴老百姓吓唬孩子，都要请他帮忙——"江东小儿啼，恐之曰：'辽来，辽来！'无不止矣。"

这正是，自古用兵，未之有也。

第五节　必有汉川

孙权止步淮南，刘备遥望关中。

取得定军山大捷的刘备，感慨万千、壮志凌云，静待与老对手曹操的重逢。

坚韧不拔的曹操来了，但到得很迟。建安二十三年（218年）秋，曹操已经率大军抵达长安，却始终按兵不动。直到次年一月，曹军汉中主帅夏侯渊阵亡，曹操才挥师南下。曹操不是不知道前线战况激烈，也不是不惦念好哥们儿夏侯渊的安危，只是心有余而力不足。

在亲征汉中前，曹操发布了一条颇有深意的命令："古代丧葬，一定要用贫瘠土地。我把西门豹祠以西的高原划为墓地，不要培土加高，也不要种树。"仗还没打，先安排身后事，曹操也许意识到，自己大限将至，要与曹魏事业、邺城、铜雀台永别了。

撇开身体欠佳的原因，曹操很可能还认为，刘备打不下汉中。曹军汉中主帅是"虎步关右，所向无前"的夏侯渊，又有张郃、徐晃等百战名将相辅。而且，曹操率军到达长安时，刘备大军正受阻于阳平关，绕道偷袭汉中的偏师也被打得满地找牙。曹军形势一片大好，谁能料到急转直下。

踹不开门，改爬墙。刘备放弃死磕阳平关，转而率大军翻山越岭，出其不意地从定军山脉冒出头。夏侯渊赶紧调整部署，带领张郃等部前来争夺。

占据有利地形的刘备不慌不忙，玩起了声东击西，先是猛攻张郃，待吸引夏侯渊分兵去救，随即集中精锐，突袭夏侯渊，一举奠定胜局。

“吾故知玄德不办有此，必为人所教也。”曹操了解老对手刘备有几把军事刷子，觉得汉中之战必然另有隐情。的确如曹操所料，刘备有高参支着，就是《三国志》评价为“著见成败，有奇画策算”的法正。自从足智多谋的庞统不幸阵亡，足智多谋的法正便脱颖而出，力压同样足智多谋的首席文臣诸葛亮，成为刘备身边不可或缺的参谋长。

都是足智多谋，法正为什么更受刘备信赖？也许正如曹操指出：“我收奸雄略尽，独不得正邪！”就是说，曹操认为法正是奸雄。在某些特定时期，奸雄比英雄好使，奸雄没有道德框框约束，办起事来思路开阔多变、方法随意多样，效果自然好。

拿刘备娶媳妇来说，法正发挥了诸葛亮发挥不出的作用。话说刘备为巩固统治，想与益州实权派搞联姻。经过一番筛选，名门望族出身的吴氏进入候选名单，但刘备觉得吴氏是刘璋已故兄长的妻子，娶同族寡妇有违礼法。

通古知今的奸雄法正，不以为然地说：“春秋五霸之一的晋文公娶过侄子的妻子，您和刘璋兄长的关系远了去，根本不算事。”在法正胡搅蛮缠的论证下，刘备顺利破除心理障碍，完成新主子和旧权贵的政治联姻。

如何对待名士许靖，法正又献出不拘常理的妙计。话说刘备围困成都时，古稀之年的许靖，想早日更弦易辙，企图越城投降。可惜许老先生腿脚不太利落，被巡逻士兵抓了个现行。刘备对背主都背不利索的许靖，着实看不起。

通古知今的奸雄法正，继续不以为然地说：“许靖徒有虚名，但主公正是开创大业之际，不妨效仿古代燕昭王厚待郭隗的做法，也厚待许靖，彰显您是尊重名士的贤君。”刘备连连点头，顿时发现废柴许靖的重要性，马上任命许靖为左将军长史。

所以，有了足智多谋又不拘原则的高参法正，军事才能日渐增长的刘备如虎添翼，进占益州、攻取汉中，连战连捷。难怪刘备站在定军山上，终于霸气十足地坦言：“曹公虽来，无能为也，我必有汉川矣。”

既然来，谁也不想空手归。曹操对汉中并不陌生，四年前他曾亲率大军收服盘踞此地多年的军阀张鲁。不过，当时曹丞相惦记推进登顶步骤，没有趁势南下进攻益州，而是选择凯旋。如果从统一天下的角度来看，曹操似乎丧失了绝佳机会；但如果从曹氏家族代汉而立的角度来看，曹操无疑做出了英明决断。曹操不是不想得陇望蜀，而是鱼与熊掌不可兼得。

时也、运也、命也，曹操回想起整整二十年前，许都司空府的亭榭内，那个哆哆嗦嗦拾筷子的刘备，如今神采飞扬地站在定军山上，俯视汉中，瞭望长安，心系中原，恐怕真要由衷赞叹一句："今天下英雄，唯使君与操耳。"

英雄对英雄最崇高的敬意，就是用尽全力击败对方。据险而守的刘备，宛若隐匿在暗处的眼镜蛇，一旦瞅准机会，就强力出击！当获悉曹军粮草运到汉中前线时，在定军山斩杀夏侯渊的黄忠将军，再次披挂上阵、勇猛出击，劫营烧粮！

由于黄忠在约定时间内没返回，负责接应的赵云立即启动应急预案，带领数十骑前往高地查看情况。赵云还没来得及登高远眺，便撞上曹军大队人马。这些年轻曹军，不知遇见谁！只觉眼前的刘备军人少，随即展开狂攻。想当年，赵云单枪匹马抱孩子都能在曹军虎豹骑中自由出入，现在身边多出几十个帮手，对付这些普通曹军更不用说。

必须把长坂英雄的光辉形象，在曹军中代代相传！赵云带领几十骑一次次猛突曹军阵列，杀得曹军人仰马翻。在一次突击中，赵云的部将受伤被围，赵云立刻驰马杀回曹军阵中，直到救出受伤部将，这才下令向营寨退去。

曹军壮着胆子，跟到赵云部队营寨。只见营门大开，营内无声无息，唯有赵云跨马横枪守在门口微笑致意。曹军此时已被赵云反复突击搞得心跳加速，又怀疑营内有伏兵，全都磨磨叽叽，不敢前进。

正在曹军士兵胡思乱猜、心神不定时，赵云突然长枪指天，营内登时擂鼓震天，埋伏的弓弩手万箭齐发！果然有伏兵！惊骇万分的曹军顾不上数谁人多，掉头就跑，自相蹂践、溃不成军，坠入汉水淹死者不计其数。次日，刘备来到战场巡视，看到横尸遍野的曹军，不由赞叹道："子龙一身都是胆也！"

赵云还是那个赵云，曹操已不是那个曹操，尽管依旧豪迈——"烈士暮年，壮心不已"，但情怀只能是情怀。在汉中会战中，损兵折将、粮草不继，身体又每况愈下，65岁的曹操不得不承认，汉川丢了，好哥们儿夏侯渊的仇也报不成了。《三国志·武帝纪》黯然记下："夏五月，引军还长安。"

曹操无奈撤退，刘备高歌猛进。

第六节　天下有变

风水轮流转。

刘备军又攻下汉中以东的上庸、房陵、西城三郡，声势更振。

建安二十四年（219年）初秋，攻无不克、战无不胜的刘备，在诸葛亮、关羽、张飞、法正等一百二十多位大臣联名请愿的"巨大压力"下，不得已"勉为其难"地戴上汉中王的王冠。

三十多年，弹指之间。跌倒爬起来，再跌倒再爬起来的刘备，总算看到了"复兴汉室"的希望。按照"隆中策"规划，只待"天下有变"，派一位上将统率荆州士卒进军宛城、洛阳，刘备亲率益州兵马出秦川占领关中，就能实现惊天大逆转。然而，在大好形势下，脑袋让王冠压得有些昏沉的刘备，犯下了战略性错误，走出与"隆中策"不和谐的步伐——"是岁，羽率众攻曹仁于樊。"

很显然，最希望带领荆州军团北伐的是关羽。鉴于诸葛亮、张飞、赵云、法正、黄忠等人屡立功勋，好面儿的关羽先生肯定很着急，请战申请如雪片般飞向益州。年近花甲的汉中王刘备也想加速，在自己有生之年完成"复兴汉室"的夙愿，于是决定变被动为主动，不等"天下有变"，而是创造“天下有变”！关羽如果顺利攻取襄樊地区，不就是“天下有变”嘛！

没有“天下有变”，也没有从益州和荆州两路进军，诸葛亮难道没表态反对？也许，根本轮不到诸葛亮决策。《三国志·先主传》记载：“先主复领益州牧，诸葛亮为股肱，法正为谋主。”就是说，虽然诸葛亮仍是刘备集团不可或缺的首席文臣，但法正已成为刘备的最重要的谋士。坐镇成都负责后勤保障的诸葛亮，先不论会不会反对荆州军团独自北伐，恐怕能不能第一时间知道，都是问题！

为时两年多的汉中之战，一直是法正陪在刘备身边。法正运用奇谋策划，不仅帮助刘备夺取汉中，还通过有胆有识的表忠心，与刘备建立了生死交情。在某次战斗中，刘备军形势不利，但刘备大怒不肯撤军，吓得众人不敢进谏。法正也不废话，直接迎着曹军如雨下的箭矢，挡在刘备身前。刘备急忙喊道：“孝直（法正）避箭啊！”法正一脸不在乎地说：“明公都冒箭雨、飞石，何况小人我？”刘备感动得一塌糊涂，主动妥协道：“老弟，咱们一起撤。”

忠心耿耿、屡立大功的法正，得到“火箭式”提拔，成为尚书令、护军将军，一时风头正盛。据《资治通鉴》讲，法正得势猖狂、睚眦必报，擅自杀死有私仇的数人。法正作为《蜀科》（治理蜀汉的法律）的五位制定者之一，竟然带头作奸犯科，影响十分恶劣，很多人希望诸葛亮伸张正义，向刘备举报法正的不轨行径。

此时，法正深受刘备宠信，连“鱼水情”的诸葛亮都自忖难以争锋。知道告状也没用，诸葛亮只能无奈地说：“主公在荆州时，北边畏惧曹操的强大，东边害怕孙权的威胁，于内担心孙夫人生事。自从法正辅佐以后，主公才犹如有飞翔翅膀，不再受制于人。这种情况下，如何能禁止法正，不许他稍稍违法乱纪呢？”

东晋著名史学家习凿齿评价诸葛亮：“可谓能用刑矣，自秦、汉以来未之有也。”以执法铁面无私著称的诸葛亮，若非无能为力，又怎会公然容忍违法乱纪！诸葛亮很务实，若能绳之以法，就一定不会放过；但若不能绳之以法，向来不去办，因为他吸取了先祖的惨痛教训。《汉书》记载，诸葛亮的先祖诸葛丰，由于为人正派，坚持弹劾贪官污吏，渐渐失去皇帝宠信，免官贬为庶人，落得老死家中的凄凉下场。

若想坚守道义，就必须先学会不坚守道义，诸葛亮不得不隐忍不发、等待时机。所以，当关羽申请攻取襄阳、樊城，得到刘备和法正的支持时，诸葛亮又能说什么？只能与刘备和法正保持一致。于是，与“隆中策”规划不协调的襄樊会战拉开了序幕！

刚刚丢失汉中，襄樊又出问题，曹操急忙率大军赶往洛阳坐镇，并派名将于禁统领七路曹军驰援！号称曹军“五子良将”之一的于禁，无论是濮阳血拼吕布，还是官渡力敌袁绍，几乎未遇敌手。就在于禁将军以为功劳簿又要厚实时，突然感觉情况不太妙。

襄樊会战的上半场，关羽先生的运气好到爆炸！按理来说，即便关羽的荆州大军拼尽全力，也至多与实力雄厚的曹军打成平手。可没承想，下雨了，还是好大的雨，大到连《后汉书》都有记录：“汉水溢流，害民人。”

百姓深受水患痛苦，关羽感到无比快乐！由于樊城北部地势低洼，驻扎于此的曹军七路援兵，都被突如其来的洪水所扰，步骑无从发力，几乎丧失了战斗力。关羽的荆州军团，非但没受影响，还及时利用地利优势进行兵种切换，弃战马乘大船，威风凛凛地围攻只有少量应急小船，并被洪水分割围困的曹军，史称：“禁所督七军皆没。”

千军易得，一将难求。身处绝境的樊城守将曹仁，在援兵尽没的情况下，没有轻言放弃！曹仁跟随曹操在己吾起兵讨伐董卓，至今整整三十年，什么大风大浪没见过，什么刀山火海没经历过！如今是像于禁一样，举手投降、身败名裂，还是战死沙场、千古留名？这还用选吗！《三国志·曹仁传》记下热血沸腾的一句：“仁激厉将士，示以必死，将士感之皆无二。”

如果关羽的运气再好一点点，曹仁以及樊城数千守军的必死心愿，可能就真的实现了。可惜老天爷偏偏缓口气，洪水距淹没城墙只差几尺——雨停天晴。哪怕再多下一天或半天，历史很可能为之改变。

下不下雨都能赢，少不少几尺无所谓。自以为战神附体的关羽先生满不在乎，率领水军把襄阳、樊城重重包围，箭如雨下的同时，掀起铺天盖地的宣传攻势：曹军的弟兄们，赶紧投降吧，现在船上还有座，再晚就没地方啦。

曹操委任的荆州刺史、南乡太守，以及许都以南群盗纷纷响应，抢着随波逐流。与此同时，魏王国首府邺城也受到襄樊战局影响，爆发了以荆州籍人士为主的反曹叛乱。甚至连英明一世的曹操，都开始恍惚，是不是要迁都？

《三国志·关羽传》写下霸气十足的五个字：“羽威震华夏。”

第七节　穷途末路

《古今刀剑录》留下无比感伤的七个字：“羽惜刀，投之水中。”

寒风凛冽！无路可走！刮骨疗伤都神情自若的关羽将军，落寞地坐在漳河岸边，怀抱用闻名天下的都山铁锻造成的宝刀，仔细端详刀上的铭文——万人敌。

良久不语，百感交集！谁都没想到，襄樊会战的下半场，风云突变！心高气傲的关羽不得不承认，自己痛失好局，输得干干净净、彻彻底底，再无翻身机会。呵呵，万人敌？关羽将军用尽力气，把宝刀投进漳河水，溅起人生的最后一朵浪花。

凄惨败亡，多因得势骄狂。也不知从哪来的勇气，关羽将军历来很张扬，有时连刘备的感受都不顾。长坂坡大败时，关羽埋怨刘备道：“要是当年听我的，在许都围猎时干掉曹贼，今天会这么窘迫吗？”刘备心说，若是干掉曹贼，肯定玉石俱焚，今日倒不会窘迫，因为都没有今天了！刘备颇不客气地反击回去：“当刺客与曹贼同归于尽，不明智。堂堂正正击败曹贼，才最好。”所幸刘备能镇住关羽，总算没闹出大事。可自从关羽坐镇荆州独当一面后，终于一发不可收拾，走上狂妄自大的灭绝之路。

建安十九年（214年），威震西凉的猛将马超归顺刘备。尽管马超与关羽素不相识，又隔着千山万水，但架不住关羽闲得发慌，大老远竟产生醋意，写信给诸葛亮求证马超勇武可与谁比。关羽作为荆州军政“一把手”，来信不汇报工作，却如小孩一样斗气！无奈归无奈，诸葛亮考虑到关羽跟刘备的亲密关系，以及目前重要的岗位职责，必须得哄关羽开心，赶紧回信表示：“马超将军文武兼备、雄烈过人，堪称一世之杰，与张飞将军并驾齐驱，但还不及美髯公的绝伦逸群。”史书记载，收到书信的关羽，捋着漂亮长胡须偷乐还不够，逢人便拿出信函嘚瑟。

关羽对威名赫赫的马超还算客气，只要自己排名在前就行，过分的在后面。建安二十四年（219年），刘备晋升汉中王，拜关羽为前将军、马超为左将军、张飞为右将军、黄忠为后将军。结果落选的赵云没意见，排在第一的关羽发飙了：“大丈夫终不与老兵同列！”也不知道关羽将军能拿出什么战绩，凭什么看不起黄忠？定军山上，黄忠手持血色宝刀，一日内手刃百余曹兵，并击杀曹军名将夏侯渊。关羽呢？建安五年（200年），守卫下邳，畅快淋漓地投降曹操；建安二十年（215年），镇守荆州，看着吕蒙军队轻取长沙、桂阳和零陵三郡，毫无办法。

负责来荆州宣布关羽职务的特使，直到搬出刘备指示精神弹压，才算让关羽勉强接受排名第一的前将军。大老爷们儿矫情成这样，到头了吧？没有呢，更过分的在后面。建安二十四年（219年）秋，在狂风暴雨的帮助下，关羽终于抖了起来，水淹七军、大杀四方，俘虏数万曹军。由于骤然多出几万张要吃饭的嘴，关羽居然盯上东吴的湘关粮仓，招呼也不打，直接劫掠干净。本来鸽派代表鲁肃在建安二十二年（217年）病逝后，鹰派代表吕蒙就一直怂恿孙权拿下荆州。孙权一直憋着没动手，就是缺少一个正大光明的理由。这下可好，关羽把绝好的借口送上门来了。

到头了吧？没有呢！关羽将军完美诠释了情商低下无底线，更过分的在后面！关羽先生抢走盟友的粮食，非但没有一点不好意思，竟然还发表诸多不满。《典略》记载，关羽声色俱厉地训斥东吴使者，指责东吴军队迟迟不来配合荆州大军，完全是给脸不要脸，号称等打下樊城腾出手，一定要给孙权小儿好看！关羽一而再，再而三地羞辱东吴，甚至是孙权本人，的确让人忍无可忍，使得孙权不惜冒着孙刘携手走向灭亡的可能，也要干掉关羽！

其实，如果关羽运用合理的外交策略，孙权不一定选择跟曹操联手。对东吴来说，荆州很重要，合肥同样关键，孙权可以趁关羽牵制曹军主力于襄樊之机，顺势北击，抢占偌大的淮南！或者静观曹刘两败俱伤，再伺机而动，也不失为一种佳选。然而，孙权为什么要冒着与关羽主力火并的风险，替曹操积极解围；孙权又为什么在已占领荆州的情况下，仍然布下天罗地网，执意擒杀关羽，非要把事情做绝？因为关羽击穿人类情商底线，让孙权别无选择，也不想选择别的。

“伪手书以谢羽，许以自往。”孙权在下狠手前，上演了影帝级的演技。他在粮食被抢、使者被骂、自己受侮辱的情况下，仍然继续忍耐，给关羽回信中，惶恐又谦卑地表示：一定积极改正错误，亲率大军给关将军助阵。当面赔笑脸，转身紧捯饬。孙权很清楚，一旦干掉关羽、夺取荆州，就会遭到刘备的疯狂反扑。为避免两线作战，孙权向曹操大表忠心，号称愿意为朝廷效力、讨伐关羽。襄樊会战处于下风的曹操，巴不得联合孙权揍关羽，立刻达成友好共识，并把驻守合肥的曹军主力调往荆襄附近，以实际行动表示一起揍关羽的诚意。

受到曹孙夹击的关羽，尽管形势危急，但不一定失败。因为曹操不打算与孙权真联手，不仅让从合肥调来的大部分曹军按兵不动，还把孙权要偷袭荆州的消息泄露给关羽。然而，骄狂自大的关羽不相信曹军送来的真消息，而是坚信东吴名将吕蒙生病下岗，把荆州部队继续调到襄樊前线。具有讽刺意味的是，恰在此时，宣称休病假的吕蒙正带领东吴大军，昼夜兼程杀向南郡。吕蒙把精锐士兵隐藏在大船内，让老弱士兵装扮成商人坐在船上，成功骗过关羽的沿江哨所，对公安、江陵发动闪电奇袭。

即便老巢被抄，也不一定完败。关羽率领的数万士兵，家眷多在南郡，听到家人落入敌手、生死不明，无不摩拳擦掌要跟东吴军队拼个鱼死网破。可惜关羽情商非常不在线，居然频繁与吕蒙进行外交斡旋。相比之下，吕蒙情商很在线，非但没有纵兵烧杀抢掠，还处死违法乱纪的亲兵，严令不得拿南郡百姓一针一线。吕蒙又组织成立各种志愿服务队，对年迈老者嘘寒问暖，给染疾患者送医送药，对有困难百姓送钱送粮。当关羽士兵得知家人比以前过得还好时，那还打什么打，数万大军一哄而散。

稀里糊涂大胜，稀里糊涂大败，稀里糊涂只剩十余骑，稀里糊涂陷入绝境。以关羽的情商，一定想不明白，到底发生了什么，为什么江陵、公安的守将不战而降？关羽意识不到，他在击穿人类情商底线的同时，还击破了人类道德底线。襄樊会战时，关羽要求南郡太守糜芳等人供应军需物资。很可能任务指标太高，糜芳等人没按时完成，于是关羽派人从前线捎回暴怒口信："等我大胜回去，一定惩罚你们。"拥有假节钺权力的关羽，可以不经请示就斩杀地方大员，使糜芳等人不寒而栗。

糜芳想不通啊，关羽怎么有脸这么对他？二十三年前，建安元年（196年），刘备军队接连惨败、伤兵满营、山穷水尽，是我们糜家送来数不清的金银物资，又送来两千家丁充实部队。你关羽难道不是靠我们糜家的资助，才苟活下来的吗？当年我们把家底掏空，难道如今会克扣征缴的这点军需物资？糜芳很生气，后果很严重——吕蒙率领东吴大军出现在江陵城下，糜芳高高兴兴地拿出牛肉和美酒，痛快投降。

糜芳不是狗熊。从兴平二年（195年）开始，他便认准刘备，跟定刘备。糜芳放弃徐州超级土豪的优越生活，拒绝曹操授予的彭城国相，追随一无所有的刘备颠沛流离、九死一生、无怨无悔。糜芳既不缺钱花，也不缺官做，更不贪生怕死！

糜芳不是狗熊。他要是留恋富贵，在家待着就是！糜芳要是贪图权势，曹操早就虚位以待！糜芳要是贪生怕死，更不会跟着刘备到处跑路十多年！但古语有云，"士为知己者死"，徐州名士糜芳可以死，但绝不会为看不起自己的人、忘恩负义的人去死。

举城而降的糜芳，也许对不起很多人，却唯独不包括关羽。

骄狂至极，必然灭亡。

关羽，身首异处。

第八节　亦正亦邪

建安二十五年（220年）春，洛阳。

孙权的使者到了，送来关羽头颅的同时，给曹操带来一封热情洋溢又言辞谦卑的信函。孙权在信中表示：“魏王您太威武了，东吴愿意称臣听从您的英明领导，希望您赶紧称帝，取代气数已尽的汉室吧。”

刚刚艰难保住襄樊、平息邺城叛乱，焦头烂额的曹操哪有心思和条件称帝。曹操随手把信展示出来，以轻松愉悦的嘲讽口吻说：“你们看看，孙权小儿是想把我放在火炉上烤啊。”曹操身边的文臣武将，都忍俊不禁。

曹操从来不是刻板严肃的无聊老板。尽管曹操铁血掌军三十余年，但一直没有放弃文艺的心。曹操白天研究兵法军策，晚上思考经史传记，登高必吟诗作赋，新诗用音乐演奏，都成为朗朗上口的名曲。

多才多艺的曹操，还喜欢书法，擅长打猎，会下围棋，对美食和养生也颇有研究。《四时食制》中，曹操娓娓道来十几种鱼的用途、味道及吃法；《九酝酒法》中，曹操详细介绍了家乡美酒的酿造方法及创新想法；在养生方面，曹操常常邀请或写信给知名方士，探讨仙丹配方，甚至不惜尝试以毒攻毒，吃野葛和饮鸩酒（均有毒性）。

史书记载，生活中的曹操很有文艺范儿，爱穿轻纱衣服，随身携带放有手帕等细小物品的革制囊袋，经常通宵达旦与歌舞艺人沉浸在音乐殿堂。有时，曹操还会戴着丝织便帽会客，肆无忌惮与宾客开玩笑，蹦出诸如“世有人爱假子（继子）如孤者乎？”的雷人话，或者大笑着一头扎进桌上的杯盘，搞得汤汤水水沾满头巾。

据《世说新语》记载，哪怕是正式的外交场合，曹操也难掩娱乐精神。大概是匈奴使者第一次来访，曹操突发奇想，以自己长得太丑，接待外宾有损国家形象为由，居然换了一个仪表非凡的大臣冒充自己扮演魏王，而曹操也不肯错过这场好戏，化装成带刀侍卫旁观。

曹操的玩笑不止如此，甚至可以坦率到亲密无间。《太平御览》讲，曹操的好友丁冲得过精神疾病，虽然后来治愈，但曹操再也不敢与他彻夜长谈。曹操既坦诚又戏谑地对丁冲说："不留你在我家过夜了，万一你半夜忽然发病，拿刀砍我怎么办？我会怕的。"曹操说完，两人相视大笑。

即便处理政务，曹操也会时不时幽默一把。比如商议裁撤西曹还是东曹时，很多人表示："依旧制，西曹为上，东曹为次，应撤销东曹。"曹操心如明镜，执掌东曹的官员清正廉洁，是有人想借机整他。曹操也不挑明，笑着说："太阳出于东方，月亮明于西方，凡人说到方位，都是先说东方，为什么要撤东曹？"于是，裁撤西曹。

如果你觉得曹操是喜欢开玩笑的老板，那你就错了。有些人被曹操的幽默可爱迷惑，兴致勃勃地去开玩笑，大多死路一条。即便官渡之战立下大功，与曹操有三十年交情的许攸，也不例外。建安九年（204年），曹操攻破邺城，组织多场庆功会。许攸自恃献计火烧乌巢的功劳最高，每次喝没喝高都直呼曹操小名："阿瞒，没有我，你能有今天吗？"曹操内心厌恶表面却嬉笑无常："子远兄，你说得太对了！"沉浸在哥儿俩好幻想中的许攸，一次出邺城东门，又对身边人嘚瑟："姓曹的要是没我，进不得这个门。"爱吹牛的许攸终于被收押，临死前不知明白没，曹操的轻佻搞笑只是表象，心狠手辣才是真的。

如果你觉得曹操是冷酷无情的老板，那你又错了。曹操懂得感恩，对于并肩战斗、血染沙场的卫兹、鲍信、典韦等兄弟的子孙，极力厚待；对于赏识提携过他的乔玄、何颙等名士，更是心存感激。甚至恩人作奸犯科，历来执法如山的曹操，都能付之一笑。曾救过曹操的典军校尉丁斐很贪财，私自把家中病牛跟官家壮牛对换，东窗事发被免职关押。曹操赶忙去探监，开玩笑问："文侯（丁斐的字），你的印绶在哪里？"丁斐回以玩笑："拿去换饼了。"曹操哈哈大笑，转头对陪同官员说："很多人向我投诉丁斐，要我治他重罪。我也知道丁斐为官不清，但他有本事嘛，算了吧。"丁斐很快官复原职。

如果你觉得曹操是重感情的好老板，那你还是错了。在曹操身边工作很危险，稍有不慎，脑袋搬家。比如，曹操为威慑潜在刺客，高调宣称睡觉时会不自知杀人。没几天，曹操假装睡觉，故意把被子踹到地上。侍从担心曹操受凉，轻轻走上前，准备给他盖被子。曹操突然一跃而起，拔刀杀死侍从，随即倒头又睡，醒来表示一无所知，哭得那叫一个伤心欲绝。又如，曹操军中缺粮，私下问粮官："你看怎么办？"粮官说："可以用小斗量米给士兵。"曹操内心不悦，表面却说："好办法！"没多久，士兵发现小斗量米，都抱怨曹操欺骗大家。曹操招来粮官说："你出的主意，你负责吧。"曹操斩杀粮官，平息了众怒。

如果你觉得曹操是酷虐变诈的坏老板，那你就错了。曹操很多时候，既讲法度又充满温情。有一次，曹操征调百姓锥冰，不少百姓害怕徭役逃跑。曹操很生气，下令不接受逃役者投降。不久后，逃跑的部分百姓回来自首，曹操开诚布公地说："不杀你们是违背命令，杀死你们又是杀自首的人。你们跑吧，别让我的官吏抓到。"又如，曹操的属下袁涣去世，下令赏赐谷物两千斛，一份叫"以太仓谷一千斛赐与郎中令家"，另一份叫"用垣下谷一千斛送给曜卿家"。很多人不明白，为什么分两份，搞这么复杂？曹操深情解释道："用太仓谷，是依据官法慰问去世员工；用垣下谷，因为他是我的亲密朋友。"

如果你觉得曹操是有理可讲的通达老板，那你就错了。曹操得势，大开杀戒、肆意报复。比如，曹操对不肯痛快给自己好评的名士许劭，一直耿耿于怀。《抱朴子外篇・自叙》记载："魏武帝深亦疾之，欲取其（许劭）首，尔乃奔波亡走。"又如，曹操占领荆州后，派人前往交州，不远千里去追杀轻视过自己的名士袁忠；另一位曾对曹操不敬的名士桓邵，即便在庭院中跪求宽恕，曹操不为所动："你跪下谢罪就能免死吗？"晚年曹操杀戮更甚，冀州名士崔琰、老友娄圭都因言语可能不太友好，丢掉性命。还有年少聪明的周不疑，没同意跟曹操女儿的婚事，曹操便以智商太高有隐患为由，将他送去地府。

如果你觉得曹操是嗜杀成性的恶棍老板，那你就错了。曹操非常爱惜人才，曾先后三次颁布求才令，号称唯才是举。大才子陈琳在《为袁绍檄豫州》文中，对曹家祖孙三代进行很不礼貌的"问候"。曹操俘虏陈琳后，只是轻描淡写地责问一句："陈大才子，你数落我就行了，怎么还骂我的爷爷和老爸？"陈琳尴尬表示："当时袁绍发俸禄，让我骂谁，我就得骂谁，没办法的事。"曹操哈哈大笑，非但没有追究，还任命陈琳为司空军师祭酒。还有大才子阮瑀，也很不给曹操面子，多次拒绝做官邀请，甚至逃进深山躲起来。求才心切的曹操不达目的誓不罢休，命人放火烧山（估计以熏为主），终于逼得阮瑀答应出山相助。

如果你觉得曹操是爱才没边际的糊涂老板，那你一如既往地错了。即便是旷世奇才的神医华佗，曹操拼上头风痛不治的风险，也要干掉他。话说华佗给曹操治病，离家好久，有些想家。于是华佗以收到家书为由，请假回去。到家后，华佗谎称妻子生病，多次请求延长假期。曹操头痛得要命，三番五次写信让华佗回来，又下令让郡县征发遣送。可华佗仗着会治曹操头风痛，继续编造各种理由，就是不上路。曹操只好无奈下令："如果华夫人真病了，就赐小豆四千升，继续放宽假期；如果是欺骗，就立刻逮捕华佗。"结果可想而知，华佗认罪，身死狱中。尽管曹操让中医事业蒙受巨大损失，但忍着头风痛，先让华佗给妻子看病，可以了。

如果你觉得曹操是爱才有原则的睿智老板，那你就错到底了。面对汉末大才女蔡文姬，曹操执法必严、违法必究的原则荡然无存！建安十二年（207年）年底，曹操不惜花费重金，赎回让南匈奴掳走十余年的蔡文姬，并亲自为其安排婚事。不过没多久，蔡文姬便给曹操出了一道难题——为营救犯死罪的丈夫，蔡文姬披头散发光着脚，来到曹操组织的酒宴上磕头求情。曹操为难地说："判决文书已发出，我想改主意，也来不及了。"蔡文姬哀痛流泪道："明公马厩，好马成千上万；明公麾下，勇士数不胜数，有什么事情不能挽救？"看着楚楚可怜的蔡文姬，曹操的性情上来了，放弃法律底线，派人快马加鞭，追回判决文书。

不只蔡文姬！面对袁绍外甥的近亲属高柔，曹操清除异己、斩草除根的政治原则荡然无存！曹操本想找个正大光明的杀人借口，便派高柔担任审案的刺奸令史。正所谓"常走山路必遇虎"，天天判案能不出错吗？出错立刻法办！曹操想法很高明，高柔做法更智慧，任你七八个心思、十几个手段，我就闷头努力工作。高柔对每一个案子都尽心竭力，每天忙到深夜，有时累得抱着卷宗都能睡着。这一幕刚好让夜里突击抽查找碴儿的曹操看到，深受触动。曹操轻轻解下自己的裘皮大衣，慢慢给高柔披上，蹑手蹑脚离开。曹操的人类情感又一次压倒政治理智。然而四十多年后，位列三公之一的高柔，还是站在了曹氏家族的对立面。

曹操啊，曹操！运筹帷幄，高瞻远瞩，东征西讨，克定中原，有申不害、商鞅的治国之方，有韩信、白起的奇谋妙策，还能克制感情、不计私怨，始终总揽朝政大权，完成建国大业，确实是非凡人物，超绝一世的豪杰！《三国志》毫不吝啬华美的词汇，对曹操的能力进行充分肯定。然而，曹操之所以没能完成统一天下的终极目标，不仅是因为当世有刘备、孙氏父子等盖世英豪的顽强阻击，后世有司马氏家族、高柔等罕见雄杰的惊天逆转，更有自己不经意的几次致命失误。

逆境中屡屡沉着冷静、上演奇迹的曹操，顺境中却常常骄傲自满、痛失良机。初平四年（193年），如果曹操不杀边让、不屠杀徐州百姓，那么历时一年多才平息的兖州叛乱，估计不会发生。建安二年（197年），如果曹操能够善待不战而降的张绣，也不至于宛城大败，平定弹丸之地的南阳多耗费数年。建安四年（199年），如果曹操能够冷静听取程昱、郭嘉的建议，杀掉或者永久软禁刘备，也不至于龙归大海、遗患无穷。建安十三年（208年），如果曹操能继续忍耐碎嘴的孔融，也不至于让顶级智囊团在赤壁之战集体沉默，与一统天下擦身而过；如果曹操能够坚持周公吐哺的胸怀，也不至于让自告奋勇做内应的张松转身去找刘备，丧失进入益州的绝佳机会。东晋著名史学家习凿齿感叹道："昔齐桓一矜其功而叛者九国，曹操暂自骄伐而天下三分。"

譬如朝露，去日苦多！为梦想奋斗四十多年的曹操，最终没能实现《对酒》诗中勾勒的太平盛世景象：君王贤良英明，宰相及辅政大臣都是忠良，百姓粮食丰收，国家没有战争；人人守礼谦让、路不拾遗，没有诉讼纠纷，连监狱都空荡荡，每个人都可以长寿而终。

无言两行泪，冉冉老已至。预感时日无多的曹操，派人修缮了洛阳北部尉的府衙。整整四十五年前，风华正茂的曹操出任洛阳北部尉，迈出人生仕途第一步。如今位极人臣却已两鬓斑白的曹操重游故地，凝视着悬挂在府衙大门两旁的全新五色大棒，万千滋味涌上心头。

与如日中天的阉党决裂！与不可一世的董卓翻脸！与骁勇善战的吕布厮杀！与兵强马壮的袁绍争雄！与死而不僵的汉室博弈！与百折不挠的刘备缠斗！曹操选了最难的路，干了最累的活，取得了最大的成绩，却收获了最复杂的身后评价。

英雄无悔！曹操一生波澜壮阔，即将到达终点时，却没有豪言壮语，出奇平静地絮絮叨叨：“半夜里，我觉得有点不舒服，天明吃粥出了汗，服下当归汤。我在军中实行依法办事是对的，至于小发怒和大过失，不应当学。天下还没安定，不能遵守古代丧葬制度。我有头痛病，很早戴起头巾。我死后，穿的礼服要像活着时穿的一样，别忘了。文武百官应当来殿中哭吊的，只要哭十五声。安葬以后，大家便脱掉丧服。各地将士都不要离开驻地，官吏们要恪守职责。入殓时穿生前所穿的衣服，埋葬在邺城西面的山冈，跟西门豹的祠堂靠近，不要用金玉珍宝陪葬。我的婢妾和歌舞艺人都很勤劳辛苦，把她们安置在铜雀台，好好对待。在铜雀台的正堂安放一个六尺长的床，挂上灵幔。早晚供上些肉干、干饭类的祭物，每月初一、十五两天，从早至午向着灵帐歌舞。你们要常来登上铜雀台，看望我的西陵墓地。我遗下的熏香可分给诸位夫人，不要用香来祭祀。各房的人没事做，可以学着编织丝带和做鞋卖。我一生历次做官所得的绶带，都放到库里。我留下来的衣物，可放到另一个库里，不行的话，你们兄弟就分掉。”

曹操长时间缓了缓气息，拼尽全力指着最小的儿子说：“告诉曹丕，他的小弟命最苦，三岁没了母亲，如今五岁又要没有父亲，多受累照顾吧。”

带着对生的眷恋，带着对死的无奈，曹操不知不觉中，停止遗言。

一世英雄，千古柔情。

第九节　霸业成空

天下第一，再无争议。

即便曹操不死，刘备也这么认为。

蜀汉章武元年（221年）五月，在群属轮番请愿下，刘备为了更好地肩负起“兴复汉室”的重任，于成都武担山即皇帝位，年号“章武”。不言而喻，刘备打算效仿汉高祖刘邦、汉光武帝刘秀，使用武功荡平天下，重新恢复刘氏的法统。

刘备自信可以做到。尽管前半生打了数不清的败仗，但自从赤壁之战胜利后，刘备脱胎换骨，轻松扫平荆州四郡，分进合击拿下益州，斩夏侯渊夺取汉中，防守反击逼退曹操。刘备亲率的主力部队，已经十多年没打过败仗。

常胜将军刘备觉得，凭自己怎么打怎么赢的军事才干，一统天下，只是时间问题。本着先易后难的步骤，刘备在收拾曹魏前，打算先把东吴的欠账讨回来。两年前的襄樊会战，刘备远在益州，没来得及施以援手，几十年交情的好兄弟关羽战死，大好荆州沦陷前二舅哥之手。深仇大恨，怎能不报？！

可惜旧恨未了，又添新怨。刘备正在积极推进战前准备工作时，突然收到张飞军营的都督送来信函。不是张飞来函，却是属下都督！刘备登时心口绞痛，一声叹息：“噫！飞死矣。”确如所料，挨过张飞不少鞭子的两位部将，大概趁张飞醉酒不醒，割下张飞的头颅，投奔孙权去了。

有错不改，很要命。刘备对张飞随意打人又不打死的缺点，不知告诫过多少回：“你喝多就鞭打健儿，这样很不好。打完还让他们继续在左右侍奉，这样更不好，是取祸之道。”可江山易改，本性难移，西乡侯（封地在涿郡）张飞始终听不进去，如今只能遗憾地梦回故乡。

即便张飞没了，法正、黄忠病逝，马超身染重疾，魏延要镇守汉中，且赵云坚决反对，诸葛亮沉默不语，但刘备还是执行原计划——讨伐东吴。刘备认为，曹丕很可能会趁火打劫，到时东吴要么在夹击中灭亡，要么乖乖交出荆州求和，有希望不战而屈人之兵。当然，即便曹丕坐山观虎斗，也没关系，只要有无往不胜的自己带队，还不是怎么打怎么赢？况且吕蒙已在两年前病逝于孙权的内殿，其余东吴将领更是不足为惧，无论谁出战，都是身首异处或者束手就擒的结果。

一切按照刘备的计划，顺利进行。蜀汉章武元年（221年）秋，刘备率蜀汉军队长驱直入，连克巫县、秭归县等军事要地，锐不可当。谁能扭转东吴军队节节败退的颓势？《三国志》评价能“任才尚计”的孙权，的确非浪得虚名，再次做出英明抉择，出人意料地破格提拔陆逊为大都督，领五万东吴军队迎战。

书生陆逊当主帅？东吴将领炸窝！以文职官员出仕的陆逊，转入军界只打过会稽、鄱阳等地山贼，直到建安二十一年（216年）才担任定威校尉；建安二十四年（219年），陆逊辅助吕蒙袭取荆州，总算有了些知名度。不过东吴将领一致认为，之所以陆逊成为吕蒙的助手，完全是因为书呆子气质适合麻痹关羽，说到底是剧情需要，怎么真让他当主帅？

撤退！撤退！再撤退！面对御驾亲征的枭雄刘备以及来势汹汹、水陆并进的蜀汉数万精锐部队，陆逊完全不抵抗，一路后撤到猇亭、夷道才稳住阵脚。据《吴书》记载：“诸将不解，以为逊畏之，各怀愤恨。”其实，久经沙场的东吴将领未必不明白，陆逊的撤退非常明智，一方面，把难以展开兵力的数百里山地让给蜀汉陆军；另一方面，夷陵处的长江河道陡然收窄，水流湍急、暗礁丛生，也非常不利于蜀汉水军前进。

同样的事，不同的人干，评价往往不一样。如果后撤命令出自周瑜、吕蒙等深孚众望的统帅，东吴将领肯定齐刷刷竖起大拇指赞叹：“主帅英明，好一招诱敌深入，拜服拜服。”换成陆逊下令后撤，东吴将领都是一脸不屑：“主帅废物，畏敌如虎。”

这些将领很嚣张，归根结底关系硬，要么是皇亲国戚，要么是资深老将，谁也不把陆逊放在眼里。为了给大家捋顺关系薄厚，陆逊召开紧急军事会议，一脸严肃地手握剑柄说：“刘备天下闻名，连曹操都有所畏惧。如今刘备亲率大军而来，这是生死存亡的紧要关头，各位理应齐心协力歼灭强敌。我虽是书生，但接受主公委任，所以还要委屈各位听从指挥。如果不能，就别怪军法无情！”陆逊兜一大圈，核心无非一句话：我是主公目前最信任的人！

尽管陆逊不再退却，但也不进攻，只是严令东吴军队扼守险要，不得野战。简单来说，陆逊的战术就是一个字——拖。这个战术看似消极，实则积极，因为吴、蜀拖起来，成本大不一样。东吴军队背靠荆襄大粮仓和人口稠密的南郡，粮草运输相当方便。而蜀汉军队输送粮食则需辗转千里，费劲多了。另外，从主帅年龄来看，陆逊年方40岁，刘备60多岁，若真要拖个三年五载，没准儿把某方主帅都拖没了。

陆逊能拖，刘备得战。为了引诱东吴军队出动，刘备派数千士兵在易攻难守的平地立营，自己则亲率八千精兵埋伏在山谷里。刘备要干什么，陆逊当然知道，任凭挑战的蜀汉士兵骂得天花乱坠，东吴军队安如磐石。

一计不成，再生一计。打你的心头肉，看你动不动。刘备派军队围攻孙权侄儿守备的夷道城，不能不救吧？没想到，陆逊依旧不为所动，淡定表示：“夷道的城池坚固、粮草充足、将士同心，有什么可担忧的？不救。”

当所有人以为陆逊真要跟刘备比寿命时，陆逊出其不意地决定反攻。东吴将领不解地问：“蜀汉军队立足未稳，你不进攻，如今对峙大半年，很多要害关隘都让蜀汉军队控制了，你反而要进攻？”陆逊一针见血地指出：“刘备很狡猾，阅历也丰富，对峙初期考虑精密，不可轻易进犯。现在时间长了，刘备岁数大，精力不济，难免大意，应该反攻了！”

陆逊对反攻时机拿捏得很准，不仅刘备身心俱疲，风餐露宿大半年的蜀汉军队也士气低落。尤其是入夏以来，酷热难耐，蜀汉水军不得不舍船上岸避暑，失去水陆互为依托的有利态势。而且，陆逊很清楚，孙权的耐心不是无限值，曹丕的观望也不是永远，既然拖到最佳时期，就不能再拖了！

此时不攻，更待何时！虽然先锋部队的攻击受挫，但陆逊坚持继续发动总攻，命令数万士卒各持大把茅草，乘夜突袭蜀汉军营，要求先放火，再杀人。山林间的蜀汉军营，周围都是花草树木等易燃物，在高温、闷热的环境顺风点火还得了！不一会儿，大火便在夜空中闪亮起来。

正在忍耐暑气并与蚊虫做艰苦斗争的蜀汉士兵，哪想到压着揍了大半年的东吴军队突然发力！毫无思想准备的蜀汉士兵，稀里哗啦溃败开来。尽管刘备在马鞍山组织起顽强抵抗，但身心俱疲又逆风迎火作战的蜀汉士兵，还是渐渐抵挡不住，死的死，降的降，逃的逃。

跑吧！刘备好久没打败仗，但奋勇逃跑的底子好，照样谁也逮不到。夜色下，刘备依靠驿站兵卒焚烧铠甲、铙钹，延缓了东吴士兵的追击，有惊无险地狂奔回白帝城。然而，十几年积累起的常胜之师，几乎全军覆没，刘备既羞愧又愤恨："竟败给名不见经传的书生陆逊，奇耻大辱，岂非天意啊！"

人生总是如此，在山穷水尽时，奋然崛起；在高歌猛进时，戛然而止。

失败，对于经历过无数次失败的刘备来说并不可怕。

可怕的是，这是最后一次。

第十节　百折不挠

心有不甘，又能奈何？

在永安行宫的病榻上，躺着奄奄一息的大英雄刘备。

出生于延熹四年（161年）的刘备，成长在东汉帝国最混乱的年代。

乱世出英雄！年仅15岁的刘备，已展现出把握机会的极高天赋！一个不喜欢读书的学生，却能给大儒老师卢植留下深刻印象；一个需要救济学费的学生，却能跟权贵女婿公孙瓒称兄道弟。刘备在老师卢植的庇护下，在同学公孙瓒的提携下，逐渐在汉末乱世崭露头角。即便老师归隐、同学败亡也不打紧，刘备凭借孜孜不断的努力，陆续开发出更多大靠山。只不过，刘备运气有点差，靠哪座山，哪座山倒；到哪座庙，哪座庙拆。

运气差怎么办？唯有更努力。东晋著名史学家习凿齿评价刘备："虽颠沛险难而信义愈明，势逼事危而言不失道。”面对人心丧乱的世道、面对不择手段的群雄，刘备几十年如一日高举仁义大旗，奉行宽厚待人的原则，一次次化险为夷，一次次绝处逢生，人生之路越走越宽，终成一方霸业。

尽管《三国志》评价刘备“机权干略，不逮魏武，是以基宇亦狭”，意思是嫌刘备称霸地盘小，由此倒推出刘备才能和智谋不及曹操。但这种算法显然不合理，刘备没有爷爷和老爸提供的高起步平台，更没有父兄开创的一片现成基业。一无所有的刘备能鼎足三分有其一，实是最不易。

白手起家的刘备，自带奇幻光环。无论是贩夫走卒简雍，还是文武全才陈登、土豪地主糜竺、清流名士袁涣、顶级大儒孔融，没有刘备处不来的。无论是秉公持重的诸葛亮、赵云，还是夹带私货的张松、法正，抑或是脾气暴躁的张飞、性情不羁的庞统、恃才傲物的关羽，没有刘备处不好的。

刘备的人格魅力无穷无尽，方式方法千变万化，跟关羽、张飞“寝则同床”，与赵云“同床眠卧”，和诸葛亮“情好日密”，对张松、法正“皆厚以恩意接纳，尽其殷勤之欢”。而且，刘备的弘毅宽厚，并非只对亲信大将或机密谋士，而是已经达到普惠众生的高度。《魏书》记载：“士之下者，必与同席而坐，同簋而食，无所简择。众多归焉。”

尤其人生失意时，刘备的气量深如大海、阔入云空。当糜芳投降导致关羽败亡、荆州易手时，哥哥糜竺深感自责，诚惶诚恐向刘备请罪。刘备没有一句怨言，反而再三安慰，赏赐优宠，无与为比，待之如初。当夷陵大败时，退路被断的黄权投降曹魏，刘备果断否决抓捕黄权家人的惩罚提议，并十分坦诚地说：“是我没采纳黄权的作战方案，黄权没有对不起我，是我对不起黄权。”气概顶天立地的刘备，无须问出处，何人不归心？！

人定胜天！只有大气磅礴的刘备可以做到，让数次兵败逃散的关羽、张飞，始终不离不弃；让时隔八年未见的赵云，毅然赶来相会；让糜竺、糜芳不屑高官厚禄，追随左右；让袁涣在吕布尖刀威胁下，岿然不动；让自私自利的法正挺身而出，为之挡箭；让冷血刺客充满愧疚，扔下匕首。无数次失败，无数次爬起，足以印证，刘备的成功不是运气好，而是努力深。

成功历尽艰辛，失败猝不及防。刘备打拼三十多年创下的基业，三年多就损失大半，襄樊会战丢掉荆州三郡，夷陵之战又把精锐大军丧失殆尽。但这能怪谁？哪怕不按“隆中策”规划，不等待“天下有变”，也完全可以由诸葛亮乃至刘备亲自坐镇荆州，然后再发兵进攻襄樊。可刘备在汉中战胜老对手曹操后，头脑就无法保持清醒了，一连串的惨败，不可避免到来。经历过无数次失败的刘备，从不怕挫折，从头再来就好。

然而，这次不能再来过，因为刘备已病入膏肓。未来怎么办？《三国志·先主传》记载：“先主病笃，托孤于丞相亮，尚书令李严为副。”没办法的办法——除了托孤的必需人选诸葛亮，刘备还选择了文武兼备的李严，授予其统率蜀汉东部兵团的军权。

按刘备分配的职权，诸葛亮是丞相，掌控中枢政务，坐镇成都；李严是中都护，统领内外军事，留镇永安。这样一来，掌握兵权的李严，远离成都，避免控制朝政；控制朝政的诸葛亮，不能指挥全部军事力量。深谋远虑的刘备，在托孤人选捉襟见肘的情况下，为继任者刘禅做出了尽可能完美的安排。

然而，大英雄刘备最明白，再好的制衡机制，也远不如“人和”的力量。宛如隆中山的相遇，刘备再次紧紧握住诸葛亮的手，坦荡诚恳地说：“君的才干胜过曹丕十倍，必能安国，终成大事。要是刘禅可以辅佐，你就辅佐；要是刘禅无可救药，君可自取。”

刘备指着在场的儿子——鲁王和梁王——用尽气力说：“我死以后，你们兄弟要向对待父亲一样对待丞相，要让大臣与丞相团结共事！”话说到这份上，诸葛亮再也忍不住，伤痛欲绝地哭泣立誓言：“臣一定竭尽全力，忠心报国，鞠躬尽瘁，死而后已！”

刘备托孤诸葛亮，上千年众说纷纭，有人判定君臣作秀、表演，甚至猜测埋伏刀斧手。很显然，这些都是无稽之谈。蜀汉政权生死存亡之际，如果刘备杀掉可以托孤的诸葛亮，相当于宣布亡国；如果诸葛亮篡位干掉刘禅，必遭内外反对势力的群起攻击，无异于自掘坟墓。

“孤之有孔明，犹鱼之有水也。”十七年前，刘备三顾茅庐，以最壮阔的雄心，以最至诚的真心，演绎了中国历史上最曲折的求贤之路、最精彩的人生逆袭、最传奇的君臣相惜。永安托孤的大英雄刘备和大英雄诸葛亮，必然是怀着赤诚之心，正如《三国志》作者陈寿的评论：“举国托孤于诸葛亮，而心神无贰，诚君臣之至公，古今之盛轨也。”

要说刘备对谁不放心，最可能就是刘禅。刘备弥留之际，给刘禅留下遗言：“我已经60多岁，没什么遗憾，只是惦念你们兄弟。丞相惊叹你的智慧和气量有很大进步，远比他期望的好。果真如此，我更没什么忧虑。你要继续努力！勿以恶小而为之，勿以善小而不为。惟贤惟德，能服于人。我的德行不够深厚，你不要效仿。你要读《汉书》《礼记》《六韬》《商君书》等诸子百家的经典书籍，不断增长智慧。你更要向丞相学习，待他如父亲一样！不要忘记！也要让你的兄弟都知道！一定要记得！”

一生从不认输的刘备，渐渐合上双眼。生命最后一刹，意气昂扬奋斗几十年的刘备，也许没有回忆无数高光时刻，也许回到了几十年未曾回去的故乡，想起了含辛茹苦把他拉扯大的母亲，想起了屋舍东南角那棵五丈余高的大桑树，想起了大桑树下的儿时快乐时光，想起曾兴致高昂地指着大桑树说：“我将来一定会乘坐这样的羽葆盖车。”

几十年后，刘备得偿所愿，乘上真正的帝王车驾。

到头来，却无比怀念，无忧无虑的大桑树下。

第十一节　励精图治

若干劝降信，如雪片般飞向成都。

曹魏的司徒华歆、司空王朗、尚书令陈群、谒者仆射诸葛璋、太史令许芝等人，排队给诸葛亮写信。虽然来信文采有别，但绕来绕去都是一个意思：夷陵大败、刘备病亡、南中叛乱，只剩半个益州和几万士兵的蜀汉政权必然垮台，诸葛丞相别硬撑了，做顺应时代潮流的俊杰吧。

就不！莫说曹魏大臣，即便是曹操亲自拉拢，诸葛亮也不曾动摇。《太平御览》记载，曹操曾给诸葛亮送过一份特殊礼物，并附上含情脉脉的留言："今奉鸡舌香五斤，以表微意。"熟读《汉书》的诸葛亮明白，汉代尚书郎向皇帝奏事要口含丁子香，以使口气芬芳。曹操这是在邀请诸葛亮入朝为官，而且从斤数上掂量，官位好像小不了。不过，诸葛亮对曹操的好意没有任何回应，因为之前的徐州大屠杀，已注定二人无缘。

时至今日，诸葛亮更不可能改变初衷！肩负蜀汉百废待兴重任的诸葛丞相，没时间交这么多无聊笔友，于是写了《正议》进行统一答复，对曹魏高官的谬论展开无情的批判，指出即便强大如楚霸王项羽，无德也会失败；然后又举东汉开国皇帝刘秀率领几千人打败四十万人的昆阳之战，以鲜活的例子重申态度——正义打败邪恶，不看人多人少。

放狠话容易，解决问题还得一个一个来。面对虎视眈眈的曹魏，诸葛亮以守为主，继续由猛将魏延率精兵驻扎汉中，严阵以待。对于反目开撕的东吴，诸葛亮以和为主，既然暂时没能力夺回荆州，就别要什么面子，及时派出使者恢复联盟。相比起来，最难办的是南中叛乱。刘备去世后，益州豪强雍闿联络牂柯郡太守、越嶲郡夷王以及南中首领孟获等人抱团反叛，杀死益州郡太守等多名蜀汉官员，气焰极其嚣张。

只可惜，天下局势风云变幻的复杂程度，远远超出雍闿及孟获等人的认知。夷陵大战结束后，神经质的曹丕就是不按常理出牌，不向虚弱的蜀汉发起猛攻，反而与士气正盛的东吴打得天翻地覆。东吴由于军事压力陡增，和谈意愿比蜀汉还积极，联盟协议签得相当麻利。雍闿及孟获等人大眼瞪小眼，这下尴尬了。

既然尴尬了，就不妨多尴尬一会儿吧。史书记载，即使对付雍闿及孟获等地方部队和部落民兵，诸葛亮也高度重视，亲自过问征兵训练、器械修缮、筹措粮草等各种事务，常常累得"流汗竟日"。经过一年多的精心准备，蜀汉建兴三年（225年）春夏之际，诸葛亮决定深入不毛、亲征南中。在诸葛亮分进合击的正确战术下，人多势众、装备精良、训练有素的蜀汉大军，如切瓜砍菜一般，只用半年多的时间，就轻松击破各处叛军。

不仅要赢，还要赢得漂亮。《汉晋春秋》记载，蜀汉大军连战连捷，叛将陆续伏法；诸葛亮提出新目标，希望不仅能打死敌人，更能打服敌人，要求生擒在南中地区享有较高威望的孟获先生。蜀汉军队相当给力，说要死的给死的，说要活的给活的，很快就俘虏了孟获。

心情大好的诸葛亮，主动给孟获先生松绑，并饶有兴致地邀请孟获参观蜀汉军营。诸葛亮和蔼可亲地问："孟先生，汉军营区布防如何？"孟获不服气地说："以前不知道你的虚实，不小心败了。谢谢让我参观布阵，我看也就这么回事儿，有种把我放了，下次一定能轻松打败你。"

诸葛亮要的就是这个回答，赶紧把孟获放了，请整军再战。孟获也不客气，回去召集旧部又来较量，然后再次兵败被俘。心情更好的诸葛亮，主动给孟获先生松绑，并陪着孟获再次逛了蜀汉军营。诸葛亮和风细雨地问："老孟，这回看清楚了吗？"孟获依旧不服气地说："上次看得太糙，这次我用心看了，下次一定能够打败您。"

诸葛亮要的就是这个回答，赶紧又把孟获放了，请整军再战。孟获仍旧不客气，回去召集旧部又来较量，不出意外继续做了阶下囚。据《华阳国志》的夸张记录，抓完放、放完抓，反复到第七次，孟获先生终于下决心打破这个循环怪圈。任凭诸葛亮怎么轰，孟获就是不走，简明扼要地说："您太厉害了，南人不再反。"

取得心服口服的完胜，诸葛亮准备率领蜀汉大军胜利班师。此时有人跟诸葛亮建议，留下亲信官员担任地方官吧，以巩固胜利果实。诸葛亮微微一笑："若留外人当官，不留兵则不安全，留兵又没充足粮食，何必如此呢？"

话可以说得潇洒随意，但事还要稳妥地办。为确保南中长治久安，诸葛亮班师回朝前，做出系列调整工作。首先，把南中四郡分为六郡，既能扩充地方官僚岗位，又可以解决南中豪族子弟的就业问题，还削弱了各郡实力。其次，把南中夷人的精壮战士纳入蜀汉部队，既能充实蜀汉军事实力，又可以消除闹事隐患。最后，把孟获等南中首领提拔成朝廷高官，为中央吸纳人才的同时，为培养南中新领袖腾出空间。

蜀汉建兴三年（225年）冬，诸葛亮挽救蜀汉政权于危厄，不仅安定了占蜀汉国土面积一半的区域，还从南中获得金、银、盐、布等战略物资，号称“军资所出，国以富饶”。对于蜀汉政权和诸葛丞相来说，下一个目标很明确——北伐中原、还于旧都。但曹魏不是南中，不仅兵多将广，带头的曹丕也算精明能干。弱小蜀汉要想干翻强大曹魏，必须等待最佳时机。

诸葛亮没有干等，而是一直积极准备。经济上，诸葛亮大力倡导植桑屯田、兴修水利的同时，积极发挥资源优势，维护盐铁专营等。尤其是鼓励和扶持织锦业出口贸易，赚取了大量魏国货币，急得曹丕赶紧写下《与群臣论蜀锦书》，劝告魏国有钱阶级，不要买质次价高的蜀锦，不要再花钱资助敌人！

军事上，诸葛亮非常注重提升士兵素质，不断强化军规军纪的宣贯执行，指挥操练八阵图等全新战法，希望“以率数万之众，其所兴选，数十万之功”。诸葛亮还特别重视兵种协同和改良武器装备，陆续成立“无当飞军”“虎步军”以及抽调三千劲卒担当“连弩士”；委派能工巧匠打造三千把“神刀”，改进制成针对曹魏骑兵的十发连弩、四刺扎马钉等。

干架的钱筹集够了，干架的人训练好了，干架的家伙也准备足了。

上天不薄情，干架的机会也来了。

曹丕死了。

第十二节 北伐中原

夜深人静，灯光摇曳。

即将挥师北上的诸葛亮，思绪万千。

追忆二十年前在隆中山，47岁的刘备三顾茅庐，他们在寒冬中激情畅谈天下大势，在逆境中不曾放弃远大理想。比起刘备困守樊城、兵不满万的窘境，如今蜀汉政权至少有偌大的益州和十余万的军队，没理由不奋起一搏——47岁的诸葛亮伏案执笔、夜不能寐。

诸葛亮沉思良久，提笔缓缓写下："先帝创业未半而中道崩殂，今天下三分，益州疲弊，此诚危急存亡之秋也。"在这篇流传千古的《出师表》中，诸葛亮开门见山，点明了当前形势。紧接着，诸葛亮言辞恳切地劝勉刘禅，希望继承先帝遗志，开张圣听、内外同法、亲信贤良，绝不能满足偏安享乐。随后，诸葛亮饱含深情地缅怀先帝的知遇之恩，立场坚定地表明"兴复汉室，还于旧都"的雄心壮志。写到最后，抚今追昔的诸葛亮不知不觉泪流满面，不知道再说什么。

言必行，蜀汉建兴五年（227年）春，诸葛亮率领十余万蜀汉大军进驻汉中。这么大规模的军事调动，曹魏不可能不知道，但谁也没当回事儿，权以为蜀汉想趁曹丕驾崩来占小便宜。随着曹叡顺利继承帝位，诸葛亮又按兵不动大半年，更没人把汉中的蜀汉军队放在心上。

只有诸葛亮最清楚，自己是认真的。蜀汉建兴六年（228年）春，鸟兽相安八年之久的魏蜀边境，狼烟再起！蜀汉大军突然杀出汉中，赵云率偏师为疑兵，摆出由箕谷北攻郿城、直取长安的态势；诸葛亮则带领主力部队，向曹魏防守薄弱的陇右地区秘密挺进！

弱小蜀汉主动出击？强大曹魏很伤自尊！气急败坏的曹叡亲临长安坐镇，并派出曹魏大将军曹真指挥各路援军，前往郿县。曹真作为曹魏宗族二代将领的佼佼者，曾担任过曹军"虎豹骑"的指挥官，久经沙场。当曹真带领大军来到箕谷时，很快察觉到不对，有诈！

声东击西！诸葛亮率领蜀汉大军现身陇右，发动猛烈攻势，南安、天水、安定三郡官员很识相，估摸撑不到援军赶来，及时更换旗帜保命。上当受骗的曹叡焦头烂额，急忙从各部又抽调数万精锐，交给曹魏名将——左将军张郃——急驰陇右！

必须把曹魏援军阻击在陇山之东，这是北伐成败的关键！阻击阵地好选，曹魏大军若不想翻山越岭，或是绕大圈圈，进入陇右必然经过——街亭。可是阻击将领不好选，这么艰巨又光荣的任务派谁去？诸葛亮出乎所有人的意料，没有选择作战经验丰富的魏延等将领，竟力排众议，派出没有实战经验的参军马谡——"亮违众拔谡，统大众在前。"

打虎亲兄弟、上阵父子兵，而且截至目前，马谡值得信任。平定南中叛乱，马谡提出“攻心为上、攻城为下”的正确策略，得到诸葛亮的充分肯定。诸如此类的军政难题，马谡经常与诸葛亮探讨，有时从白天一直谈到晚上。假如马谡很草包，诸葛亮早就不跟他聊了。

当然，诸葛亮也意识到马谡实战经验欠缺，特意挑选足智多谋、老成持重的王平担任副将，军队也分配至少两万人。诸葛亮认为，只要马谡按照商定的作战计划，老老实实坚守街亭要塞，就算还是打不过张郃，怎么也能顶住十天半个月吧。

马谡没到街亭前，也是这么认为的。从地形图上看，街亭要塞建在西高东低的大路上，两侧都是高山，曹魏骑兵很难绕道通过。从东面发起攻击，由于地形落差，只能仰攻，类似攻城。所以，只要蜀汉军队据险而守，别说十天半个月，保不齐能守住两三个月。

马谡赶到街亭，发现不是这么回事儿。街亭曹魏守军撤退前，为方便己方由东向西反攻，进行了最大限度的破坏——街亭要塞残破不堪！如果不能依托坚固要塞，则很难抵挡张郃的数万精锐大军，在这里据守不仅会失败，还会很快失败。怎么办？是按原计划驻守街亭要塞，还是另辟蹊径？

马谡当机立断：上南山！马谡以为，高居南山，可以据险而守。如果张郃来攻山，曹魏骑兵优势就顿减，还得迎着蜀汉军队的连弩仰攻。如果不攻山过去，曹军未来粮草补给就会困难，又面临腹背受敌的险境。马谡在阻击条件发生重大变化时，敢于果断调整，从想法和气魄上，确实不是酒囊饭袋。

很可惜，马谡还是嫩。因为从政治角度来讲，马谡的决定愚蠢至极。副将王平坚决反对上南山，表面理由是南山远离水源，缺水不战自乱。马谡不以为然，水源凭什么让曹魏军队切断，不能派精兵顽强守住吗？就算水源失守，不能派敢死队再夺回来吗？仕途顺风顺水的马谡，体会不到王平的劝谏根源。

吃苦的孩子早懂事。王平从小寄人篱下，长大从军之路又颇多坎坷，先投曹魏，后降蜀汉。多灾多难的经历，让大字不识几个的王平养成谨小慎微的性格和思维缜密的逻辑。在王平看来，如果失利不可避免，那么坚守街亭要塞的溃败，是没能力贯彻落实丞相英明部署的失利，是可以原谅的失败；而上南山的溃败，是擅自改变丞相英明部署的失利，是万劫不复的失败。出身荆襄望族又是丞相心腹宠儿的马谡，哪能悟透这些？！

“郃绝其汲道，击，大破之。”张郃大军的猛烈攻击，很快控制了南山水源，并布下重兵把守，使蜀汉抢水敢死队毫无作为。几天后，张郃适时发动凌厉总攻，渴得连冲啊杀啊都喊不出的蜀汉士兵，溃不成军、一败涂地。

街亭失守！北伐失利！尽管蜀汉满朝文武，乃至皇帝刘禅什么都没说，但很多双眼睛盯着呢，况且诸葛亮在《出师表》里白纸黑字写道：“愿陛下托臣以讨贼兴复之效，不效，则治臣之罪，以告先帝之灵。”必须说话算数，否则将迎来比战败更可怕的人心崩溃。

率先垂范吧，诸葛亮上奏请求贬职处分，从丞相降为右将军；箕谷主将赵云也打了小败仗，由镇东将军降为镇军将军；失街亭又畏罪潜逃落网的马谡，在狱中丢掉性命。

卧薪尝胆的蜀汉，再次遭遇极寒。

第十三节　半生明主

忍耐蛰伏的东吴，总算迎来了春天。

曹操、刘备相继病逝，孙权以为天下第一再无争议。孰料，曹丕依旧凶猛，指挥曹魏大军连续攻伐东吴。最凶险的一次，曹真大军围困荆州重镇江陵达半年之久，江陵的中洲都被张郃所部攻占，形势岌岌可危。要不是上天庇佑，曹魏军中暴发疫病，这事就不好说了。

东吴让曹魏摁着揍了好几年，终于在吴黄武七年（228年）打出一场漂亮的翻身仗。在东吴名将陆逊的全权指挥下，击败了久历战阵的曹魏大司马曹休，斩杀万余士兵，缴获大量辎重，史称“石亭大捷”。大胜来之不易，搞得孙权相当激动，亲自带领文武百官来到城外，迎接胜利归来的陆逊。够意思吧？

孙权觉得还不够。当孙权远远望见陆逊的车驾时，立刻放出拉拢人心的大招。《吴书》记载：“上脱翠帽以遗逊。”“翠帽”就是车盖，但一般的车盖只能叫“车盖”，只有镶嵌着珠宝的车盖才能叫“翠帽”。孙权摘掉价值连城的车盖送给陆逊，自己在骄阳下继续微笑迎候，荣耀、财富和君王的谦卑送出去，够意思吧？

孙权觉得还不够，必须继续送。车盖镶嵌的珠宝再多，也比不得男子间充满暧昧地馈赠贴身腰带！《吴书》记载：“上脱御金校带以赐逊，又亲以带之，为钩络带。”孙权把陆逊迎接到贵宾休息室，随即解下自己的金腰带，躬身亲手给陆逊系上。荣耀、财富和君王的谦卑送出去，这次够意思吧？

孙权觉得还不够，必须继续送。在庆功盛宴上，孙权饱含深情地来到陆逊面前，一把拉住陆逊的手，眨着妖娆的眼睛，邀请陆逊跳一曲。《吴志》记载，“上为郡僚大会酒，与逊对舞”，在东吴文臣武将的众目睽睽之下，孙权与陆逊跳起了双人舞。孙权又把白鼲子裘衣脱下来，披在陆逊身上，给你，给你，都给你。荣耀、财富和君王的谦卑送出去，这次够意思吧？

孙权觉得还不够，必须继续送。庆功盛宴后，陆逊要去西陵执行驻防任务，孙权亲率公卿“祖道”，就是祭祀路神，求路神开恩不要为难行路人。孙权还送给陆逊一艘豪华大船，船上琼楼高阁，装饰华美富丽。望着系着金腰带，披着白鼲子裘衣，乘坐专属大船碧波远去的陆逊，孙权这才满意地笑了。

没有什么身段放不下！又何止对陆逊！史书记载：周瑜去世，孙权“素服举哀”；鲁肃去世，孙权“为举哀，又临其葬”；吕蒙去世，孙权“哀痛甚，为之降损”；张昭去世，孙权“素服临吊”；阚泽去世，孙权“痛惜感悼，食不进者数日”；董袭阵亡，孙权“改服临殡，供给甚厚”；凌统去世，孙权“拊床起坐，哀不能自止，数日减膳，言及流涕”……孙权真是相当忙碌、非常辛苦，身着素服穿梭在文臣武将的葬礼中，哀痛、流涕、绝食等行为交错进行。孙权放下身段的前半生，也是深得人心的前半生。

没有什么珍宝舍不得！孙权能与曹操、刘备等百年一遇的英雄争霸，不是靠运气，而是手笔大。没有什么不能送！不仅对功臣慷慨，对敌人更大方。《江表传》记载，曹丕曾贪婪无礼地向东吴索要雀头香、大贝、明珠、象牙、犀角、玳瑁、孔雀、翡翠、斗鸭、长鸣鸡等各种珍奇宝物若干。东吴大臣都非常气愤地表示，向曹魏称藩协议中，已商定好进贡数量标准，额外要求不能满足。视钱财如粪土的孙权大笑："在孤看来，这些珍宝如同破砖烂瓦。别吝啬，给曹丕先生，请他玩物丧志吧。"

没有什么面子不能丢！夷陵大战前，孙权为避免两面受敌，赶紧给曹丕写了言辞谦卑的信函，表示愿意接受伟大曹丕的英明领导，成为大魏帝国的忠实藩属。东吴很多大臣觉得太没面子，好歹坐拥三州之地、兵甲数十万，怎能主动称藩请降？孙权满不在乎又豪情万丈地说："汉高祖刘邦也曾接受项羽册封的汉王，可有什么妨碍，不是照样把项羽消灭了？"

说到做到，石亭大捷，扬眉吐气。次年，吴黄龙元年（229年），孙权决定摊牌了，不演了，宣告摆脱曹魏藩属地位，正式称帝。《三国志》作者陈寿感慨评价道："屈身忍辱，任才尚计，有勾践之奇英，人之杰矣。故能自擅江表，成鼎峙之业。"

很遗憾，孙权黄袍加身，开始头脑发热，转身走到下坡路。吴黄龙二年（230年），孙权不顾陆逊等大臣的劝阻，派出两位将军带领万余士兵出海，寻找夷洲和亶洲。孙权开疆拓土的愿望是好的，但没找对方向。正如陆逊预言"万里袭取，风波难测，民易水土，必致疾"，东吴军队果然在途中染疾，死了十之八九。决策失误很打脸，孙权为缓解脸部疼痛，以"违诏"理由，处死带队的两位将军。意思很明白，之所以搞砸，不是因为决策失误，而是因为执行不力。

孙权的贼心不泯，开疆拓土又转向远隔万里的东北方向。吴黄龙四年（232年），孙权派遣使者，联系上割据辽东的小军阀公孙渊，宣传大吴帝国的繁荣昌盛，希望其尽早迷途知返、弃魏投吴，走上光明正确的道路。公孙渊大概想看看投降东吴能不能跟着富强，没过几个月便派来使者回访，递交称臣表文。

孙权高兴极了，没想到自己也有今天。以前都是孙权向曹魏称臣当藩属，如今自己称帝不说，还发展了藩属小弟，简直是喜大普奔。吴嘉禾二年（233年），孙权以真命天子、君临天下的口气，封公孙渊为燕王，并把曹魏的幽州、青州慷慨划拨为燕地。随后，孙权不顾张昭等众大臣的劝阻，派出太常、执金吾等高官以及万余士兵，带着数不胜数的珍宝，前往辽东赏赐公孙渊。

公孙渊和孙权的你情我浓，让曹魏大为不满，并发出正式警告，奉劝公孙渊不要铤而走险，质问确定不紧跟掌控中原九州的大魏，而投靠远隔重洋且只有边远三州的小吴吗？公孙渊接到曹魏来信，很惶恐地恶补地理知识，觉得继续跟着曹魏比较有阳寿。于是，公孙渊果断与东吴翻脸，砍下了东吴使者的人头。

脸肿得没法要的孙权，不得已暂停开疆拓土，转而专心致志在内部折腾，设立特务机关，宠信小人乱搞，火烧大臣住宅等，弄得东吴鸡飞狗跳、离心离德。《三国志》很犀利地评价道："性多嫌忌，果于杀戮，暨臻末年，弥以滋甚。"

最要命的是，孙权在安排接班人的问题上乱来，故意挑唆儿子们斗来斗去，而且大有废长立幼的倾向。关乎国本，不得不察，驻防荆襄的上大将军、丞相陆逊看不下去了，上书直言不可废长立幼，并请求回都城面谈。孙权非但不同意见面，还屡次派遣使者去斥责陆逊。

文武双全、战无不胜的东吴擎天支柱陆逊，怎么也想不到，自己会被那个曾经送宝石车盖、金腰带、白鼲子裘衣、豪华大船，邀请共舞的明主，三番五次地侮辱。《三国志·陆逊传》记载："逊愤恚致卒，时年六十三。"东吴的中流砥柱，就这样被孙权一脚踢碎。

孙权终于如脱缰野马，在一意孤行的道路上发足狂奔，不可阻挡。吴赤乌十三年（250年），孙权干了件很符合年份数字的事情：废掉一个儿子，赐死一个儿子，另立一个岁数很小的儿子为太子。吴太元二年（252年），小太子还没来得及长大，年过古稀的孙权一病不起、溘然而逝。孙权精心挑选的四位托孤大臣，也是所托非人，你杀了我，我杀了你，宫廷政变一起接一起。

东吴帝国在风雨飘摇中，坚持晃悠了二十八年，终究没能逃脱覆灭的宿命。

吴天纪四年（280年），金陵王气黯然收。

第十四节　棋逢对手

汉贼不两立，王业不偏安！

时不我待！神勇无敌的赵云身染重病、即将离世，部曲和屯兵将官七十余人以及突将、无前、青羌、散骑、武骑等精锐士卒千余人，或逝世，或染病，或年迈退伍。诸葛亮心急如焚，这些官兵是刘备在南征北战中所聚，绝非益州一地可以补充。如果以这种减员速度再过几年，北伐中原就会更加艰难。

蜀汉建兴六年（228年）冬，右将军诸葛亮迫不及待地发动了第二次北伐，数万蜀汉大军 杀向只有千余曹魏士兵的弹丸小城——陈仓。诸葛亮吸取了上次的教训，把一口气吞下陇右的目标，降低到打下一座小城。即便如此务实，仍是未能如愿。蜀汉军队遭到曹魏守军的顽强抵抗，战况惨烈。曹魏守军为筹措防御物资，棺材板都征用了。蜀汉军队也是相当辛苦，云梯、冲车、井阑等攻城器械轮番使遍，甚至搞起了地道战，仍然没有拿下陈仓。

一回生，二回熟，曹叡照方抓药，继续让名将张郃牵头，指挥曹魏各路 援军急驰陈仓！蜀汉军队再打下去，必然陷入被动，但兴师动众又无功而返？右将军诸葛亮压力很大，正琢磨是不是再给自己降两级时，曹魏的王双将军，及时站出来救场。

王将军应该是率先赶到陈仓的曹魏援军，他了解到数万士兵打不下千余人的小城，认定蜀汉军队是一群废物，英明睿智地决定——追！尽管王将军没有如愿建功立业，但也算千古留名。《三国志·诸葛亮传》记下："魏将王双率骑追亮，亮与战，破之，斩双。"

再接再厉！蜀汉建兴七年（229年）春，右将军诸葛亮指挥蜀汉军队发动对曹魏的第三次攻势。汲取前两次的经验教训，诸葛亮选择更稳妥的战略，以优势兵力分割包围曹魏雍州的武都、阴平两郡，并亲率主力部队阻援。

由于武都、阴平两郡是曹魏深入蜀汉疆域的突前领土，救援难度相当大。雍州刺史郭淮自知谋略不及诸葛亮，士兵数量又处于劣势，当然不会来送死。诸葛亮也见好就收，以夺取曹魏两郡的胜利结束战役。

萝卜青菜，各有所爱。武都、阴平两郡对曹魏来说是鸟不拉屎的边远山区，对蜀汉来说却意义重大，不仅能振奋街亭战败、陈仓不胜的低落士气，还能进一步完善蜀汉北部的整体防线。刘禅得到前线捷报，赶紧知冷知热地下诏，恢复诸葛亮的丞相岗位。

弱小蜀汉频频寇边，长此以往，脸往哪儿放？刚刚享受"剑履上殿，入朝不趋"待遇的大司马曹真，面子上挂不住，提议要给蜀汉点颜色看看！年轻气盛的曹叡也希望完成统一天下的伟业，于是力排众议，批准伐蜀方案。

来而不往非礼也。魏太和四年（230年）秋，曹魏二十多万大军浩浩荡荡杀向汉中。曹真亲率主力部队由斜谷南下，张郃领劲旅出子午谷，郭淮所部自祁山方向开拔。除了自北向南而来的三路大军外，镇守荆州的曹魏部队也沿汉水由东向西挺进。

曹魏大军倾巢而出，诸葛丞相淡定自若。诸葛亮料到曹魏会进犯汉中，提前修建了两座坚固的城池——汉城、乐城——以及众多堡垒要塞，早已设置好重重阻击阵地。尽管曹魏军队人多势众，但十几万蜀汉大军在坚固阵地中以逸待劳，未尝胜算不大。一场主力对主力、王牌对王牌的精彩对决，即将上演。

一场好戏让大雨搅和了——秦岭地区迎来罕见的持续强降雨，一下就是三十多天。城池、要塞里的蜀汉军队还好，只是苦了露天行进的曹魏士兵。本来戴盔披甲又翻山越岭已很艰难，还要顶着没完没了的瓢泼大雨，踩着深一脚浅一脚的泥泞道路，躲避着随时可能发生的山体滑坡等次生灾害，忍耐着因恶劣天气得不到食物补给的饥饿。可怜的曹魏士兵，还没见到蜀汉军队的影子，便连饿带冻死掉不少。

曹魏先锋部队吭哧吭哧地走了一个多月，总算疲惫不堪地到达汉中边缘的兴势要塞。可没等曹魏士兵喘口气，便遭到蜀汉军队围攻，险些全军覆没。在“天时、地利、人和”都不占的情况下，硬汉曹真仍要咬牙坚持，立志把大部队也带到鬼门关。所幸曹叡不固执，及时下诏书解围，表示曹魏大军胜利完成威慑敌胆的光荣使命，考虑到天气原因，暂时中止下一步行动。

敌退我追！诸葛亮立刻命令魏延等将率部发起反攻！营房里看了很多天雨景的蜀汉士兵，正想活络活络筋骨，三赶两追便撵上了逃跑不积极的曹魏部队。早已精疲力竭的曹魏士兵，完全没有抵抗力，一触即溃、死伤无数。《三国志·魏延传》记载：“延大破淮（郭淮）等。”

自曹真领军以来，何曾打过败仗？结果头一回失败，竟败得这么憋屈！不过俗话说得好，没有最憋屈，只有更憋屈。曹魏各路大军还没全部撤回防区，秦岭的持续强降雨忽然闪电般结束，随之而来是数月晴空万里、白云飘飘。回到洛阳大司马府养病的曹真，仰望着碧蓝的天空，呼吸着清新的空气，无论如何也想不通老天为什么如此薄情，于是病死了。

世间之事，千变万化。曹魏军界享有极高威望又深通兵法的曹真死了，诸葛亮北伐中原之路却变得更加坎坷——因为最难缠的对手来了！这就是带领曹魏荆州部队，沿汉水进犯的大将军司马懿。尽管《条亮五事》言之凿凿地说，司马懿在诸葛亮第一次北伐时交过手，还上演了脍炙人口的“空城计”。但综合各类史料判断，这种说法明显有误，因为驻扎在宛城的司马懿，根本来不及赶到陇右参战。

不过话说回来，无风不起浪。即便《条亮五事》对时间、地点的记载有误，也不见得“空城计”一定子虚乌有。也许，“空城计”就发生在曹魏大军伐蜀过程中。据《资治通鉴》记载：“汉丞相亮闻魏兵至，次于成固赤坂以待之。”

赤坂在哪儿？正是汉中地区的东边，紧邻子午道和汉水。虽然大雨浇趴了秦岭山区的曹真等部，但沿汉水进发的司马懿，还是可以抵达的。诸葛亮为诱敌深入，说不准在赤坂要塞给司马懿摆过“空城计”。

当然，即便有“空城计”，也不是《条亮五事》说的那样——曹魏兵多、蜀汉兵寡。自诸葛亮北伐以来，汉中常年屯驻十万左右的军队，再加上这次各地赶来的援军，汉中兵力应该突破历史新高。去掉魏延等反击部队，再剔除汉中各城池、要塞的驻守士兵，赤坂附近的蜀汉军队也应该有四五万，而司马懿带来的荆州部队至多四五万。兵力不占优，在皇帝有诏退兵的情况下，司马懿怎会占领似乎空空如也的赤坂要塞，一头扎进诸葛亮布下的口袋阵？

退几万步来说，假设诸葛亮一时兵力不足，真在赤坂要塞弄险布阵，司马懿勇猛地冲过去，打了大胜仗，甚至活捉诸葛丞相，又能怎样？恐怕大难临头！曹魏军界说一不二的老大曹真败退，排名老二的司马懿打出军威国威，这不是找死吗？

已过天命之年的司马懿很清楚曹真这个很可能不姓曹的曹操养子有什么心思！毕竟事情明摆着，曹真之前拥有“剑履上殿，入朝不趋”待遇的是曹操，再往前是董卓。

败也是败，胜更是败，那还往前走什么走？司马懿及时勒住战马的缰绳。

司马懿仰头，深深凝视着即将放晴的天空，果断掉转马头。

雨这么大，咱们也撤吧。

第十五节　忍者无敌

能忍天下事，才是非常人。

司马懿是非常人中的非常人。

有幸成为汉末三国第一忍者，司马懿首先得益于有一位狠爸——司马防。司马防在生儿子方面尤其狠，接连生出八个，号称“司马八达”。比生儿子更狠的是管儿子，号称“不命曰进不敢进，不命曰坐不敢坐，不指有所问不敢言”。意思是说，司马防没允许进屋，儿子不能进屋；司马防没允许坐下，儿子不能坐下；司马防没问话，儿子不能主动发言。在霸道老爸的高压管制下，司马懿从小打下极好的忍功基础。

对下狠，对上也狠，才是真狠。建安二十二年（217年），曹操晋升魏王，邀请曾举荐自己做洛阳北部尉的司马防叙旧。老哥儿俩畅饮正酣，曹操借着醉意咄咄逼人地问：“我现在可以再当洛阳北部尉吗？”若换常人，肯定赔着笑脸惶恐自责：“当年眼瞎，没看出您文治武功天下第一，怎么给您安排这等小官？让您受委屈了。”但生出八个精英儿子的司马防微微一笑，从容淡定地说：“我举荐大王时，大王正好能做北部尉。”

有狠父，就有狠兄。司马懿的大哥司马朗，也是狠角色。司马朗9岁时，有客人来访，直呼司马防的字（不礼貌行为）。司马朗不客气地说：“轻慢他人亲长，等于不尊敬自己亲长。”使得客人当场道歉。司马朗12岁时，参加经学考试并且成绩优秀，但监考官觉得他过于高大强壮，怀疑是大学生冒名顶替参加中考。司马朗不客气地回答：“我的家族中人，世代身材高大，我没有也不屑谎报年龄。”

说话狠，决断也狠。中平六年（189年），董卓废立皇帝、朝纲混乱。司马朗为了带领家人离开是非之地的洛阳，不惜拿出巨资贿赂董卓手下官吏，很快盖齐出城所需的若干公章。回到家乡后，司马朗感觉也不安全，立即又带着家族成员背井离乡，从而成功避开随后的兵乱。在身材高大、品学兼优、办事稳准，散发着主角光环和气质的司马朗身后，年轻的二弟司马懿，此时毫不起眼。

除了父兄，还有狠友。与司马懿交往甚密的好友胡昭相当狠绝，说做隐士就不出山，无论邀请人是不可一世的袁绍，还是更不可一世的曹操。胡昭都静如止水地回绝：“我乃闲云野鹤，上马不能打仗，下马不能治国，既没能耐也没远志，只想在山林间隐居，请不要再打扰我的生活。”大权在握、说一不二的曹操无可奈何，叹气道：“人各有志，出处异趣，勉卒雅尚，义不相屈。”

如愿隐居山林的胡昭，未曾食言。胡昭养志不仕、躬耕乐道，以研读经籍自娱，即便邀请做官的信函依旧如雪片飞来，胡昭也一直没有应召，在乱世中以89岁高龄善终。胡昭的德行，不仅让远近邻里无不敬爱，就连发动叛乱的贼寇都十分敬佩，相互发誓约定："胡居士是贤者，咱们不得侵犯他所在的地方。"《三国志》为此留下八个字的赫然评价："一川赖昭，咸无怵惕。"

与诸多狠人为伍，想不狠都不行。21岁的司马懿，做出人生第一次狠绝的选择——不应曹操的征召。建安六年（201年），河内郡上计掾司马懿在例行述职时，得到尚书令荀彧的赏识，并推荐给求贤若渴的司空曹操。有荀彧的高度评价，又是司马防的二公子，曹操打算重点培养司马懿，诚意满满地向他发出任职邀请。当时取得官渡之战胜利的曹操，稳居天下第一号霸主位置，很多人挤破脑袋想去司空府，但司马懿却表示不来。

"帝（司马懿）知汉运方微，不欲屈节曹氏。"《晋书·宣帝纪》说得冠冕堂皇，但显然是给晋朝奠基者司马懿唱高调。实际上，由于司马氏家族生活在紧邻袁绍势力的河内郡，有些事肯定要掂量着办。况且司马朗已经投效曹操，司马懿还要不要再去？毕竟袁绍依然实力强劲，万一知耻而后勇，大翻盘咋办？哪怕只是夺回河内郡，也是相当尴尬。

司马氏家族的小算盘，瞒不过曹操。来人啊，问问司马家的二公子，为什么上计掾能干，司空府却不能来？既然敢拒绝，就有所准备，司马懿早已在床上躺平，一脸遗憾地对司空府官吏表示：突然患上风痹症，遗憾不能为曹司空效力了。

一派胡言！小时候装中风忽悠过长辈的资深骗子曹操，哪会相信这等把戏？来人啊，暗查司马懿！曹操的密探趁夜潜入司马懿屋内，任凭各种花招试探，司马懿躺在床上就是一动不动，以超一流的心理素质和演技，有惊无险地通过复查。

过了些日子，司马懿的"病情"有所"好转"，渐渐可以坐靠读书。静以修身的司马懿，不曾虚度光阴，如饥似渴地阅读。据司马懿引用过的名人名言综合推断，他应该熟读过《易经》《管子》《春秋》等先秦儒家著作，精研过《孙子兵法》《军志》等上乘兵书。

岁月静好的日子，险些让一场雨毁了。某日天气不错，司马懿让奴婢把书拿到院里晾晒，去潮去湿。不料暴雨说下就下，爱书如命的司马懿一时激动，竟忘了“身患风痹”，一跃而起，身手矫健地收书。这幕正好让赶来的奴婢看到，惊得目瞪口呆。聪明睿智的司马懿脑子转动极快，顿时冒出四五种解决方法，并迅速评估出最佳方案。

能动手解决，尽量别费脑细胞——司马懿的狠媳妇张春华大抵是这样想的。十六七岁的张春华从厨房悄悄寻来菜刀，干脆果决地咔嚓掉奴婢，然后沉着冷静地走回厨房，不一会儿端出若干道鲜美的饭菜。《晋书·宣帝纪》记载：“帝（司马懿）由是重之。”史书真给留面子，司马懿恐怕不是“重之”，而是怕之。英雄一世的司马懿怕过谁？也就年轻时怕过如日中天的曹操。可对媳妇张春华，司马懿一生都怕。

司马懿在晚年时，因琐事与张春华发生口角。张春华雷厉作风不减当年，立刻绝食抗议。有狠妈自然有狠崽，张春华生司马师、司马昭等儿子，小小年纪便露出狠绝峥嵘：既然妈绝食，那我们也绝食。以一敌众的司马懿败下阵来，只好赶紧承认错误，做出深刻检讨。老脸丢尽的司马懿，不好意思地跟围观奴婢说：“我不是怕媳妇，黄脸婆死了不可惜，我是怕苦了我的儿子。”

狠儿子不是第一次坑爹。建安十三年（208年），长子司马师出生，给司马懿带来巨大麻烦。司马懿喜得贵子的好消息，很快传到曹丞相的耳朵里。曹操心说，呦嗬，行啊，孩子都生出来了，看来你小子风痹症不仅好了，还好得很利落嘛。来人，再去问问司马家二公子，来不来司空府？不来就法办吧。司马懿知道若再推诿，刚出世的孩子就没爹了，不等来人说出“若复盘桓，便收之”的口信，便直接扔掉拐杖，打了套拳，表示身体倍儿棒，干什么都行。

遇到狠爸、狠哥、狠妻、狠儿以及狠友的司马懿，又遇到世间罕见的狠老板——曹操。虽然曹操看在司马防举荐之恩的面子上，没有难为装病耍赖的司马懿，但司马懿很清楚，欺骗曹操向来没有好下场，必须时刻小心。

不是你小心就能平安无事。曹操听说司马懿可以像狼一样，脑袋直接向后转，身体和两肩不动。懂些相术的曹操知道，这说明该人居心叵测、心怀不轨。为一探究竟，曹操曾突然叫住前面开路的司马懿："仲达！"听见老大召唤，司马懿赶紧扭过脑袋答应，不经意间暴露了"狼顾之相"。

私下里，曹操不无担忧地对曹丕说："据为父观察，司马懿不仅是能吏，而且胸怀大志，有不甘人臣的面相，将来可能会干预我们的朝政家事，你要小心。"当时司马懿担任太子中庶子，在夺嫡之争中屡屡献出妙计，是曹丕倚重的左膀右臂。曹丕很不理解，好哥们儿司马懿无非脖子灵活点，怎么成了图谋不轨？曹丕不动声色地点头认可，但经常找机会为司马懿美言。

只要曹操没死，曹丕永远不顶事。为了保住性命，司马懿起早贪黑、废寝忘食、任劳任怨地勤勉工作，并积极向曹操靠拢，频频大表忠心，在讨伐张鲁、襄樊会战中尽心出谋划策，甚至还劝说曹操顺应天意、代汉自立。在司马懿影帝级的表演下，曹操渐渐收起杀意，觉得曹氏、夏侯氏将星辈出，只要司马懿无法染指军界，就折腾不出什么名堂，留着做能吏吧。

可惜，谁算也不如天算。曹操去世不久，不仅曹仁等老一辈宗族名将相继离世，新一代宗族将领在神经质曹丕的干预下，也开始凋零。曹丕大概闲来无事，居然插手荆襄军团主帅夏侯尚的家事，以夏侯尚不宠爱妻子曹氏为由，绞死受宠的小妾。永失爱人又折面子的夏侯尚，很快郁闷而死。

到此为止，尚无大碍。荆襄军团主帅岗位空了出来，再选宗族将领接替就是。可曹丕没来得及定人选，也去世了。接班的曹叡不懂相术，又没得到爷爷曹操的告诫，老爸曹丕大概也没传达，于是大笔一挥，委任状发给了一直从事后勤保障工作的司马懿。

到此为止，并不致命，毕竟曹真和曹休掌握着西北、东南两个战斗力更强的军团。可惜，比司马懿年轻不少的曹真和曹休，都死要面子。魏太和二年（228年），曹休在石亭大战中败于东吴名将陆逊，又急又气地很快病死。魏太和五年（231年），曹真伐蜀不利，让诸葛亮防守反击打得损兵折将，也又急又气地很快病死。

能忍的人，运气不会太差。司马懿扛过雄才大略的曹操，撞上神经兮兮的曹丕，遇到不知内情的曹叡，碰上心理脆弱的曹真和曹休，好运连连。于是乎，并非曹魏宗族将领的司马懿竟然脱颖而出，成为曹魏军界的“一把手”。

从此，司马懿开启横扫千军、指点江山的伟大历程。

哦，这个不存在。

还得忍。

第十六节　鹰扬之臣

司马懿很憋屈地坐在帅位上。

“公畏蜀如虎，奈天下笑何！”曹魏将领当面讥讽主帅！

司马懿得忍，这些小将敢如此放肆，是有副帅张郃撑腰。虽然大将军司马懿在曹魏军队的职务最高，但资历和战功远远不及征西车骑将军张郃。从军四十多年的张郃，自讨伐黄巾叛乱开始，久经战场，北逐辽东、西荡凉州、南驱江陵、威震街亭，几乎所向披靡。《三国志·张郃传》记载：“郃识变数，善处营陈，料战势地，无不如计，自诸葛亮皆惮之。”

按理来说，功勋章多得可以挂到后背的张郃，完全能胜任西北战区统帅。可帅是帅了，但是副的。如果用兵如神的曹操当主帅，那么张郃心服口服；如果虎步关右的夏侯渊当主帅，那么张郃没理由不服；如果曹氏宗族小字辈的曹真当主帅，那么张郃不服也得服。可主帅偏偏是既无盖世战功又非曹氏宗亲，还是文官转行做武将没几年的司马懿，张郃焉能服气？

一加一很难大于二。魏太和五年（231年），诸葛亮第四次北伐来袭，曹叡派出张郃搭档司马懿的顶级组合，以为稳操胜券，然而却适得其反。面对来势汹汹的蜀汉大军，张郃与司马懿很快发生了第一次分歧。张郃劝司马懿分兵驻守郿城，防止诸葛亮又声东击西。司马懿很委婉地表示，对付诸葛亮这种高级别的对手，必须集中兵力。张郃有理，司马懿也有理，都有理，只能谁官大听谁的。

说一套，做一套，这是司马懿的拿手好戏。司马懿根本没搞什么集中兵力，主力部队尚未到达前线，便让郭淮等部先行救援被蜀汉军队围困的祁山堡。早已做好“围点打援”准备的诸葛亮，亲率蜀汉主力击溃郭淮等部，随即挥师杀向上邽。司马懿率领大军也赶到上邽，却在城东险要屯兵不动，任由城外麦田让蜀汉士兵损毁。天天拿麦田撒气也不是事儿，为寻求野战歼敌机会，诸葛亮带领蜀汉军队向卤城徐徐退去。

一加一不见得等于二。要不要追？张郃与司马懿发生了第二次分歧。司马懿觉得要追但不打，与蜀汉军队保持间距，尾随跟进。张郃很反感这样的操作，表示要么追上打，要么干脆不追，若即若离跟着又不动手，磨磨叽叽像什么样子。其他曹魏将领也被这种战术搞得百爪挠心，排起长队轮番请战。由于有副帅张郃撑腰，这些将领对主帅司马懿冷嘲热讽、不屑一顾。眼看再不打有兵变的危险，司马懿只得无奈开战，派张郃率部进攻蜀汉南大营，自己亲率大军杀向诸葛亮坐镇的蜀汉主营。

精神状态欠佳的司马懿，遇到军事才能步入巅峰的诸葛亮。一番激战过后，“退若山移，进如风雨，击崩若摧，合战如虎”的蜀汉军队，取得四次北伐以来的最大胜利，斩杀曹魏披甲士兵三千人（有职务或精锐士兵才能披甲），缴获五千副铁甲以及角弩三千一百张。按照缴获物资的数量和质量推断，曹魏军队此役死伤不下万人。惨败一次也好，曹魏将领都不闹了，乖乖跟着司马懿逃回大营，重新龟缩防守。

一加一很可能小于二。大获全胜的蜀汉军队突然退兵！要不要追？张郃与司马懿发生了第三次分歧。司马懿主张追击，并要求张郃带队。张郃表示反对，认为诸葛亮用兵神出鬼没，败退都不要追，更何况胜利撤军。张郃能明白的事，司马懿肯定明白，但司马懿要干的事，张郃未必能猜透。在司马懿的一再坚持下，张郃不情愿地执行命令，率军追到木门道，遭遇埋伏多时的蜀汉连弩士，矢如雨下，曹魏士兵死伤无数，张郃也因重伤失血过多而亡。

凡事要先从自身找原因。张郃战死沙场，本人有责任。即便司马懿命令追击，张郃不得不去，也完全可以远远喊几句冲啊杀啊，练练嗓子回营交差就是。但张郃追着追着，大概追出了感觉，看到蜀汉军队沿途丢弃的军用物资以及锅碗瓢盆等生活用品，渐渐放松了警惕，忘记了自己说的“归军不追”。直到连弩所发之箭由天而下，张郃追悔莫及！

“蜀未平而郃死，将若之何！”曹叡在朝堂上悲伤哀叹！可这能怪谁？比起司马懿的蓄意陷害和张郃的疏忽大意，曹叡的责任更大！为什么把军界职务第一和第二的两个人，生生塞到一个战区？否则怎会搞成这样？正所谓，一着不慎，满盘皆输！

要说曹叡的智商和情商，也算在线。史书记载，曹叡博闻强识、过目不忘，即便不是神童，至少也是学霸。曹操都非常欣赏曹叡，自豪地说：“有了你，曹家基业可以传承三代了。”相比智商，曹叡的情商似乎更在线，尤其在母亲甄氏被父亲曹丕赐死，自己小命也危如累卵之际，居然巧妙地打出情感牌，完成了几乎不可能完成的逆转。

《魏末传》记载，曹叡跟随曹丕狩猎，撞见母子两只鹿。曹丕毫不犹豫地弯弓搭箭，干净利落地射杀母鹿，然后命令曹叡射杀幼鹿。曹叡颇有深意地说：“陛下已杀死母鹿，儿臣不忍心再杀它的孩子。”说完，曹叡哭泣不已。曹丕是聪明人，不自觉地垂下弓箭：那就放幼鹿一条生路吧。

间不容发。曹叡竭力稳住精神不正常的曹丕，同时，更对陷害甄氏的郭皇后千依百顺、亲善孝敬，让没儿子的郭皇后都恍惚了，居然把曹叡当成亲儿子抚养。直到曹叡继承曹丕的帝位，并确定坐稳江山后，才对郭皇后展开报复。

大难不死的曹叡，有些放松大意。尤其在对司马懿的任用上，曹叡接连失误。曹叡的第一个错误就很严重，没有选派宗族将领出任荆襄军团主帅，而是委任司马懿。第二个错误更严重，大司马曹真病逝，曹叡又把关中军权交给了司马懿。第三个错误最要命。魏景初三年（239年），好大喜功、荒淫无度的曹叡病危，禁不住身边近臣撺掇，儿戏般反复更改托孤大臣。改就改吧，还改得很离谱，两位托孤大臣的军政威望天壤之别。一位是靠老爸曹真威势上位——志大才疏又心怀不轨的曹爽；另一位是凭自己数十年显赫功勋上位——刚刚率领大军平定辽东，再立盖世奇功的老谋子司马懿。这样的搭配真是绝了，难怪曹魏绝了！

曹爽和司马懿共同辅政，从一团和气开始。起初，曹爽打算塑造谦逊谨慎的良好人设，凡事都与司马懿商量，一度赢得朝野称赞。可曹爽太心急，人设刚立起来，地位还没稳固，骄傲的尾巴就翘起来。曹叡驾崩不到一个月，曹爽便忍不住使坏下绊，虚情假意地上奏尊司马懿为太傅，却在无形中把录尚书事和卫戍宫廷的职责取消了。

司马懿洞若观火，当然不能任由摆布，于是利用持节统兵都督诸军事的权力，屡屡执意亲征东吴。随着一个胜利接着一个胜利，司马懿的军中威望日盛，用优异的军事业绩，不断巩固着军权。

曹爽先生看在眼里、急在心里，也想搞些军事业绩，以便争夺军权。鉴于司马懿打东吴顺风顺水，实在没理由插手，曹爽便把建功立业的目光投向了西南，号称要亲率大军讨伐蜀汉。

司马懿当然明白曹爽的心思，据理力争，坚决不肯同意。曹爽则是铁了心要打，甚至以司马师担任中护军（首都禁军副统帅）为交换条件。得了实惠的司马懿，不能不做出让步，才不得已松口。

送出禁军兵权才换来的亲征机会，曹爽没抓住。尽管曹魏大军人多势众，天气也是风和丽日，但曹爽的军事指挥能力太水，前进不能也就罢了，连后退都出了问题。《汉晋春秋》写道："爽争险苦战，仅乃得过。"虽然曹爽侥幸逃回来，但士兵死伤甚多，带去转运物资粮草的牛马，几乎全部丧失。

每个人都有自己的特长。虽然曹爽不擅长打仗，但他胜在心理素质过硬、胜在脸皮奇厚无比，惨败也没郁闷生病，反而更加活蹦乱跳，依仗首席托孤大臣的权势，肆意任命亲兄弟担任军中要职，并强行削弱司马师的禁军指挥权。

看似占尽上风的曹爽，已经停不下横行霸道的步伐。为了进一步把控朝政，曹爽瞄准了与司马懿家族有联姻关系的郭太后。曹爽借口皇帝长大，把郭太后迁到了永宁宫。自以为得计的曹爽并不知道，他的这个行为，是在自掘坟墓。

若想让其灭亡，必须先使其更加疯狂。面对咄咄逼人的曹爽，司马懿选择退让示弱，并借着夫人张春华去世，顺势祭出对付曹爽养爷爷的办法——装病。司马懿回家养病，曹爽果然膨胀加速，侵占皇室田产，窃取官中宝物，甚至把魏明帝曹叡生前的宫妃带回大将军府。

曹爽的僭越之事越干越多，众多曹魏大臣满腔怒火，甚至有大臣来到司马懿府上，边说边涕泣横流，希望司马懿效仿伊尹、吕望的行迹，匡扶魏室！司马懿没跟着激动，冷静说道："且止（别哭了），忍不可忍。"

司马懿向来说一套做一套，表面说忍耐到底，实际暗中已经做好不忍的准备。《晋书·景帝纪》记载："（司马师）阴养死士三千，散在人间。"司马懿父子说的忍，就是等，等待一击必中的机会。

猖狂至极的曹爽，以为司马懿只是在家等死的老头，根本没意识到自己才是失道寡助、危机四伏。魏正始十年（249年），曹爽兄弟满不在乎地倾巢而出，陪同皇帝去高平陵拜祭先帝，给司马懿送来绝佳的反击机会。

装病两年的太傅司马懿当机立断，一骨碌翻身起床，联络了六十多岁的太尉蒋济以及七十多的司徒高柔等诸多朝廷重臣，又争取到郭太后的支持，在洛阳发动闪电政变。很快，司马懿便控制了武器库、司马门以及曹氏兄弟在洛阳的禁军，随即又公布了罢免曹爽的太后诏书！

年近古稀的司马懿押上家族成员的全部性命，铤而走险！图什么？为了开创自己没机会看到的伟大晋朝吗？曹魏三朝老臣、受两代托孤重任的司马懿，如果有你好我好大家好的平局，还会这么干吗？与其说司马懿想赢——其实，真的只是不想输。

垂死的司马懿发动政变？这怎么可能？曹爽先生宛如挨了晴天霹雳，实在想不通。因为就在前不久，曹爽的亲信官员借外任辞行的由头，亲切探望了司马懿。亲信官员回来后，做了详细汇报，不是说老太傅已经耳聋眼花、四肢无力、行将就木了吗？

上当受骗的事，别再想了，先说眼下怎么办吧！曹爽的谋士力劝他不要放弃抗争，先带皇帝退到许昌，然后号召全国兵马讨伐司马懿。不过说实话，司马懿在关中、荆襄两大野战军经营多年，又有郭太后及绝大多数朝廷重臣的支持，响应曹爽的勤王兵马能有多少？而且还有更实在的问题，曹爽先生的带领数千士兵，能摆脱司马懿指挥的数万大军的围追堵截，安然退到许昌？

退到许昌继续顽抗的计策，是没办法的办法。曹爽经过一夜反复思考，最终认为放弃翻盘前途渺茫，但毕竟还有一丝的希望。曹爽把佩刀扔在地上，选择相信司马懿指着洛水立下的誓言：只要放下武器，可以回洛阳做一辈子富家翁。

权力巅峰，或生或死，很难折中。曹爽回到洛阳，司马懿立刻派兵包围曹府，并在府邸四角搭起塔楼，日夜监视曹爽的一举一动。曹爽挟弹弓想到后园消遣游戏的这类小事，塔楼上的士兵都会高喊："故大将军向东南去了。"曹爽愁闷不已，不知如何是好。

曹爽愁不了多久，因为司马懿知道如何是好。要么不动手，动手就做绝！经历太多九死一生的司马懿，绝不可能履行所谓誓言。由于曹爽干过的僭越事情数不胜数，司马懿很快搜罗到足够丰富的叛逆证据，把曹爽及其兄弟送上断头台。

干掉曹爽，不是结束，而是开始。打着匡扶魏室旗号，反对司马氏专权的叛乱，一波接着一波。魏嘉平三年（251年），年过七旬的司马懿再次披挂上阵，亲率大军以迅雷不及掩耳之势，平息了第一次淮南叛乱，但也耗尽了最后的气力。

一生装病近十年的司马懿，真的病入膏肓。临终前，司马懿反复叮嘱司马师和司马昭："听着！我的丧事一切从简，既不要封土堆，也不要植树。尤其要记得，以后谁也不要来祭拜。切记！切记！子弟群官皆不得谒陵。"

为了避免老爹享受到掘坟抛尸、挫骨扬灰的崇高待遇，司马师和司马昭谨遵遗嘱，并把心狠手辣、言而无信的原则贯彻到底，不给曹魏政权任何喘息机会。司马师于魏正元二年（255年）、司马昭于魏甘露三年（258年），先后平定了第二次、第三次淮南叛乱，肃清了反对司马氏的曹魏内部武装力量。经过十多年的苦心经营，司马氏家族终于把曹魏帝国挖成空壳。

晋泰始元年（265年），司马懿的孙子司马炎以禅让形式，彻底终结了短命的曹魏。

恍惚间，仿佛汉献帝的泪水，又挂在了曹氏子孙的脸庞上。

正所谓，天道好轮回，苍天饶过谁？

第十七节　波诡云谲

人世间最难的事，就是人事。

无论是光复汉室，还是保存蜀汉，再难都得动手。

诸葛亮把断送第四次北伐大好形势的矛头，对准负责后勤保障工作的骠骑将军李严。

平心而论，秦岭地区山路险阻，再赶上阴雨连绵，粮草运输难免断档，换谁都差不多。如果非要追究责任，通报批评到头了，怎能把托孤大臣李严贬为庶人？所以，根子不在运粮。

李严运粮不力也就罢了，还编出三流骗子都不敢编的瞎话。李严先给诸葛亮写信说，粮食运不到，赶紧撤兵吧。诸葛亮撤军回来后，李严却故作惊讶地说：“军粮还多，丞相为什么要撤？”向刘禅汇报时，李严又换了说辞，号称诸葛丞相撤兵是要诱敌深入。面对漏洞百出、不攻都能自破的谎言，诸葛亮也不废话，直接把李严前后矛盾的信函原件摆在桌面上。铁证如山，李严无话可说，只能叩头认罪。

凡事就怕认真推敲。刘备钦定的托孤大臣李严，素以行政能力卓越著称，怎会编出这等拙劣的谎言？尤其诡异的是，诸葛亮弹劾李严的奏章，只字没提粮草运输的事，通篇都在翻旧账，指责李严妄想把益州划出五个郡组建巴州，并企图担任巴州刺史；又痛斥李严对支援北伐中原时推三阻四、漫天要价，居然要求拥有开府辟召的权力。

实事求是地说，李严的政治站位不够高，提的要求有点过分。但仔细想想，李严也不是没道理。难道两个托孤大臣，一个可以在中央担任号令四方的丞相；另一个在地方当刺史都不行？一个可以天经地义地开府辟召；另一个想都不能想，提都不能提？

李严想的不对、提的过分，否决便是，大不了批评教育一番，怎么就成为一撸到底的罪状？别说难以服众，就是皇帝刘禅也不会乐意。擅长保命的刘禅可不傻，即便诸葛丞相再好，也不如两个托孤大臣相互牵制。

况且在刘禅看来，诸葛丞相好是好，但似乎有点好过头了。据《三国志·诸葛亮传》记载："政事无巨细，咸决于亮。"曹魏方面的史料记载则更加直接恶毒："亮外慕立孤之名，而内贪专擅之实。"总之，老大不小的刘禅，国家大事做不了主。

虽说刘禅性子好，具有随遇而安、不争不抢、不急不恼等诸多优秀品质，不做主就不做主，但面子仍时常无光。在名扬四海的《出师表》中，诸葛亮以相父的姿态，毫不客气地频频教导，不仅要求刘禅"不宜妄自菲薄，引喻失义，以塞忠谏之路也"，还动不动搬出先帝这个那个，告诫刘禅遇到作奸犯科怎么办，宫中事务听谁的，军中事务听谁的，不能亲小人、远贤臣，要亲贤臣、远小人，等等。

好好好，都听话，可刘禅万万没想到，多纳几个嫔妃都不行！侍中董允阻拦道："古代天子的后妃不超十二人，陛下目前已达标，不宜增加。"刘禅一肚子闷气，但不敢反对，因为董允是诸葛亮钦点的宫中事务大总管。诸葛亮准备离开成都、北伐中原时，非常担心刘禅"富于春秋，朱紫难别"（年轻气盛，不能辨别是非），特意把正直的董允提拔为侍中、虎贲中郎将，统领皇宫宿卫亲兵，号称可以防止刘禅受小人的不良影响。

得了，那就做好祭天、祭地、祭祖宗吧。《魏略》记载，找准人生定位的刘禅说："政由葛氏，祭则寡人。"也许，刘禅没有丝毫怨气，但显然不会是欢欣雀跃。刘禅很可能觉得，北伐中原、兴复汉室是老爹和相父的理想，跟自己没什么关系。

刘禅不是对国家大事不理不睬，是国家大事对他不理不睬。吴黄龙元年（229年），孙权堂而皇之称帝，诸葛丞相力排众议，派出使者祝贺。孙权投桃报李，在吴蜀最新盟书中，半个字都没提刘禅，却对诸葛亮进行高度赞扬：“诸葛丞相德威远著，翼戴本国，典戎在外，信感阴阳，诚动天地，重复结盟，广诚约誓，使东西士民咸共闻知。”事出必有因果，难怪在诸葛亮逝世以后，刘禅再也不设丞相，估计他再也不想听到“某某丞相德威远著”的赞语了。

“此间乐，不思蜀。”——擅长保命的刘禅，不是一朝一夕养成的。长久以来，刘禅不敢奢求做主，只希望不被做了就好。刘备托孤诸葛亮时说的“如其不才，君可自取”，始终犹如高悬在刘禅头上的一把利剑。为防止这把剑莫名其妙掉下来，刘禅本该对另一位托孤大臣也尽力关照，大错化小、小错化了，全力周旋才是。然而，刘禅坚定不移地支持诸葛丞相的决定，大印一盖，李严回家。

诸葛丞相有硬货，很可能给刘禅送去了李严写过的那封信——劝诸葛亮接受九锡、晋爵称王。试问刘禅看到此信会作何想？今天能劝诸葛亮，明天就能劝诸葛暗，后天还能自己劝自己！诸葛丞相无非管得比较严，忠心没得说，可李严是图谋不轨！别说李严运粮不力又说谎，就是运粮得力不说谎，也得赶紧拿下。

这样大逆不道的信，李严当真给诸葛亮写过？没错，李严大大方方写了，因为他以为自己最会相机行事。建安十三年（208年），曹操大军杀入荆州，秭归县县令李严迅速抛弃刘表父子，投靠了益州刘璋。建安十八年（213年），刘备与刘璋大打出手，李严又迅速抛弃刘璋，率军投降刘备。蜀汉章武元年（221年），李严感应到刘备内心称帝的呐喊，不辞辛苦走遍各个角落，终于在武阳赤水找到祥瑞黄龙。十几年来，李严的每一次投机，都换来了更大的官帽。

可是有些事儿，不懂的人，永远不懂，与智商无关。李严懂得见风使舵，以为世间尽是利益，但他不知道，这个世间还有信仰。李严觉得诸葛亮拼命独揽军政大权，不是北伐中原，而是要自立为帝。很遗憾，以己度人的投机大亨李严，看走了眼。

诸葛亮看清了李严——这个毒瘤必须铲除。由于李严写劝进信时，正在坐镇江州，责难问罪肯定不是好办法。诸葛亮不得不忍耐，非但没翻脸，还在回信中风轻云淡地开起了玩笑，表示如果消灭了曹魏、还于旧都，大家就一起升官发财，别说受九锡，受十锡都行。

要想铲除李严，就必须把他调到汉中。诸葛亮正琢磨着理由，仗义的曹真将军来帮忙——魏太和四年（230年），曹真指挥二十多万曹魏大军进犯蜀汉。诸葛亮赶紧修书一封，请李严率东部军团来汉中增援。为了让李严听从调遣，诸葛亮开出两大优惠条件，不仅提拔李严为骠骑将军，还让李严儿子继续担任江州都督。几十万曹魏大军压境，李严父子得到破格提拔，江州根据也没失去，还有什么理由不来？满朝文武瞪眼看着呢。

来了就别想走，必须拿下。于是，李严运粮不力又说了些左右逢源的场面话，错误立刻无限扩大。李严不敢辩解，只能俯首认罪，否则以大逆不道的罪名收场，就不是免职回家了。李严被贬为庶人不久，李严儿子也卸任了地方上不重要的江州都督，转而提拔到丞相府从事文案整理等重要工作。

为了蜀汉的长治久安，为了汉室的光复伟业，诸葛亮不仅铲除了毒瘤李严，还曾力劝刘备赐死可能争夺继承权的养子刘封，坚持处死蛊惑马超叛变的彭羕。对严重影响团结大局的来敏和廖立，诸葛亮也毫不留情地把他们免官或发配偏远山区。

除了动摇国本的原则问题，诸葛亮对人、对事都相对宽容，能邀请的尽量邀请，能帮忙的尽量帮忙，能提携的尽量提携，团结了一切可以团结的力量。

大儒杜微装耳聋不肯出仕，诸葛亮准备好纸笔，以文字形式耐心与其交流，态度极为诚恳。深受感动的杜先生，最终答应出来做官。

秦宓因反对征讨孙权而惹恼刘备，眼看人生要结束，诸葛亮说尽好话，总算帮秦宓先生保住性命。刘备病逝次年，诸葛亮随即起用秦宓，委以州别驾的重任。

蒋琬醉酒不理政务，在诸葛亮的力保下，才让刘备免除死罪惩罚。后来，蒋琬得到诸葛亮的大力培养，直至成为蜀汉执政官，《三国志》誉其为“社稷之器”。

对曹魏降将姜维，诸葛亮充分信任、破格提拔，姜维也没有辜负期望，成为蜀汉政权的最后捍卫者。还有费祎、杨洪、何祗、李恢、王平、邓芝、马忠等众多才干之士，诸葛亮也都提拔重用。

可以说，对待敌人像严冬一样残酷无情，对待个人主义像秋风扫落叶一样干净利落，对待工作像夏天一样火热，对待同事像春天般的温暖，诸葛亮基本都做到了。

自从刘备病逝后，整整十年，在诸葛亮殚精竭虑的努力下，从复盟东吴，到平定南中，再到肃清毒瘤李严，风雨飘摇的蜀汉政权日益稳固。

然而，最重要的事情，始终压在诸葛亮的心头。

第十八节　渭水秋风

希望渺茫，唯有全力以赴。

即使不能改变结果，也要改变过程。

一次又一次的前行！诸葛亮从第一次北伐的惨痛失败，到第二次北伐消灭曹魏偏师，到第三次北伐占领武都、阴平两郡，再到第四次北伐力克曹魏主力，短短三年间的四次北伐，一次比一次打得好，其间还粉碎了曹魏数十万大军的进犯。曹魏名将郭淮、曹真、张郃、司马懿，无一不是败军之将。尽管诸葛亮做得足够出色，但离“还于旧都、光复汉室”的目标，依旧很远。

毕其功于一役！经过三年的精心准备，蜀汉建兴十二年（234年）春，两鬓斑白的诸葛亮，踏上了第五次北伐的征程，兵锋直指长安！军事能力处于巅峰的主帅诸葛亮，十余万训练有素、装备精良的蜀汉大军，遍布斜谷道的城堡和粮仓，还有东吴盟友在扬州、荆州的强大攻势，一切看上去那么完美无瑕。

然而，历史的悲凉往往在于，英雄的对手也是英雄。三年前，司马懿临危受命、匆忙上任，关中将领又是各种不服，导致了个人军事生涯的第一场大败。三年来，司马懿卧薪尝胆、发愤图强，积极训练士兵、补充装备的同时，兴修开通成国渠，解决了困扰曹魏关中部队多年的缺粮问题。一切准备就绪的司马懿，期盼着与诸葛亮再决高下。

诸葛亮终于来了！司马懿立刻下令："在渭水南岸背水扎营！"曹魏将领摇头摆手加跺脚，觉得背水扎营不利于战败跑路，建议在渭水北岸立营，隔河对峙比较保险。司马懿坚持己见地说："关中百姓的粮食财物大多在渭南，这是必争之地，再难再险也得上。"既然官最大的哥们儿不怕死，大家只能硬着头皮陪着上。

仗还没开打，曹魏将领就全都丧着脸，似乎已经认输。为给大家伙鼓劲儿，司马懿很快计上心来，神秘兮兮地说："诸葛亮如果抢占郿县以东的武功山扎营，长安很危险。如果在西边的五丈原扎营，那没什么可怕。"不久，蜀汉大军屯驻五丈原的消息传来，曹魏将士群情振奋，高兴得像中大奖一样。其实，司马懿很清楚，以诸葛亮用兵方略和补给保障情况，不可能冒险抢占武功山。

洋溢着祥和喜庆气氛的曹魏军营，只有数次被诸葛亮打得落花流水的郭淮将军保持着头脑冷静，智慧爆发地强调："先不要高兴，如果诸葛亮跨过渭水登上北原，可以连兵北山、断绝陇道，不仅造成军事上的威胁，政治上也将陷入被动。"司马懿何等英明，马上命令郭淮率精兵抢占北原。屡次惨败于蜀汉军队而不亡的郭淮，的确擅长跑步，抢先一步占据有利地形，打退了随后赶到的蜀汉先锋部队，有惊无险地控制住北原。

司马懿占得先手，但不打算扩大战果，反而命令各部严防死守。这真不是司马懿要留诸葛亮做边境大患，以便挟关中大军自重等。司马懿要是热衷姑息养奸，他为什么要八日急行一千二百里，分兵八路狂攻十六天，以迅雷不及掩耳之势平息新城叛乱？养着新城叛贼，不是照样可以挟大军自重吗？司马懿要是喜欢姑息养奸，他为什么不对诸葛亮的大哥诸葛瑾也搞严防死守，为何直接拉起队伍上，打得诸葛瑾兵败如山倒、抱头鼠窜？

至少在此时此刻，司马懿仍旧是曹魏忠臣，没有那么多阴谋论，说到底是打不过。诸葛亮用兵如神，五丈原又是易守难攻的高地，司马懿怎会跑来强攻挨揍？而且东吴军队在长江中下游发动全面攻势，牵制大量曹魏部队，现在几乎没有援军可以再抽调关中。如果司马懿贸然出击而大败，长安、洛阳将失去最后的屏障！那就只守不攻吧，司马懿非常熟练地把部队龟缩在营内，大门不出、二门不迈。

司马懿可以守，诸葛亮只能攻。为了调动司马懿大军出营野战，诸葛亮亲率主力部队大张旗鼓西行，看似瞄准曹魏军事重镇西围。曹魏将领都表示要赶快增援，只有数次被诸葛亮遛得找不到北的郭淮将军依然保持头脑冷静，智慧爆发地指出："根据我多年作战教训，诸葛亮擅长声东击西，攻取西围是假，偷袭东边的阳遂是真。"司马懿何等英明，果断采纳郭淮建议，立刻派兵增援阳遂。

一计不成，再来一计。诸葛亮派出最精锐的数千"虎步军"，驻扎到武功水东岸，几乎顶着司马懿主力部队立营。面对这么过分的军事挑衅，司马懿本打算不为所动，但不料天降大雨，武功河河水突然暴涨，一时间竟没过桥梁。如此一来，"虎步军"与诸葛亮主力大军被武功河河水切割开来。这是天赐良机啊，司马懿动心了。

心动不如行动，杀出去，全歼蜀汉的"虎步军"！司马懿迅速派出万余骑兵，对孤立在武功河东岸的数千"虎步军"发起猛烈围攻。得到消息的诸葛亮赶紧率领大军来救，一边派蜀汉工兵紧急架设浮桥，一边指挥强弩兵隔河怒射。

"虎步军"的战斗力异常强悍，又见援军已至，士气大振，打得虎虎生风、越战越勇。不一会儿，浮桥搭好，蜀汉大军开始渡河增援。真是偷鸡不成蚀把米！司马懿来不及后悔，也顾不上死伤的曹魏骑兵，立刻掉转马头，快撤！快撤！

没吃掉数千"虎步军"，曹魏骑兵还英勇阵亡无数。逃回大营的司马懿仍心有余悸，"虎步军"的勇猛彪悍，强弩的超远射程，蜀汉工兵的战地能力，增援部队的迅捷速度……司马懿再次清醒认识到，诸葛亮调教的蜀汉大军，真是要勇猛有勇猛，要装备有装备，要技术有技术，要速度有速度，干不过就是干不过。

又折一阵的司马懿，更加坚定打平就是胜利的信念，铁了心不再出营。任凭蜀汉士兵铺天盖地“问候”曹魏将士及其祖宗，司马懿就是龟缩不动，窝在大营里吃饭睡觉、疗养身心。如果实在闲得发慌，司马懿就给弟弟回信，报个平安。

给家人写信，都是报喜不报忧。诸如让诸葛亮堵得足不出营的糗事，司马懿肯定避而不谈。可实际战况的确没什么能炫耀的，司马懿只好上升到理论高度，提笔写道：“亮志大而不见机，多谋而少决，好兵而无权，虽提卒十万，已坠吾画中，破之必矣。”

说说而已，司马懿哪有什么破敌之策！如果非说有，就是拖。因为司马懿能拖，但是诸葛亮不能。可越是如此，诸葛亮越要表现出沉着冷静，不能有一丝急躁。诸葛亮摆出长驻不走的架势，下令分兵在渭、滨间屯田。

明知不可为而为之，明知不可胜而求胜，比起吃了睡、睡了吃的司马懿，诸葛亮殚精竭虑。由于东吴军队已被曹魏大军挫败，曹魏部队很快就会增援关中。兵力本不占优的蜀汉军队，即将面临更加严峻的形势。留给蜀汉大军和诸葛亮的时间，不多了。

夜空宁静，星河璀璨，诸葛亮凝视着中军帐外“兴复汉室”的大旗，久久不能释怀。筹谋三年的第五次北伐，又将功亏一篑？有生之年还能不能“还于旧都”？这些问题，诸葛亮不是不知，只是不认。呕心沥血的诸葛亮，忽然感到一阵眩晕，再也坚持不住。

“会有长星坠亮之垒”，吃饱睡足没事干的司马懿，在营内消食散步、夜观天象，看到一颗赤红色的大星向五丈原落去。司马懿狡黠地眨眨眼，莫非诸葛亮要不行了？如果诸葛亮病重不能掌兵，蜀汉军队就没那么可怕了。快！派出一支奇兵深入蜀汉大军后方袭扰！果然不出司马懿所料，这次奇袭非常顺利，斩杀蜀汉士兵五百多人、俘虏六百多人。

一叶落而知天下秋。诸葛亮忧心忡忡，雷打不动的司马懿，一定有所察觉，否则不可能冒险突袭。一旦让司马懿吃准虚实，曹魏大军的总攻就会来临。快！挑战的士兵再多去一些，“问候”的声音再凶猛一些，还得再派约战使者，请司马懿赶紧决战！强撑病体的诸葛亮非常虚弱，但必须展示出最强的求战姿态。

听着营外蜀汉士兵一浪高过一浪的咒骂声，看着蜀汉使者带来的约战信函，以及精美蜀锦女士套装，司马懿有点蒙。诸葛亮不是大限将至吗？叫阵骂声这么凶，求战文书这么勤，还送来女士套装刺激出战？！算了，打平就是胜利吧。酝酿大反攻的司马懿，改了主意。

司马懿能忍，但军中的曹魏将军快忍不住了。深通转移矛盾之法的司马懿，尽管身体很老实地留在大营，但嘴上叫得凶狠，号称马上向皇帝曹叡请旨，与蜀汉军队决战。不久，曹叡果真见到司马懿的请战书，写得句句杀气腾腾、字字澎湃激昂。不过曹叡明白：将在外，君命有所不受。司马懿派人大老远来申请出战，分明是不想打。心领神会的曹叡，立刻派出朝廷高官，持节制止出战。

司马懿打不打，诸葛亮的战书都要继续下。当蜀汉使者又来下战书时，司马懿微笑着看完，也不回应，却拉着使者拉起了家常，亲切问道："孔明兄的起居饮食怎么样，一顿饭能吃多少啊？"为彰显诸葛丞相勤勉敬业，使者显摆地讲："我家丞相忙得很，每顿饭都吃不多，也就三四升。"司马懿笑眯眯再问："听说孔明兄事必躬亲，堪称率先垂范的好榜样，是不是这样？"使者更得意地说："没错，打二十军棍以上的处罚，都是我家丞相亲自审定。"

司马懿满脸佩服地堆笑："好，好，我得向孔明兄学习。打仗的事不着急，待我想想哪天方便，你先回去给孔明兄带好。"蜀汉使者心满意足，踱着方步走远后，司马懿收起笑容，哭丧着脸对身边将领说："唉，诸葛亮真的要死了。"

千古知音最难觅。料到诸葛亮命不长久，司马懿也许有如释重负的轻松愉悦，但更会有痛失敌手的无限遗憾！经过这些年的对峙交锋，司马懿对这位明知不可为而非要为的对手，逐渐生出越来越多的钦佩！史书记载，司马懿在与诸葛亮往来的信函中，曾情不自禁地流露出敬意："黄权是爽快人，经常从座位上起身，赞叹着谈论你，这种谈论总不离口。"

史书还记载，在一次大战前，司马懿穿着层层护甲、严阵以待，派人秘密查探诸葛亮的情况。密探回来禀报：“诸葛亮坐白车戴葛巾，拿白羽扇指挥若定，三军随号令进退如风。”司马懿看了看包裹得跟粽子一样的自己，不由得一声赞叹：“真名士也！”“常慨然有忧天下心”的司马懿，相比以天下为己任又文韬武略的诸葛亮，也只能自叹弗如。

在群英荟萃的时代，每个英雄都有躲不过的悲凉。五丈原上，秋意渐浓，病入膏肓的诸葛亮艰难起身，望着似乎很近却遥不可及的长安，悲从心来——“还于旧都，兴复汉室”的理想，恐怕无法继续追寻！

自知天命将至，诸葛亮颤巍巍地提笔，给刘禅呈上最后一份表章：“成都有桑八百株，薄田十五顷，子弟衣食，自有余饶。至于臣在外任，无别调度；随身衣食，悉仰于官；不别治生，以长尺寸。若臣死之日，不使内有余帛，外有赢财，以负陛下。”要知道，早在刘备攻取益州时，一次性就奖励了诸葛亮黄金五百斤。此后二十年的赏赐，更是不可胜数。然而，本应亿万富翁的诸葛亮，只留下这些！

有诸葛丞相管着，感觉不自在；即将没诸葛丞相管着，发觉更不自在！刘禅赶紧派出尚书仆射飞奔前往五丈原，征询国家大计，其中最重要的问题是谁能够担任接班人。诸葛亮早已想好答案，果断地推荐蒋琬。尚书仆射又问，蒋琬之后呢？诸葛亮也有答案，又推荐费祎。尚书仆射还问，费祎之后呢？诸葛亮没有再说，脸色沉重地默而不答。尚书仆射心领神会，忍着无限哀痛，回成都复命去了。

安排好国家大事，诸葛亮惦念不舍的，还有年仅8岁的儿子——诸葛瞻。这些年来，诸葛亮为国操劳，不得已少了父亲的担当。怀着深深的歉疚和殷切的希望，诸葛亮挣扎着，用尽最后的气力，写下千古流传的《诫子书》：“夫君子之行，静以修身，俭以养德，非淡泊无以明志，非宁静无以致远……”二十九年后，诸葛瞻没有力挽狂澜于既倒，却不曾辜负父亲的教导，明知无力回天，也要拼尽全力、血战到底、以身殉国。

悄然间，笔滑落，五丈原上秋风起。未定中原，此魂何甘归故土！诸葛亮遗命要求安葬于汉中，因为这里有他的心血汗水，有他的奋斗历程，有他的未竟事业，有他的理想抱负，有他的灿烂光辉，还有清秀蜿蜒的汉水，涓流不息，缓缓去到那片松柏翠绿的隆中山。

有一诸葛，已可使三国照耀后世。也许，诸葛亮带着遗憾走了，他是一个失败者，一个不能改变结果的失败者。也许，诸葛亮又带着希望走了，他是一个成功者，一个改变过程的成功者。也许，根本无关乎失败与成功，这只是生而为人的一种态度与精神。

历史长河奔流不息。几十年后，诸葛亮为之倾尽全力守护的蜀汉政权，烟消云散、不复存在。然而，诸葛亮永远留下了他那矢志不渝的坚守道义、无怨无悔的追寻理想、孜孜不倦的拼搏进取，还有不死不休的英雄气概最是深入人心。

秋风掠过，在不能言悲的五丈原上，只剩下空荡荡的蜀汉军营和"兴复汉室"的大旗，还有那位痛失对手和知己的司马懿，孤零零地伫立在历史苍穹下，发自肺腑地长叹一声："天下奇才也！"

相遇，相知，难相忘！又何止诸葛亮与司马懿！还有关羽和张飞、曹操和郭嘉、孙策和周瑜、刘备和法正、孙权和鲁肃、孔融和祢衡、羊祜和陆抗……在浩瀚无垠的宇宙中，在数十亿年过往的这一瞬间，有缘相聚于这个有史以来最激昂澎湃的时代，何其幸哉！这里有数不胜数的惺惺相惜，有诉说不尽的英雄豪迈，还有不甘命运的奋起逆袭，还有难以磨灭的理想信仰，更有永存历史的绚烂光芒。

是非成败转头空，总会留下些，
照亮历史深夜的，
闪耀群星！